Julia Alvarez
Yolanda

Julia Alvarez

Yolanda

Roman

Aus dem Amerikanischen von Irene Rumler

Mehr über unsere Autoren und Bücher:
www.piper.de

ISBN 978-3-492-50086-9
Juni 2017
© Piper Verlag GmbH, München 2017
© Julia Alvarez 1997
Die Originalausgabe erschien 1997 unter dem Titel »¡YO!«
bei Algonquin Books, Chapel Hill New York
© der deutschsprachigen Ausgabe Piper Verlag GmbH, München 1997
Covergestaltung: zero-media.net, München
Covermotiv: FinePic®, München
Printed in Germany

PROLOG

DIE SCHWESTERN

Fiction

Plötzlich begegnet man ihrem Gesicht überall auf diesem Reklamefoto, auf dem sie viel hübscher aussieht als in Wirklichkeit. Ich fahre in die Stadt, um Lebensmittel einzukaufen, habe die Kinder auf dem Rücksitz, und da höre ich sie in *Fresh Air* über unsere Familie reden, als wären wir allesamt erfundene Figuren, mit denen sie machen kann, was sie will. Ich bin so stinksauer, daß ich auf der Stelle umkehre und sie von zu Hause aus anrufe; ich erwische ihren Anrufbeantworter, und in der Bandansage wird mir langatmig erklärt, sie sei im Augenblick nicht zu erreichen und man möge sich doch bitte an ihre Agentin wenden. Den Teufel werde ich tun; schließlich will ich *ihr* die Meinung sagen. Statt dessen rufe ich eine der beiden anderen Schwestern an.

»Jetzt hat sie sich auf Papis Aufenthalt im Sankt-Lorenz-Gebiet gestürzt, das ist doch nicht zu fassen!«

»Herrgott noch mal! Hat sie denn den Verstand verloren?«

»Sie läßt lauter so Sprüche los, von wegen daß Kunst und Leben einander widerspiegeln und daß man über Dinge schreiben muß, die man aus eigener Erfahrung kennt. Ich konnte gar nicht hinhören, mir ist richtig schlecht geworden.«

Die Kinder rennen schreiend durchs Haus, für sie ist es ein Fest, weil ihre Mutter auf jemand anders sauer ist. Und dann kommt der kleine Carlos an und fragt: »Mama, komme ich wirklich in Tante Yoyos Buch vor? Bringen die ein Foto von mir in der Zeitung?« Er bekniet mich, das Buch seiner Tante mitnehmen zu dürfen, wenn zu Ostern alle in der Schule etwas Besonderes vorführen; damit die kleinen Christen der dritten Klasse auch ja rote Ohren bekommen, wenn sie die entstellte Familiengeschichte hören.

»Nein! Du kannst dieses Buch nicht mit in die Schule nehmen!« fahre ich ihn an. Und weil die niedlichen Schokoladeaugen ein paar Tränen wegblinzeln, füge ich etwas sanfter hinzu: »Das ist ein Buch für Erwachsene.«

»Darf ich es dann mitnehmen?« meldet sich die Achtkläßlerin, die ihr Haar seit kurzem auftoupiert trägt wie ihre Tante.

»Ihr Kinder macht mich noch ganz verrückt. Wenn ich in Bellevue lande...« Und dann beiße ich mir auf die Zunge, weil sich das mehr als nur vage bekannt anhört – genau das sagt die Mutter in dem Buch auch immer. »Bist du noch dran?« frage ich meine Schwester, die seltsam stumm geworden ist. Jetzt bin ich diejenige, die mit den Tränen kämpft.

»Eines verspreche ich dir: Wenn sie mein Privatleben vor aller Welt ausbreitet, werde ich...«

»Was können wir denn schon tun? Mami sagt, sie will sie verklagen.«

»Ach, komm schon, Mami zieht nur die übliche Nummer ab. Weißt du noch, wie sie uns als Kinder immer ins Auto gestopft hat, zu den Karmelitinnen hinübergefahren ist und gedroht hat, uns im Kloster abzuladen, wenn wir nicht versprechen, artig zu sein? Erinnerst du dich? Dann knieten wir uns neben das Auto, und die Karmelitinnen, die sich eigentlich nicht zeigen dürfen, standen an den Fenstern und haben sich gewundert, was zum Teufel da los ist!«

Wir müssen beide über diese alte Geschichte lachen. Ich weiß nicht, ob wir es wirklich nicht mehr so schlimm finden, Romanfiguren zu sein, oder ob es schlicht guttut, daß es überhaupt eine Erinnerung gibt, die nicht literarisch aufbereitet wurde.

Noch am selben Abend rede ich mit meinem Mann – nachdem die Kinder in ihren Zimmern verschwunden sind. Ich berichte ihm von der Radiosendung, von dem Telefongespräch mit meiner Schwester und von Mutters Wutausbrüchen, die alle Welt mitbekommt. »Was wollen wir dagegen unternehmen?«

»Wogegen?« fragt er.

Ich werde nicht dem Beispiel unserer Mutter folgen und in die Luft gehen. Zumindest nicht gleich. »Gegen diese ... diese Bloßstellung«, sage ich, weil ich auf einmal nicht weiß, wie ich es nennen soll. »Ich glaube nicht, daß das gut für die Kinder ist.«

Mein Mann schaut sich um, als wollte er sich vergewissern, daß keine versteckten Kameras und keine Reporter da sind. »Wir haben es hier doch recht behaglich«, meint er. Seine drolligen Formulierungen, gepaart mit dem deutschen Akzent, machen es einem schwer, ihm böse zu sein. Man kommt sich vor, als wollte man ein Kind in einer Förderklasse für Lernbehinderte anbrüllen, das soviel Hilfe benötigt, wie es nur bekommen kann. Ich weiß nicht, weshalb er diese zärtliche Nachsicht in mir weckt, wo ich hier doch ebenso fremd bin wie er. »Es gibt keinen Grund, sich aufzuregen. Sie wird bald ein neues Buch schreiben, und dann gerät das hier in Vergessenheit.«

»Ja, ganz recht. Heute hat sie im Radio darüber geplaudert, wie Papi mit seinen frankokanadischen Freundinnen in den Sankt-Lorenz-Hügeln oben ohne Ski gefahren ist. Mami wird an die Decke gehen!«

»Deine Mutter geht so oder so an die Decke«, entgegnet er salopp, doch dann bemerkt er meinen Gesichtsausdruck. »Aber das stimmt doch«, meint er lahm und kratzt sich den kahl werdenden Schädel, wie immer, wenn er nervös ist; und normalerweise nimmt diese Geste meinem Zorn die Spitze. Doch heute bin ich weniger zornig als vielmehr völlig fassungslos, daß er überhaupt so etwas sagt, selbst wenn es stimmen sollte; und das ist der Fall. Ich weiß ganz genau, daß er vor der Lektüre dieses Buches und bevor ihm solche Zeilen in den Mund gelegt wurden, niemals von sich aus so etwas gesagt hätte. Zuvor war er höflicher. Ich habe das Gefühl, als würden fiktive Geschichten meinem ganzen Leben allmählich die Grundlage entziehen.

»Ich werde es nicht zulassen, daß alle an unserer Familie herummäkeln«, sage ich mit Tränen in der Stimme, doch sie trocknen, noch bevor ich ihm etwas Mitleid abringen kann. Und so ziehe ich mich in die Küche zurück, um die Lunchpakete für die Kinder herzurichten und mich zu beruhigen. Denn ich möchte um jeden Preis vermeiden, heute abend nicht einschlafen zu können und wieder aufstehen zu müssen und dann bis in die Morgenstunden auf der Couch zu liegen und irgendeinen blöden Roman zu lesen. Ich habe immer viel gelesen, doch wenn ich jetzt ein Buch aufschlage, schüttle ich, auch wenn der Autor oder die Autorin schon tot ist, unweigerlich den Kopf und denke: O Gott, ich möchte zu gern wissen, was deren Familie von dieser Geschichte gehalten hat.

Ich schneide ein Sandwich in quadratische Astronautenhappen, wie sie mein Drittkläßler bevorzugt, und lasse bei dem zweiten entsprechend dem Wunsch meiner Achtkläßlerin die Mayonnaise weg, als das Telefon klingelt und meine andere »fiktionsgeschädigte Schwester«, wie sie sich mit grimmiger Stimme meldet, anruft. Ich kann nicht behaupten, daß mir diese ständigen Etikettierungen zusagen, aber meine beiden Schwestern sind Psychologinnen, und das ist eben ihre Art, die Situation zu bewältigen. Ich hingegen, ich werde schlicht sauer.

»Zu mir kommen andauernd Arbeitskollegen und wollen wissen: Na, welche bist du denn? Meine Therapeutin sagt, das ist eine Form von Mißbrauch!« Sie verstummt für einen Augenblick. »Was machst du denn da? Hört sich an, als würdest du auf was einschlagen.«

»Ich bereite nur den Lunch für die Kinder vor.«

Meine Schwestern, ich liebe sie alle, aber manchmal gehen sie mir auf die Nerven. Diese hier sieht überall nur Traurigkeit und Trauma. Bei ihr gebe ich mich bewußt oberflächlich, weil ich hoffe, sie zum Lächeln zu bringen. »Ach, wir werden schon drüber wegkommen«, sage ich. Vielleicht hat mich das Gespräch mit meinem Mann doch beruhigt.

»Das meinst auch nur du«, entgegnet sie trübsinnig. »Aber eines kann ich dir sagen, ich rede nie wieder ein Wort mit ihr.«

»Ach, komm schon«, sage ich.

»Ich meine es ernst. Ich bin froh, daß das kurz vor meinem Geburtstag passiert ist. Wenn sie mich jetzt anruft, werde ich ihr gehörig den Marsch blasen.«

»Das kann ich mir vorstellen«, sage ich, statt sie darauf hinzuweisen, daß sie unserer Schwester schlecht den Marsch blasen kann, wenn sie nicht mit ihr redet. »Wie steht's denn sonst so?« frage ich betont fröhlich, um sie auf ein erfreulicheres Thema zu bringen. Wieso habe ich bei meinen Schwestern eigentlich immer das Gefühl, daß ich die Therapeutin bin?

»Also, ehrlich gesagt, es gibt noch was. Aber du mußt mir versprechen, daß du es ihr nicht weitererzählst…«

»He, ich rede doch auch nicht mit ihr«, lüge ich. Ich weiß nicht genau, warum. Irgendwie scheine ich in ein Familienmelodram verstrickt zu sein, das mir nicht sonderlich behagt. »Also, was gibt es?«

Eine gezierte Pause, dann ein triumphierendes »Ich bin schwanger!«

»Ay-ay!!!« kreische ich, und schon stürzt mein Mann mit der Zeitung in der Hand zur Tür herein. »Gute Neuigkeiten? Oder schlechte?« fragt er tonlos. Vor kurzem bemerkte er – eine seiner jüngsten Erkenntnisse –, bei meiner Familie lasse sich schwer feststellen, was wirklich los sei, weil wir alle immer so übertrieben reagierten. Jedenfalls eröffne ich ihm, daß meine Schwester schwanger ist, und er geht ans Telefon und sagt, er sei entzückt. Entzückt?! Ich reiße ihm den Hörer aus der Hand, und dann quasseln wir eine halbe Stunde lang; das Buch ist vergessen, alle fiktiven Doppelgänger sind verscheucht, meine Schwester läßt sich über sämtliche Fehler aus, die unsere Mutter bei uns gemacht hat und die sie bei ihrem Kind nicht wiederholen wird, und ich verteidige unsere Mutter bis zu einem gewissen Grad, weil ich, auch wenn ich das nie zugeben würde, ihre Sünden bei meinen Kindern wiederholt habe – bis auf die mit den Nonnen, was vermutlich daran liegt, daß es, soviel ich weiß, in Rockford, Illinois, keine Karmelitinnen gibt. Meine Schwester schließt mit der Ermahnung, ja kein Wort gegenüber Sie wissen schon, wem verlauten zu lassen.

»Irgendwie finde ich das gemein«, sage ich zu meiner eigenen Überraschung. Anscheinend bin ich in aufgeräumter Stimmung und denke, im Grunde gibt es nur wenige wichtige Dinge auf dieser Welt, LIEBE und TOD und BABYS. Vergiß Ruhm und Reichtum, und vergiß es, wenn dich jemand als Vorlage für eine fiktive Gestalt mißbraucht hat. »Ich finde, du solltest es ihr sagen.«

»Du hast es versprochen!« faucht sie derart erbost, daß sogar unsere Mutter noch etwas von ihr lernen könnte.

»Schon gut, ich halte schon den Mund, darum geht es nicht. Aber ich finde, *du* solltest es ihr sagen. Immerhin wird sie Tante.«

»Es ist nicht zu fassen, daß du so etwas sagst! Ich werde schließlich Mutter!«

»Warum willst du denn nicht, daß sie es erfährt?«

»Ich möchte auf keinen Fall, daß mein Baby in einem Roman verwurstet wird.«

Vor meinem inneren Auge taucht ein aberwitziges Bild auf – eigentlich eher ein Cartoon als ein Bild –: ein winziges Baby, das durch eine große Walze gedreht wird und am anderen Ende als eines dieser kleinen Bücher herauskommt,

14

die von Rezensenten gern als »schmale Bändchen« bezeichnet werden. Aber irgendwie verstehe ich auch den Standpunkt meiner Schwester – es geht nicht nur um das Baby, sondern wahrscheinlich wird auch die restliche Geschichte in diesen dünnen Roman eingehen: die alleinstehende Mutter, die künstliche Befruchtung, das aus der Dominikanischen Republik – aus einer Gegend des Landes, in der es hoffentlich nicht viele Cousins ersten Grades gibt eingeflogene Sperma. Wenn ich nur daran denke, kriecht mir eine Gänsehaut die Arme hinauf.

»Was ist denn? Hört sich an, als würdest du weinen.«

»Nein, nein, ich bin ja so glücklich«, versichere ich ihr, und dann läßt sie mich, was mir großes Unbehagen bereitet, beim Leben meiner Kinder schwören, daß ich unserer Schwester gegenüber kein Wort erwähne.

Kaum habe ich aufgelegt und bin damit fertig, die Sandwiches einzuwickeln und Apfelmus für die diätbewußte Tochter und einen geleegefüllten Keks für den kleinen Christen einzupacken, klingelt wieder das Telefon, und es ist Sie wissen schon, wer.

»Was ist denn los?« fragt sie weinerlich, als wäre ihr gerade erst aufgegangen, daß nicht alle jubeln, nur weil sie es zu einer gewissen Berühmtheit gebracht hat.

»Wie meinst du das?« frage ich, denn wenn ich eines in dieser Familie gelernt habe, dann, daß man es sich lieber nicht anmerken läßt, wenn einem schon jemand anders eine andere Version der Geschichte erzählt hat.

Und sogleich legt sie los. Mami will sie verklagen. Papi muß sie von einer Telefonzelle aus anrufen. Unsere älteste Schwester läßt durch ihren Mann ausrichten, sie sei nicht zu sprechen. »Und gerade habe ich Sandi angerufen, und sie hat einfach aufgelegt.« Es folgt ein gequälter Schluchzer, und obwohl ich sie vor sechs Stunden noch umbringen wollte, möchte ich jetzt nur diese Trübsal lindern. Ich muß immer wieder daran denken, daß sie damals, als wir in dieses Land kamen, nur einschlafen konnte, wenn ich über den Abstand zwischen unseren Betten hinweg ihre Hand hielt und davon erzählte, wie es früher auf der Insel war.

»He«, sage ich, um die verfahrene Situation in möglichst gutem Licht erscheinen zu lassen, »ich möchte wetten, daß auch auf Shakespeare viele Leute sauer waren, und doch sind wir froh, daß er den *Hamlet* geschrieben hat, oder?« Ich weiß nicht, warum ich das sage; schließlich habe ich das College unter anderem deshalb geschmissen, weil ich mit der Renaissance einfach nicht zurecht kam. »Aber trotzdem«, fahre ich fort und versuche, den Standpunkten aller Betroffenen gerecht zu werden, »stell dir mal vor, wie dir zumute wäre, wenn du seine Mutter wärst.«

»Wie meinst du das? Was soll die Kunst denn anderes widerspiegeln als das Leben? Jeder Autor, absolut jeder, greift doch beim Schreiben auf seine eigenen Erfahrungen zurück!« Und schon betet sie das ganze Zeug herunter, das ich sie bereits in *Fresh Air* habe sagen hören. Aber ich lasse sie reden. Denn mein Hirn arbeitet im Schneckentempo, dieser ratternde, altmodische emotionale Mechanismus aus der Kindheit, der schon vor Jahren durch gut funktionierende, präzise Gefühlstechnologie hätte ersetzt werden sollen, tuckert dahin, und nichts außer einer Handvoll Schlaftabletten kann ihn zum Stehen bringen. Ich kann ebensogut aufbleiben und telefonieren wie im Wohnzimmer sitzen und über irgendeinen toten Romanautor den Kopf schütteln.

»Weißt du, es tut wirklich weh, daß meine Familie dafür keinerlei Verständnis aufbringt. Schließlich habe ich doch nichts Unrechtes getan. Ich hätte ja auch jemanden mit der Axt erschlagen oder in einem Einkaufszentrum eine Handvoll Menschen über den Haufen schießen können.«

Ich bin heilfroh, daß sie mit mir redet und nicht mit einer der Psychologinnenschwestern.

»Ich habe doch nur ein Buch geschrieben«, jammert sie.

»Und alle fühlen sich eben ein bißchen bloßgestellt.«

»Aber es ist doch *Fiction*!« entgegnet sie aufgebracht.

Ach wirklich? möchte ich sagen. Mir ist es egal, wenn auf dem Vorsatzblatt steht, jede Ähnlichkeit mit lebenden Personen sei rein zufällig – man selbst weiß sofort Bescheid, wenn man sich in einer Schilderung wiederentdeckt. »Aber diese Fiktion basiert auf dem, was du selbst erlebt hast! Wie jede Fiktion«, zitiere ich ihre Worte aus der Radiosendung. »Ich weiß, ich weiß, worüber sollst du denn sonst schreiben?« Doch im stillen denke ich, warum kann sie nicht über den Axtmörder oder die Gaunermethoden von Anwaltskanzleien oder Außerirdische schreiben, eine Million verdienen und sie durch vier teilen – genau das sollte sie im übrigen nach Ansicht der anderen Schwestern bei diesem Buch tun, da wir das Rohmaterial geliefert haben.

»Dann hast du also doch Verständnis dafür, *ay*, das bedeutet mir wirklich ungeheuer viel.«

Oje, denke ich, wenn das den anderen Familienmitgliedern zu Ohren kommt! Und ehe ich es merke, habe ich die Lunchbox aufgemacht und knabbere Astronautenhappen.

»Mama, wieso ißt du meinen Lunch auf?« Es ist mein Sohn, der mir gute Nacht sagen will. Er steht in der Tür, die Hände in die Hüften gestemmt, in selbstgerechter Pose. Er fühlt sich als Teil der »Macht«, die im Weltraum für Ordnung sorgt. Daß er mich beim Naschen erwischt hat, paßt ihm gut ins Konzept.

»Ich unterhalte mich mit deiner Tante Yoyo«, sage ich, als wäre das der Grund, seinen Lunch aufzuessen. Jungejunge! Da leuchten die Augen des kleinen Weltraumkriegers aber auf.

»Ich möchte auch mit Tante Yoyo reden!« ruft er. Ich halte ihm den Hörer hin, doch schlagartig wird das Plappermaul von der Milchstraße von Lampenfieber gepackt und bringt nur noch ein paar gemurmelte Erdbewohnertöne hervor. »M-hm. M-m. A-hm, mja.« Sein Gesicht rötet sich vor Entsetzen und Entzücken.

»Ich hab dich auch lieb«, flüstert er schließlich und reicht mir den Hörer mit so strahlenden Augen, als hätte er in seinem Osterkörbchen das Jesuskind persönlich geschenkt bekommen.

»Da hast du aber einen echten Fan«, sage ich zu meiner Schwester.

»Nur einen?« fragt sie, um einen heiteren Tonfall bemüht, aber ich höre ihr an, daß ein falsches Wort genügen würde, um sie in Tränen ausbrechen zu lassen.

Da wird mir klar, daß meine Schwester im Grunde auf allen unseren Gesichtern jenen bewundernden Blick sehen möchte. Ich vermag mir nicht mehr abzuringen als: »Tja, bei deinen Nichten und Neffen bist du wirklich der große Hit.« Und dann – ich kann mir nicht helfen, obwohl meine zwei eigenen kostbaren Küken auf dem Spiel stehen, wenn ich mein Schweigen breche –, dann erzähle ich ihr, daß sie wieder Tante wird, daß unsere Schwester schwanger ist und daß sie lieber nicht darüber schreiben sollte, weil sonst auch meine kleinen Hölzchen alle umfallen, wie man bei uns zu Hause sagt.

»Ich soll so tun, als hätte ich keine Ahnung?« Es hört sich so traurig an, als wäre sie soeben aus dem Clan ausgestoßen worden. Aber ich weiß, daß es sie am allermeisten verletzt, wenn man ihr eine Familiengeschichte vorenthält.

Also verspreche ich ihr, mit den anderen zu reden, weil wir, egal, was kommt, Schwestern sind und immer Schwestern bleiben werden, auch wenn ich stocksauer war, als ich sie in *Fresh Air* über unsere Familienangelegenheiten habe reden hören – ich liebe sie, und dabei bleibt es; sie wird ganz kleinlaut und hört zu und sagt: »Danke, vielen Dank«, und es ist, als wären wir wieder zehn und neun, hielten uns fest an den Händen und ließen unsere Arme in der Dunkelheit zwischen den Betten hin und her schwingen.

»Hast du mit deiner Schwester gesprochen?« will meine Mutter wissen, als wäre *meine* Schwester nur mit mir verwandt und nicht auch mit ihr. Sie hat schon zweimal den Hörer beiseite gelegt, um festzustellen, wer auf der anderen Leitung anruft. Mami mit ihrer Vorliebe für technische Spielereien – dieser Aspekt ist in dem Buch richtig getroffen. Ihr Telefon hat jeden erdenklichen Schnickschnack. Ich ziehe sie gelegentlich damit auf, daß die Außerirdischen, falls sie endlich mit dem Planeten Erde Kontakt aufnehmen, dies bestimmt über ihr Telefon tun.

»Welche Schwester?« frage ich ausweichend und sage dann, um meinem Versprechen nicht untreu zu werden: »Sie läßt euch alle lieb grüßen.« Ich weiß nicht, warum ich mir das aus den Fingern sauge, außer daß ich mir einbilde, mit ein paar kleinen Retuschen da und dort ließe sich der Familienfrieden wiederherstellen.

»Pah!« schimpft Mami. »Lieb grüßen?! Daß ich nicht lache! Sie hat mir zu Ostern nicht mal eine Karte geschickt.«

Und ich denke: Immerhin wolltest du sie verklagen. Was hätte sie denn schreiben sollen? Liebe Mami, herzliche Ostergrüße von deiner Tochter, der Delinquentin. Nein, Augenblick mal, nicht Delinquentin, sondern Kontrahentin. Wenn man bedenkt, wie ausführlich im Fernsehen über den O.-J.-Simpson-Prozeß berichtet wurde, sollte ich das allmählich wissen. »Wahrscheinlich hat sie es schlicht vergessen«, erkläre ich. »Sie ist im Augenblick viel unterwegs.«

»Ach ja?« sagt sie, und aus ihrer Stimme lugt die Neugier hervor wie die Schuhspitze eines Liebhabers unter dem Bettüberwurf. »Wo war sie denn? Deine Tía Mirta hat sie live im Fernsehen gesehen. Mirta behauptet, sie hat schrecklich ausgeschaut, so als würde das schlechte Gewissen sie plagen. Es war eine von diesen Sendungen, bei denen man anrufen und Fragen stellen kann, aber deine Tante ist nicht durchgekommen. Und ich will jetzt genausoviel Sendezeit haben. Ich möchte die Gelegenheit bekommen, aller Welt zu sagen, daß deine Schwester schon immer gelogen hat und so tut, als wäre die Wahrheit etwas, was man einfach erfinden kann. Weißt du noch, wie sie damals ins Karmelitinnenkloster gerannt ist und behauptet hat, sie sei ein Waisenkind?«

Mir fällt – zum erstenmal im Leben, wenn ich mich recht entsinne – der Kiefer von selbst herunter, und das nicht vor geheucheltem Entsetzen. Ich tigere die paar Meter in der Küche auf und ab und schwöre mir, mir eines dieser schnurlosen Telefone zuzulegen, um beim Gehen Dampf ablassen zu können, während ich mit meiner Familie rede. Oder um wenigstens nebenbei Hausarbeiten erledigen zu können. »Du hast uns da immer hingefahren, Mami, weißt du das nicht mehr?«

»Warum sollte ich so etwas getan haben, *m'ija*? In ein Karmelitinnenkloster darf man gar nicht rein, Dummkopf. Die Nonnen haben gelobt, der Welt den Rücken zu kehren, und man kann nur im Notfall mit ihnen reden, durch ein Gitter. Aber wenn ein kleines Waisenkind an die Pforte klopft, machen sie natürlich auf. Zum Glück hat deine Cousine Rosita, die kurz zuvor eingetreten war, Yoyo gleich erkannt und mich verständigt.«

Wie könnte man so überzeugende Einzelheiten anfechten? Allmählich kommt mir der Gedanke, daß meine Schwester und ich uns diese Erinnerung an Mami, die uns im Kloster abzuliefern droht, womöglich nur ausgedacht haben, um besser damit fertig zu werden, daß eine Mutter gegen ihre Tochter vor Gericht zieht. Wie dem auch sei, ich möchte erfahren, wie ihre verrückte Geschichte ausgeht. »Und was ist dann passiert?«

»Was passiert ist? Wir sind alle ins Auto gestiegen, haben sie abgeholt und wieder heimgebracht, und bevor ich ihr eine ordentliche Tracht Prügel verpasse, frage ich sie noch, warum um Himmels willen sie so etwas macht. Stell dir vor, ich fordere sie buchstäblich dazu auf, eine Geschichte zu erfinden. Und da behauptet sie doch glatt, sie hätte ihre Cousine Rosita so sehr vermißt, daß sie vom Spielplatz heimlich zum Kloster hinübergelaufen sei, und daß sie an die Tür geklopft und der Oberin weisgemacht habe, sie sei ein Waisenkind, das seine einzige noch lebende Verwandte besuchen wolle, Rosita García!« Nun muß selbst Mami lachen. »Ist das zu glauben?« Und ich schüttle den Kopf, nein, nein, weil ich nicht weiß, was ich noch glauben soll, außer daß in unserer Familie alle lügen.

Ein paar Monate vergehen, und die Gemüter beruhigen sich, wie es mein Mann vorhergesagt hat. Mami läßt ihre Klage fallen, obwohl sie nach wie vor nicht selbst mit Yoyo spricht, sondern nur über mich, und der arme Papi wird beklaut, während er in einer Telefonzelle in der Nähe seiner alten Praxis in der Bronx sein Kleingeld aus der Tasche holt und auf die kleine Metallablage legt. Zwischen den anderen Schwestern und Yoyo gehen ein paar förmliche Geburtstagskarten und Anrufe hin und her, alle sehr unterkühlt, als stammte unsere Familie aus Neuengland.

Und Woche für Woche schneien Fotos ins Haus, die ich vor den Kindern verstecken muß. Sie zeigen eine nackte Sandi im Profil, von der Schulter bis zum farbgetreuen Schritt, und auf der Rückseite steht in feinsäuberlicher Schrift, so als wollte sie für dieses Baby ihr Leben in geordnete Bahnen bringen: vier Wochen und zwei Tage, fünf Wochen und so weiter und dann, in Klammern: *Augen voll ausgebildet! Entwicklung der Finger hat begonnen!* Und dann drehe ich das Foto um und starre es ungläubig an, weil man wirklich großes Vertrauen braucht, um zu glauben, daß in diesem flachen Bikinibauch ein verborgenes Leben heranwächst.

»Und Yoyo hat keine Ahnung davon«, meint Sandi hämisch am Telefon. Ich bekomme weiche Knie, so daß ich ins Wohnzimmer gehen und mich hinsetzen muß. Dem Himmel sei Dank für das schnurlose Telefon, das mir mein Mann zum Geburtstag geschenkt hat, obwohl der wunderschöne goldene Anhänger mehr als genug gewesen wäre. Aber er meint, dieses Telefon bewahre ihn womöglich vor einem Herzinfarkt, weil er nicht mehr andauernd in die Küche rennen muß, um nachzusehen, ob ich aufkreische, weil ich mich geschnitten habe, oder ob ich nur mit einem Mitglied meiner Familie telefoniere.

Irgendwann, etwa in der zwölften Woche, bekomme ich einen erzürnten Anruf von Sandi. Eine Freundin aus Florida hat sie soeben angerufen und ihr erzählt, sie habe in *USA Weekend* eine Geschichte von Yoyo über eine alleinstehende Mutter entdeckt. »Du hast ihr doch nichts gesagt, oder?« Sandi schnauft so heftig, daß ich ihr rate, sich hinzusetzen und an das Baby zu denken. Aber sie läßt sich nicht beschwichtigen, und obwohl ich mir gern einbilde, ein Mensch mit Charakter zu sein, entscheide ich mich für den bequemen Ausweg: »Natürlich habe ich nichts gesagt.«

Sobald wir uns verabschiedet haben, rufe ich Yoyo an. Da ich sie seit Monaten nicht persönlich zu Hause angetroffen habe, bin ich darauf vorbereitet, ihr ein paar saftige Bemerkungen auf den Anrufbeantworter zu sprechen. Aber sie nimmt ab und freut sich so offensichtlich, meine Stimme zu hören, daß gleich ein paar Dezibel meines Zorns verfliegen. Trotzdem reicht meine Wut noch aus, um sie anzubrüllen, es komme mir wahrhaftig so vor, als würde sie es darauf anlegen, alle vor den Kopf zu stoßen.

»Wovon redest du überhaupt?« fragt sie, und es klingt völlig fassungslos. Ich würde zu gern ihr Gesicht sehen, denn ich kann ihr an den Augen ablesen, ob sie Theater spielt.

»Ich rede davon, daß diese Geschichte in *USA Weekend* von Sandi handelt!«

»Sandi?« Man hört buchstäblich, wie sie in ihrem Gedächtnis kramt, als suchte sie in einer Schublade etwas, was mir gehört. Und dann findet sie es. »Ach, *diese* Geschichte. Die handelt doch nicht von Sandi. Wie kommst du denn darauf, daß es da um Sandi geht?«

»Darin kommt doch eine alleinstehende Mutter vor, oder etwa nicht?«

»Und deshalb handelt sie von Sandi?!« Aus dem Hörer ertönt Gelächter, kein echtes Lachen, sondern jenes leutselige, bei dem man den Dolch hinter dem Rücken ahnt. »Zunächst einmal möchte ich dir mitteilen, daß Sandi nicht die einzige alleinstehende Mutter ist, die ich kenne. Und zweitens, nur zu deiner Information…«

Yoyo hat etwas Furchterregendes an sich, wenn sie weiß, daß sie im Recht ist. Sie begnügt sich nicht damit, einem zu sagen, daß man sich irrt, sondern bringt die Angelegenheit vor das höchste Gericht.

»Tatsache ist, daß ich diese Geschichte vor etwa zweieinhalb Jahren geschrieben habe, nein, vor drei, vor drei Jahren, ja genau. Da hatte ich meinen neuen Drucker noch nicht, also kann ich es beweisen.«

»Schon gut, schon gut«, sage ich.

»Aber laß uns die Sache genauer unter die Lupe nehmen.«

Müssen wir das? denke ich. Ich habe das Bügelbrett aufgeklappt, um wenigstens mit der Wäsche fertig zu werden, wenn schon nicht mit meiner Familie.

»Vielleicht ist Sandi durch meine Geschichte überhaupt erst auf die Idee gekommen, alleinstehende Mutter zu werden, was meinst du? Früher habe ich euch meine Geschichten immer geschickt, also hat sie sie wahrscheinlich gelesen und sich gesagt: Mann, das ist eine super Idee. Ich glaube, ich kidnappe auch ein Baby. Was meinst du?«

»Sandi kidnappt kein Baby. Sie ist schwanger.«

»Genau. Aber meine alleinstehende Mutter kidnappt ein Baby, weil sie die Gene ihrer durchgeknallten Familie nicht an so ein armes Kind weitergeben will. Und dieser Teil der Geschichte ist nicht erfunden.«

Vor dem Bügelbrett liegt das blau und lavendelfarben gestreifte Lieblingshemd meines Mannes. Ich stelle das Bügeleisen beiseite und knöpfe das Hemd so liebevoll zu, als steckte er drin. Was würde geschehen, wenn wir uns in andere Menschen hineinversetzen könnten? überlege ich. Vielleicht kommt es deshalb immer wieder vor, daß ein Wahnsinniger in einem Einkaufszentrum Leute erschießt – weil er statt der vertrauten Gesichter seiner Eltern und Geschwister nur Fremde sieht.»Du hast recht«, lenke ich ein.»Es tut mir leid.« Zur Wiedergutmachung informiere ich sie über alles, was sich in der Familie so tut, auch über das neue Baby, das diese Woche seine kompletten Geschlechtsorgane bekommt. Und dann halte ich es nicht mehr aus. Ich muß es einfach wissen.»Und was ist aus der Frau geworden, die ein Baby gekidnappt hat?«

Es entsteht eine Pause, in der ich mir ausmalen kann, welches Entzücken diese Frage auf Yos Gesicht zaubert. Und ich weiß, was jetzt kommt, als hätte ich bei einem dicken Buch kurz auf die letzte Seite gespitzt.»Lies meine Geschichte«, sagt sie.

Erst als das echte Baby an einem freundlichen Dezembertag zur Welt kommt, versammelt sich die Familie von Angesicht zu Angesicht im St. Luke's Hospital. Wir beäugen den kleinen Kerl so aufmerksam, als müßten wir eine Prüfung über sein Aussehen ablegen, wenn wir ihn behalten wollen. Seine Haut ist dunkeloliv, auch wenn Papi ein ums andere Mal behauptet, das sei nur Sonnenbräune, bis Sandi ihn mit der Bemerkung zum Schweigen bringt, bei dem krausen Haar müsse es sich dann wohl um eine Dauerwelle handeln.»Dr. Puello hat das Sperma analysiert«, versichert ihm Mami, und wieder taucht vor meinem inneren Auge einer dieser aberwitzigen Cartoons auf. Ein alter Knabe mit Sombrero und schlaffem Schnurrbart siebt, als würde er Eiweiß von Eigelb trennen, Sperma in eine schüsselähnliche Vagina.

Jedenfalls sind die Tanten hingerissen von ihrem neuen Neffen. Zwei der Tanten, sollte ich lieber sagen, weil Yoyo nicht anwesend ist. Obwohl Sandi später die Kidnapping-Geschichte, die ich ihr geschickt hatte, gelesen hat und sich ziemlich dumm vorkam, herrscht Unfriede. Vermutlich stimmt mich Yos Abwesenheit trübsinnig, obwohl die Geburt eines gesunden Babys auf meiner persönlichen Glücksskala ganz oben neben »True Love« und Mamis Guajavenkuchen rangiert. Und noch etwas kommt hinzu, obwohl ich das nie offen zugeben würde: Es erfüllt mich mit Unbehagen, daß es keinen Vater gibt. Sie können mich ruhig für altmodisch halten, aber ich finde, ein Baby sollte zwei Eltern haben. Nehmen Sie nur meine Familie. Was würden wir tun, wenn wir Papi nicht hätten, der uns aus einer Telefonzelle anruft, wenn Mami uns mit einer Klage droht? Oder wenn Papi uns enterbt, wer außer Mami würde uns dann versichern, daß er schon darüber hinwegkommt?

Doch selbst diese beachtliche Wehmut schmilzt dahin, wenn ich in dieses süße Gesichtchen blicke, die winzigen Fäustchen öffne, um den kleinen Kerl davon zu überzeugen, daß er sich wirklich nicht gegen die Liebe zur Wehr zu setzen braucht, die seine Mama und seine Tanten über ihn ausgießen. Und obwohl ich weiß, daß seine Gene nur zur Hälfte von uns stammen, habe ich jedes seiner äußeren Merkmale bereits einem Verwandten zugeordnet. Als ich die Einzelteile wieder zusammenfüge, um dahinterzukommen, wem er insgesamt ähnlich sieht, platze ich unwillkürlich heraus: »Er sieht aus wie Yo als Baby.«

Sandi blickt finster auf die Babydecke. »Du meinst wohl, er hat dieselben Pupillen, oder?«

Aber Carla pflichtet mir bei, zumal das Baby in dem Moment wütend losbrüllt und dabei den kleinen Mund so weit aufreißt, als wüßte es noch nicht, wie man damit umgeht. »Dieselbe große Klappe, seht ihr?« bemerkt Carla.

Wir müssen schallend lachen, und plötzlich spüren wir Yos Abwesenheit so deutlich, als stünde über dem Bett neben den vielen Luftballons mit der Aufschrift *Ein Junge!* die Frage: *Was fehlt auf diesem Bild?*

Zum x-tenmal sage ich zu Sandi: »Ich finde, du solltest sie anrufen.« Carla nickt. Sandi beißt sich auf die Lippen, aber ich sehe ihr an, daß sie unschlüssig ist. Ihre Augen haben einen so weichherzigen Ausdruck, als wäre das Zimmer mit Fotos von ihrem wunderschönen Baby tapeziert. Plötzlich hebt sie herausfordernd den Kopf und meint: »Ich glaube einfach nicht, daß ihr es ihr nicht gesagt habt.«

Carla und ich blicken zu Boden, damit man uns das Schuldbewußtsein nicht ansieht.

»Verstehe, verstehe«, sagt sie. »In unserer Familie kann keiner ein Versprechen halten«, erklärt sie ihrem kleinen Jungen. Und während sie zum Telefonhörer greift, fügt sie hinzu: »Ich vermutlich eingeschlossen.«

Und dann könnte ich Yoyo wieder einmal umbringen, weil mir Sandis Gesicht verrät, daß sie diesen blöden Anrufbeantworter erwischt hat, der sie an Yoyos Agentin verweist. Sandi verdreht die Augen, und wie auf ein Stichwort fängt das Baby mit dem großen Mund seiner Tante an zu plärren.

»Ya, ya«, säuselt sie dem Baby zu, und dann legt sie mit der präparierten Stimme los, mit der man auf einen Anrufbeantworter spricht. »Yo! Ich bin es, deine leibhaftige Schwester Nummer zwei, und ich weiß, daß du weißt, daß du einen neuen Neffen hast, von dem alle behaupten, er sehe dir ähnlich, was der Himmel verhüten möge, aber ich persönlich finde, daß er unserem Onkel mütterlicherseits, dem attraktiven Tío Max, ähnlich sieht, aber wenn er sich als ebenso großer Schürzenjäger entpuppt, schneide ich ihm sein Ding ab, nein, ich mache nur Spaß, ich mache nur Spaß, hast du gehört, was für kräftige Lungen er hat? Er hat unglaublich süße kleine Zehen, und der Nagel am kleinen Zeh fehlt, was er von Papi geerbt hat, und du weißt ja, woran es angeblich liegt, daß die Garcías am kleinen Zeh keinen Nagel haben...«

Ich nehme ihr das Baby ab, weil mir klar ist, daß sie sich auf einen längeren Monolog eingestellt hat. Sandi kommt mir vor, als wäre sie mit neun Monaten Neuigkeiten angefüllt, die sie jetzt, nachdem sie ihren Sohn zur Welt gebracht hat, loswerden muß. Dabei spricht sie mit einer Maschine, zum

Kuckuck! Vermutlich ist das ihre einzige Chance, alles zu sagen, was sie auf dem Herzen hat, ohne daß ein Familienmitglied mit seiner eigenen Version der Geschichte dazwischenfährt.

TEIL I

DIE MUTTER

Nonfiction

Wenn ich ehrlich sein soll: Als wir in dieses Land kamen, war das Schlimmste nicht der Winter, vor dem mich alle gewarnt hatten, sondern die Sprache. Falls Sie sich unbedingt die Zunge abbrechen wollen, wenn Sie jemandem sagen, daß Sie ihn lieben, oder sich erkundigen, wieviel ein Pfund schieres Rinderhack kostet, brauchen Sie es nur auf englisch zu sagen. Früher dachte ich immer, die Amerikaner müßten intelligenter sein als wir Latinos – sonst könnten sie doch keine so schwere Sprache sprechen. Aber nach einiger Zeit kam ich dahinter, daß es sich umgekehrt verhielt. Nachdem es so viele verschiedene Sprachen gab, konnte sich eigentlich nur ein Dummkopf freiwillig dafür entscheiden, englisch zu sprechen.

Ich denke, für jeden in der Familie war etwas anderes das Schlimmste. Für Carlos war es die Tatsache, daß er mit fünfundvierzig noch einmal von vorn anfangen, sich um eine Zulassung bemühen und eine neue Praxis aufmachen mußte. Carla, meine Älteste, fand es nahezu unerträglich, nicht mehr Miss Allwissend zu sein, denn natürlich kannten die Amerikaner ihr eigenes Land besser als sie. Sandi wurde noch komplizierter und noch hübscher, und für sie war es wahrscheinlich schlimm, als sie feststellen mußte, daß sie eine Prinzessin war – unmittelbar nachdem sie ihr Inselreich verloren hatte. Die kleine Fifi fügte sich völlig problemlos in die neue Umgebung ein, so daß das einzig Schlimme für sie vermutlich war, sich unser Gestöhne und Gejammer anhören zu müssen. Was Yo angeht, muß ich wohl sagen, daß für sie das Schlimmste an diesem Land die Tatsache war, daß sie wohl oder übel auf engem Raum mit mir zusammenleben mußte.

Zu Hause auf der Insel lebten wir als Clan und nicht als das, was man hierzulande als »Kernfamilie« bezeichnet, wobei schon der Begriff darauf hindeutet, daß man sich zwangsläufig Ärger einhandelt, wenn man ähnlich gelagerte Temperamente so eng zusammenpfercht, daß Explosionen unvermeidlich sind. Die Mädchen liefen immer mit einer Schar Cousinen herum, beaufsichtigt – falls man das so nennen konnte – von einer Handvoll Tanten und Kindermädchen, die uns als Kindern schon den Po abgewischt hatten und jetzt den alten Leuten, in deren Diensten sie seit einem halben Jahrhundert standen, den Sabber abwischten. Es gab nie einen Grund, mit jemandem aneinanderzugeraten. Eine Frau kam mit ihrer Mutter nicht aus? Sie hatte zwei Schwestern, einen Schwager, drei Brüder und deren Frauen, dreizehn Nichten und Neffen, einen Ehemann, ihre eigenen Kinder, zwei Großtanten, ihren Vater, einen unverheirateten Onkel, eine taube, arme Verwandte und ein kleines Heer von Dienstmädchen, die allesamt vermittelten und beschwichtigten – und wenn sie mit zusammengebissenen Zähnen »Du Miststück!« murmelte, hörte es sich, bis es bei ihrer Mutter ankam, etwa so an wie: »Reich mir doch bitte mal die Mangospeise.«

Das galt auch für Yo und mich.

Sie wurde damals zu Hause vorwiegend von den Dienstmädchen großgezogen. Sie hing die meiste Zeit bei ihnen herum und nicht bei den Verwandten, und wäre ihre Haut dunkler gewesen, hätte ich sie für ein untergeschobenes Kind gehalten, das mit meinem eigenen Fleisch und Blut vertauscht worden war. Freilich, ab und zu gab es schon Zusammenstöße – nicht einmal drei oder vier Dutzend Personen gelang es immer zu verhindern, daß unsere beiden Dickköpfe aufeinanderprallten.

Aber es gab einen Trick, den ich damals nicht nur bei Yo, sondern auch bei allen meinen Töchtern anwandte, damit sie sich ordentlich benahmen. Ich nannte ihn »den Bären spielen«. Allerdings funktionierte er nicht mehr, als wir die Insel verließen, und daß er überhaupt je funktioniert hat, verdanke ich einem Mißverständnis.

Es fing ganz harmlos an. Meine Mutter hatte mir einen Nerzmantel geschenkt, den sie früher viel getragen hatte, als sie und Vater noch oft nach New York fuhren, um Urlaub von der Diktatur zu machen. Ich hängte ihn hinten in meinen begehbaren Schrank, weil ich dachte, womöglich könnten wir eines Tages der Hölle entfliehen, in der wir lebten, und ich bekäme Gelegenheit, diesen Mantel auf dem Weg in die Freiheit zu tragen. Oft spielte ich mit dem Gedanken, ihn zu verkaufen. Ich hatte keinen reichen Mann geheiratet, und das Geld war bei uns immer knapp.

Doch jedesmal, wenn ich mich dazu durchgerungen hatte, den Mantel in klingende Münze zu verwandeln, wurde ich unsicher. Ich vergrub meine Nase in dem kitzelnden Pelz, der noch immer nach dem Parfum meiner Mutter duftete. Dann stellte ich mir vor, wie ich über die Fifth Avenue schlenderte, während in allen Schaufenstern Lichter funkelten und zauberhafte Schneeflocken herabrieselten, und brachte es nicht übers Herz, mich von dem Mantel zu trennen. Ich steckte ihn wieder in seine Plastikhülle und dachte: Ich behalte ihn noch ein Weilchen.

Irgendwann zu Weihnachten dachte ich einmal, es wäre eine nette Idee, mich für die Kinder zu verkleiden. Also zog ich mir den Mantel so über den Kopf, daß nur noch ein Teil meines Gesichts herauslugte und alles andere bis zu den Waden in Pelz gehüllt war. Ich hatte mir eine plausible Geschichte zurechtgelegt, daß der Weihnachtsmann den weiten Weg vom Nordpol hierher nicht geschafft und deshalb als Stellvertreter einen Bären geschickt hatte.

Sobald meine Töchter und ihre Cousinen mich sahen, kreischten sie auf, als hätten sie ein Gespenst erblickt, und liefen davon. Keine ließ sich dazu verleiten, näher zu kommen und ihr Geschenk in Empfang zu nehmen. Schließlich gab Carlos vor, mich mit einem Besen davonzujagen, und als ich weglief, ließ ich den Kissenbezug mit den Süßigkeiten fallen. Als ich Minuten später in meinem roten Organdykleid ins Zimmer trat, stürzten sich die Mädchen auf mich: »Mami! Mami! *El cuco* war hier!« *El cuco* ist auf Haiti der schwarze Mann, und ich hatte ihnen erzählt, daß er kommen und sie holen würde, wenn sie sich nicht anständig benahmen.

»Wirklich?« sagte ich und heuchelte Verwunderung. »Und was habt ihr gemacht?«

Die Mädchen sahen einander mit großen Augen an. Was wäre ihnen schon anderes übriggeblieben, als wegzulaufen, um nicht von diesem Ungeheuer, dem nach ihren Spielsachen gelüstete, verspeist zu werden? Doch Yo meinte keck: »Ich hab ihn gehauen und fortgejagt!«

Hier hatten wir ein kleines Problem, das sich nicht von selbst erledigen würde. Immer wieder träufelte ich Yo Tabasco in den Mund, in der Hoffnung, die Lügen wegzubrennen, die daraus hervorquollen. Für Yo war das Erzählen so etwas wie eine Übung im Geschichtenerfinden. Aber an diesem Tag war Heiligabend, die Diktatur erschien uns weit weg wie in einem Märchenbuch über *cucos*, und Carlos sah in seiner weißen *guayabera* so elegant aus wie ein reicher Plantagenbesitzer auf einem amerikanischen Werbeplakat für Kaffee oder Zigarren. Außerdem freute ich mich, daß mein kleiner Streich gelungen war.

Von da an warf ich mir immer, wenn ich die Mädchen streiten hörte, den Mantel über den Kopf und lief heulend den Gang entlang. Ich stürzte in ihr Zimmer, fuchtelte mit den Armen vor ihnen herum, rief sie beim Namen, und sie kreischten auf, klammerten sich aneinander und hatten im Nu vergessen, weshalb sie sich gestritten hatten. Schritt für

Schritt kam ich näher, bis sie fast in Panik gerieten, die Augen entsetzt aufrissen und ihre kleinen Gesichter ganz bleich wurden. Dann warf ich den Mantel ab und breitete die Arme aus: »Ich bin es, Mami!«

Obwohl sie mit eigenen Augen sehen konnten, daß ich es war, zögerten sie eine Weile und wollten es nicht recht glauben. Vielleicht war es gemein, so etwas zu tun – ich weiß es nicht. Nach den ersten paar Malen ging es mir im Grunde darum festzustellen, ob meine Mädchen wenigstens einen Funken Verstand besaßen. Ich war überzeugt, daß sie das Theater durchschauten. Aber nein, jedesmal wieder ließen sie sich zum Narren halten. Und allmählich ärgerte es mich, daß sie so begriffsstutzig waren.

Endlich fiel bei Yo der Groschen. Sie mag fünf oder sechs gewesen sein – ich weiß es nicht mehr. All diese Jahre sind in der Erinnerung durcheinandergeraten wie ein altes Puzzle, dessen Schachteldeckel verlorengegangen ist. (Ich weiß nicht einmal mehr, welches Bild die vielen Teilchen ergeben.) Wie üblich stürzte ich heulend ins Schlafzimmer der Mädchen. Doch diesmal riß Yo sich los, kam direkt auf mich zu und zog mir mit einem Ruck den Mantel vom Kopf. »Seht ihr«, sagte sie zu den anderen. »Es ist wirklich nur Mami, wie ich euch gesagt habe.«

Es wunderte mich nicht, daß sie die Sache als erste durchschaute.

An dem Tag, an dem der Bär ausgedient hatte, kehrte ich in mein Zimmer zurück, um den Mantel wegzuhängen, und stellte fest, daß jemand im Schrank herumgewühlt hatte. Meine Schuhe lagen überall verstreut, und eine Hutschachtel war umgekippt. Es war ein begehbarer Schrank besonderer Art. Früher befand sich an dieser Stelle ein Gang zwischen dem Elternschlafzimmer und Carlos' Arbeitszimmer, und wir hatten ihn an beiden Enden zugemacht und zu einem Schrank umfunktioniert, den man von beiden Zimmern aus betreten konnte. Er war fast immer abgesperrt, da wir dort alle unsere Wertsachen aufbewahrten. Vermutlich war Carlos und mir im Unterbewußtsein stets klar, daß wir die Insel eines Tages überstürzt würden verlassen müssen und daß es dann praktisch wäre, Bargeld und Wertsachen griffbereit zu haben. Deshalb hätte mich auch beinahe der Schlag getroffen, als ich merkte, daß jemand unser Versteck durchwühlt hatte.

Dann kam ich darauf, wer dieser Eindringling gewesen war – Yo. Zuvor hatte ich gesehen, wie sie in Carlos' Arbeitszimmer in den medizinischen Büchern blätterte, mit denen ihr Vater sie spielen ließ. Sie mußte in den Schrank gegangen und auf diese Weise dahintergekommen sein, daß der Pelz nur ein Pelz war. Schon wollte ich sie hereinrufen und ihr eine Kostprobe meiner rechten Hand verabreichen, als ich entdeckte, daß die Bodenbretter auf der Arbeitszimmerseite herausgestemmt und nicht wieder genau eingepaßt worden waren. Ich kroch mit einer Taschenlampe unter die Kleider und hob ein Brett an. Jetzt war ich diejenige, die bleich wurde, denn darunter versteckt lag ein gefährlich aussehendes Gewehr.

Sie können Gift darauf nehmen, daß ich Carlos, sobald er nach Hause kam, damit gedroht habe, ihn auf der Stelle zu verlassen, wenn er mir nicht sagen würde, was er im Schilde führte. Ich erfuhr mehr, als mir lieb war.

»Es ist nichts passiert«, beruhigte Carlos mich immer wieder. »Ich bringe das Gewehr noch heute abend woandershin.« Und das tat er auch. Er wickelte es in meinen Pelzmantel und legte das Bündel auf den Rücksitz des Buick, als wollte er den Mantel nun doch verkaufen. Spätnachts kam er mit dem Mantel über dem Arm zurück, und erst als ich den Pelz am nächsten Morgen aufhängte, entdeckte ich die Ölflecken im Futter. Sie sahen genauso aus wie getrocknetes Blut.

Danach war ich nur noch ein Nervenbündel. Nachts brauchte ich vier Tabletten, um wenigstens ein paar Stunden Schlaf zu bekommen, und dieser war wenig erquicklich.

Tagsüber nahm ich Valium, um meine Nervosität zu dämpfen. Es war die reinste Hölle für unsere Ehe, weil ich die meiste Zeit völlig deprimiert war. Am schlimmsten waren die Migräneanfälle, die ich nahezu jeden Nachmittag bekam. Dann mußte ich in dem stickigen kleinen Schlafzimmer die Jalousien herunterlassen und mich mit einem nassen Handtuch auf der Stirn aufs Bett legen. Von fern hörte ich die Kinder in ihrem Zimmer schreien, und dann wünschte ich mir, ich könnte noch ein einziges Mal meinen Bärentrick ausspielen, um ihnen einen solchen Schreck einzujagen, daß sie Ruhe gaben.

An diesen Nachmittagen gingen mir viele sorgenvolle Gedanken durch den pochenden Kopf. Am ärgsten setzte mir die Vorstellung zu, daß Yo in unserem Schrank herumgestöbert hatte. Wenn sie das versteckte Gewehr entdeckt hatte, war es nur eine Frage der Zeit, bis sie jemand davon erzählte. Ich sah bereits den SIM an die Haustür klopfen und uns fortschleppen. Eines Nachmittags, als ich es einfach nicht mehr aushielt, sprang ich aus dem Bett und rief den Gang hinunter, Yo solle augenblicklich in mein Zimmer kommen.

Bestimmt rechnete sie mit einer kräftigen Abreibung wegen der lauten Streitereien, die aus dem Kinderzimmer drangen. Sie rannte herbei und rechtfertigte sich sogleich, sie habe Fifis Babypuppe nur deshalb den Kopf abgerissen, weil Fifi sie dazu aufgefordert habe. »Sei jetzt still«, sagte ich, »darum geht es nicht!« Das brachte sie zum Schweigen. Zögernd blieb sie an der Tür stehen und sah sich in meinem Schlafzimmer um, als sei sie doch nicht so sicher, daß es sich bei dem Bären wirklich nur um ihre Mutter in einem Pelzmantel handelte.

Ich versuchte sie mit sanfter Stimme zu beruhigen – so wie man Babys zuredet, während man sie streichelt, bis ihnen die Augen zufallen. Ich sagte, Papá Díos im Himmel könne in unser aller Seelen schauen. Er wisse, wann wir brav und wann wir böse gewesen seien. Wann wir logen und wann wir die Wahrheit sagten. Und obwohl es in Seiner Macht gestanden hätte, alles von uns zu verlangen, was Er wollte, habe Er aus Milliarden Möglichkeiten nur zehn heilige Gebote herausgegriffen, die wir befolgen müßten. Und eines dieser zehn Gebote besage, daß man Vater und Mutter ehren müsse, was auch bedeute, daß man sie nicht anlügen dürfe.

»Das heißt, daß du deiner Mami immer, immer die Wahrheit sagen mußt.« Ich schenkte ihr ein herzliches Lächeln, das sie jedoch kaum erwiderte. Sie wußte, daß das noch nicht alles war. Sie saß auf dem Bett und beobachtete mich. So wie sie ihre Mutter unter dem Pelz erkannt hatte, sah sie jetzt hinter der Mutter die verängstigte Frau. Ich stieß einen langen Seufzer aus und sagte: »Also, *cuca*-Schätzchen, Mami möchte, daß du ihr genau erzählst, was du gesehen hast, als du neulich in den Schrank geschaut hast.«

»Du meinst den großen Schrank?« sagte sie und deutete auf die Nische, die vom Elternschlafzimmer zu dem begehbaren Schrank und durch diesen direkt ins Arbeitszimmer ihres Vaters führte.

»Genau den«, sagte ich. Die Migräne hämmerte in meinem Kopf, errichtete ihr Gebäude aus Schmerz.

Sie sah mich an, als wüßte sie, daß sie in Teufels Küche kommen würde, wenn sie zugab, herumgeschnüffelt zu haben. Daher versicherte ich ihr, daß ich und der liebe Gott sie besonders liebhaben würden, wenn sie diesmal die Wahrheit sagte.

»Ich habe deinen Mantel gesehen«, sagte sie.

»Das ist sehr gut«, sagte ich. »Genau das meine ich. Was hast du sonst noch in Mamis Schrank gesehen?«

»Deine komischen Schuhe«, gab sie zu. Sie meinte die Stöckelschuhe, die mit kleinen Löchern übersät waren wie mit Pockennarben.

»Ausgezeichnet!« sagte ich. »Du bist doch Mamis Liebling. Was sonst noch?«

Sie ging den ganzen Schrank durch und lieferte mir eine fast vollständige Inventarliste, die praktisch alle Kleidungsstücke enthielt, die ich besaß. Mein Gott, dachte ich, gebt ihr noch ein Jahrzehnt, dann kann *sie* für den SIM arbeiten. Ich lag da und hörte zu, denn was hätte ich sonst tun können? Wenn sie wirklich nichts gesehen hatte, wollte ich ihr keine Flausen in den Kopf setzen. Dieses Kind hatte ein Mundwerk, das von hier bis China reichte, auf dem Seeweg wohlgemerkt, den die Schiffe des Kolumbus genommen hatten.

»Was ist mit dem Boden?« fragte ich ganz benommen.

»Hast du *im* Boden irgendwas gesehen?«

Die Art, wie sie den Kopf schüttelte, überzeugte mich nicht. Ich wiederholte noch einmal die zehn Gebote und daß man seine Mutter nicht belügen durfte, konnte ihr aber nichts mehr entlocken bis auf meine mit Monogramm bestickten Taschentücher und, ach ja, die Nylonstrümpfe in einem ziehharmonikaförmigen Plastiketui. Schließlich nahm ich ihr für den Fall, daß ihr noch etwas einfallen sollte, das Versprechen ab, sofort zu Mami zu kommen und es ihr zu sagen, nur mir und sonst niemand.

»Das bleibt dann unser kleines Geheimnis«, flüsterte ich ihr zu.

Bevor sie zur Tür hinausschlüpfte, drehte sie sich um und sagte etwas Sonderbares. »Der Bär kommt jetzt nicht mehr, Mami.« Es war, als hätte sie damit ihre Bedingung für unseren Handel genannt. »*Cuca*-Liebchen«, sagte ich. »Denk daran, es war Mami, die den Bären gespielt hat. Es war nur ein alberner Scherz. Aber nein«, versprach ich ihr, »der Bär ist endgültig verschwunden. Einverstanden?« Sie nickte zustimmend.

Sobald die Tür ins Schloß klickte, weinte ich in mein Kissen. Mein Kopf tat höllisch weh. Ich sehnte mich nach schönen Dingen, nach Geld und Freiheit. Ich fand es schrecklich, meinem eigenen Kind auf Gedeih und Verderb ausgeliefert zu sein, doch von dem Tag an waren wir in diesem Haus alle darauf angewiesen, daß sie den Mund hielt.

Ist eine Geschichte nicht oft wie ein Zauberspruch? Man braucht bloß zu sagen: *Und dann kamen wir in die Vereinigten Staaten,* und mit diesem *Und dann* überspringt man vier Jahre, in denen Freunde verschwanden, vier Jahre voll schlafloser Nächte, Ausgangssperren, knappem Entrinnen, *und dann* hocken zwei Erwachsene und vier Kinder zusammengepfercht in einer kleinen, düsteren Wohnung in der Nähe der Columbia University. Yo muß den Mund gehalten haben, denn sonst hätte uns auch kein Zauberspruch aus den Folterkammern befreien können, von denen wir den Beamten der Einwanderungsbehörde immer wieder erzählten, damit sie uns nicht zurückschickten.

Daß wir keine hundertprozentige Gewißheit hatten, in den Staaten bleiben zu dürfen – das war am Anfang das Schlimmste. Selbst das Sprachproblem erschien uns damals wie ein Tropfen in einem lecken Eimer. Erst später wurde mir klar, daß die englische Sprache für mich das Allerschwierigste war. Aber glauben Sie mir, damals in der ersten Zeit hatte ich viel zu viele Sorgen, um unsere Schwierigkeiten auch noch zu gewichten.

Carlos war schlecht gelaunt. Er konnte an nichts anderes denken als an die *compañeros,* die er zurückgelassen hatte. Ich fragte ihn wiederholt, ob es für ihn eine Alternative gegeben hätte, es sei denn, dazubleiben und mit ihnen zu sterben. Er büffelte wie wild auf die Prüfung für die Zulassung als Arzt. Wir lebten äußerst bescheiden von den mageren Ersparnissen, die uns noch geblieben waren, denn wir wußten, daß vorläufig kein Geld ins Haus kommen würde. Ich hatte keine Ahnung, wovon ich die warmen Sachen bezahlen sollte, die die Kinder brauchen würden, sobald das kalte Wetter einsetzte.

Ihr Gejammer und ihre Streitereien waren das letzte, was ich gebrauchen konnte. Jeden Tag hörte ich dieselbe Frage: »Wann fahren wir wieder nach Hause?« Nun, da wir weit weg waren und ich nicht mehr befürchten mußte, daß sie etwas ausplaudern könnten, versuchte ich ihnen alles zu erklären. Aber es war, als glaubten sie, ich würde ihnen nur etwas vorlügen, damit sie sich anständig benahmen. Sie hörten zwar zu, doch sobald ich fertig war, fingen sie wieder an. Sie wollten nach Hause zu ihren Cousinen und Onkeln und Tanten und den Dienstmädchen. Ich hoffte, sie würden sich heimischer fühlen, wenn erst die Schule begann. Doch September, Oktober, November und Dezember gingen vorüber, und noch immer hatten sie Alpträume und lagen mir den lieben langen Tag in den Ohren, sie wollten endlich nach Hause. Nach Hause. Nach Hause.

Ich behalf mich damit, sie in Schränke zu sperren, von denen es in dieser altmodischen Wohnung mehr als genug gab, tiefe Schränke mit gläsernen Knäufen, Schlüssellöchern, ähnlich denen, durch die in Cartoons die Detektive spähen, und großen eisernen Schlüsseln mit lilienförmigen Griffen. Ich wählte stets dieselben vier Schränke, einen kleinen im Schlafzimmer der Mädchen, den großen in meinem Zimmer, den Besenschrank im Flur und den Garderobenschrank im Wohnzimmer. Welches Kind ich in welchen Schrank steckte, hing davon ab, wen ich wo zu fassen bekam.

Sie blieben nie lange eingesperrt, das dürfen Sie mir glauben. Ich ging von Tür zu Tür wie ein Priester, der die Beichte abnimmt, und versprach, sie herauszulassen, sobald sie sich beruhigt hatten und bereit waren, sich friedlich zu verhalten. Ich weiß nicht, wie es kam, daß Yo nie in dem Schrank mit den Mänteln landete – bis zu jenem Tag, den ich ewig bereuen sollte.

Ich hatte alle vier eingesperrt und einmal die Runde gemacht, hatte zuerst die Jüngste herausgelassen und dann die Älteste, die immer ganz empört war. Danach waren die zwei mittleren an der Reihe, Sandi zuerst. Als ich an Yos Schranktür kam, erhielt ich keine Antwort. Ich bekam Angst und riß die Tür auf. Da stand sie, bleich vor Schreck. Und – ay, packten mich die Gewissensbisse! – sie hatte sich in die Hose gemacht.

Der verfluchte Nerzmantel befand sich ganz hinten in diesem Schrank, aber Yo konnte es natürlich nicht lassen, im Dunkeln herumzuwühlen. Dabei muß sie den Pelz gestreift haben und war in Panik geraten. Eigentlich begreife ich das nicht, weil es so ausgesehen hatte, als wüßte sie, daß der Pelz nur ein Mantel war. Vielleicht vermutete sie mich darunter, und dann war ich auf einmal hinter der Tür, und sie war auf der anderen Seite allein mit einem Monster, von dem sie glaubte, wir hätten es in der Dominikanischen Republik zurückgelassen.

Ich holte sie heraus und schob sie ins Bad. Sie weinte keine Träne, sondern stöhnte nur leise – wie Kinder das tun, wenn sie tief in ihrem Innern nach der Mutter suchen, die man ihnen nicht gewesen ist. Während ich sie wusch, sagte sie die ganze Zeit nur: »Du hast versprochen, daß der Bär endgültig fort ist.«

Nun kamen mir die Tränen. »Ihr Mädchen seid doch die Bären! Und dabei dachte ich, all unsere Schwierigkeiten hätten ein Ende, wenn wir erst hier sind.« Ich legte den Kopf am Badewannenrand auf die Arme und begann zu weinen. »*Ay*, Mami, *ay*«, stimmten die drei anderen ein. Sie waren an die Badezimmertür gekommen, um nachzusehen, was los war. »Wir versprechen auch, daß wir brav sind.«

Nicht so Yo. Sie erhob sich aus dem Wasser und schnappte sich ein Handtuch. Sie mußte schon immer das letzte Wort haben. Sie stieg aus der Badewanne und stapfte davon, und als sie außer Reichweite war, rief sie: »Ich will nichts mit dieser verrückten Familie zu tun haben!«

Knapp eine Woche später ruft eine Sozialbeauftragte der Schule an, eine Sally O'Brien, und kündigt einen Hausbesuch an. Sobald ich aufgelegt habe, knöpfe ich mir die Mädchen vor, um herauszufinden, was sie dieser Frau erzählt haben könnten. Doch alle vier schwören, daß sie nichts zu beichten haben. Ich mache ihnen klar, daß man uns wieder heimschickt, wenn diese Frau einen negativen Bericht über uns abgibt, und in dem Fall wären *cucos* und Bären Plüschtiere im Vergleich zu den Raubtieren des SIM, die uns in Stücke reißen würden. Ich schicke die Mädchen in ihr Zimmer und lasse sie ihre geblümten Kleider anziehen, die ich ihnen für die Ankunft in den Vereinigten Staaten habe nähen lassen. Und dann tue ich etwas, was ich in den sechs Monaten unseres Aufenthalts in diesem Land nicht getan habe: Ich nehme ein Valium, um einen guten Eindruck auf diese Frau zu machen.

Und da kommt sie schon, eine große Frau mit flachen schwarzen Spangenschuhen und einem blonden Zopf auf dem Rücken. Ein Schulmädchen in einem altjüngferlichen Kostüm. Sie hat ein sympathisches, ungeschminktes Gesicht und ernste blaue Augen, denen man anmerkt, daß sie noch nie etwas wirklich Entsetzliches gesehen haben können. Sie hat eine mit kleinen Herzchen bemalte Mappe bei sich, aus der sie einen länglichen gelben Schreibblock zieht. »Ist es Ihnen recht, wenn ich mir ein paar Notizen mache?« Sie lächelt.

»Aber sicher, Mrs. O'Brien.« Ich weiß nicht, ob sie verheiratet ist, habe aber beschlossen, sie mit einem Mann zu beehren, auch wenn sie keinen hat.

»Kommt Ihr Mann noch dazu?« fragt sie und sieht sich im Zimmer um. Ich folge ihrem Blick, weil ich überzeugt bin, daß sie sich vergewissern möchte, ob die Wohnung auch sauber und dazu geeignet ist, vier Mädchen großzuziehen. Der Garderobenschrank, den ich zu schließen vergaß, wirkt bedrohlich wie eine Folterkammer.

»Mein Mann hat gerade erst seine Zulassung als Arzt bekommen. Seitdem arbeitet er wie der liebe Gott jeden Tag. Sogar am Sonntag«, füge ich hinzu, und sie notiert es auf ihrem Block. »Wir haben schwere Zeiten hinter uns.« Ich habe beschlossen, gar nicht erst so zu tun, als ginge es uns prächtig in Amerika, obwohl ich mir das ursprünglich vorgenommen hatte, ob Sie es glauben oder nicht. Ich dachte, es würde sich patriotischer anhören.

»Da sind Sie bestimmt erleichtert!« meint sie, nickt verständnisvoll und sieht mich an. Bei allem, was sie sagt, kommt es mir so vor, als drückte sie einem Baby eine Rassel in die Hand, um zu sehen, was es damit anstellt. Ich schüttle sie, richtig kräftig. »Wir sind endlich frei«, erkläre ich ihr. »Und das verdanken wir diesem großartigen Land, das sich bereit erklärt hat, uns aufzunehmen. Wir können nicht zurück«, füge ich hinzu. »Das wäre der sichere Tod.«

Daraufhin blinzelt sie und notiert sich etwas. »Man liest ja so einiges in der Zeitung«, sagt sie und holt ihren Zopf nach vorn, so daß er seitlich über ihre geblümte Bluse fällt. Sie macht keinen nervösen Eindruck, beschäftigt sich aber so intensiv mit ihrem Zopf, als würde sie dafür bezahlt, ihn in Bewegung zu halten. »Aber ist die Situation denn wirklich so schlimm?«

Und schon rede ich in meinem mangelhaften Englisch, durch das meine Gedanken zwangsläufig auf die falsche Größe beschnitten werden, auf sie ein und berichte, was sich zu Hause auf der Insel abspielt – erzähle von geplünderten Häusern, verschleppten Menschen, Folterkammern, Elektroschocks, Hunden, die auf Menschen gehetzt werden, Gefangenen, denen man die Fingernägel ausreißt. Ich lasse mich ein bißchen mitreißen und erfinde noch ein paar Foltermethoden dazu – nichts, was sich der SIM nicht bestimmt schon ausgedacht hat. Während ich rede, windet sie sich, bis ihre Hände schließlich zu den Schläfen hinaufwandern, als bekäme sie einen Migräneanfall. Fassungslos haucht sie: »Das ist wirklich entsetzlich. Sie müssen sich ja furchtbare Sorgen um den Rest ihrer Familie machen.«

Da ich meine Stimme nicht mehr in der Gewalt habe, nicke ich nur kurz.

»Aber dann begreife ich nicht, warum die Mädchen immer wieder sagen, daß sie nach Hause wollen. Daß dort alles besser war.«

»Sie sind krank nach daheim...«, erkläre ich, aber irgendwie klingt das nicht richtig.

»Ja, sie haben Heimweh«, sagt sie.

Ich nicke. »Es sind eben Kinder. Sie sehen den Wald vor lauter Bäumen nicht.«

»Ich verstehe.« Das sagt sie so sanft, daß ich überzeugt bin, sie begreift trotz ihrer vom Leben noch nicht geprüften blauen Augen. »Sie können ja nicht wissen, was Sie und Ihr Mann Schreckliches durchgemacht haben.«

Ich versuche, die Tränen zurückzudrängen, aber es gelingt mir nicht. Eines freilich kann diese Frau nicht wissen: daß ich nicht nur um unser Zuhause weine, das wir verlassen mußten, und um alles, was wir verloren haben, sondern um das, was kommen wird. Erst jetzt, wo wir ohne den ganzen Clan dastehen, wie ein Haus ohne Fundament, stelle ich mir die Frage, ob wir sechs es schaffen werden zusammenhalten.

»Ich verstehe«, sagt sie wiederholt, bis ich die Fassung wiedergewonnen habe. »Wir machen uns nur Sorgen, weil die Kinder so niedergeschlagen wirken. Vor allem Yo.«

Ich wußte es! »Hat sie irgendwelche Geschichten erzählt?«

Die Frau nickt bedächtig. »Ihre Lehrerin sagt, daß sie liebend gern Geschichten erzählt. Aber einige davon... nun ja...« Sie stößt einen Seufzer aus und wirft ihren Zopf nach hinten, als sollte er das lieber nicht hören. »Ehrlich gesagt, sind sie etwas beunruhigend.«

»Beunruhigend?« frage ich. Obwohl ich weiß, was das Wort bedeutet, hört es sich aus dem Mund dieser Frau schlimmer an.

»Na ja, sie erwähnte so einiges...«, die Frau wedelt vage mit der Hand, »... was in die gleiche Richtung geht wie das, was Sie beschrieben haben. Kinder zum Beispiel, die in Schränke gesperrt werden und denen man den Mund mit Lauge verätzt. Oder die von Bären mißhandelt werden.« Sie hält einen Moment inne, vielleicht weil sie mein entsetztes Gesicht sieht.

»Das überrascht mich nicht«, erläutert die Frau. »Um ehrlich zu sein, ich bin froh, daß sie sich alles von der Seele redet.«

»Ja«, sage ich. Und plötzlich beneide ich meine Tochter glühend, weil sie über alles sprechen kann, was ihr Angst einjagt. Ich selbst finde weder im Englischen noch auf spanisch die Worte dafür. Nur das Geheul des Bären, in dessen Haut ich wiederholt geschlüpft bin, vermittelt einen Eindruck von meinen Gefühlen.

»Yo hat schon immer gern Geschichten erzählt«, sage ich, und es klingt wie ein Vorwurf.

»Ach, aber Sie sollten stolz auf sie sein«, meint die Frau und holt ihren Zopf wieder nach vorn, als wollte sie Yo damit verteidigen.

»Stolz?« wiederhole ich ungläubig und will ihr schon gründlich die Meinung sagen, damit sie sich ein umfassendes Bild machen kann. Doch dann wird mir klar, daß es keinen Zweck hat. Wie kann diese Frau mit ihren Kinderaugen und ihrem lieben Lächeln verstehen, wer ich bin und was ich durchgemacht habe? Und vielleicht ist es sogar ein Segen. Ein Segen, daß andere nur das hören wollen, was wir freiwillig über uns erzählen. Sie brauchen sie doch nur anzusehen. In dieser Frau um die Fünfzig steckt ein nervöses kleines Mädchen, das mit seinem Zopf spielt. Doch wie es dazu kam, daß das kleine Mädchen in ihr steckenblieb, und wo der Schlüssel ist, um es herauszulassen, weiß vermutlich nicht einmal sie selbst.

»Ich möchte nur wissen, woher Yo dieses Bedürfnis hat, Sachen zu erfinden«, sage ich schließlich, weil mir nichts anderes einfällt.

»Tja, Laura«, sagt sie und erhebt sich, »das war sehr aufschlußreich. Und eines sollen Sie wissen: Falls es irgend etwas gibt, womit wir Ihnen und Ihrer Familie die Eingewöhnung erleichtern können, zögern Sie bitte nicht, mich anzurufen.« Sie reicht mir ein Kärtchen, viel schlichter als die

Visitenkarten bei uns zu Hause, auf denen in kunstvollen goldenen Lettern all unsere gewichtig klingenden Familiennamen prangen. Auf diesem stehen in schwarzer Schrift ihr Name und ihre Funktion, der Name der Schule und ihre Telefonnummer.

»Ich rufe die Mädchen, damit sie sich verabschieden können.«

Sie lächelt, als die vier in ihren hübschen geblümten Kleidern hereinkommen und artig knicksen, wie ich es ihnen beigebracht habe. Und als sie sich hinunterbeugt, um ihnen die Hand zu geben, werfe ich einen Blick auf ihren Block, der noch auf dem Couchtisch liegt, und lese, was sie sich notiert hat: *Trauma / Diktatur / starker Familienzusammenhalt / aufopfernde Mutter.*

Einen Augenblick lang fühle ich mich erlöst, weil ich mir einbilde, an allem, worunter wir jetzt und in Zukunft leiden, sei die Diktatur schuld. Und ich weiß, daß ich in Zukunft genau diese Geschichte über jene schweren Jahre erzählen werde – daß wir in Angst und Schrecken lebten, daß die Mädchen durch die Ereignisse traumatisiert wurden, daß ich nachts oft aufstand, um nach ihnen zu sehen, und daß sie aufschrien, sobald ich sie berührte.

Aber wie dem auch sei. Noch vor Ablauf eines Jahres wird der Diktator erschossen werden. Die Mädchen werden englisch plappern, als wären sie mit dieser Sprache aufgewachsen. Und der Nerz – den werde ich in einem Secondhandladen in der Fifth Avenue gegen vier kleine Mäntel für die Mädchen eintauschen. Wenigstens werden meine Kinder nicht frieren in diesem ersten Winter, der, wie mir alle prophezeit haben, das Schlimmste ist, wenn man in dieses Land kommt.

DIE COUSINE

Poesie

Denken Sie nicht, ich wüßte nicht genau, was die García-Mädchen über uns Cousinen auf der Insel redeten: daß wir lateinamerikanische Barbiepuppen seien, daß wir uns nur für unsere Haare und unsere Fingernägel interessierten und daß wir praktisch keine Seelen hätten. Ich will nicht leugnen, daß ich mich umgesehen habe, sobald klar war, daß ich für den Rest meines Lebens hier festsitzen würde. Und ich sah die mit Gold behängten Frauen in ihren Designer-Hosenanzügen und die kleinen Tee- und Partyzirkel. Ich sah die ältlichen *tías* mit ihren täglichen Messen und Novenen, sah sie beten, um der Familie einen guten Platz im nächsten Leben zu sichern, während ihre Männer mit hübschen Geliebten, die sich als Ehefrauen ausgaben, auf Geschäftsreise gingen. Ich sah die Dienstmädchen in ihrer je nach Tätigkeit farblich festgelegten Tracht, die viel mehr als nur Überstunden machten. Und trotzdem breitete ich die Arme weit aus und verschrieb mich mit Leib und Seele dieser Insel, und das ist mehr, als die García-Mädchen je für ihre sogenannte Heimat getan haben.

Sie kamen jeden Sommer und waren Anfang September wieder verschwunden. Ich weiß, daß sie in ihre Schulen zurückmußten. Aber dennoch paßte es genau ins Bild, daß sie die Insel verließen, kaum daß die Zeit der Hurrikane nahte. Das war so ihre Art. Sie redeten und redeten über die schlechten Schulen, darüber, wie ungerecht Armut doch sei und wie abscheulich die Dienstmädchen behandelt würden. Und sobald sie uns so weit hatten, daß wir uns richtig mies vorkamen, schwirrten sie ab in ihre Einkaufszentren und Colleges, zu ihren Sit-ins, ihren Haschzigaretten und ihren zerlumpten Freunden mit dem Treuhandvermögen auf der Bank. Und wissen Sie, was dann geschah? Ihre Fragen wirbelten mir unablässig im Kopf herum: Wie konnte ich es zulassen, daß die Dienstmädchen mein Bett machten? Wie konnte ich mich von meinem *novio* herumkommandieren lassen? Wie konnte ich mir falsche Wimpern über die echten kleben?

Die große Frage, die mich beschäftigte, noch lange nachdem alle anderen ad acta gelegt waren, lautete: Wie konnte ich in einem Land leben, in dem nicht alle Menschen ein verbrieftes Recht auf Leben, Freiheit und das Streben nach Glück hatten?

Immer war Yo diejenige, die diese Frage aufwarf. Sie stellte sie mir nie direkt. Sie polemisierte mit den Männern, den Onkeln und den Cousins, die ihrer Ansicht nach die Verantwortung für alles trugen. Ich persönlich glaube, daß sie Männer einfach mochte, sich gern bei ihnen aufhielt und sich in Diskussionen mit ihnen messen wollte. Sie hingegen behauptete, sie wolle das Bewußtsein der Männer erweitern, und die Tanten ließen ihr das durchgehen. Diese verrückten *gringa*-Cousinen konnten sich Sachen erlauben, für die man uns in ein Kloster gesperrt hätte. Nicht nur das, die alten *tías* befürworteten Yos missionarischen Eifer sogar. Wahrscheinlich glaubten sie, Yo würde auf das Gewissen der Männer einwirken, ähnlich wie sie selbst beharrlich versuchten, ihre Söhne und Männer zu mehr Religiosität anzuhalten.

Yo schwang zum Beispiel große Reden über ein Buch, das sie zum Thema dritte Welt gelesen hatte. »Was verstehst du unter ›dritter Welt‹?« hakte mein Bruder Mundín dann nach. »Dritte Welt für wen?« Ich hielt grundsätzlich den Mund, saß bei den anderen Frauen in meinem Korbstuhl und plauderte, ja, genau, über Haare und Fingernägel. Aber manchmal drehte ich mich um und beobachtete Yo, und wenn ihr Blick dann zu mir herüberwanderte, sah sie sofort wieder weg.

Sie hatte ein schlechtes Gewissen. Sie wußte genau, daß ich

ohne ihr Zutun jetzt nicht hier auf der Insel festsäße, sondern das College beenden würde. Und mich so wie sie in der ersten Welt amüsieren würde. All die Jahre hindurch war ihr bewußt, daß ich ein anderes Leben führen würde, wenn sie mir nicht in die Quere gekommen wäre. Und deshalb machte sie mir gegenüber auch nie eine Bemerkung über meine geistige Verfassung. Falls ich wirklich eine Haare-und-Fingernägel-Cousine war, dann hatte sie mich dazu gemacht, und das wußte sie.

Alles begann, als ich sechzehn wurde und meine Eltern beschlossen, mich auf eine Schule in die Staaten zu schicken. Die García-Mädchen lebten schon fünf Jahre dort, während wir hiergeblieben waren, doch die Situation auf der Insel hatte sich drastisch verschlechtert. Es gab eine Revolution nach der anderen, als könnten wir die Gewohnheit, uns gegenseitig umzubringen, nicht einmal ablegen, nachdem unser Diktator von der Bildfläche verschwunden war. Jedenfalls waren die Schulen über Jahre hinweg so gut wie geschlossen. Ich weiß noch, daß ich viele Nächte unter meinem Bett schlief, weil verirrte Kugeln die Fenster zerschmetterten. Unsere Vorratskammer war bis oben hin mit Wasser, Kerzen und Lebensmitteln gefüllt. Wir hätten ein ziemlich isoliertes Leben auf dem Anwesen der Familie geführt, zumal die García-Mädchen jetzt fort waren, doch die wohlhabenden Bürger der Hauptstadt hatten ihre Häuser ziemlich dicht beieinander gebaut, so daß wir jungen Leute quer durch die Höfe und Gärten laufen und uns gegenseitig besuchen konnten, als gäbe es keinen Krieg.

Wenn ich heutzutage in den Geschichtsbüchern etwas über diese finsteren, blutigen Jahre lese, kommt es mir vor, als hätte ich diese Zeit gar nicht erlebt. Ich habe weder eine einzige Geburtstagsparty versäumt, noch eine *quinceañera-* oder eine Namenstagsparty. Mag sein, daß die Torten damals nicht so üppig ausfielen, weil es keine Butter und nicht genug

Schokolade gab, und daß die *piñatas* ein bißchen armselig waren – die bunten Pappschachteln enthielten nur Nüsse, Bleistifte und Satinhaarbänder aus dem alten Abendkleid irgendeiner Tante. Aber an einem herrschte kein Mangel, zumindest für mich nicht: Ich hatte jede Menge *boyfriends.* Und das war, abgesehen von den Revolutionen, dem fehlenden Schulunterricht und der Angst um unser Leben, vermutlich der Hauptgrund, warum meine Eltern beschlossen, mich in die Staaten zu schicken. Sie wollten sicherstellen, daß Lucinda María Victoria de la Torre nicht hinter die Palmen ging und sich ihre Aussichten auf eine gute Partie verdarb.

Sie hätten sich keine Sorgen zu machen brauchen – oder vielmehr hätten sie erst Grund dazu gehabt, nachdem ich in den Staaten war. Denn dort fand, wie Sie sich erinnern werden, eine andere Revolution statt, von der meine Eltern nichts ahnten. Es waren die sechziger Jahre. Selbst in Miss Woods verschlafenem Pensionat, in dem die García-Mädchen und ich untergebracht waren, spürten wir das Rumoren der sexuellen Revolution. Dieses Rumoren, das bis auf unser Schulgelände mit seinen roten Ziegelbauten und seinen schmiedeeisernen Toren vordrang, kam von der Jungenschule oben auf dem Hügel.

Ich war so alt wie Carla, und auf der Insel, wo wir zusammen aufwuchsen, waren wir die dicksten Freundinnen gewesen. Doch bei Miss Wood wurde ich wegen der versäumten Schuljahre ein paar Jahrgänge zurückgestuft und landete in Yolandas Klasse. Das war ziemlich hart für mich, da ich sechzehn war und mich wie dreiundzwanzig fühlte, während Yo sich mit ihren vierzehn Jahren aufführte wie ein Kind, ein übergeschnapptes Kind. Und ausgerechnet ich mußte mit ihr verwandt sein.

Ich will damit sagen, daß sie sich einer künstlerisch angehauchten Clique in der Schule anschloß. Ich kann mich nicht mehr an alle Namen erinnern, aber vier Mädchen bildeten den harten Kern. Eine war dick und übermäßig entwickelt –

sie sah tatsächlich wie dreiundzwanzig aus – und mußte einmal in der Woche zu ihrem Psychiater nach Boston gefahren werden. Sie war es auch, die ihre Hand durch eine Fensterscheibe stieß, *um Schmerz zu empfinden, um sich tief im Innern lebendig zu fühlen*, worüber sie anschließend ein Gedicht für das Literaturmagazin schrieb. Eine andere, sie hieß Trini, färbte sich die Haare blond, um sich über die modebewußte Schickeria in der Schule zu mokieren. Die dritte, Cecilia Sowieso, war ein eher genialischer Typ, zaundürr, mit colaflaschendicker Brille. Und die vierte im Bunde war Yo, gewissermaßen die Außenseiterin in der Gruppe. Ich meine, Yo war hübsch und lebhaft, und fast alle mochten sie, wenn man sie von Trini und Big Mama loseisen konnte. Aber sie benahm sich, wie schon gesagt, noch immer wie ein Kind und machte bei den nichtigsten Anlässen Szenen, nur um die Aufmerksamkeit auf sich zu lenken.

Zum Beispiel hatten wir keine Schuluniformen, aber es gab eine Kleidervorschrift: Rock, Bluse und Schnürschuhe im Unterricht, und jeden Tag beim Abendessen sogenannte Nachmittagskleidung. Als ich in Miss Woods Pensionat kam, hatte ich nur einen Koffer mit bunten Röcken, Spitzenblusen und Satinkleidern, die völlig unpassend waren. Also gingen Carla und ich an einem Samstag, an dem wir wie immer unter Aufsicht Ausgang hatten, in die Stadt und kauften uns dort in einem Bekleidungsgeschäft ein paar hübsche, biedere Sachen, die wir untereinander austauschten und abwechselnd trugen. Vielleicht sahen wir wirklich wie zwei hispanische Schulmädchen aus – jedenfalls zog Yo uns damit auf –, aber uns war das egal. Dafür sahen sie und ihre Freundinnen aus, als kämen sie direkt von einer Beerdigung.

Die Direktorin ließ sie zu sich rufen und untersagte ihnen, sich in Zukunft ganz in Schwarz zu kleiden. Sie hätten Pastellfarben, Faltenröcke und Tweedsachen zu tragen wie alle anderen. Aus Protest liefen sie mit schwarzen Armbinden herum und zogen ihre Röcke bis über die Knie hoch. Es war wirklich peinlich, wenn die Mädchen, die in Sachen Mode in unserer Klasse den Ton angaben, die Sarahs und Betsys und Carolines, mit großen Augen ankamen und mich fragten: »Bist du tatsächlich mit Yolanda García verwandt?!«

Ich brauche wohl nicht extra zu erwähnen, daß Yo und ihre Freundinnen das Literaturmagazin herausgaben, das vorwiegend ihr eigenes Zeug enthielt; gelegentlich trugen auf Betreiben unserer Englischlehrerin auch einige von uns etwas dazu bei. Das Titelblatt war meist mit der Zeichnung einer Person verziert, die über einen Friedhof ging, während ein kahler Ast im Wind schaukelte und ein armer Schmetterling über einem Grabstein schwebte. Der Name auf dem Stein war verwischt, doch die Daten wiesen eindeutig auf einen Selbstmord hin, auf jemand in unserem Alter, der in jungen Jahren gestorben war. »Hat wahrscheinlich die Hand durch ein Fenster gestoßen, um sich tief im Innern lebendig zu fühlen«, meinte Heather, meine Zimmergenossin. Sie las solche Gedichte mit Vorliebe laut vor.

»›Und nimm mein warmes Herz in deine wurmzerfress'ne Hand!‹« Heather schleuderte das Blättchen in die Luft, als wäre es verseucht. »Ehrlich gesagt, Lucy-Pooh, ich kann einfach nicht glauben, daß du mit der alten Yo-Gore verwandt bist.« Heather hatte ein Faible für die Spitznamen aus *Winnie the Pooh*. Sie selbst war Heffalump.

Für den Englischunterricht mußten wir sogenannte Journale führen. Bei allen anderen Lehrern hatte man den Eindruck, sie seien aus dem Altersheim entlassen worden, um noch ein Jahr zu unterrichten, aber die Englischlehrerin kam frisch vom College und platzte vor Kreativitätsdrang. In Carlas Klasse ließ sie Aufsätze aus der Perspektive eines leblosen Gegenstandes schreiben. (Carla entschied sich für einen BH.) Eine andere Klasse mußte einen mächtigen Baumstamm umarmen und dann die damit einhergehenden Gefühle beschreiben. Verglichen damit kam unsere Klasse mit den Journalen noch ganz gut weg.

Sie können sich denken, daß die meisten von uns diese Journale als langweilige Pflichtübung betrachteten, die absolviert werden mußte. Yo und ihre Freundinnen hingegen schleiften ihre Notizbücher überallhin mit, selbst zu den Mahlzeiten – bis die Direktorin sie mit der Bemerkung konfiszierte, es sei unhöflich, zum Essen Arbeit mitzubringen. Wann immer man zum Hockeyspielen ging, saß eine von ihnen emsig schreibend unter einem Baum und handelte sich damit einen weiteren Minuspunkt wegen Zuspätkommens im Sportunterricht ein. Und ging man in den Salon, um sich an den Kamin zu setzen und über den hinreißenden Jungen zu plaudern, den man beim Sonntagsgottesdienst gesehen hatte, saß wieder eine von ihnen eifrig kritzelnd auf dem Fensterbrett und warf uns verächtliche Blicke zu, als wollte sie sagen, wie oberflächlich wir doch seien, weil wir uns über Jungen unterhielten. Ich dachte dann immer: Warum gehst du zum Schreiben nicht in dein Zimmer, wo es doch etwas Persönliches ist? Aber nein, sie mußten damit angeben, daß sie ihre Journale führten, damit wir anderen uns weniger sensibel, weniger poetisch veranlagt und weniger tiefgründig vorkamen als sie.

Aber ich war nicht gewillt, mir mein Glück von der kleinen Yo García trüben zu lassen. Freilich vermißte ich meine Familie und meine Freundinnen, und nachts wachte ich oft auf und hatte panische Angst, auf der Insel könnte etwas Schreckliches passiert sein. Es behagte mir auch nicht sonderlich, eine reine Mädchenschule zu besuchen, mich mit amerikanischer Geschichte beschäftigen und mir von dem alten Drachen Ballard Vorträge darüber anhören zu müssen, daß die USA den primitiven Ländern Lateinamerikas unter die Arme gegriffen hätten. Doch eines hielt mich bei Laune: Oben auf dem Hügel gab es eine Jungenschule, und ich hatte entdeckt, daß meine Begabung im Umgang mit dem anderen Geschlecht kulturübergreifend war.

Verstehen Sie mich nicht falsch, ich habe nicht herumgeflirtet. Yo flirtete viel heftiger als ich, wenn es darauf ankam, sie spielte mit den Jungen, machte sie an und sprang ab wie beim Wellenreiten, sobald ihr einer zu nahe kam. Ich hingegen tauchte hinab auf den kühlen Grund, wo ich durch ihre Tweedjacken und ihre Wollhosen hindurch die starken Strömungen spürte, und ich wartete – Tage, wenn nötig Wochen; und sie kamen immer. In den ersten drei Jahren gab es oben in Oakwood nicht einen einzigen coolen Jungen, der nicht von seiner erhabenen Höhe herabgestiegen wäre, um mir einen Besuch abzustatten, die langen, nervösen Finger in den Taschen vergraben, das blasse Gesicht gerötet, während er endlos über den Urlaub mit der Familie auf Barbados oder Bermuda erzählte, ein in meinen Augen geographisch recht verschwommener Versuch, einen Bezug zu meinem Herkunftsland herzustellen. Ich hörte ihm so lange zu, wie er brauchte, um sich interessant zu fühlen. Und dann bedachte ich ihn mit einem schüchternen Blick und sagte: Also wenn du das nächstemal in der Nähe bist, solltest du unbedingt vorbeischauen und mich besuchen! In neun von zehn Fällen war der Junge hingerissen.

Aber letzten Endes interessierte mich die eine Ausnahme. Vielleicht hatte es mit der altbekannten Sache zu tun, von der meine Mami immer sprach, nämlich daß man sich rar machen muß. Ich mochte es, wenn ein Mann nicht sofort angetrabt kam und mir aus der Hand fraß. Wie dem auch sei, in meinem letzten Jahr bei Miss Wood bekam ich Besuch von einem Jungen, auf den ich schon länger ein Auge geworfen hatte: James Roland Monroe. Alle nannten ihn Roe, und in ihn verknallte ich mich schließlich. Das Problem war, daß sich meine Cousine Yo ebenfalls in ihn verknallte.

Roe war ungleich mehr nach Yos Geschmack als meine üblichen Verehrer, lauter errötende Blondschöpfe mit ihren Lacrosse-Abzeichen an den Zimmerwänden. Roe, ebenfalls im letzten Schuljahr, war ein großer, schlanker Junge mit blauschwarzem Haar, dessen Länge sich messerscharf an der erlaubten Ohrläppchengrenze bewegte. So wie Yo bei Miss Wood, gehörte Roe oben in Oakwood der künstlerisch angehauchten Clique an, gab das Literaturmagazin heraus und war außerdem Schlagzeuger in der Rock-'n'-Roll-Band, die sich Beatitudes nannte. Er lief in der üblichen Schulkleidung herum, verlieh ihr aber eine persönliche Note. Zwar trug er den marineblauen Oakwood-Blazer und eine graue Flanellhose, doch wenn man den Blick an seinen langen Hosenbeinen hinunterwandern ließ, stellte man fest, daß er barfuß war. Die Krawatte warf er lässig über die Schulter, aus Protest, daß er eine tragen mußte. Und in der Tasche seines Blazers steckte immer ein Buch – von Hesse, Kahil Gibran oder D. H. Lawrence –, mit dem er vermutlich demonstrieren wollte, daß er ein tiefgründiger Mensch war.

Aber in seinem Fall war das keine Masche, denn dieser Roe war tatsächlich ebenso tiefgründig wie attraktiv – ein Junge, der das ganze Leben eines Mädchens ausfüllen konnte, wenn sie es im erlaubte. An dem Sonntag, an dem er mich das erstemal besuchte, spürte ich buchstäblich die neidischen Gesichter, die oben an den Schlafsaalfenstern rings um den Hof klebten, in dem wir mit unseren Besuchern Runde um Runde drehten. (Denn darauf liefen die sonntäglichen Besuchszeiten hinaus.) Und von da oben muß Yo zu uns heruntergeschaut und sich gedacht haben: Das ist nicht fair. Gesehen freilich habe ich sie nicht, da ich den Fehler begangen hatte, Roe tief in die sanften Augen zu blicken, und als er sich eine Stunde später verabschiedete, war ich noch nicht wieder aufgetaucht, um Luft zu holen.

Warum er mich besuchte, weiß ich nicht. Zu Hause hatte wieder einmal eine Revolution stattgefunden, und endlich sollten Wahlen abgehalten werden. Papi kandidierte für das Amt des Präsidenten – eines von vielen Malen, wie sich herausstellte. Jedenfalls wurde ich bei Miss Wood eine kleine Berühmtheit, die Tochter eines potentiellen Präsidenten.

Denken Sie ja nicht, der alte Geschichtsdrachen hätte uns keinen grandiosen Vortrag über den Unterschied zwischen einer Demokratie und einer Möchtegern-Demokratie gehalten. Trotzdem glaube ich nicht, daß Roe sich durch meinen VIP-Status veranlaßt fühlte, sich für mich zu interessieren. Vielmehr lag es an einem Gedicht, das ich als Hausaufgabe verfaßt hatte und das meine spleenige Englischlehrerin für die gemeinsame Herbstnummer des Literaturmagazins der beiden Schulen einreichte. Dieses Gedicht war mir wirklich recht gut gelungen, auch wenn ich das selbst sage; sie meinte, es sei ein *don*, wie die Franzosen es nennen, ein Geschenk der Götter. In meinem Fall muß es wahrhaftig ein Geschenk gewesen sein. Vermutlich haben mich die Götter mit einem anderen dunkelhaarigen lateinamerikanischen Mädchen verwechselt, meiner Cousine, der Dichterin. Angeblich sahen wir uns ja ein bißchen ähnlich.

Ich bin sicher, daß Yo eifersüchtig war, als mein Werk den Literaturwettbewerb gewann. Es war, als hätte ich mit dem Füller einen großen Klecks gemacht und wäre damit unbefugt in ihren kreativen Bereich eingedrungen. Wie das Gedicht hieß? »Einwanderers Liebeslied« oder so ähnlich. Ich erinnere mich noch an die erste und die letzte Strophe.

Als meine Heimat ich verließ, war ich
verloren, wie Meer, das ohne festes Land
nichts hat, um seine Wellen zu entlassen,
nicht trock'nen Strand, um darauf auszuruhn.

Doch neben dir des Nachts entdecke ich
voll Staunen einen neuen Kontinent,
der aufgezeichnet liegt in deinen Händen,
in deinem Atem höre ich der Heimat Lied.

Im Grunde befürchtete ich, daß mein dichterisches Debüt meinen Ruf oben in Oakwood ruinieren und mich als eine dieser abgehobenen, künstlerisch angehauchten Spinnerinnen erscheinen lassen würde. Doch nachdem das Gedicht veröffentlicht worden war, hatte ich noch mehr Verehrer. Heather meinte, das müsse wohl an der Andeutung in der letzten Strophe liegen, daß ich bis zum Äußersten gegangen war. Immer wieder las sie sie mit verführerischer Marilyn-Monroe-Stimme vor.

»Also?« fragte sie mich schließlich unumwunden.

»Also was?« fragte ich.

»Lucy-Pooh!« rief sie aufgebracht. »Bist du nun bis zum Äußersten gegangen oder nicht?«

»Meine Lippen sind versiegelt«, sagte ich – damals ein beliebter Ausspruch bei Miss Wood.

Mein Geständnis wäre ziemlich enttäuschend gewesen. Selbstverständlich war ich noch Jungfrau. Schließlich hatte man mich nur in Miss Woods Internat gesteckt, damit ich mir meine Unschuld für irgendeinen dominikanischen Macho bewahrte, der es wahrscheinlich seit dem zwölften Lebensjahr mit dem Dienstmädchen trieb. Was den Jungfrauenaspekt betraf, waren meine Eltern erfolgreich gewesen.

In anderer Beziehung jedoch nicht. Die Schule hatte falsche Hoffnungen in mir geweckt. Daß ich diesen Wettbewerb gewonnen hatte, bestätigte mich noch in meiner Überzeugung, daß ich Köpfchen hatte. Von dem alten Geschichtsdrachen, der mir jetzt schöntat, bekam ich sogar eine Zwei plus. Vielleicht dachte sie, falls die Dominikanische Republik eine Demokratie würde, könnte sie sich damit brüsten, über die Tochter des Präsidenten Einfluß genommen zu haben. Bei der monatlichen Leistungsbesprechung ermutigte mich die Direktorin wiederholt, mich an einem College zu bewerben. Doch was konnte ich schon machen? Bei den Eltern der García-Mädchen hatte sich die Einstellung deutlich verändert, seit sie in diesem Land lebten, doch meine Eltern waren nach wie vor der Meinung, daß ein Mädchen nichts auf dem College zu suchen hatte. Es war beschlossene Sache, daß ich nach dem Schulabschluß im Juni auf die Insel zurückkehren sollte.

Dann kam mein Vater, der nach Washington geflogen war, um mit einigen Senatoren über eine Unterstützung seiner Kandidatur zu sprechen, zum allererstenmal zu einem Eltern-Besuchswochenende. Die Direktorin nahm ihn beiseite und erklärte ihm sinngemäß, die Tochter eines demokratischen Präsidenten solle mit gutem Beispiel vorangehen. Mein Vater pflichtete ihr bei, mehr noch, er fuhr nach Hause und überzeugte meine Mutter davon, daß es das beste für mich sei, noch zwei Jahre auf ein Junior College zu gehen, höchstens. Ich sagte: »Klar doch«, obwohl ich schon alles geplant hatte: vier Jahre College, ein paar Jahre arbeiten in New York City und dann heiraten. Das Gesicht des Ehemanns war ein verschwommenes Traumbild gewesen, bis Roe kam.

Doch da trat Yo auf den Plan und machte ältere Rechte geltend. Schließlich sei sie mit Roe zum Juniorenball gegangen. (»Als Freunde«, erklärte Roe.) Sie und Roe hatten an den Samstagen und Sonntagen während der Besuchszeit oft miteinander gesprochen. (»Dabei ging es nur um das Literaturmagazin«, versicherte er mir.) Und Yo hatte handfeste Beweise, um ihren Anspruch zu untermauern. Eines Abends im Januar des letzten Schuljahrs kam sie in mein Zimmer, um mir ein Päckchen Briefe zu zeigen.

Ich las die meisten dieser Briefe von Anfang bis Ende und spürte, wie mir das Blut aus dem Kopf wich. Sie hatte recht, es waren Liebesbriefe, voller Gedichte im Stil von e. e. cummings, nicht unähnlich denen, die Roe mir schickte. Doch statt auf Roe war ich auf meine Cousine wütend, weil sie mir meinen Seelenfrieden raubte. »Warum zeigst du mir die?« fragte ich und warf den Packen auf ihren Schoß zurück. Sie saß am Fußende meines Bettes, ich am anderen Ende. Heather war, damit wir ungestört sein konnten, aus dem Zimmer geschlüpft, nicht ohne zuvor die Augen zur Decke zu verdrehen, als wollte sie sagen: du Ärmste.

»Was meinst du wohl, warum ich dir die zeige?« Yos
Augen waren voller Tränen, die sie zurückzudrängen versuchte. Sie war im Laufe des letzten Jahres hübscher geworden, fast als wäre es ihr auf einmal wichtig, wie sie aussah.
Vielleicht hatte Roe den Anstoß dazu gegeben.

»Ich meine, kann ja sein, daß ihr zwei *letztes* Jahr was
miteinander hattet«, antwortete ich, um eine ruhige Stimme
bemüht. So jedenfalls erklärte ich mir die Sache. Doch jetzt
betrachtete ich Yo mit mehr als einem Stich Eifersucht, weil
ich befürchtete, daß sie womöglich hübscher sein könnte als
ich. »Es ist vorbei, Yo«, erklärte ich ihr, als hätte ich ein
Recht, das zu sagen.

»Mach dir nichts vor, Lucy-Baby.« Sie schüttelte den
Kopf und lächelte ironisch. Aber ihren Augen sah man die
Kränkung an. »Diesen letzten Brief habe ich vor zwei Wochen bekommen«, sagte sie und hielt mir ein hellblaues Kuvert unter die Nase. Es war einer der Briefe unten im Stapel,
die ich mir nicht mehr angesehen hatte. Schließlich bin ich
keine Masochistin.

»Soll ich ihn dir vorlesen?« fuhr sie fort.

Ich sah ihr direkt in die Augen. »Nein«, sagte ich. »Kein
Interesse. Nicht das mindeste.« Natürlich platzte ich fast vor
Neugier, wollte mir aber nichts anmerken lassen. Dazu kam,
daß ich meine Cousine Yo kannte. Wenn sie etwas loswerden wollte, gab sie keine Ruhe. Sie würde mir diesen Brief
vorlesen, und wenn sie mich festbinden mußte, damit ich
zuhörte.

Und natürlich las sie ihn vor, heftig schluchzend, während
mein Gesicht zunehmend gefror und mein Herz in Stücke
sprang wie die Fenster in unserem Haus während der Revolutionen. Dieser letzte Brief war offenbar eine Antwort auf
ein paar verzweifelte Zeilen, die sie Roe geschrieben hatte.
(Das hatte sie freilich nicht erwähnt.) »Was wir haben, ist
für immer«, schrieb er. »Aber unsere Liebe ist platonisch« –
ein Wort, das ich zum Glück von meiner Rechtschreibliste

her kannte. »Du inspirierst mich noch immer. Du bist noch immer meine Muse.«

Da mußte ich mich doch fragen, wer zum Teufel ich war.

»Raus hier«, sagte ich, als sie zu Ende gelesen hatte. Vielleicht war das Funkeln in ihren Augen daran schuld, daß ich die Beherrschung verlor, weil ich es wie Schadenfreude darüber empfand, daß sie recht hatte. »Raus hier!« Diesmal schrie ich. Heather streckte den Kopf zur Tür herein. »Alles in Ordnung mit euch beiden?«

Yo wirkte verängstigt. »Komm schon, Lucinda«, sagte sie. »Wir sind doch Cousinen. Wir werden nicht zulassen, daß Roe sich zwischen uns stellt.«

»Er steht schon zwischen uns«, sagte ich, und in meinen Augen brannten Tränen.

»Also gut, ich bin bereit, ihn aufzugeben«, sagte sie mit vorgeschobenem Unterkiefer, »wenn du es auch bist.«

Ich mußte schallend lachen. »Tut mir leid, Püppchen, ich lasse mich auf keinen Handel ein. Soll Roe entscheiden, welche von uns beiden er will.«

Sie sammelte ihre Briefe ein und verließ übertrieben würdevoll das Zimmer, wobei sie Heather streifte, die noch in der Tür stand. Als sie um die Ecke bog, mußte ich ihr einfach nachrufen: »Möge der beste Mann gewinnen!«

Dann hörte ich sie durch den Flur zurückrufen: »Möge die beste Frau gewinnen!«

Am folgenden Wochenende war Karneval, und es gelang mir, in Roes Team zu kommen, das für den Schneeskulpturen-Wettbewerb einen riesigen Drachen baute, *Puff the magic dragon*. Als wir mit unserem Teil des Schweifs fertig waren, verzogen Roe und ich uns in den Wald hinter den Wohnheimen, und ich las ihm die Leviten.

»Komm schon, Lucinda«, sagte er immer wieder.

»Du hast leicht reden«, sagte ich zu ihm. Tränen, die ich zurückzuhalten versucht hatte, rannen mir über die Wangen.

Er küßte sie weg, und, verdammt noch mal, ich ließ ihn gewähren.

»Du mußt das verstehen«, flehte er mich an, »ich habe wirklich gedacht, du würdest nicht mit mir reden, wenn ich deine Cousine abblitzen ließe.«

Wissen Sie was? Es hörte sich einleuchtend an. Hatte ich nicht den alten Drachen über die weitverzweigten, mafiaähnlichen Sippen Lateinamerikas sprechen hören, die das Gedeihen von Demokratien zu verhindern wußten? Ich sah ein, daß Roe womöglich geglaubt hatte, ich würde eher zu einer Blutsverwandten halten als zu ihm. »Also gut, aber wenn du mich weiterhin treffen willst, wäre es besser, du würdest mit ihr reden.«

»Sicher, klar doch«, sagte er und blickte zu mir herab. Diese Augen, diese sanften grauen Augen... Die machten mich jedesmal ganz schwach.

»Ay, Roe, ich möchte deine Muse sein, ich möchte dich inspirieren.«

»Du bist doch meine Muse«, sagte er, neigte den Kopf, bis seine Stirn die meine berührte, und flüsterte Worte, die sich stark nach e. e. cummings anhörten:

»und nun bist du, und ich bin nun, und beide sind
ein rätsel wir, das nie mehr sich ereignen wird.«

»Also, redest du mit ihr?« fragte ich, bevor ich ihm erlaubte, mich noch einmal zu küssen.

»Ganz bestimmt, Yolinda«, sagte er. Ich schöre, ich habe »Yolinda« gehört.

Er muß mit ihr geredet haben, weil Yo fast drei Monate lang nicht mehr mit mir sprach, was ihr in Anbetracht ihrer großen Klappe sehr schwer gefallen sein muß. Schließlich fand an dem Tag, an dem wir vom Commodore College beide eine Zusage bekamen, vor den Postfächern eine tränenreiche Versöhnung statt. Obwohl das Commodore kein Junior College war, hatte Yos Mutter, Tía Laura, meine Eltern so lange beschwatzt, bis ich mich dort bewerben durfte, wo sie mich und ihre Tochter im Auge behalten konnte.

»Dann sind wir ja wieder beisammen«, sagte Yo und wischte sich die Augen. Als sie mich umarmte, tätschelte ich sie leicht auf den Rücken, als wollte ich ein Baby dazu bringen aufzustoßen.

Ich weiß, ich hätte die Großzügigere sein sollen. Schließlich hatte ich Roe am Ende bekommen. Er ging jetzt auf ein College, das nur zwei Stunden vom Commodore entfernt lag, und ich war überglücklich. Auf diese Weise konnten wir unsere Romanze im College und danach bis ans Lebensende fortsetzen. Doch obwohl ich Roe gewonnen hatte, war mein Seelenfrieden dahin. Wenn wir uns im Salon aufhielten, bemerkte ich zum Beispiel, wie Roes Blicke in die Ecke wanderten, in der Yo mit einem ihrer Verehrer saß, und dann dachte ich, in Wirklichkeit begehrt er Yo. Oder wenn wir an Yo vorbeikamen, während wir im Hof im Kreis herumspazierten, fragte Roe: »Wie geht's denn so, Yo?«, und ich bildete mir ein, sein Herz schneller schlagen zu hören, wenn sie leicht errötete und sagte: »So lala.«

In jenem Frühjahr erschienen im Literaturmagazin Gedichte von Roe, die ich noch nie zu Gesicht bekommen hatte. Sie handelten alle von einer Liebe, »der Hand entglitten, doch schwer im Herzen«. Ich wollte unbedingt von ihm wissen, wer denn diese verlorene Liebe war. »Das ist nur ein literarischer Topos, Lucinda«, versicherte er mir. »Keats, Wordsworth, Yeats, alle schreiben über verlorene Liebe.«

»Schreibt denn niemand über erfüllte Liebe?« fragte ich ihn. »Kannst du nicht eine neue Tradition begründen?«

»Dazu brauche ich mehr Erfahrung«, sagte er und drückte meine Hand.

Wir hatten darüber gesprochen, über den letzten Schritt. Und es stellte sich heraus, daß Roe trotz seines guten Aussehens noch ebenso unschuldig war wie ich. Doch im Gegensatz zu mir hatte er mit seinen achtzehn Jahren das Gefühl, daß bei ihm etwas nicht stimmte, weil er noch nie mit einem Mädchen geschlafen hatte. Nicht daß er auf ein krudes, billiges Abenteuer mit einer der externen Schülerinnen ausgewesen wäre, die sich mit hochtoupierten Haaren und aufreizenden Ausschnitten bei gemeinsamen Veranstaltungen der beiden Internate einschlichen. Er wollte, daß das Wort Fleisch werde, wünschte sich eine Alpha-und-Omega-Begegnung, eine grenzenlose Liebe ohne Ende. Er konnte stundenlang darüber reden, bis ich wirklich nicht mehr wußte, wovon er eigentlich sprach. Eines allerdings leuchetete mir ein: Die erste Frau, mit der ein Mann schlief, behauptete Roe, würde bis ans Ende seiner Tage in seinem Herzen bleiben.

Doch wie Yo war ich katholisch erzogen worden. Unser ewiges Seelenheil, wenn auch nicht die Chance für eine gute Partie, stand auf dem Spiel, wenn wir unsere jungfräuliche Blüte ohne den heiligen Segen der Kirche hingaben. Wenn ich in Roes Augen sah, spürte ich, wie ich im Innern dahinschmolz, und befürchtete, daß Lucinda María früher oder später ihrem Körper gehorchen würde.

Manchmal frage ich mich, ob ich noch immer in Roes Herzen bin. Einmal, zwischen zwei Ehen, versuchte ich, ihn ausfindig zu machen. Ich schaffte es lediglich bis zu einem Anruf im College-Sekretariat, wo ich erfuhr, daß James Roland Monroe III. (an eine Numerierung konnte ich mich nicht erinnern) in einer großen Anwaltskanzlei in Washington, D. C., arbeitete, mit Courtney Hall-Monroe verheiratet war und drei Kinder hatte, Trevor, Courtney und James Roland IV. Ich fragte mich, ob Roe, sooft er mit Courtney schlief, das Plätschern der Karibischen See und das leise Rascheln der Palmen hörte. Ich beschloß, die Sache nicht weiterzuverfolgen. Was wäre, wenn ich ihn anriefe und zu hören bekäme: »Lucinda wer?« Oder schlimmer noch: »Ach ja, Lucinda aus Barbados, habe ich recht?«

Um ehrlich zu sein, in meinem Herzen war Roe noch sehr lange. Die vielen Männer, in die ich mich verliebte, hätten alle seine Doppelgänger sein können. Das schwarze Haar, der verhängnisvolle Blick, der gleiche Charme, dem ich nicht widerstehen konnte. Das Problem war, daß es anderen Frauen ebenso ging. So wie mein Vater sich darauf verlegt hatte, für das Präsidentenamt zu kandidieren, verlegte ich mich anscheinend darauf, den falschen Mann zu heiraten. Allerdings mußte ich nie wieder gegen meine Cousine Yo antreten. Sie schien diesen Typ Mann nicht mehr reizvoll zu finden. Schuld daran war möglicherweise das Fiasko, das sie herbeiführte und das der Beziehung zwischen mir und Roe ein Ende bereitete.

Erinnern Sie sich an die Journale für den Englischunterricht? Das ganze Frühjahr hindurch schrieb die gute alte Yo mit dem gebrochenen Herzen ihre gesammelten Kümmernisse nieder, Punkt für Punkt: daß Roe und ich uns Zungenküsse gaben; daß Roe und ich fest miteinander gingen; daß Roe und ich uns an Colleges bewarben, die nah beieinander lagen; daß Roe und ich vorhatten durchzubrennen, ohne unseren Familien etwas davon zu sagen.

Das habe ich mir nur ausgedacht. In Wirklichkeit weiß ich nicht, was Yo in ihr Journal schrieb, aber es reichte aus, um mir jede Möglichkeit zu verbauen, weiterhin aufs College gehen zu dürfen und Roe jemals wiederzusehen.

Geschehen war folgendes: Tía Laura, Yos Mutter, entdeckte in Yos Zimmer zufällig das Journal – sie bezeichnete es als Tagebuch – und las es von der ersten bis zur letzten Seite. In unserer Familie sind alle Schnüffler. Meine Eltern öffneten sämtliche Briefe von irgendwelchen Jungen. Ich durfte nicht mit Jungen reden, es sei denn, ein Erwachsener war im Zimmer. Aber kein Mensch hatte daran gedacht, ihnen mitzuteilen, daß es auf dem Hügel hinter Miss Woods Pensionat eine Jungenschule gab. Kein Mensch hatte sie über die Besuchszeiten informiert. Kein Mensch hatte den Karneval im Winter, die Semesterferien im Frühjahr und die Ehemaligentreffen im Herbst erwähnt.

Kein Mensch – das heißt, bis Yo kam.

In diesem Sommer tauchte Tía Laura bei uns zu Hause auf, angeblich um die García-Mädchen abzuliefern, die uns wie jedes Jahr besuchten. Und auf einmal ließ mich meine Mutter nicht mehr aus den Augen. Mein Vater redete kaum noch mit mir. Ich schlich auf Zehenspitzen umher, legte mein bestes Benehmen an den Tag, verbrachte die Abende zu Hause, während die García-Mädchen mit Mundín ausgingen und sich in ihrer Sommerferienheimat großartig amüsierten.

Dann nahte der Tag, an dem ich mit ihnen zu einem Einführungsgespräch für die Erstsemester fahren sollte. Nie werde ich diesen Morgen im Zimmer meiner Eltern vergessen; mein Vater schritt auf und ab, meine Mutter, einen Rosenkranz in den Händen, weinte. Sie eröffneten mir, daß sie mich zu Hause an ihrer Seite haben wollten. Tía Laura hatte ein schmutziges Tagebuch entdeckt. Sie wußten, daß meine Cousine Yo eine blühende Phantasie besaß. Sie wußten, daß alles erfunden war, doch allein die Tatsache, daß ihre Nichte solches Zeug im Kopf hatte, bedeutete für sie, daß die Staaten nicht der richtige Ort für ihre Tochter waren. Sie verbaten sich jede weitere Diskussion. Wenn ich eine Ausbildung wollte, konnte ich auf das hiesige College gehen.

Ich weinte und bekniete sie und drohte sogar, mich umzubringen. Es hörte sich genauso an wie damals in den Gedichten im Literaturmagazin. Ich schrieb an Roe und flehte ihn schamlos an, herzukommen und mich zu retten. Aber er ließ monatelang nichts von sich hören. Schließlich schickte er mir durch Carla ein Briefchen auf dem bekannten blauen Briefpapier. Darin stand, er habe in den Sommermonaten jemand anders kennengelernt. *Und obwohl ich dich noch immer liebe, Lucinda...* Ich riß den Brief in tausend Fetzen, nachdem er mein Herz in tausend Stücke zerbrochen hatte. Ich wollte nicht lesen müssen, daß das, was wir hatten, für immer sei. Und dem Wort »platonisch« wollte ich erst recht nicht begegnen.

Yo und ich sprachen uns aus, als sie im folgenden Sommer wiederkam. Sie entschuldigte sich endlos. Ich müsse ihr glauben, daß sie dieses Journal nicht absichtlich liegengelassen habe. Ich müsse ihr glauben, daß sie mit mir zusammen auf das Commodore habe gehen wollen. Daß sie mir wegen Roe nicht böse gewesen sei. Sie fragte mich in diesem Sommer bestimmt hundertmal, ob ich glücklich sei. Ob ich ihr verzeihen könne. Und ich sagte: Ja, ich habe dir verziehen. Aber die Frage, ob ich glücklich sei, beantwortete ich nie. Ehrlich gesagt war ich zu diesem Zeitpunkt todunglücklich. Ich war drauf und dran gewesen, meine Flügel auszubreiten und zu fliegen, hatte mich, ähnlich wie bei einer evolutionsbedingten Mutation, darauf eingestellt, von nun an ein Vogel zu sein, und mußte plötzlich feststellen, daß ich weiterhin ein Erdenwesen bleiben würde.

Verstehen Sie mich nicht falsch, letzten Endes wurde doch noch eine glückliche Frau aus mir. Ich habe fünf wunderbare Kinder, das älteste ist so alt, wie Yo und ich damals waren, als Roe in unser Leben trat. Mir gehören mehrere Boutiquen, in denen die von mir entworfene Kleidung schneller verkauft wird, als meine Fabrikanten sie nachliefern können. Ehefrau, Mutter, Karrierefrau – das alles habe ich geschafft –, und in unserem Dritte-Welt-Land ist das nicht einfach. Unterdessen ringen die García-Mädchen in dem Land, in dem Milch und Geld fließen, noch immer mit ihrer Entscheidung – Karriere oder Familie.

Vor allem Yo. Und vielleicht fühlt sie sich mir gegenüber nach wie vor schuldig, weil sie selbst so zu kämpfen hat. Sooft sie auf die Insel kommt und wir uns alle versammeln, ertappe ich sie dabei, wie ihr Blick zu mir herüberwandert und nach Antworten forscht.

Und wissen Sie, was ich in solchen Situationen mache? Ich drehe mich zu ihr um und strahle sie mit meinem Haare-und-Fingernägel-Lächeln an, einem Lächeln, dem sie, wie ich weiß, nicht traut. Und ich sehe, wie sie zusammenzuckt, als machte es ihr noch zwanzig Jahre später zu schaffen, nicht zu wissen, ob es das Richtige für mich war, bei dem Leben zu landen, das ich jetzt führe. Ob die harten Zeiten, die ich durchzustehen hatte, einzig und allein ihre Schuld sind, die mißglückten Ehen, die Probleme mit meinen Eltern, die Tatsache, daß meine Kinder ohne Vater aufwachsen. Und wenn ich sie so ansehe, wie sie sich mit Ende Dreißig ohne Mann, ohne ein Zuhause und ohne Kinder in der Welt herumtreibt, denke ich: Im Grunde bist du die Gehetzte, die ihr Leben größtenteils auf dem Papier lebt.

DIE TOCHTER DES DIENSTMÄDCHENS

Bericht

Ich war acht Jahre alt, als mich meine Mutter bei meiner Großmutter auf dem *campo* zurückließ und in die Vereinigten Staaten ging, um dort als Dienstmädchen für die Familie García zu arbeiten. Meine Mutter hatte die meiste Zeit ihres Lebens für die Familie de la Torre gearbeitet, weshalb sie schließlich auch diese Stelle bei den Garcías bekam. Mrs. García war eine geborene de la Torre und kannte die Lebensumstände meiner Mutter sehr genau, und als sie und ihr Mann nach der Ermordung unseres Diktators beschlossen, endgültig in New York zu bleiben, fragte sie meine Mutter, ob sie nicht Lust hätte, nachzukommen und ihr bei dem harten Leben als Hausfrau in den Vereinigten Staaten zur Seite zu stehen.

Mamá packte die Gelegenheit beim Schopf. Schon seit Jahren sprach sie davon, daß sie nach Nueva York wollte. Wann immer ein Mitglied der Familie de la Torre zu einem längeren Besuch in die Staaten aufbrach, richtete meine Mutter es so ein, daß sie beim Packen half. Und dann streute sie in die Koffer und Reisetaschen ein besonderes Pulver, das aus ihren gemahlenen Fingernägeln, zerkleinerten Haaren und ein paar anderen *elementos* bestand und für dessen Zubereitung ihr die *santera* zwanzig Pesos abgeknöpft hatte. Es funktionierte. Im Laufe der Jahre sammelten sich all diese kleinen Teilchen meiner Mutter in New York an und erzeugten eine starke Anziehungskraft, die schließlich die ganze restliche Person in die Zauberstadt zog.

Sie reiste also ab, mit großen Versprechungen, daß sich

unser Leben endlich zum Besseren wenden würde. Ich glaubte ihr, obwohl sich mein Leben zunächst einmal zum Schlechteren veränderte. Bisher hatte ich in der Hauptstadt gelebt, wo sie mich in einem Pensionat untergebracht hatte, damit ich in ihrer Nähe sein konnte. Es war recht nett dort, es gab Toiletten und Strom, Schuluniformen und dunkelhäutige Mädchen, von denen viele helle Augen und schönes Haar hatten, weil sie die unehelichen Töchter von Dienstmädchen und den jungen oder alten Dons bedeutender Familien waren. Es herrschte eine strenge Hierarchie, die darauf basierte, ob dich dein Vater »anerkannt«, ob er eingestanden hatte, daß er tatsächlich dein Vater war, und dir seinen Familiennamen gegeben hatte. Ich rangierte ziemlich weit unten auf der Leiter, denn ich war nur hier, weil die Familie de la Torre die Nonnen dazu überredet hatte, mich aufzunehmen, damit ich in der Nähe eines von ihnen besonders geschätzten Dienstmädchens sein konnte, meiner Mutter.

Jedenfalls glaubte ich das damals.

Wie dem auch sei, nachdem Mamá in die Staaten gegangen war, wurde ich aufs Land hinaus zu meiner alten Großmutter geschickt, die mit den Fingern aß und ihre Zähne reinigte, indem sie auf Zuckerrohr herumkaute. Wir schliefen in einer Hütte aus Palmenstämmen, hatten keinen Strom, keine Toilette, gar nichts. Jeden Monat gingen wir in die Hauptstadt zur Familie de la Torre, um das Geld abzuholen, das meine Mutter für uns geschickt hatte. Begleitet wurden die knisternden grünen Banknoten von Briefen, die ich meiner Großmutter laut vorlas, weil sie sich keinen Reim auf dieses Hühnergekrakel machen konnte. Mamás Briefe waren voller märchenhafter Berichte über Gebäude, die bis zu den Wolken reichten, und eine Luft, die so kalt war wie in der Tiefkühltruhe im *colmado*. Sie schickte auch Fotos von den vier García-Mädchen, die ein, drei, vier und fünf Jahre älter waren als ich und alle sehr hübsch; sie hatten die Arme umeinandergelegt und neigten die Köpfe mal in die eine, mal in die andere Richtung, ein Ausdruck liebevoller schwesterlicher Verbundenheit, der mich traurig stimmte, weil ich keine Schwester hatte. Auf der Rückseite der Fotos unterschrieben jedesmal alle vier, und einmal fügte die, die Yo hieß, noch hinzu: *Liebe, liebe Sarita, wir lieben deine* querida mamá, *und wir danken dir sehr, daß du sie uns leihst.*

Na ja, wenigstens sind sie dankbar, dachte ich.

Fünf Jahre arbeitete Mamá für sie, sparte ihren Lohn, besuchte uns nur zweimal und brachte mich beim zweitenmal in das Pensionat zurück, weil sie meinte, ich würde sonst eine *jíbara*, wie diese haitianischen Kinder, die noch nie Schuhe getragen haben. Aber damals lebte ich schon dreieinhalb Jahre bei meiner alten Großmutter, ich hatte sie liebgewonnen, und nun fiel es mir schwer, wieder auf einer Matratze zu schlafen, mit Messer und Gabel zu essen und eine ehrgeizige junge Dame zu sein. Aber ich hatte kein Recht, mich zu beklagen. Meine Mutter arbeitete so hart, um mir all die Möglichkeiten zu bieten, die sie nie gehabt hatte. Ich durfte sie nicht enttäuschen, indem ich mir anmerken ließ, daß ich dem alten Leben, das sie hinter sich gelassen hatte, den Vorzug gab.

Fünf Jahre, nachdem Mamá die Insel verlassen hatte, kam die unglaubliche Nachricht. Mamá hatte Mrs. García gebeten, mich in die Staaten holen zu dürfen, und Mrs. García war einverstanden! Seit ich eine junge *señorita* geworden war, machte es Mamá ganz krank, mich unbeaufsichtigt in einem Land voller Wölfe lassen zu müssen. »Ich weiß, wovon ich rede«, schrieb sie in einem ihrer Briefe. Später eröffnete sie mir die Wahrheit, die sie mir zu Hause in der alten Heimat vorenthalten hatte. Sie war die uneheliche Tochter meiner ländlichen *abuela* und des wohlhabenden Ranchers, der behauptete, der Grund und Boden, auf dem sich meine Großmutter niedergelassen hatte, gehöre ihm. Was meinen eigenen Vater angeht, so weigerte sie sich standhaft, mir seinen Namen zu nennen.

Die Familie de la Torre setzte mich in Santo Domingo ins Flugzeug, und als ich am Kennedy Airport landete, standen sie alle in Reih und Glied da und beugten sich über die Absperrung, Mamá, Mrs. García und die vier García-Schwestern. Sobald ich durch die Tür kam, eine verängstigte, magere, zu klein geratene Dreizehnjährige, in der Hand noch die Barbiepuppe, die sie mir zu Weihnachten geschickt hatten, mit zwei aufgesteckten Zöpfen und einem rosa Pullover, der ganz und gar nicht zu meinem karierten Kleid paßte (was wußte meine alte Großmutter schon von Farbkombinationen?), stürzten sich die Mädchen auf mich.

»Ay, Sarita, unsere kleine Schwester, Sarita.« Sie umarmten mich unablässig, als hätten sie mich ihr Leben lang gekannt. Über ihre Schultern schaute ich zu Mamá hinüber, die stolz lächelnd dastand und wartete, bis sie an der Reihe war. Als die Mädchen mit ihrer Begrüßung fertig waren, ergriff ich die Hand meiner Mutter, küßte sie und bat sie um ihren Segen. Ebenso machte ich es bei Mrs. García, die ziemlich beeindruckt schien und den Mädchen später auf der Heimfahrt einen Vortrag darüber hielt, daß sie von der kleinen Sarita lernen könnten, wie man sich gut benahm. Auf dem Rücksitz wurde so heftig mit den Augen gerollt, daß der Wagen auf dem Weg zum Haus der Garcías in der Bronx über die Autobahn hätte schaukeln müssen.

Die Mädchen behandelten mich vom ersten Tag an wie eine Mischung aus Lieblingspuppe, kleiner Schwester und Goodwill-Projekt. Sie schenkten mir Kleider, aus denen sie herausgewachsen waren, und Schmuckstücke, die sie bekommen hatten und die ich nicht vor den Augen ihrer Mutter tragen durfte. Und jede von ihnen nahm sich eigens Zeit, um mir etwas beizubringen. Carla fragte mich oft, was ich in dieser oder jener Situation empfand (sie übte, weil sie später Psychologin werden wollte), und erklärte mir dann anschließend, was ich *wirklich* empfand. Es machte mir Spaß – ähnlich, wie in einer Zeitschrift mein Horoskop zu lesen oder meiner *abuela* zuzuhören, wenn sie mir aus dem Kaffeesatz in meiner Tasse zukünftige Ereignisse prophezeite. Yo und Sandi brachten mir bei, mich so zu schminken, daß ich aussah, als würden mir aufregende Dinge widerfahren. Danach mußten wir mein Gesicht wieder abschrubben, weil Mamá das niemals gebilligt hätte. Fifi war für mich eher eine Spielgefährtin, da wir beinahe gleich alt waren. Manchmal wurde sie eifersüchtig, weil mir die anderen so viel Aufmerksamkeit schenkten, und dann nahm mich Mamá mit ins Souterrain hinunter, wo wir beide wohnten.

»Ein falscher Schritt, und wir werden zurückgeschickt.«

»Mit deiner Erlaubnis, Mamá«, begann ich, »ich habe nichts getan ...« Und schon verpaßte sie mir eine Ohrfeige. Ich hatte Tränen in den Augen, durfte aber nicht weinen. Mamá hatte mir gleich zu Anfang eingeschärft, daß wir in diesem Haus keinerlei Lärm machen durften.

»Tu mir ja nicht so vornehm«, zischte sie mich an, ohne daß ihre Stimme lauter geworden wäre als ein Flüstern. »Bilde dir bloß nicht ein, du kannst anfangen, mir Widerworte zu geben wie diese García-Mädchen ihrer Mutter!« Sie warf den Kopf hoch, um auf »die da oben« hinzudeuten. Diese Geste wurde für uns beide bald zu einem Kürzel. Wann immer sie mich zum Schweigen bringen, mich aus dem Zimmer verschwinden sehen oder im Beisein der Mädchen einen Augenblick geheimen Einverständnisses besiegeln wollte, riß sie den Kopf auf diese Art hoch. Diese García-Mädchen! Bilde dir bloß nicht ein, daß du eine von ihnen bist.

Aber sie behandelten mich wie ihresgleichen. Hin und wieder überredeten sie Mamá, mich mit ihnen ausgehen zu lassen. Dann mußten sie ihr haarklein erzählen, was sie mit mir vorhatten — selbst wenn sie dann drastisch von ihrem Plan abwichen. Meistens sagten sie, sie wollten mit mir in die Bibliothek, ins Museum oder in einen Film gehen, der auf der Liste derer stand, die sich katholische Mädchen ansehen durften. Statt uns dann auf den Weg ins Metropolitan Museum oder in die Aula von Sacred Heart zu machen, fuhren wir ins Village hinunter und sahen den amerikanischen Kids auf dem Washington Square beim Kiffen zu. Manchmal ließ sich die eine oder andere Schwester aufgabeln, und dann gingen wir natürlich alle mit. Einmal landeten wir in einem Dachgeschoß bei zwei langhaarigen Typen; sie hatten laute Musik an, die sich genauso anhörte, als hätte man eine Handvoll Besteck in einen Mixer geworfen und die höchste Stufe eingeschaltet. Die zwei meinten, sie könnten nicht glauben, daß wir wirklich lauter Schwestern seien – das hatten die García-Mädchen nämlich behauptet. Sandi war blond und hellhäutig, Fifi war so groß wie eine Amerikanerin, und ich hatte eine hellolivfarbene Haut und langes schwarzes Haar – wir sahen wirklich aus wie eine bunt zusammengewürfelte Familie.

Aber die Mädchen kicherten und meinten, wir seien eben Inselmädchen, und auf einer karibischen Insel »passiert so allerlei«. Die Kerle erhoben sich und kamen näher, und auf einmal erschienen sie uns unheimlich und tückisch, obwohl sie leicht schwankten. Sie behaupteten, eine Methode zu kennen, um festzustellen, ob Frauen Schwestern sind. Mensch, hatten wir Angst! Wir standen ganz langsam auf, als befände sich im Zimmer ein von Koliken geplagtes Baby, das endlich eingeschlafen war, schauten uns gegenseitig an und nickten in Richtung Tür, eine Geste, die mich an die ruckartige, auf die García-Mädchen bezogene Kopfbewegung meiner Mutter erinnerte. Eins, zwei, drei – es war, als würden wir alle fünf gleichzeitig Luft holen –, dann schrie Yo »¡Vámonos!«, und wir stürzten zur Tür hinaus, polterten die Treppe hinunter und hörten erst auf zu laufen, als wir acht Häuserblocks weiter und zwei Treppen hinunter unsere U-Bahn-Station erreicht hatten.

Auf der Heimfahrt wollte Carla von Fifi und mir wissen, was wir von dem Vorfall hielten, und Sandi sagte, wenn wir auch nur ein Sterbenswörtchen verlauten ließen, säßen wir alle ganz schön in der Scheiße. Yo hingegen überlegte laut, wie die Kerle wohl feststellen konnten, ob Frauen Schwestern waren oder nicht.

»Hör endlich auf!« schrie Carla sie schließlich an – so laut, daß man es über das Rumpeln des Zuges hinweg hören konnte. Die Leute sahen uns an. »Von deinem Gerede kriege ich noch Alpträume.«

»Hört sich an, als bräuchtest du einen Psychologen, Carla«, entgegnete Yo, treffsicher und vorwitzig wie immer. Bei ihr behielt nie ein anderer das letzte Wort, weshalb ihre Mutter auch ständig damit drohte, ihr Tabasco in den Mund zu träufeln – um ihr ihre scharfe Zunge wegzubrennen. Es kam immer wieder zu betrüblichen Szenen in dieser Familie.

Wie dem auch sei, das war unser letzter heimlicher Ausflug in die Stadt. Noch eine Woche, dann waren die Sommerferien vorüber. Die drei älteren García-Mädchen wurden wieder in ihre Colleges verfrachtet, Fifi in ihr Pensionat, und ich würde allein mit den drei Erwachsenen zurückbleiben, als wäre ich das einzige García-Mädchen in dieser Familie.

Ohne die Schule wäre ich in dem leeren Haus vor Einsamkeit gestorben. Verglichen mit der Insel lebte man dort sehr isoliert. Als ich weit draußen auf dem *campo* wohnte, gingen *abuela* und ich morgens nach dem Aufwachen nach draußen und blieben da, bis es Zeit zum Zubettgehen war. Unser Wohnzimmer, das waren drei Schaukelstühle unter einem Mandelbaum, und gegenüber standen die Schaukelstühle unseres Nachbarn. Die Küche bestand aus einem Palmendach über einer langen Steinbank mit Kohlenfeuern, an denen mehrere Frauen kochten und miteinander plauderten. Als Toilette diente uns ein Acker am anderen Flußufer, und das öffentliche Bad befand sich im Fluß. Und überall waren viele Menschen.

Doch in diesem schicken Teil der Bronx sperrten sich alle

Leute in Häusern mit Alarmanlagen und schweren Vorhängen vor den Fenstern ein. Obwohl Mamá schon seit fünf Jahren hier lebte, kannte sie niemanden aus den benachbarten Häusern. Die einzigen Menschen, die sie je zu Gesicht bekam, waren die Patienten der Psychologin, die nebenan wohnte und ihre Praxis im Haus hatte. Da gab es eine Dame mit dunkler Brille und Kopftuch, die sich jedesmal argwöhnisch umsah, dann eine Frau und ihre magere halbwüchsige Tochter, die sich auf dem Weg zum Haus immer anschrien (über sie schüttelte Mamá den Kopf genauso wie über die García-Mädchen), einen verwachsenen Mann, der sehr stark hinkte (Mamá imitierte ihn, um mir zu zeigen, wie stark), und noch einige andere. Aber das war's auch schon. Um so dankbarer war ich Mamá für alles, was sie in diesen fünf einsamen Jahren durchgemacht hatte, in denen sie nur sonntags freihatte und sonst immer in diesem Haus eingesperrt war – jedenfalls empfand ich das so. Ich wußte, daß ich das nie im Leben ausgehalten hätte. Aber, wie gesagt, ich hatte die Schule, die das einsame Einerlei unterbrach.

Die Public School lag ein paar Bushaltestellen entfernt in einem weniger feinen Teil der Bronx. Die Kinder dort waren zumeist amerikanische Schwarze, dazu kamen ein paar Puertorikaner und einige irischstämmige Kinder, die aus der katholischen Schule hinausgeflogen waren. Anfangs wollte Mamá mich nach Sacred Heart schicken, aber dort hätte sie Schulgeld zahlen müssen, und die vorgeschriebene Uniform kostete auch einiges. Außerdem waren die García-Mädchen auf diese katholische Schule gegangen, und ich glaube, Mamá befürchtete, wenn sie ihre Tochter da hinschickte, könnte Mrs. García denken, das Dienstmädchen wolle sich vornehm geben.

Bevor ich mit der Public School anfing, hielt mir Mamá einen ausführlichen Vortrag über das Warum und Wieso und was ich durfte und was nicht. Ich durfte weder Anrufe erhalten noch Klassenkameradinnen mitbringen, da das nicht unser Haus war. Ich mußte mit dem Bus auf direktem Weg in die Schule fahren und sofort nach Unterrichtsschluß mit demselben Bus zurückkommen. Mamá begleitete mich jeden Morgen zur Haltestelle und erwartete mich dort jeden Nachmittag gegen vier Uhr in ihrer Dienstmädchentracht.

Geschichten machen in einer Schule schnell die Runde. Ich war, wie schon erwähnt, sehr hellhäutig und ziemlich hübsch – das behaupteten jedenfalls die García-Mädchen. Die meisten Leute hielten mich für eine Italienerin oder Griechin. Auf meinem Zeugnis stand eine vornehme Adresse. Und die Kinder im Bus berichteten, daß ich immer von einem Dienstmädchen erwartet wurde – an Regentagen hatte sie einen Schirm dabei. Als ich endlich genug Englisch konnte, erklärte ich mit stockender Stimme, meine Eltern (ja, ich hatte mir eine richtige Familie zugelegt) hätten mir Anrufe und Besuche untersagt. So wurde aus mir das geheimnisvolle reiche Mädchen von einer Insel, die meinem Vater gehörte ... irgendwo bei Italien oder Griechenland.

Doch das waren die Fehlinterpretationen der anderen, und mein Englisch reichte nicht aus, um sie rechtzeitig mitzubekommen. Soviel ich wußte, hätte mein Vater ebensogut ein wohlhabender Italiener oder ein froschgesichtiger Grieche sein können wie dieser Onassis, der die schöne Jackie Kennedy geheiratet hatte. So kam es, daß diese Lügen ihren Lauf nahmen und daraus meine offizielle Lebensgeschichte wurde. Wer hätte sie schon richtigstellen sollen?

Ich will Ihnen sagen, wer. Yolanda García. Während meines zweiten Jahres an dieser Schule kam sie im Januar nach Hause. An ihrem College mußten alle Studentinnen im Laufe der vier Jahre ein externes Praktikum machen oder ein eigenständiges Forschungsprojekt durchführen. Eigentlich hatte Yolanda einen Bericht über ihre Familie in der Dominikanischen Republik schreiben wollen, aber die politische Situation spitzte sich so zu, daß Dr. García ihr verbot hinzufahren. Sie drohte damit, es trotzdem zu tun, notfalls sogar ein Flugzeug zu entführen, aber Yos Mundwerk war schon immer größer gewesen als ihr Mut, und so blieb sie selbstverständlich in den Staaten und sah sich nach einem anderen Thema um, mit dem sie sich einen Monat lang intensiv beschäftigen konnte.

Dabei fiel ihr Blick auf mich.

Es war ihr eigener Vorschlag, und ihr Vater und ihre Mutter waren froh, daß sie damit ankam, weil sie endlich aufhörte herumzumeckern und ihnen vorzuhalten, daß Shakespeare seine achtunddreißig Stücke nie geschrieben hätte, wenn seine Eltern ihn daran gehindert hätten, nach London zu gehen. Konkret schlug sie vor, meine kulturelle Sozialisation unter die Lupe zu nehmen – ich wußte gar nicht, daß es so etwas gab –, um auf diese Weise ihre eigene Situation als Einwanderin zu begreifen.

»Wärst du damit einverstanden, Primi?« fragte sie meine Mutter, nachdem sie die Angelegenheit telefonisch mit ihrem Tutor besprochen hatte.

»Wir stehen dir jederzeit zu Diensten, mein Kind, das weißt du doch«, sagte Mamá. Das war ihre Standardantwort auf alles, worum die Garcías sie baten.

»Danke, vielen Dank!« Yo schlang ihre Arme um mich. Ich schloß verzweifelt die Augen. Meine Phantasiewelt würde jeden Augenblick einstürzen.

Als Yo und ich am nächsten Morgen zur Bushaltestelle gingen, redete sie die ganze Zeit davon, wie das erste Jahr in diesem Land für ihre Familie gewesen war. Ich atmete die eiskalte Luft ein und wieder aus, um in dieser fremden Welt mit ihren kahlen Bäumen, ihrem grauen Himmel und ihren Ziegelhäusern, eins neben dem anderen, etwas von mir selbst sehen zu können. Dann beichtete ich Yo mein kleines Geheimnis. Ich hatte Lehrern und Klassenkameradinnen gegenüber so getan, als gehörte ich zur Familie García. Während ich sprach, blieben meine Augen auf den Boden geheftet. Ich hätte eine Prüfung über sämtliche Bodenritzen, Hundehaufen und Schmierereien auf dem Weg zur Bushaltestelle ablegen können und garantiert eine Eins plus bekommen.

Als ich meine Beichte beendet hatte, erwartete ich so etwas wie ein Strafgericht.

Statt dessen sagte Yolanda: »Wie bist du bloß damit durchgekommen?«

»Wie meinst du das?«

»Zunächst einmal hast du doch einen anderen Nachnamen.«

»Ich habe ja nicht direkt behauptet, daß ich eine García bin. Ich ... ich ...« Es war schwer. »Ich habe nur so getan, als würde ich mit meinem eigenen Vater und einer Mutter, die kein Dienstmädchen ist, in eurem Haus wohnen.« Ich spürte dieses Kitzeln in der Nase, das Tränen ankündigt.

»*Ay*, Sarita.« Yo war stehengeblieben. Auf ihrem Gesicht lag helles Entzücken, als hätte ich diese Geschichte eigens erfunden, um ihr eine Freude zu machen. »Du bist meine kleine Schwester aus Zuneigung, und mehr braucht kein Mensch zu wissen!«

Wie kommt es, daß man, wenn man etwas von ganzem Herzen hofft und diese Hoffnung sich erfüllt, plötzlich ein Gefühl der Leere verspürt? Vielleicht war ich auch nur so erleichtert, daß ich mich wie eine Feder fühlte und auf einem Luftpolster zu schweben meinte. Sie schob ihre Hand in meine. Eine behandschuhte Hand in einer behandschuhten Hand – selbst menschliche Berührungen waren in diesem Land anders.

Zwei volle Wochen lang ging Yo jeden Tag mit mir in die Schule – jedenfalls fast jeden Tag. Ein paarmal schwänzte sie auch, wenn ihr Hippiefreund aus dem Westen von Massachusetts angetrampt kam, und dann verschwanden die beiden den Tag über. Dr. García hielt, genau wie Mamá, nichts davon, daß seine Mädchen mit Jungen ausgingen. Als Yo einmal einen Anruf von diesem Knaben bekam, nahm ihr Dr. García den Hörer aus der Hand und forderte ihn zu einem Duell heraus!

In der Schule saß Yo in allen Fächern mit dabei, machte sich Notizen und sprach mit meinen Lehrern über meine Fortschritte. Natürlich wollten sie mehr über sie und uns und die Familie erfahren. »Sarita ist unsere geheimnisumwobene Schülerin!« meinten sie lachend, als wäre ich gar nicht da. Yo würde sich sofort darauf stürzen und meine kleine Flunkerei in hohe literarische Kunst verwandeln.

Ich glaube, das war der Punkt, an dem ich den Spaß daran verlor, mich für jemand auszugeben, der ich nicht war. Ich erkannte, daß ich Gefahr lief, mich immer weiter von mir selbst zu entfernen, wie die García-Mädchen, aus denen amerikanische Mädchen geworden waren, die sich mit Jungen davonstahlen, denen es wichtiger war, Hasch zu rauchen, als sie wirklich kennenzulernen. Wußten die García-Mädchen denn überhaupt selbst, wer sie waren? Hippiemädchen oder anständige Mädchen? Amerikanische oder dominikanische? Englische oder spanische? *Pobrecitas.*

Hätte ich Mamás Charakterstärke besessen, wäre ich wahrscheinlich an dieser Schule geblieben und hätte die Wahrheit gesagt. Statt dessen sprach ich mit Mamá, und nachdem ich ihr tagelang in den Ohren gelegen hatte, erlaubte sie mir endlich, mit Mrs. García zu reden.

Während ich Doña Laura an diesem Wochenende half, den Weihnachtsschmuck abzunehmen, fragte ich sie, ob sie etwas dagegen hätte, wenn ich in dieselbe Schule ginge wie ihre Töchter.

Sie dachte zunächst, die Frage würde sich auf Fifis Pensionat beziehen. »Nein, nein«, sagte ich, »ich meine Sacred Heart. Dort würde ich eine viel bessere Ausbildung bekommen«, fügte ich hinzu, und das stimmte auch.

»Aber nein, natürlich habe ich nichts dagegen«, sagte sie und sah mich fragend an. »Ich dachte, deiner Mutter wäre es vielleicht lieber, wenn du in eine Schule gehst, in der ...« Ich wußte, was sie nicht aussprechen wollte: eine Schule, in der schwarze Kinder sind, damit ich mich nicht so fehl am Platz fühlte.

»Sie meint, ich darf hin, wenn Sie es erlauben«, sagte ich und fügte dann rasch hinzu: »Aber beim Schulgeld würden wir Ihre Unterstützung brauchen.« Ich senkte den Kopf, weil ich mich schämte, darum bitten zu müssen.

Sie stieg ein paar Stufen auf der Leiter herab und betrachtete mich liebevoll lächelnd wie eine Mutter ihr Kind. »Ihr könnt selbstverständlich auf mich zählen!« sagte sie. »Ich verlange nur, daß du gute Noten nach Hause bringst.« Zum zweitenmal innerhalb von zwei Jahren ergriff ich ihre Hand und küßte sie. »Möge *la Virgencita* Ihnen und all Ihren Töchtern beistehen.«

Ihre Augen bekamen einen abwesenden, traurigen Blick – so als wäre die Jungfrau Maria vielleicht wirklich die einzige, die ihr mit ihren Mädchen noch beistehen konnte. Dann stieg sie wieder auf den obersten Tritt der Leiter und reichte mir den purpur, orangerot und grün flimmernden Pappmaché-stern herunter, den die Mädchen für die Weihnachtsbaum-spitze gebastelt hatten.

Nach Ablauf der zwei Wochen begleitete mich Yo nicht mehr in die Schule. Dafür hämmerte sie oben auf der Schreibma-schine herum, die ihr Vater ihr geschenkt hatte und die sonst niemand benutzen durfte, nicht einmal ihre Mutter, die Dr. Garcías Formulare für die Arbeitsunfallversicherung ausfül-len mußte. »Du bist ausgesprochen egoistisch mit dieser Schreibmaschine«, warf Mrs. García ihr vor.

»Sie ist mein ein und alles«, verteidigte sich Yo. Allein damit hätte ich mir schon einen Klaps auf den Mund einge-handelt. Aber Yo kannte keine Grenzen. »Würdest du denn jemand anders mit Papi schlafen lassen?« Sogleich wurde die Tabascosauce hervorgeholt. Meine Mutter riß den Kopf hoch, was in diesem Fall bedeutete: *Geh hinunter. Ich möchte nicht, daß du das mitbekommst.*

Doch alles in allem war es eine relativ friedliche Zeit, bis auf das unablässige Hämmern im ersten Stock, das sich anhörte, als hätte das Haus jetzt einen Pulsschlag. Eines muß ich Yo lassen – sie arbeitete Tag und Nacht an diesem Bericht. Inzwischen hatte sie nicht nur Mamá und mich interviewt, sondern auch ihre Eltern und sogar ein paar Leute, deren Telefonnummern Mamá ihr gegeben hatte, andere Dienstmädchen aus dominikanischen Haushalten in Brooklyn und Queens. Manchmal fragte ich sie, was sie da schreibe, aber sie war wie in einem Traum gefangen. Ihre Mutter mußte mit den Fingern schnippen, um sich Gehör zu verschaffen. Ihr Vater legte die Hände trichterförmig an den Mund und rief quer über den Eßtisch: »Wie geht es unserem kleinen Shakespeare?«

Und dann kam Yo eines Abends mit ihrem Bericht in der Hand die Treppe heruntergepoltert, um ihn uns zu zeigen. »Ich bin fertig! Ich bin fertig!« Sie bat Mamá, den Blätterstapel zu berühren, weil das angeblich Glück brachte, und dann las sie uns die erste Seite vor, auf der stand, dieser Bericht sei all jenen gewidmet, die ihr Geburtsland verloren haben, und ganz besonders sei er gewidmet *Sarita y Primitiva, parte de mi familia.*

Mamá wußte nicht, was man mit einer Widmung anfing. »Danke«, sagte sie schließlich und streckte die Hand nach dem Bericht aus, als gehörte er uns.

»Nein, nein«, lachte Yo, »den muß ich einreichen. Eine Widmung ist nur ... eine Widmung eben.«

Ich wußte genau, was ich mit dieser Widmung anstellen wollte. Ich wollte sie mit Mamás rechtmäßigem Namen überschreiben. Mehr als einmal hatte ich versucht, meine Mutter dazu zu bringen, wieder ihren richtigen Namen anzunehmen, María Trinidad. Aber Mamá weigerte sich. Die de la Torres hatten ihr den Spitznamen Primitiva gegeben, als sie sie als junges, unzivilisiertes Mädchen frisch vom Land eingestellt hatten. »Ich habe mich inzwischen daran gewöhnt. Es würde mich nur durcheinanderbringen, wenn man ihn jetzt ändern würde. Der Himmel weiß, daß es meinem alten Kopf ohnehin schon schwer genug fällt, sich zu merken, wer ich bin.« Sie hatte ihr Leben lang für die Familie de la Torre gearbeitet, und das sah man ihr auch an. Wenn die beiden Frauen nebeneinanderstanden – Mrs. García mit ihrer blassen, von teuren Cremes feucht gehaltenen Haut und dem dunklen Haar, das jede Woche im Friseursalon zurechtgemacht wurde, und Mamá mit ihrem sich auflösenden grauen Knoten, ihrer Dienstmädchentracht und einem Mund, der nach wie vor auf den ersten Preis in der Lotterie wartete, um ein Gebiß zu bekommen –, sah Mamá zehn Jahre älter aus als Mrs. García, obwohl beide gleichaltrig waren, dreiundvierzig.

An diesem Wochenende besuchten die Garcías Fifi in ihrem Pensionat, und Yo fuhr mit, um ihre alten High-School-Lehrer wiederzusehen. Mamá und ich wollten das Haus am frühen Samstagnachmittag verlassen und über Nacht bei ihrer Freundin in Brooklyn bleiben. Während sie sich unten um die Wäsche kümmerte, brachte ich oben alles in Ordnung. In Yos Zimmer, unmittelbar neben der Schreibmaschine, entdeckte ich den eleganten schwarzen Aktenhefter. Ich überschlug die Seite mit der Widmung und begann zu lesen.

Ich weiß nicht, womit ich vergleichen soll, was ich empfand. Alles war mehr oder minder wahrheitsgemäß aufgezeichnet, ausnahmsweise. Trotzdem hatte ich das Gefühl, als hätte man mir etwas weggenommen. Später, in einer Anthropologievorlesung am College, erfuhren wir, daß sich die Angehörigen gewisser primitiver (wie ich dieses Wort hasse!) Stämme nicht fotografieren lassen, weil sie glauben, daß ihnen dadurch die Lebensgeister entzogen werden. Genauso empfand ich es auch. Diese Seiten waren wie jene kleinen Teilchen von Mamá, die sie den de la Torres ins Gepäck gestreut hatte, wenn sie verreisten – sie waren ein Teil von mir.

Ich steckte den Aktenhefter in meinen Eimer mit den Putz-utensilien, und als Mamá nicht herschaute, schob ich ihn in meine Schultasche. Ich hatte vor, den Bericht mit in die Schule zu nehmen und ihn in meinem Pult zu verstecken, bis ich mir überlegt hatte, was ich damit machen wollte.

Am späten Sonntagabend – Mamá kam immer in letzter Minute von ihrem freien Tag zurück – gingen wir zusammen von der U-Bahn nach Hause. Es schneite, und im Umkreis jeder Straßenlaterne sah man die dicken Flocken herabfallen, Tau-sende und Abertausende, wie etwas, wovon für alle reichlich vorhanden ist. Sie versetzten Mamá in fröhliche Laune, ob-wohl sie in die Yuccamühle zurückkehrte, wie sie ihre harte Arbeit nannte.

Sie blieb neben einer Straßenlaterne stehen, streckte wie ein Kind die Zunge heraus und lachte, als die Flocken auf ihr Gesicht rieselten. »Ay, *Gran Poder de Dios*«, sagte sie. »Ich hoffe, daß deine *abuela* das noch erlebt, bevor sie stirbt.«

Ich brachte es nicht übers Herz, ihren Wunsch zu unterstüt-zen, meine Großmutter möge in ein so kaltes und einsames Land kommen. »Warum?« fragte ich herausfordernd. Das Verhalten der García-Mädchen färbte ab.

Ich befürchtete schon, Mamá würde mir wegen des ungehö-rigen Tons eine Ohrfeige geben, doch statt dessen schaute sie mir fest in die Augen. Im Licht der Straßenlaterne sah ich ihr von geschmolzenen Schneeflocken feuchtes Gesicht. »Du bist hier nicht glücklich *m'ija*, ist es das?«

»Solange ich bei dir bin, bin ich glücklich, Mamá«, log ich.

»Die Mädchen behandeln dich wirklich gut. Und in Doña Lauras Herzen hast du einen besonderen Platz.«

»Ich weiß, Mamá, aber sie sind nicht unsere Familie.«

Sie schwieg einen Augenblick, als wollte sie etwas sagen, überlegte es sich dann aber anders. »Was würdest du dir denn wünschen, *m'ija*?« fragte sie schließlich.

Ich zögerte, weil ich sie nicht verletzen wollte. Sie sollte glauben, daß sie mir alles gegeben hatte, was ich mir wünschen konnte. »Ich wünsche mir, daß du und *abuela* ein hübsches Haus habt. Und daß du nicht mehr so hart arbeiten mußt.«

Meine Mutter berührte mein Gesicht, so wie früher, als ich noch ein Kind war. »Lern du nur weiterhin tüchtig in der Schule, dann wirst du eines Tages etwas aus dir machen und mir unter die Arme greifen.«

Ich spürte, wie mir das Herz bis zu den kalten Zehen hinunterrutschte. Ich hatte unsere einzige Chance in den Vereinigten Staaten verspielt! Was ich getan hatte, würde nicht ungestraft bleiben. Die Garcías würden nie glauben, daß jemand in ihr Haus eingebrochen war, nur um Yos Bericht zu stehlen. Und, wie meine Mutter mir zu Anfang klargemacht hatte, ein falscher Schritt, und wir säßen beide in einem Flugzeug, das uns nach Hause brachte, wo uns Armut und harte Arbeit erwarteten.

Auf dem kurzen Straßenstück bis zu der Ecke, an der man zum Haus der Garcías abbiegen mußte, betete ich so inständig wie noch nie in meinem Leben. *Bitte, lieber Gott, mach, daß die Garcías noch nicht zu Hause sind! Bitte mach, daß sie mich nicht erwischen!* Doch als das Haus in Sicht kam, brannte in den Schlafzimmern im ersten Stock helles Licht.

Leise gingen wir durch den Seiteneingang hinein, und ich wappnete mich innerlich, doch keine Yo kam die Treppe heruntergerannt, um zu melden, daß ihr Bericht gestohlen worden war. Kein Dr. García bat meine Mutter, gut nachzudenken, wer außer uns beiden im Haus gewesen sein mochte. Keine Doña Laura erkundigte sich ganz genau, wo wir herumliegende Sachen möglicherweise hingetan haben könnten. Ein Wunder, dachte ich, ein Wunder ist geschehen.

Bevor ich zu Bett ging, muß ich wohl jenen Drang verspürt haben, der Diebe angeblich veranlaßt, an den Ort ihrer Tat zurückzukehren. Sobald Mamá fest zugedeckt in ihrem Bett lag, schlüpfte ich aus meinem. Ich ging zum Schrank, tastete nach meiner Schultasche und griff hinein. Der Hefter war verschwunden.

Am nächsten Tag kam Yo in dem Augenblick die Treppe heruntergerannt, als wir zur Tür hinausgingen. »Heute begleite ich sie, Primi«, rief sie Mamá zu.

Draußen auf dem Gehsteig, außer Hörweite, las sie mir die Leviten. »Warum, Sarita? Sag mir bloß, warum?«

Ich zuckte die Achseln. Mamá hatte mir eingeschärft, ja kein Familienmitglied zu beleidigen, sonst bekämen wir Ärger. Was hätte ich schon sagen sollen?

»Als ich den Bericht nicht finden konnte, bin ich in Panik geraten«, fuhr sie fort. »Mami und Papi haben mir geholfen, überall zu suchen. Und nur damit du Bescheid weißt«, fügte sie in selbstgerechtem Ton hinzu, »ich habe ihnen nicht gesagt, wo ich ihn gefunden habe.«

Vermutlich hätte ich sagen sollen: Danke, daß du meine Haut und die meiner Mutter gerettet hast. Aber die Worte gingen mir nicht über die Lippen.

»Willst du mir nicht wenigstens sagen, warum du es getan hast, Sarita?«

Ich zuckte die Achseln und preßte meine Bücher an die Brust, als wehte ein kalter Wind. Dabei war es ein für die Jahreszeit ungewöhnlich milder Tag. Der Schnee der letzten Nacht war weitgehend weggeschmolzen, und Straßen und Gehsteige rochen nach regennassem Pflaster.

»Ich begreife es einfach nicht«, sagte sie schließlich. Ich spürte, daß sie mich eindringlich ansah. »Ich dachte immer, wir stehen uns nahe...« Sie ließ den Satz in der Luft hängen, eine flehentliche Bitte um Bestätigung. Doch ich starrte weiterhin auf den Gehsteig mit den vielen Ritzen, auf die ich nicht treten durfte, wenn ich meiner Mutter nicht das Rückgrat brechen wollte.

Im Laufe der Jahre, die Mamá und ich bei der Familie García verbrachten, erwähnten Yo und ich diesen Vorfall nie wieder. Manchmal führten wir lange Gespräche, und am Ende umarmten wir uns, aber dieser gestohlene Bericht stand stets zwischen uns. Nicht die Tatsache, daß ich ihn gestohlen hatte, sondern daß ich geschwiegen hatte, als Yo mich fragte, ob wir uns denn nicht nahestünden. Es war, als hätte ich damit ein inneres Band zerrissen, das alle vier García-Mädchen als selbstverständlich betrachtet hatten.

Sobald Yo den Bericht von ihrem Professor zurückbekommen hatte, überreichte sie ihn mir. Ich kann nicht behaupten, ihn je gelesen zu haben, aber ich nahm ihn an und legte ihn auf den Stapel mit Dokumenten in unserem Schrank im Souterrain. Als Mamá irgendwann auf die Insel zurückkehrte, nahm sie ihn mit. Soviel ich weiß, verwendete *abuela* die Seiten dieses Berichts, um ihren *fogón* anzuzünden, den sie weiterhin hartnäckig benutzte, auch nachdem wir einen elektrischen Herd hatten.

Ich hielt das Versprechen, das ich Mrs. García gegeben hatte. Ich brachte lauter gute Noten nach Hause und bekam ein volles Stipendium für Fordham, das nur etwa zehn Häuserblocks entfernt lag. Das Stipendium verdankte ich teils meinen guten Noten und teils dem Tennisspielen. Ich hatte ziemlich gute Fortschritte in einem Ferienkurs gemacht, für den mich Mrs. García angemeldet hatte, damit ich in den Sommermonaten ein bißchen Bewegung bekam. Ein paar Jahre New Yorker Ernährung, und ich war in die Höhe geschossen wie Fifi und hatte etwas Fleisch angesetzt. Sobald ich aufs College ging, wollte mich mein Trainer dazu überreden, die Profilaufbahn einzuschlagen, aber ich entschied mich dagegen. Solche Hobbyberufe waren etwas für die García-Mädchen – die als arbeitslose Dichterinnen, Blumenbinderinnen und Therapeutinnen endeten. Ich hingegen wählte Naturwissenschaften als Hauptfach, was mir gar nicht leichtfiel. Aber ich zwang mich, mich ebenso intensiv mit dem

Fließen und Strömen von Atomen und Molekülen zu beschäftigen wie damals bei meiner Aussprache mit Yo García mit den Ritzen im Gehsteig.

Eines Tages, Jahre nachdem Doña Laura und Don Carlos ihr Haus in der Bronx verkauft haben und in die Innenstadt gezogen sind, taucht Yo García bei mir in der Klinik auf. Wie sich herausstellt, ist sie zur Zeit in Miami, wo sie auf irgendeiner Tagung mit einem Manuskript hausieren geht. Ich habe seit mindestens zwanzig Jahren keines der García-Mädchen mehr gesehen. Eine Mitarbeiterin kommt herein und sagt, da draußen sei eine etwas spleenig aussehende Dame, die mich sprechen möchte.

Mein Herz beginnt zu klopfen, sobald ich den Namen höre. »Führen Sie sie rein«, sage ich.

Und da kommt sie, eine schmächtige Frau mit einem Wust graumelierter Locken anstelle der langen glatten Haare, die sie früher als Zopf trug. Sie sieht noch immer gut aus, aber auf ihrem hübschen Gesicht liegt ein Hauch von Erschöpfung, so als wäre es nicht für das strapaziöse Leben geschaffen, das sie geführt hat. »Mensch, Sarita-Mädchen, nett hast du es hier«, sagt sie und verdreht die Augen in altbekannter García-Mädchen-Manier.

Gerade noch kann ich verhindern, daß mein Kopf nach oben schnellt, und ich verspüre einen heftigen Stich, weil ich merke, wie sehr ich meine Mutter vermisse, die vor kurzem gestorben ist.

Genau deshalb ist Yo gekommen. Sie umarmt mich herzlich, und wir setzen uns auf die Couch. »Ich habe das mit Primi erfahren«, sagt sie, und ihre Stimme versagt. »Ich wußte nicht einmal, daß sie krank ist.« Ihre Augen füllen sich mit Tränen, die das Mascara schwarz färbt.

»Mamá hatte ein hartes Leben«, sage ich mit ruhiger Stimme. Das ist eine der Fähigkeiten, die ich im Lauf der Jahre kultiviert habe – meine Gefühle streng im Zaum zu halten. »Und am Ende war es besonders hart für sie, weil sich eure Familie gegen sie gewandt hat.«

»Wir haben uns nie gegen sie gewandt!« Yo steht auf und geht vor der Couch auf und ab. »Meine Schwestern und ich standen immer auf ihrer Seite.«

Ich muß zugeben, daß das stimmt. Die USA-Garcías haben Mamá nie schlecht behandelt. Vielmehr war es die Familie de la Torre zu Hause auf der Insel, die ihr vorwarf, den Verstand verloren zu haben, als sie – ganz zuletzt – behauptete, einer von ihnen sei mein Vater.

»Sogar Mami«, sagt Yo und setzt ihr Auf und Ab fort, »sogar sie hat gesagt, daß deine Mutter nie so etwas erfinden würde.«

Ich muß an Mrs. Garcías liebevolles Lächeln denken, an den besonderen Platz, den ich stets in ihrem Herzen eingenommen hatte. Vielleicht wußte sie Bescheid. Vielleicht ließ sie mich deshalb nach New York kommen, damit ich es dort zu etwas bringen konnte. »Ich glaube dir«, sage ich zu Yo, »und jetzt setz dich her zu mir. Es macht mich ganz nervös, wenn du so auf und ab läufst.«

Sie setzt sich hin, und auf einmal schauen wir uns nach all den Jahren wieder in die Augen. Und ich denke: Mamás Traum ist in Erfüllung gegangen! Ihr Baby, eine bekannte Orthopädin in einer der besten Sportmedizinkliniken des Landes, mit einer Rolex, die mehr kostet, als sie in einem ganzen Jahr verdient hat, bevor sie nach New York kam, und neben mir Yo García, eine am Hungertuch nagende Schriftstellerin, gelegentlich auch Dozentin, in einem billigen Jerseykleid. »Deine Mutter war wie eine Mutter für uns«, sagt sie. »Ay, Sarita, und dich haben wir immer als Schwester betrachtet.«

Es ist zu spät, um zu versuchen, die Dinge ins Lot zu bringen. »Ihr Mädchen wart immer gut zu uns«, bestätige ich. Das ist freilich nur ein Teil der Wahrheit. Aber es ist der Teil, den ich ihr geben möchte, damit sie sich bei dem Gedanken an die Vergangenheit wohl fühlt. Ihr Aussehen verrät mir, daß sie schwere Zeiten durchmacht. Sie ist zu mager. Unter den Augen hat sie Tränensäcke. Und einen guten Haarschnitt könnte sie auch gebrauchen.

Ich stehe auf – es ist Zeit, wieder an die Arbeit zu gehen –, und als sie gleich danach aufspringt, umarme ich sie. Ich spüre ihre trockene Haut an meinen Wangen.

Sie reißt sich zuerst los. »Ich sollte jetzt lieber gehen«, sagt sie und wendet sich verlegen lachend ab. »Sonst steigt dir dein Chef noch aufs Dach, weil du deine Patienten warten läßt.«

»Ich bin der Chef«, sage ich und lächle sie an.

»Genau wie ich prophezeit habe!« Als ich sie fragend ansehe, meint sie: »Vermutlich hast du meinen Bericht nie gelesen, oder?«

»Ich konnte ja nicht wissen, daß ich fünfundzwanzig Jahre später eine Prüfung darüber ablegen muß«, antworte ich prompt.

Sie lacht und schüttelt den Kopf. Es kommt nicht oft vor, daß jemand bei Yo García das letzte Wort behält. »Laß uns nicht wieder zwanzig Jahre warten, bis wir uns das nächstemal sehen«, sagt sie, während sie in ihren Mantel schlüpft. Ich nicke, obwohl ich bezweifle, daß ich jemals wieder eines der García-Mädchen sehen werde. Mamá ist tot. Die Vergangenheit ist vorüber. Ich muß nicht mehr so tun, als wären wir fünf Schwestern.

»Paß gut auf dich auf«, sage ich zu Yo, als sie zur Tür hinausgeht. »Und grüß deine Schwestern von mir.«

DER LEHRER

Romanze

Einmal im Leben kommt ein Student..., schreibt er mit der Hand. Er geht am Ende des akademischen Jahres in Pension und hat sich geschworen, nie einen Computer anzurühren. Die Sekretärin des English Department wird seine unübersichtlichen Aufzeichnungen abtippen, und noch am selben Nachmittag wird ein weißes Kuvert mit der Aufschrift *vertraulich* in seinem Fach liegen. Vertraulich, in der Tat. Weiß der Himmel, was seine Kollegen sagen würden, wenn sie wüßten, wie nachsichtig Garfield auf den letzten Hilferuf ihrer besorgten Exstudentin Yolanda García reagiert hat.

Lieber Professor Garfield, ich muß mein Leben wieder in geordnete Bahnen bringen. Ich habe beschlossen, endlich doch Ihren Rat zu befolgen. Ich möchte mich für ein Graduiertenstudium bewerben, und ich hoffe, daß Sie mir noch einmal ein Empfehlungsschreiben ausstellen. Ich weiß, daß Sie keine Veranlassung haben, mir zu glauben, daß ich mein Vorhaben diesmal verwirkliche, doch an wen soll ich mich wenden, nachdem alle anderen das Zutrauen zu meinen Versprechen verloren haben? Ich wende mich an Sie.

Vor fünfzehn Jahren tauchte Yolanda García in seinem Milton-Seminar auf, eine dunkelhaarige, hübsche junge Frau mit eindringlichem Blick. Zu dem Zeitpunkt war Garfield noch nicht klar, daß sie immer diesen Blick hatte. In Anbetracht ihres Namens und des leichten Akzents hatte er sie für eine ausländische Studentin gehalten, die bestimmt grauenhafte Texte fabrizierte und nur ein Minimum an literarischem Verständnis mitbrachte. Doch sie lieferte laufend Arbeiten ab, die vor Einfühlsamkeit und Leidenschaft geradezu sangen. Und von den Zeilen aus *Paradise Lost* ließ sie nicht ab, ehe sie die Doppeldeutigkeiten nicht verdrei- und vervierfacht hatte, so daß Professor Garfield sie zügeln mußte: »Das genügt, Miss García. Vier Wortspiele in einem Absatz sind wirklich reichlich, selbst für Miltons Satan.«

Ich habe endlich beschlossen, mein Leben wieder in geordnete Bahnen zu bringen. – Wie oft hatte sie diesen Satz geschrieben oder mit brüchiger, atemloser Stimme gesprochen, wenn sie nachts von irgendwo anrief, wo vermutlich noch eine annehmbare Tageszeit war. Und natürlich dachte Miss García nicht daran, daß es hier, im Westen von Massachusetts, längst Schlafenszeit für ihren alten Professor war, der nach einem großen Schicksalsschlag selbst erst allmählich wieder Tritt faßte.

Na gut, dann eben noch einmal. Das erste Empfehlungsschreiben, gerichtet an die Fulbright-Kommission, hatte er vor dreizehn – oder waren es vierzehn? – Jahren verfaßt, im Herbst von Miss Garcías letztem Collegejahr. *Einmal im Leben kommt ein Student...* Er konnte sich keinen Bewerber vorstellen, der eher ein Stipendium verdient hätte, um in Chile zeitgenössische lateinamerikanische Autoren zu übersetzen. Sie war hispanischer Abstammung. Ihre Muttersprache, Spanisch, war unverzichtbar, um die Originaltexte zu verstehen. Und was ihr Englisch betraf, *Caramba!* (Natürlich strich er diese alberne Bemerkung mit dicken Tintenstrichen durch, so daß nicht einmal die Sekretärin sie entziffern konnte.) Ja, ihr Englisch war makellos. Obwohl sie sich noch immer mit einem leichten Akzent schmückte – er hatte tatsächlich dieses unselige Verb »schmücken« verwendet –, erfaßte sie die Sprache Miltons und Chaucers und Shakespeares intuitiv, als handelte es sich um ihre Muttersprache. *Meine Herren, Sie werden Ihre Entscheidung für Miss Yolanda García als Fulbright-Stipendiatin nicht bereuen.*

Er hatte alles zurücknehmen müssen. Bis Miss García das

Stipendium zugesprochen wurde, hatte sie sich in einen Hippie verliebt und war mit ihm durchgebrannt – ein halbes Jahr vor ihrem Collegeabschluß. Garfield traute seinen Ohren nicht, als ihn der Vorstand der Verwaltung studentischer Angelegenheiten anrief und ihm das mitteilte. »Sie sind ihr Studienberater, Garfield, können Sie sich einen Reim darauf machen?« Garfield erinnerte sich an den jungen Mann mit goldblondem Haar, der vor dem Hörsaal auf sie gewartet hatte, ein Junge mit klassisch schönen Zügen – Yolanda hatte ein gutes Auge, das mußte man ihr lassen. Darryl Dubois – sie hatte die beiden miteinander bekannt gemacht – sah aus wie ein arkadischer Schäfer in einem ländlichen Szenario. Garfield erinnerte sich auch noch daran, daß der junge Mann keine zwei zusammenhängenden Wörter in seiner Muttersprache herausgebracht hatte. Nein, erklärte der Professor und Studienberater dem Vorsteher der Studenten, er könne sich absolut keinen Reim auf Miss Garcías plötzlichen Entschluß machen.

Ihr eigener Vater konnte sich auch keinen Reim darauf machen. Der erzürnte Hispanier war in das Büro des Vorstehers gestürmt. »Wo ist meine Yo?« hatte er in gebrochenem Englisch gerufen, wodurch er noch mitleiderregender wirkte. Thompson, der das Amt des Studentenvorstehers nur unter der Bedingung angenommen hatte, daß er jedes vierte Jahr beurlaubt wurde, hatte kein Talent im Umgang mit solchen Kalamitäten. Er wußte nicht, was er anderes hätte tun sollen, als dem Mann einen Stuhl anzubieten, ihm wie einem Kind ein Glas Wasser zu bringen und zu sagen: »Dr. García, wir vom Commodore College sind ebenso fassungslos wie Sie. Wir werden alles tun, was in unserer Macht steht, um Ihre Tochter dazu zu bewegen, ihr Examen zu machen. Sie ist eine unserer besten Studentinnen. Wir stehen vor einem Rätsel. Wir sind enttäuscht.«

Thompson gelang es nach seinen eigenen Worten, den aufgebrachten Vater durch seine ruhige Stimme und den gleichmäßigen Rhythmus seiner kurzen, belanglosen Bemerkungen zu besänftigen. »Und dann, mein Gott, Garfield, ist etwas passiert, was ich in all den Jahren im Umgang mit Eltern noch nie erlebt habe. Der Mann schlug die Hände vors Gesicht und begann zu weinen.« Thompson hatte Garfield an ihrem traditionellen Freitagabend in der Green Tavern mit der Geschichte buchstäblich überfallen. »Der arme Kerl geht mir nicht mehr aus dem Kopf.«

Diese Studenten konnten einem mit ihren Geschichten wahrhaftig unter die Haut gehen. Sie schrieben sich für ein Seminar über Milton oder über Romantische Dichtung ein, und ehe man es sich versah, brachte man ihnen nicht nur bei, wie man einen jambischen Pentameter skandiert, sondern versuchte sie auch noch zu retten, in vielen Fällen vor sich selbst. Wie konnte Yolanda García, die den besten Notendurchschnitt im ganzen Institut hatte, mit einem Kerl davonlaufen, der die High-School abgebrochen hatte und dessen Vorstellung von Literatur sich auf die albernen Songtexte einer Band mit einem Tiernamen beschränkte – Monkeys oder Turtles oder Beatles oder so ähnlich. Alles, was recht ist!

Thompson berichtete, wie der Vater den Scheck, mit dem ihm das College die Gebühren für das zweite Semester erstatten wollte, zerrissen hatte. Mit erhobener Hand und zum Himmel deutendem Zeigefinger hatte er allen Anwesenden mit donnernder Stimme wie Moses (Thompson unterrichtete Religion) verkündet, seine Tochter sei für ihn gestorben. Damit verließ er den Raum in seinem lachsfarbenen Anzug – eine Farbe, die man auf diesem verschlafenen Campus noch nie an einem Mann gesehen hatte. Und so wurde der Name Yolanda García von der Liste aktiver Studenten gestrichen. »Was für eine Verschwendung, was für eine verdammte Verschwendung«, resümierte Thompson am Ende des Abends.

Doch Garfield brachte es nicht fertig, die Sache auf sich beruhen zu lassen, obwohl ihm Helena wieder einmal vorwarf, von einer seiner Studentinnen besessen zu sein. »Und was ist mit deinen eigenen Kindern?« schimpfte sie, während sie sich einen Wodka pur als Schlummertrunk eingoß. »Die sind keine Kinder mehr«, widersprach er. »Die gehen aufs College.«

»Diese Jocasta doch auch...«

»Yolanda. Das ist ein spanischer Name«, verbesserte er sie. Natürlich hatte sie recht. Yolanda war genauso alt wie Eliot, sein Ältester. Doch Yolanda war eine Ausnahme – sie war mit dieser Kultur nicht vertraut. Jemand mußte sie bei der Hand nehmen. »*Einmal im Leben kommt ein Student...*«, begann er.

»Ach bitte, Jordan, erspar mir diese gequirlte Scheiße.«

Daß sie nie einer Meinung waren – damit hatte Garfield zu leben gelernt. Aber daß sich Helena, sobald sie getrunken hatte, ordinär und unflätig ausdrückte wie ein Flittchen, fand er nach wie vor schwer zu ertragen. Er, für den Wörter so wesentlich waren, für den die Welt durch den Leim der Sprache zusammengehalten wurde. »Bitte, Helena«, protestierte er und zog sich in sein Arbeitszimmer zurück. Er rief ein paar einheimische Bekannte an und brachte den Aufenthaltsort der Frischvermählten in Erfahrung.

Am nächsten Tag stand er vor der Tür der heruntergekommenen Wohnung auf der North Side neben der Müllhalde. Zuerst war Yolanda entsetzt, dann dankbar; sie umarmte ihn und zog ihn in die Wohnung, als handelte es sich um ein heimliches Treffen.

Sobald sie die Tür zugemacht hatte, schien sie nicht recht zu wissen, was sie mit ihm anfangen sollte. Die Wohnung war in einem chaotischen Zustand. Die Fenster hingen schief in den Angeln, vom Holzboden blätterte die Farbe ab, und die wenigen Möbelstücke sahen aus, als hätten sie sie draußen von der Müllkippe geholt. »Das ist nur vorübergehend«, entschuldigte sie sich mit geröteten Wangen. Ihr junger Ehemann sei schon fort zu seinem Job als Barmixer, Garfield möge sich doch bitte setzen, was sie ihm anbieten könne?

Er ließ sich vorsichtig auf eine Couch nieder, über die eine indische Tagesdecke gebreitet war, bedruckt mit Elefanten, die sich an Rüsseln und Schwänzen eingehakt hatten und auf denen jeweils ein Raja mit einem Sonnenschirm saß. Eine Katze, deren Farbe ihn an den gelben Nebel in dem Gedicht »Prufrock« erinnerte, beobachtete ihn aus schmalen Augenschlitzen. Fast rechnete Garfield damit, daß sie gleich den Mund aufmachen und zitieren würde: *Das ist es ganz und gar nicht. So habe ich das ganz und gar nicht gemeint.*

»Nein danke«, sagte er, als Yolanda ihm noch einmal etwas zu trinken anbot. Er wollte nur mit ihr reden.

Es bedurfte nur einiger weniger Fragen, bis sie unter Tränen zugab, einen großen Fehler begangen zu haben. »Ich meine, daß ich im letzten Semester ausgestiegen bin«, fügte sie rasch hinzu. »Daß ich geheiratet habe, bereue ich nicht.« Sie spielte mit dem Ring an ihrem Finger, klammerte sich zweifellos noch immer an die Hoffnung, die Liebe würde alles besiegen. »Ich hätte nur noch neun Punkte für den Abschluß gebraucht.«

»Also, *dieser* Fehler läßt sich korrigieren, und wir werden ihn korrigieren.« Garfield nickte ihr zu, als wäre sie zu ihm in die Sprechstunde gekommen und hätte ihn um Rat gefragt. »Sie machen das Semester zu Ende, Miss García, und damit ist die Sache erledigt.« Selbst in dieser heruntergekommenen Mietwohnung, in der sich die viktorianischen Damen auf den Tapeten samt ihren Schirmchen von den Wänden lösten, als wären sie über den Aufmarsch der indischen Rajas auf ihren Elefanten entsetzt – selbst hier auf diesem schmuddeligen Sofa, das nach Katze und verschütteten Drinks und anderen Entgleisungen roch –, wahrte Garfield die Form. *Miss García. Und damit ist die Sache erledigt.* Hatte er in seinen Kursen nicht stets auf die grandiose britische Höflichkeit und Zivilisiertheit hingewiesen und erklärt, die Briten hätten sogar in fernen Kolonien und auf tristen Außenposten ihre untadeligen Manieren beibehalten? Er selbst stammte aus

Minnesota, obwohl er überzeugt war, daß ihm das kein Mensch anhörte. Würde Helena es fertigbringen, in ihrem alkoholisierten Zustand wenigstens halbwegs passable Umgangsformen zu wahren, stünde es vielleicht besser um sie beide.

»Aber ich kann mir das Commodore nicht leisten, Mr. Garfield. Meine Eltern haben mich enterbt.« Sie sah ihn aus den dem Untergang geweihten Augen einer Desdemona an, die von Othello bereits an der Kehle gepackt wird.

»Wir wollen deshalb nicht die Beherrschung verlieren. Wir werden mit Mr. Thompson reden. Auch wenn Sie einen Kredit aufnehmen müssen, werden wir Sie durchbekommen.« Das Gespräch wurde sehr persönlich. Er warf einen Blick auf die Uhr. »Ich muß zu meiner Sprechstunde. Ich erwarte Sie morgen früh in meinem Büro. Pünktlich um neun.«

»Aber ...«, begann sie und blickte zur Tür, als befürchtete sie, ihr Hippie könnte jeden Augenblick hereinkommen. »Ich glaube nicht, daß Sky Dancer davon begeistert sein wird.«

Sky Dancer, lieber Himmel! »Ist *das* sein Name?«

Sie sah ihn mit wissendem Blick finster an. »Den hat er sich zugelegt. Er findet, es klingt ...« Sie zögerte, weil sie sich dabei ertappt hatte, daß sie sich schon jetzt über ihren frischgebackenen Ehemann lustig machte.

»... interessanter«, beendete er ihren Satz. Sie nickte und biß sich auf die Lippen. Um ein Lächeln zu unterdrücken? »Hören Sie, Miss García, wenn Mister Sky Dancer Sie wirklich liebt, wird er Ihnen nicht im Wege stehen. Sollte er Ihnen irgendwelche Schwierigkeiten machen, dann sagen Sie ihm ...« Was zum Kuckuck bildete er sich ein? Diese junge Frau war schließlich keine Verwandte. Seine Kollegen mußten sich ja das Maul zerreißen. »... dann sagen Sie Mister Sky Dancer, er möge mich aufsuchen.« Er räusperte sich. »In loco parentis«, fügte er hinzu. »Ich bin Ihr Studienberater, und das ist so gut wie ein Familienmitglied.«

Sie ließ den Kopf sinken, und als sie wieder zu ihm aufblickte, waren ihre Augen feucht. »Vielen Dank, Mr. Garfield«, sagte sie. »Sie haben mir wahrscheinlich das Leben gerettet.«

»Ein größeres Lob bekomme ich nicht? Nur wahrscheinlich?« meinte er scherzend und sah sich um. Auf einer umgedrehten Obstkiste, die offenbar als Couchtisch diente, lag die Stevens-Ausgabe, mit der sie im Herbstsemester in dem Seminar über Moderne Poesie gearbeitet hatten. »›Auf das endgültige Nein folgt ein Ja‹«, zitierte er.

»›Und von diesem Ja hängt die Zukunft der Welt ab‹«, ergänzte sie lächelnd.

Sie bestand ihr Examen mit Auszeichnung – und im Beisein ihrer halbwegs versöhnten Familie erhielt Yolanda María García ihren akademischen Grad. »Das ist nicht ihr Scheißname!« schrie der Hippie, der erzürnt aufgesprungen war. Garfield wurde nach der Zeremonie Zeuge der Szene, die sich auf dem Rasen vor der Collegekapelle abspielte. Dieser Sky Dancer riß Yolanda die Urkunde aus der Hand, und so, wie laut Beschreibung des Studentenvorstehers Thompson ihr Vater den Rückvergütungsscheck zerrissen hatte, riß der junge Mann jetzt ihr Abschlußdiplom in Fetzen. »Wenn die wollen, daß du Examen machst, sollen sie dir gefälligst einen Wisch mit deinem richtigen Scheißnamen geben.« Der Vater, der sich das ganze Wochenende mühsam beherrscht hatte, verfluchte den Burschen vor allen Leuten in zornbebendem Spanisch.

Sechs Monate später klingelte das Telefon – eine knakkende Stimme irgendwo aus weiter Ferne. Yolanda war nach Hause in die Dominikanische Republik geflogen und hatte eine Blitzscheidung erwirkt. Sie rief von dort aus an, sagte, sie wolle ein paar Monate dableiben, um wieder zu sich zu kommen, doch danach wolle sie ihr Leben endgültig in geordnete Bahnen bringen, verstehen Sie? (Ja, er verstand!) Und deshalb spiele sie mit dem Gedanken, sich an seiner Alma mater Harvard zu bewerben, und was er denn davon halte?

»Eine phantastische Idee!« brüllte er ins Telefon, so daß sich Helena, die neben ihm lag, stöhnend das Kopfkissen aufs Gesicht knallte. »Bleiben Sie dran, ich gehe nur schnell ins Arbeitszimmer«, sagte er und eilte hinaus, ohne den Hörer im Schlafzimmer aufzulegen; später fragte er sich, ob Helena das Gespräch mit angehört hatte. Noch tagelang schimpfte sie auf dieses Mädchen, das das Geld eines Mannes, der mit seinem eigenen Leben nicht zurechtkam, für ein therapeutisches Ferngespräch verschwendete.

Ein Graduiertenstudium war eine grandiose Idee für Miss García. Er hatte ihr davon abgeraten, sich auf *creative writing* zu versteifen, eine in seinen Augen diffuse Angelegenheit, um es wohlwollend auszudrücken. Schreiben konnte man jederzeit nebenher, wenn man das wollte, aber zuerst brauchte man eine handfeste Ausbildung. Sie wäre gut beraten, sich auf die Romantik oder auch auf moderne amerikanische Literatur zu spezialisieren, da sie eine große Schwäche für Stevens, Eliot und Frost hatte. »Ich war immer der Meinung, daß Sie sich in Ihren Textanalysen und Abhandlungen auf sehr hohem Niveau bewegen. Die Vergangenheit ist vorüber. Wir alle machen Fehler. Die Herausforderung besteht darin weiterzumachen. ›Zu streben, zu suchen, zu finden und nicht zu verzagen‹«, schloß er mit einem Zitat von Tennyson.

»›Ich will das Leben bis zur Neige trinken‹«, bekräftigte sie. Durch den Hall in der Leitung klang die zitierte Zeile noch prägnanter. »›Dem Wissen folgend wie ein sinkend' Stern, so weit, wie nie ein Mensch gedacht.‹«

So weit, wie nie ein Mensch gedacht, kam das Echo.

Nach dem Anruf konnte Garfield nicht einschlafen. Tennysons aufwühlende Zeilen, die Stimme einer außergewöhnlichen Studentin, die strahlenden jungen Gesichter, die jedes Jahr nach der Examensfeier aus seinem Blickfeld verschwanden, das Buch über die Entdeckung der verkürzten epischen Form im viktorianischen Zeitalter, das er nie geschrieben hatte – all diese Gespenster verfolgten ihn voller Häme in seinem kleinen Arbeitszimmer, direkt unter dem Raum, in dem seine ihm im Verlauf von dreißig Jahren fremd gewordene Frau schlief. Worin bestand überhaupt ein Menschenleben? In dem Ringen darum, seinen Weg unter den kalten, teilnahmslosen Sternen zu finden – wer hatte das gesagt? Er dachte an die unglückliche Frau oben im Bett. *Und lieben wollt' ich dich auf jene alterhabene Art, doch wurden unsre Herzen müde wie der leere Mond.* Lauteten so diese Verse?

Um den Aufruhr in seinem Innern zu besänftigen, setzte er sich an den Schreibtisch und verfaßte auf der Stelle sein zweites Empfehlungsschreiben für Yolanda García. An die Zulassungsstelle für das Graduiertenstudium an der Englischen Fakultät der Harvard University. *Einmal im Leben kommt ein Student...* Einen Monat später rief Yolanda García an, um ihm mitzuteilen, daß sie wieder in den Staaten sei und ihre Bewerbungsunterlagen beisammenhabe, und könnte er jetzt bitte seinen Brief abschicken? Aber sicher doch. Monate vergingen, in denen ein paar Gespräche stattfanden, darunter das, bei dem sie ihm euphorisch berichtete, sie sei angenommen worden und bekomme ein mit einem Lehrauftrag gekoppeltes Stipendium. Großartig! Dann Funkstille. Kein Brief mit Harvard-Briefkopf, keine Ansichtskarte vom Hof des Cambridge College, mit einem kurzen Gruß von Yolanda oder dem Versprechen, ausführlich zu schreiben, sobald sie zur Ruhe gekommen sei. Schließlich erfuhr er von einer ehemaligen Studentin – beim Absolvententreffen nach drei Jahren! –, daß Yolanda García in die Dominikanische Republik zurückgekehrt sei und sich revolutionären Kreisen angeschlossen habe. Hatte er sie denn nicht auf dem Foto in *Newsweek* gesehen, zusammen mit ein paar jungen Leuten vom Friedenskorps? Auf dem Heimweg schaute Garfield in der Bibliothek vorbei und suchte sich die entsprechende Ausgabe der Zeitschrift heraus – und wahrhaftig, da stand sie, Arm in Arm mit einem Häufchen blonder junger Männer und Frauen, von *guardias* umgeben auf den Stufen eines rosafarbenen Staatspalastes. Daher also kam die Vorliebe der Männer für diese Anzugfarbe.

Auf Garfield wirkte das *Newsweek*-Foto deprimierend und aufmunternd zugleich. Er bedauerte es, daß Miss García die glänzende Chance, ein Harvard-Stipendium mit Lehrauftrag zu bekommen, hatte sausenlassen. Andererseits konnte er nicht umhin, ihren Mut zu bewundern. Vielleicht würde aus ihr eine zweite Maud Gonne, über die dereinst ein junger Yeats Gedichte schrieb.

Danach hörte er zwei Jahre nichts von Miss García – doch dachte er gelegentlich an sie und fragte sich, was aus ihren aufrührerischen Aktivitäten auf der Insel geworden sein mochte. Während dieser Zeit erlebte er selbst einen Sturzflug; zumindest erschien es ihm zunächst so, aber in Wirklichkeit tauchte er empor in klarere, freundlichere Gewässer. Helena setzte sich mit irgend so einem kleinen Trottel aus der Soziologie nach Rutgers ab. In Anbetracht der jahrelangen gegenseitigen Abneigung und der Tatsache, daß Helena die Ehe gebrochen hatte, verlief die Scheidung relativ freundschaftlich. Die beiden Jungen schwankten, auf wessen Seite sie sich schlagen sollten, und durften erleichtert aufatmen, als ihnen klar wurde, daß keinerlei Rivalität bestand. »Für eure Mutter und mich ist es so am besten«, erklärte ihnen Garfield. Den Rest allerdings ersparte er ihnen. *Wir waren nie füreinander bestimmt.* Es wäre zu grausam gewesen, ihnen die Illusion zu rauben, daß ihre Eltern früher einmal glücklich miteinander waren.

Trotzdem fiel ihm das Alleinsein nach dreißig Jahren gemeinsamen Lebens schwer. Um die langen Abende und die Wochenenden auszufüllen, lud er hin und wieder jüngere Fakultätsangehörige ein, junge Kollegen, die einen Mentor brauchten und die er nicht nach vier Jahren automatisch wieder verlieren würde. Und so trat Timothy Matthews in sein Leben. Der neue Renaissance-Spezialist war ein offenherziger junger Mann, der noch etwas reifen mußte, aber ohne Zweifel ein brillanter Kopf, wenn auch mit Ringlein im Ohr. Schwerer zu ignorieren waren die heftigen Gefühle, die er bei Garfield auslöste. In diesem späten Stadium seines Lebens mußte er feststellen, daß er sich zu einem anderen Mann hingezogen fühlte! Konnte er so blind gewesen sein? *Ich stolperte, sobald ich sah!* Wer hatte das gesagt? Wie es im Augenblick schien, begann sich der Leim der Sprache aufzulösen; die Welt, so wie er sie gekannt hatte, brach auseinander. Doch die ein Leben lang geübte Selbstbeherrschung wirkte weiter. Garfield behielt sein Geheimnis für sich, bis Matthews ihn eines Abends nach einer Studentenaufführung von Oscar Wilde zur Rede stellte.

The importance of being honest. Es blieb ihrer beider Geheimnis. Schließlich ging Matthews nach San Diego an die University of California, weil er es auf dem repressiven kleinen Neuengland-Campus des Commodore nicht mehr aushielt. Noch während seiner Zeit am Commodore, als er als »Untermieter« in Garfields Haus wohnte, rief Yolanda García endlich an und hinterließ eine Nachricht auf dem schrecklichen Anrufbeantworter, den Matthews angeschlossen und später mit nach Kalifornien genommen hatte – das einzige Stück, dem Garfield keine Träne nachweinte.

Hallo, Mr. Garfield. Donnerwetter, ein Anrufbeantworter! Wo Sie diese neumodischen Apparate doch immer so gehaßt haben. Na ja, vermutlich hat sich bei uns allen einiges verändert. Ich bin wieder in den Staaten, ausgerechnet in Tennessee – und ich finde es herrlich! Ich arbeite mit Strafgefangenen, Senioren und Schulkindern. Ich schreibe Ihnen bald einen langen Brief, versprochen. Ich wollte mich nur melden und hören, wie es Ihnen geht. Bitte grüßen Sie Mrs. Garfield von mir. Und daß ich die Sache mit Harvard vermasselt habe, tut mir leid. Okay? Ach ja, hier spricht Yolanda

García, und, Augenblick mal, heute ist Dienstag, glaube ich,
und hier bei uns ist es zehn Uhr früh. Wiederhören!

Strafgefangene, Senioren und Schulkinder. Also hatte sie
sich letzten Endes für die Sozialarbeit entschieden. Wie
schade. Na ja, wenigstens hatte sie sich entschieden und war
glücklich.

»Wer ist diese Yolanda García?« hatte Matthews ihn gefragt.

»*Einmal im Leben kommt ein Student*...«, begann Garfield – und hielt inne.

Doch Matthews nickte. »Tja, so jemand habe ich auch
erlebt.« Im ersten Jahr nach seinem Graduiertenstudium gab
es unter seinen Studenten eine junge Frau, die seinetwegen
ausflippte. Die Sache wurde ziemlich problematisch: Sie
folgte ihm bis zu seiner Wohnung, stand dann vor dem Apart-
menthaus und starrte zu seinem Fenster hinauf. Matthews
glaubte, ihre Schwärmerei rasch beenden zu können, indem
er die Frau von seiner sexuellen Neigung unterrichtete, doch
als er sie in die Sprechstunde bestellte und sich ihr offenbarte,
zuckte sie nicht einmal mit der Wimper. »Na und? Mir ist das
egal.« Er bekam nach wie vor Geburtstags- und Weihnachts-
karten von der jungen Frau, die inzwischen verheiratet war,
ihre Briefe aber weiterhin mit *In Liebe stets* unterschrieb.

»Ach, diese Geschichte ist nicht annähernd so persönlich«,
erklärte Garfield. Matthews hatte ihn mit seinen gütigen,
aber scharfsichtigen blauen Augen angesehen und in seinem
sanft schleppenden, butterweichen Louisiana-Tonfall gesagt:
»Jordan, es ist immer persönlich. Und das weißt du auch.«

Zu bald war Matthews wieder fort – San Diego, das andere
Ende des Kontinents! –, und die Tage waren lang und die
Nächte noch länger. Der versprochene Brief von Miss García
kam tatsächlich. Sie arbeitete an einem vom National En-
dowment for the Arts finanzierten Projekt und unterrichtete
in Gefängnissen, Schulen und Seniorenheimen *creative wri-*
ting. (Oje, aber vermutlich immer noch besser als Soziologie.)

Außerdem hatte sie sich in einen Engländer verliebt, die beiden wollten heiraten, und diesmal glaubte sie, eine kluge Wahl getroffen zu haben. Was er davon halte?

Grundsätzlich sind die Briten ein feines Volk, hätte er spontan geantwortet. Denken Sie daran, daß sie sogar in fernen Kolonien und auf tristen Außenposten ihre untadeligen Manieren beibehalten haben. Und so weiter. Doch während er ihren Brief las, fand er es befremdlich, daß sie, nachdem sie ihren Engländer gerühmt hatte, Garfield nach seiner Meinung fragte. Deutete dieser Zweifel nicht bereits auf etwas hin? Aber er durfte ihr nicht mit Macbethschen Zweifeln ihren Seelenfrieden rauben. *Ach! voll von Skorpionen ist mein Kopf, geliebtes Weib ...* Er stand jederzeit zur Verfügung, wenn sie einen ihr *Studium* betreffenden Rat brauchte, aber für Herzensangelegenheiten war er – da mußte er Helenas Einschätzung beipflichten – nicht der richtige Gesprächspartner. Hatte er nicht einen Großteil seines Lebens gebraucht, um dahinterzukommen, wen er wirklich lieben konnte?

Und so schrieb er: »Ich bin froh, daß Sie einen passenden Lebensgefährten gefunden haben, Miss García.« Während er seine Glückwünsche hinzufügte, dachte er an Matthews, an seine langen, aristokratischen Hände, die schmalen Hüften, das hagere Märtyrergesicht, das bestimmt schelmisch zur Seite geneigt war, als er gesagt hatte: »›Komm, leb mit mir, und sei mein Lieb’, und alle Wonnen werden wir ergründen...‹«

»Unmöglich«, hatte Garfield geantwortet, als Matthews ihm von San Diego aus mit diesem Zitat einen Antrag gemacht hatte. »Ich muß an meine vierunddreißigjährige Laufbahn denken, Timothy. Wenn du mit mir hättest leben wollen, warum bist du dann nicht hiergeblieben? Das Commodore hätte dich nur zu gern behalten.«

»Klar, Jordan, und ich wäre eines langsamen, schmerzhaften Todes gestorben.« Und dann die unvergeßlichen

Worte, die Garfield bewogen hatten, den Hörer voll stiller Wut auf die Gabel zu legen: »Genau wie du.«

Im Laufe der nächsten paar Jahre hörte Garfield häufig von Yolanda García. Wenn sie anrief, dann nicht, um ihn um ein Empfehlungsschreiben oder um einen Rat zu bitten, sondern um ein bißchen zu plaudern. Wie geht es Ihnen, Mr. Garfield? Was ist aus Ihrem Anrufbeantworter geworden? Was machen Sie den Sommer über? Arbeiten Sie vielleicht an einem Buch?

Vermutlich hatte sie von seiner Scheidung erfahren und rief zum Teil aus Besorgnis an, weil sie wohl dachte, der einsame Unterton in seiner Stimme rühre daher, daß Helena ihm fehle. Nach seinem ersten Herzinfarkt, im Herbst nachdem Matthews nach San Diego gegangen war, rief sie alle paar Wochen an, immer sonntags, genau wie seine Söhne. »Wie geht's denn so, Mr. Garfield?« Ihre Stimme hallte, während sie an ihrem Ende der Leitung durch die Zimmer ging. Yolanda wohnte in einem großen alten Haus in San Francisco. (Fünfhundert Meilen nördlich von San Diego!) Der Engländer war wohlhabend, wie es schien, und reiste auf dem ganzen Erdball herum. »Er gehört zu den Leuten, die die Fäden in der Hand halten«, meinte sie lachend. Doch in ihrer Stimme hörte er auch eine Sehnsucht nach etwas anderem. »Ist es Ihnen recht, wenn ich Ihnen ein paar Sachen schicke, die ich geschrieben habe?« fragte sie. »Ich weiß, daß Sie nichts von *creative writing* halten, aber ich brauche ein bißchen Feedback.«

»Aber sicher! Ich würde sehr gern lesen, was Sie schreiben«, log er. Eigentlich hätte er sagen wollen: Jetzt, wo Sie zur Ruhe gekommen sind, Miss García (diesmal hatte sie ihren Namen beibehalten), könnten Sie doch an das Stanford College ganz in Ihrer Nähe gehen und sich überlegen, ob Sie nicht promovieren wollen. Denken Sie darüber nach, denn dann hätten Sie ihren eigenen Lebensinhalt; dieser Brite des Jet-Zeitalters füllt diesen Platz ja offenbar nicht aus.

Die Gedichte waren mit Maschine geschrieben, aber schon

durch Bleistiftkorrekturen entstellt, als stünde sie unter dem Zwang, ihre Zeilen unablässig zu perfektionieren. Dabei waren sie ziemlich gut. Freilich, der Weltüberdruß, der daraus sprach, nutzte sich allmählich ab, und auch auf die Frauengedichte über die Entdeckung des eigenen Körpers hätte Garfield weitgehend gern verzichtet, doch sie alle verrieten, daß sie schreiben konnte, daß sie die Form nahezu vollkommen beherrschte. Ihre Erzählungen waren weniger mitreißend, aber ihre Art, Figuren zu charakterisieren, und ihren Blick für aufschlußreiche Details hielt er für vielversprechend, wie er in seinem langen Antwortbrief schrieb. Er konnte sich nicht verkneifen hinzuzufügen: »Und nun, Miss García, gebe ich Ihnen ungefragt einen Rat. Sie wohnen ganz in der Nähe des Stanford Campus. Suchen Sie meinen alten Harvard-Kommilitonen Clarence Wenford auf, *den* Wenford, der unsere *Modern Poetry* herausgegeben hat − ich schreibe ihm gleich einen kurzen Brief.«

Bei ihrem nächsten Anruf berichtete sie, sie habe Professor Wenford aufgesucht und einen ganzen Tag in seinen Seminaren gesessen. »Aber ich weiß nicht recht, Mr. Garfield. Ich bin einfach nicht geschaffen für diese tüftelige wissenschaftliche Arbeitsweise...«

»Natürlich sind Sie das«, unterbrach er sie. »›Die Faszination des schwer Zugänglichen‹«, zitierte er.

»Yeats hat über Poesie geschrieben, nicht über ein Graduiertenstudium.«

»Sie müssen an Ihre Zukunft denken.« Garfield selbst hatte nicht die Voraussetzungen für eine brillante Karriere mitgebracht und hätte folglich seine Stelle am Commodore nie gegen eine an der Universität in San Diego eintauschen können. »Sie haben das Zeug dazu, Miss García. Es wäre Verschwendung, es nicht zu nutzen.«

Am anderen Ende herrschte betretenes Schweigen. Dann sagte sie ziemlich vage: »Nun ja, ich werde mal sehen, Mr. Garfield.«

Sie schickte weiterhin Gedichte und Erzählungen. Getreulich schrieb er zurück, was er davon hielt: »Sie könnten für ihre Liebesgedichte die Sonettform in Betracht ziehen, das gäbe einem so schwierigen Stoff einen äußeren Rahmen. Ausgezeichnete Verwendung des inneren Monologs, um die Verwirrung ihrer Protagonistin zu vermitteln. ›Vergessen Sie all Ihre Lieblinge‹, um Faulkner zu zitieren.« Dann, nach zwei Jahren regelmäßigen Kontakts, blieben die Anrufe, die Briefe und die Päckchen mit Gedichten und Erzählungen plötzlich aus. Wochen und Monate vergingen. Ein- oder zweimal versuchte Garfield, sie zu erreichen. Doch jedesmal erwischte er nur die auf Band konservierte höfliche Stimme des britischen Ehemanns, die ihn aufforderte, eine Nachricht zu hinterlassen. Schließlich kam ein tränenerstickter Anruf, über den er sich keineswegs wunderte. Sie war wieder in der Dominikanischen Republik. »Ich lasse mich scheiden. Wir sind einfach nicht füreinander geschaffen. Obwohl er ein guter Mann ist. Es ist so schwierig, auf dieser Welt eine echte Beziehung aufzubauen. Ich frage mich die ganze Zeit, ob ich das grundfalsch sehe, denn um mich herum finden alle, daß ich einen großen Fehler mache.«

Jetzt weinte sie. »Wir wollen doch nicht die Beherrschung verlieren, Miss García«, beschwichtigte Garfield sie.

»*Ay*, Mr. Garfield. Was meinen Sie?«

Er warf einen Blick in die entlegenen Winkel und die tristen Nischen seines Herzens und holte tief Luft. Zum Teufel mit den Anstandsregeln, die ihm Fesseln anlegten. »Ich glaube, Sie sollten Ihrem Herzen gehorchen, Miss García«, sagte er schließlich. Nachdem beide aufgelegt hatten, stand er noch eine Weile mit der Hand am Hörer da, als wollte er die verzweifelte junge Frau weiterhin übers Telefon beruhigen. Dann hob er ab und wählte die Nummer, die ihm die Sekretärin des English Department vor Monaten gegeben hatte, die Nummer von Professor Timothy Matthews.

Im folgenden Jahr ließ er sich beurlauben, vermietete sein Haus an die neue Dozentin für Klassische Literatur und schrieb einen ausführlichen Antrag für ein Forschungsjahr, in dem er sich dem Zerfall der Strophe, »wie wir sie kennen«, in der zeitgenössischen Dichtung widmen wollte; und vielleicht verlor er deshalb den Kontakt zu Miss García. Er hatte in der Fakultät keine Adresse hinterlassen, sondern darum gebeten, man möge ihm seine Post nach Minnesota zu seiner Schwester nachschicken. Dieser geliebten Schwester, der er alles beichtete, schärfte er ein, seinen Aufenthaltsort auf keinen Fall preiszugeben. Das Jahr wurde zu einem herrlichen Intermezzo im sonnigen Kalifornien. Und es stellte sich heraus, daß seine Anwesenheit eine große Hilfe für Matthews war, weil das Prüfungsverfahren für dessen Festanstellung lief. Auf einmal war der junge Hitzkopf nur noch ein Nervenbündel.

»Das ist doch ein *fait accompli*«, rief Garfield ihm immer wieder ins Gedächtnis. »Du hast in Cambridge bereits ein Buch veröffentlicht, zum Kuckuck noch mal, und du bist ein erstklassiger Dozent. Was wollen sie denn mehr?«

»Garfield, *hombre*, nimm mir ja mein Leiden nicht«, gab Matthews frech zurück.

Natürlich bekam Matthews seine Festanstellung, und während sie das feierten, indem sie eine Woche in Acapulco verbrachten, begannen sie Pläne zu schmieden. Garfield würde nach seinem bezahlten Urlaub wenigstens noch ein Jahr lang unterrichten müssen. »Das ist Ehrensache«, argumentierte er, als Matthews ihn drängte, das Commodore »einfach sausenzulassen«.

»Ach, Jordan.« Der junge Mann legte seinen Kopf auf die Schulter des älteren. »Was soll ich nur ohne dich anfangen?«

»Mich immer lieben«, schlug Garfield vor.

»›Bis daß die Meere trocken sind, mein Herz, bis daß die Meere trocken sind‹«, zitierte Matthews theatralisch. Und dann murmelte er wiederholt: »Ehrensache, Ehrensache ...«, als würde er nicht recht schlau aus dieser Wortkombination.

Nach dem ersten Jahr der Trennung gewann Garfields Pflichtbewußtsein erneut die Oberhand. Er könne doch auch noch die letzten zwei Jahre seiner Dienstzeit absolvieren und sich dann »mit einer goldenen Uhr und einem Klaps auf den Hintern«, wie Matthews es ausdrückte, zur Ruhe setzen. Lange gemeinsame Urlaube und das Telefon, durch das sie in Verbindung blieben, würden ihnen das Warten ermöglichen. Garfield vermochte auch wirklich zu warten, da er es gewohnt war, die aufsässigen Gefühle in den entlegensten Winkeln seines Herzens unter Kontrolle zu halten. Matthews hingegen schaffte es nicht. Eines Sonntagmorgens Anfang Herbst im zweiten Jahr ihrer Trennung kam der vernichtende Anruf.

»Ich habe schlechte Nachrichten, mein Herz.« Matthews' Stimme am anderen Ende der Leitung war zittrig, obwohl er sich Mühe gab, seinen üblichen großspurigen Ton anzuschlagen. Garfield war im Garten gewesen und hatte für diese Saison die Spiralstangen im Tomatenbeet weggeräumt – seine Kindheit auf einer Farm in Minnesota war nicht spurlos an ihm vorübergegangen. Als er ins Haus rannte, um ans Telefon zu gehen, schoß ihm eigenartigerweise das Gesicht von Yolanda García durch den Kopf. In Kalifornien war es noch viel zu früh am Morgen, als daß Matthews an einem Sonntag schon aufgewesen wäre.

»Was ist los, Matthews, wo bist du?« wollte Garfield wissen. Im Hintergrund hörte er einen Lautsprecher, über den wichtigtuerische Ansagen kamen.

»Ich bin im Krankenhaus. Hör zu, Jordan. Ich … ich … hab mir was eingefangen, und es sieht gar nicht gut aus.«

Mehr brauchte er nicht zu sagen. »Wir wollen keine voreiligen Schlüsse ziehen«, riet ihm Garfield, dem das Herz wie wild im Hals pochte.

»Sehen wir den Tatsachen ins Auge, Jordan. Mein Mund ist ganz wund, die Lungen hören sich an wie *Paradise Lost*, und das gesamte Corpus delicti ist mit Flecken übersät. Ich bin ein toter Mann.«

»Wir stehen das durch, bestimmt!« Garfield bemerkte in seiner Stimme eine ihm unbekannte hysterische Schärfe und rang um Selbstbeherrschung. Das Semester hatte bereits angefangen. Wie sollte er sich über diese Entfernung hinweg um Matthews kümmern und gleichzeitig seine Seminare abhalten? »Laß dich gründlich untersuchen«, sagte Matthews. Und dann löste er Garfields Dilemma, das darin bestand, daß er nicht an zwei Orten zur selben Zeit sein konnte. »Darf ich zu dir kommen und bei dir sterben?«

»Ja, natürlich«, flüsterte Garfield eindringlich ins Telefon. Wie zum Hohn fielen ihm die vertrauten Zeilen ein. *Auf das endgültige Nein folgt ein Ja.* Diesmal zitierte er sie für Matthews.

Vom anderen Ende der Leitung kam jenes freche Glucksen, das er so gut kannte. Und dann ein herzzerreißender Schluchzer: »O Gott, und ich dachte, wir hätten ein ganzes Leben.«

»Schluß mit diesem Gerede«, schimpfte Garfield, ohne daß es überzeugend geklungen hätte. Als er schließlich auflegte, stellte er fest, daß die Spiralstange, die er unter dem Arm gehabt hatte, völlig zerdrückt war.

Draußen im Garten grub er die verblühten Maisstengel ein und zog die letzten Zwiebeln und Lauchstangen aus der Erde. Er richtete das Jungenschlafzimmer her und überzog Eliots Bett mit frischen Laken. Er überprüfte den Handtuchvorrat im Wäscheschrank. Machte einen Termin für einen HIV-Test in Boston, wo er sich diskret untersuchen lassen konnte, bevor er Matthews vom Flugplatz abholte. Dann war noch der Stapel mit Arbeiten über das Drama der Restaurationszeit zu korrigieren. Alles war ihm recht, um seinen Kummer im Zaum zu halten, alles. Wenn Garfield in seinem Leben eine glänzende Begabung entwickelt hatte, dann diese. In ein paar Tagen würde Matthews heimkommen, um an seiner Seite zu sterben.

Komm, stirb bei mir und sei mein Lieb', und alle Schrecken werden wir ergründen.

Es kam der Herbst, in dem Matthews starb – die langen, sich dahinschleppenden, frostigen Tage seines Verlöschens. *Siehst du mich so, dann wächst in deiner Brust die Lieb' zu mir, den bald du lassen mußt.* Schließlich ließ Garfield doch sein Herz sprechen und kümmerte sich um den dahinschwindenden jungen Mann. Was es zu sagen gab, war gesagt. Matthews starb in seinen Armen, während Garfield ihm Auden vorlas und Matthews seine Lieblingsverse tonlos mitsprach.

Leg dein schlafend Haupt, mein Lieb', menschlich auf meinen treulosen Arm.

Als es vorüber war, fühlte sich Garfield taub, unempfänglich für die Welt ringsum. Die Urne mit der Asche in seinem Arbeitszimmer war alles, was von der strahlenden Erscheinung in seinem Herzen übriggeblieben war – flankiert von *Piers Plowman* und *Pamela*. Matthews hätte dieser Rahmen keineswegs behagt. Sobald der Sommer kam, würde Garfield die Urne eine Zeitlang in den Garten stellen, als handelte es sich um einen Käfig und der kleine Vogel Matthews könnte sich verleiten lassen, an der frischen Luft zu singen.

Von dem, was war und ist und kommt…

Eine Handvoll Asche hatte Garfield bereits in den Pazifischen Ozean gestreut, als er nach San Diego gefahren war, um Matthews' Wohnung aufzulösen. »Streu auch in den Atlantik einen Teil von mir«, hatte Matthews verlangt. Als es dem Ende zuging, war er mißmutig und mäkelig geworden. Sobald das schlimmste Winterwetter vorüber war, fuhr Garfield nach Provincetown und warf eine knappe Handvoll Asche in den Atlantik.

Über den Rest hatte Matthews verfügt: »Verstreu mich einfach überall im Garten, okay?« Doch Garfield brachte es nicht übers Herz, den restlichen Inhalt der Urne auszuschütten – nicht einmal auf seinem eigenen Grund und Boden, noch nicht. Er hatte das Gefühl, als sei Matthews noch bei ihm, solange er an dem festhielt, was von ihm übrig war.

Irgendwie wurstelte sich Garfield durch diesen langen

Winter voller Unzufriedenheit, hielt seine Kurse ab wie ein Uhrwerk, immer mit der gewohnten flotten Fliege unterm Kinn. Er hatte »auf Automatik geschaltet«, wie er Thompson gestand. Doch einiges hatte sich verändert. Vor allem redete er jetzt offen mit Thompson. Und dann, er wußte nicht, wie, begann er wieder zu fühlen. Sich Sorgen zu machen über das Fernbleiben eines Studenten, den hartnäckigen Husten eines Kollegen, den Zerfall der Strophe, »wie wir sie kennen«, in der zeitgenössischen Dichtung. Er zeigte Interesse an seinen Söhnen, diesen jungen, faszinierenden Fremden, die ihn jede Woche anriefen und alle paar Monate besuchten.

Wer hätte zu glauben vermocht, daß mein Herz aufs neue erblüht, sagt der Dichter. Garfields Schwanengesang, wie er seine Abschiedsvorlesung im Mai kommenden Jahres nennen wollte, würde eine persönliche Meditation über George Herberts Gedicht »Die Blume« werden. Er konnte es auswendig. Es hatte ihm den ganzen Winter hindurch geholfen weiterzumachen. *Und wieder riech ich Tau und Regen, und auch das Dichten macht mir Freud.*

Der Frühling hielt wieder Einzug in die entlegenen Winkel und tristen Nischen von Garfields Herzen.

Ein voller Jahreskreislauf, und schon jährt sich Matthews Tod zum erstenmal. Es ist das letzte Jahr, in dem Garfield in vollem Umfang unterrichtet, und er hat damit begonnen, die kleinen Knoten zu lösen, die ihn an die gewohnten Abläufe und an seine Studenten binden. Vor ein paar Wochen hätte er in seinem Büro um ein Haar Yolanda Garcías Akte weggeworfen. Nur gut, daß er es nicht getan hat, denn wieder ersucht sie ihn um ein Empfehlungsschreiben für ein Graduiertenstudium. Freilich wird er einen neuen Brief schreiben, doch die alten Entwürfe sind hilfreich. Er sitzt zu Hause in seinem Arbeitszimmer und betrachtet einen herbstlichen Sonnenuntergang, dessen leidenschaftliche Rottöne ihn einen Augenblick lang glauben lassen, daß es ein Leben nach dem

Tod geben müsse. Wer außer Matthews würde einen Neu-england-Himmel so grell färben? Matthews, der Opern und kunstvoll verzierte Torten, scheppernde Karnevalsmusik, Wagner und D. H. Lawrences purpurne Poesie so liebte. *Meine Männlichkeit wird in die Flut des Erinnerns getaucht, und wie ein Kind weine ich um die Vergangenheit.*

Als Adresse war auf Miss Garcías Briefumschlag eine kleine Stadt nördlich von Boston angegeben, nur wenige Stunden entfernt. Sie unterrichtet seit einem Jahr an einer Privatschule, so daß ihr keine Minute für sich selbst bleibt. Deshalb will sie endlich seinen Rat befolgen und promovieren. Sonst bekommt sie nie einen Job als Dozentin an einem College, der ihr vielleicht Zeit zum Schreiben läßt. *Ich weiß, ich weiß, Mr. Garfield, das haben Sie mir schon vor dreizehn Jahren gesagt.*

Ja, in der Tat, das hat er. Doch erst wenn einen das eigene Leben irgendwohin führt, kann man auch hingehen. Er müßte das wissen. Der Brief dürfte angesichts der zahlreichen Vorlagen, an die er sich anlehnen kann, nicht schwer zu formulieren sein. Und doch kommt er aus irgendeinem Grund nicht über den ersten Satz hinaus: *Einmal im Leben kommt ein Student...*

Er liest ihren Brief noch einmal, um weitere Hinweise zu erhalten, um die Überzeugung zu gewinnnen, daß er aus ihrer Sicht auch das Richtige tut. *Es war mir zu peinlich anzurufen – es ist so lange her. Ich habe das Gefühl, mich immer nur zu melden, wenn ich Sie brauche.*

Wofür sind alte Studienberater sonst da, möchte er ihr antworten. Eigentlich hat er das längst: *Danken Sie mir nicht, geben Sie es weiter.* Doch einmal im Leben kommt ein Student, der immer wieder zurückkehrt und mehr verlangt.

Darf ich Sie irgendwann an einem Wochenende besuchen? Ich wohne nur wenige Stunden entfernt. Ich würde so gern mit Ihnen über die Zukunft sprechen. Wirklich, ich würde Sie sehr gern sehen!

Er liest den Brief noch einmal und gerät ins Grübeln. Und so langsam, wie in ihm die kalte Gewißheit wächst, daß Matthews nicht mehr bei ihm ist, begreift Garfield, daß er sie im Stich gelassen hat. *Der erfolgreiche Schüler lernt, den Lehrer zu vernichten.* (Wer hat das gesagt?) Miss García müßte inzwischen längst flügge sein. Einer von beiden hat zu lange festgehalten, entweder er oder sie. Jedenfalls darf er nicht zulassen, daß dieser Zustand andauert! Fest entschlossen verfaßt er ein letztes Empfehlungsschreiben, als wollte er sie endgültig aus dem Nest werfen, und steckt es in ein Kuvert. Sie muß zusehen, daß sie vorankommt, ihren Doktor macht, endlich doch noch glücklich wird. Jedenfalls darf sie nicht mehr zu ihm kommen und noch mehr verlangen. Er muß hart bleiben und ihr das klarmachen.

Er geht zum Telefon und wählt die Nummer, die sie am Ende des Briefs unter ihrem Namen angegeben hat. Doch mitten im Gespräch übermannt ihn seine Güte, und statt ihr zu sagen, daß Schluß ist, lädt er sie für den kommenden Samstag zu einem zwanglosen Lunch zu sich nach Hause ein. Dann will er ihr den fertigen Brief mit ein paar letzten Ratschlägen übergeben. »Ay, Mr. Garfield, es ist so lange her«, sagt sie. »Es gibt so vieles, worüber wir reden müssen. Aber diesmal schaffe ich es, bestimmt.« Er hört die Resignation in ihrer Stimme.

Dann den Zweifel an sich selbst: »Na, was meinen Sie, Mr. Garfield?«

Er führt sie durch den Garten, als wollte er ihr zeigen, woher die Zutaten zum Lunch stammen. »Donnerwetter, Mr. Garfield, ich wußte gar nicht, daß Sie dafür ein Händchen haben«, meint sie, während sie einen Stengel anhebt und eine Bella-Donna-Tomate in ihrer Hand wiegt. Die Pflanzenreihen sehen aus wie mit dem Lineal gezogen; kräftige Pflöcke halten die Stämme der Himbeersträucher aufrecht; Steine grenzen das kleine Kräuterbeet am Rand der Salatreihe ein.

Nur eine einzige Tomatenstaude breitet sich unordentlich aus, ohne sich an einer Spiralstange emporzuranken. »Die Kerbe am Knie von Michelangelos David, was?«

Sie wirkt dünner, bedrückter als die lebhafte junge Frau, die Miltons Satan an Zweideutigkeiten zu übertreffen vermochte. Beim Mittagessen wird deutlich, daß ihre Entscheidung für ein Graduiertenstudium die bittere Pille ist, die sie glaubt schlucken zu müssen, um das zu bekommen, was sie sich wünscht.

»Alles andere hat nicht funktioniert, Mr. Garfield. Es ist, als hätte ich das falsche Leben gelebt. Anscheinend komme ich nie dahin, wo ich will. Immer werde ich aufgehalten, kennen Sie das?«

Er kennt das. Verfügt, um ehrlich zu sein, über eine lebenslange Erfahrung, die das beweist, doch warum soll er sie mit seinem Kummer belasten? Schließlich ist er ihr Studienberater. Seine Aufgabe besteht darin, sie aus dem Nest zu schubsen. Aber wohin wird sie gehen?

»Also jedenfalls, mit einem Doktortitel wird mich schon irgendein College einstellen, meinen Sie nicht? Wie Sie gesagt haben, brauche ich etwas Handfestes. Dann kann ich zum Schreiben zurückkehren. Das ist das einzige, was ich mir wirklich wünsche. Na ja, außer wahrer Liebe, Geld und Ruhm und Glück natürlich.«

Sie lachen beide, und Garfield wirft einen Blick auf die Uhr; sein alter Tick kehrt unwillkürlich zurück. Er hat den gemütlichen Lunch genossen, die wachsende Zuneigung, die sie durch die dahineilenden Stunden begleitete. Nun ist es Zeit, daß sie geht. Die Fahrt dauert knapp drei Stunden, nicht zwei. Aber er selbst hat ihren Aufbruch hinausgezögert und darauf bestanden, daß sie noch eine Runde durch seinen Garten machen. Im Anschluß an ihren Besuch steht ihm die lange Nacht voller Sehnsucht nach Matthews bevor, der endlose, qualvolle Sonntag, das verblassende Licht eines weiteren Herbstes.

Als sie das letzte Beet umrundet, stößt sie mit dem Fuß an

die Urne, die Garfield an einen kleinen Felsbrocken gelehnt hat, so daß etwas von ihrem Inhalt mitten auf den Weg kippt. »Hoppla!« ruft sie erschrocken. »*Ay*, ich dachte schon, es ist was Lebendiges.«

Es ist mein goldener Vogel, möchte Garfield am liebsten sagen. Ich habe ihn den ganzen herrlichen Sommer über im Freien gelassen, damit er mir etwas vorsingt. Aber er schweigt.

»Was ist das, Mr. Garfield?« Sie bückt sich, um den Inhalt genauer zu betrachten. Rasch stellt Garfield die Urne wieder an ihren Platz und nimmt Yolanda bei der Hand, als wollte er sie unbeschadet um die hintere Ecke im Garten führen. »Kommen Sie mit, Miss García. Ich habe etwas für Sie.«

Er geleitet sie durch die Glasschiebetür wieder in sein Arbeitszimmer. Dort liegt auf dem Schreibtisch ihre Akte, die er vor ein paar Wochen um ein Haar weggeworfen hätte. Abgesehen von den Kopien seiner früheren Empfehlungsschreiben enthält sie die vielen Gedichte und Erzählungen, die sie ihm im Laufe der Jahre geschickt hat. Er hatte sie heute am späten Vormittag, kurz bevor sie kam, noch einmal durchgelesen.

»Das alles möchte ich Ihnen zurückgeben«, sagt er und reicht ihr den dicken Ordner. »Das sind Ihre Sachen«, erklärt er, als sie ihn irritiert ansieht.

»Aber ich habe sie Ihnen geschickt – Sie können sie behalten.« Sie schlägt den Ordner auf und verzieht das Gesicht. »Mein Gott, Sie sollten dieses Zeug verbrennen!«

»Nein, das sollte ich nicht. Aber ich habe eine Aufgabe für Sie, Miss García.« Garfield hält einen Augenblick inne, um ihren verblüfften Gesichtsausdruck zu genießen. Bis zum Rundgang durch den Garten hatte er nicht gewußt, daß er ihr diese Unterlagen aushändigen würde.

»Was denn?« fragt sie. Sie bekommt diesen vertrauten eindringlichen Blick.

»Zunächst möchte ich, daß Sie mir den Brief zurückgeben, den ich geschrieben habe.«

»Meinen Sie den da?« Sie zieht den Umschlag aus der tiefen Tasche ihrer guatemaltekischen Jacke.

Er nickt und nimmt den Brief an sich, und dann reißt er ihn mit drei raschen, heftigen Bewegungen in Stücke. Die Ironie der Szene entgeht ihm durchaus nicht – wie es scheint, zerreißen die Männer im Leben von Miss García immer deren Papiere. Doch ihre Miene verrät nicht etwa Abscheu oder Angst, sondern Erleichterung. Sie verlangt nicht einmal eine Erklärung; er gibt sie ihr trotzdem.

»Sie hatten die ganze Zeit recht, Miss García. Die Promotion ist nichts für Sie. Es war ein Fehler von mir, Sie ständig in diese Richtung zu drängen.« Ihren Versuch, ihn in Schutz zu nehmen, fegt er beiseite. »Wie dem auch sei, die Vergangenheit ist vorüber. Vor Ihnen liegt die Zukunft.«

Sie schauen beide aus dem Panoramafenster, als böte es einen Ausblick auf das Spektrum an Möglichkeiten, die seine Worte eröffnen. Matthews übertrifft sich heute abend mit grellroten und orangefarbenen Klecksen – eine phantastische Farbkomposition, mit der er Garfield an diesem Nachmittag im Spätherbst signalisiert, daß es Zeit ist.

»Also, was ist das für eine Aufgabe?« fragt sie und durchbricht den Bann seiner Tagträumerei.

Er wendet sich wieder ihr zu und versucht sich zu erinnern, wo er stehengeblieben war.

»Sie sagten, Sie hätten eine Aufgabe für mich«, erinnert sie ihn.

»Ja, das stimmt. Sie haben hier genug Material für ein Buch, für zwei Bücher. Das ist Ihre Aufgabe, Miss García. Rufen Sie mich an, wenn Sie so weit sind, daß ich mir die fertigen Entwürfe ansehen kann.«

Sie zögert, ihr eindringlicher Blick weicht blankem Entsetzen. »Ich weiß nicht, Mr. Garfield. Ich meine, ich sollte wirklich zusehen, daß ich etwas Konkretes in der Hand habe... Die meisten Colleges stellen nicht einmal arrivierte Autoren ein, wenn sie keinen Doktortitel haben... Ich habe

seit über einem Jahr nichts mehr geschrieben…« Ihre Aus-
reden verstummen angesichts seiner strengen Miene. »Ich
weiß nicht, ob ich das kann«, sagt sie am Ende. »Ich weiß es
wirklich nicht.«

»Sie haben keine andere Wahl.« Damit öffnet er die Schie-
betür und läßt sie hinaus.

Als sie wegfährt, sieht er ihrem blauen Tercel die lange
Auffahrt hinunter nach, bis sie zum Abschied noch einmal
hupt und um eine Straßenbiegung verschwindet. Dann geht
er ans Ende des Gartens und hebt die Urne aus ihrem felsigen
Bett. Er nimmt den Deckel ab, greift mit einer Hand hinein
und läßt den Wind die Asche in alle Richtungen forttragen,
bis auch Matthews verschwunden ist.

DIE FREMDE

Brief

Die alte Consuelo, also, wie die letzte Nacht geträumt hat! Sie warf und wälzte sich hin und her, als wäre der Traum ein großer Fisch, den sie an Land zu ziehen versuchte – ohne Erfolg. Schließlich rollte sie sich so heftig auf eine Seite, daß ihre kleine Enkelin Wendy einen Schrei ausstieß, von dem Consuelo aufwachte. *¡Dios santo!* Sie strich sich mit der Hand übers Gesicht, um den Schlaf wegzuwischen, und vielleicht ging dabei ein Teil des Traums verloren, an den sie sich den ganzen nächsten Tag zu erinnern versuchte.

In ihrem Traum gab Consuelo ihrer Tochter Ruth, die in der Klemme steckte, gute Ratschläge. Consuelo hatte ihre Tochter zuletzt vor fünf Jahren gesehen, als Ruth völlig überraschend mit einem Baby nach Hause gekommen war, das sie in der Hauptstadt zur Welt gebracht hatte. Und außer dem Säugling hatte die Tochter noch einen Umschlag voller Geld bei sich. Sie zählte über zweitausend Pesos ab und ließ sie der Großmutter da. Mit dem Rest hatte Ruth etwas vor, wovon sie der alten Frau nichts erzählen wollte. »Sonst machst du dir bloß Sorgen, Mamá«, hatte sie gesagt und dann, während sie die alte Frau stürmisch umarmte, hinzugefügt: »Ay, Mamá, wir werden bald ein viel besseres Leben haben, du wirst schon sehen.«

Und alles, was in Wirklichkeit geschehen war, kam auch in Consuelos Traum vor. Ruth hatte sich in einem Ruderboot bis nach Puerto Rico durchgeschlagen und von da aus nach Nueva York, wo sie nachts in einem Restaurant arbeitete und tagsüber als Dienstmädchen in einem Privathaushalt. Jeden

Monat schickte sie Geld und einen Brief nach Hause, den sich Consuelo von jemandem aus dem Dorf vorlesen ließ. Alle paar Monate rannte der Mann von der Telefongesellschaft Codetel durch den Ort und rief: »Anruf aus Übersee!« Consuelo war jedesmal ganz außer Atem, wenn sie bei dem Wohnwagen mit dem Telefon ankam und die leise, in den Drähten gefangene Stimme ihrer Tochter hörte. »Wie geht es dir, Mamá? Und wie geht's meiner kleinen Wendy?« Später verfluchte sich Consuelo dann, weil sie vor Verlegenheit jedesmal verstummte, genau wie in Gegenwart wichtiger Leute und ihrer Apparaturen. Wörter waren für sie wie das zarte Porzellan in den vornehmen Häusern, in denen sie gearbeitet hatte, mit dem umzugehen sie lieber der Hausherrin überließ.

Dann heiratete die Ruth im Traum, genau wie ihre eigene Ruth. Es war keine richtige Ehe, hatte sie in einem Brief erklärt, sondern diente nur dem Zweck, ihr eine Aufenthaltsgenehmigung zu verschaffen. Consuelo betete jede Nacht zu *el Gran Poder de Dios* und *la Virgencita*, sie möchten ihrer Tochter zuliebe aus dieser Scheinehe eine richtige Ehe werden lassen. Er war ein anständiger Mann, das hatte die Tochter immerhin eingeräumt. Ein Puertoricaner, der einer Frau von einer Nachbarinsel helfen wollte. Tja. Dann war der Brief gekommen, der den Traum auslöste. Obwohl Consuelo die Worte nicht entziffern konnte, betrachtete sie die finsteren, zornigen Zeichen, die völlig anders aussahen als die sonst so sanft dahingleitende Handschrift ihrer Tochter. Der Mann wollte – wie sich herausstellte – nicht in die Scheidung einwilligen. Er behauptete, Ruth zu lieben. Und falls sie versuchen sollte, ihn zu verlassen, würde er sie der Einwanderungsbehörde ausliefern. Was sollte sie tun? *¡Ay, Mamá, aconséjame!* Es war das erstemal, daß Consuelos Tochter ihre Mutter um Rat fragte.

Wie sehr hätte sie sich gewünscht, Ruth jetzt vor sich zu haben, um ihr zu sagen, was sie tun sollte. Gebrauch deinen Verstand, hätte sie gesagt. Er ist ein anständiger Mann, und er behauptet, daß er dich liebt, *m'ija*, warum also zögern? Du kannst ein schönes Leben haben! Du brauchst nur zuzugreifen! Wenn ihre Tochter das nächstemal anrief, wollte Consuelo ihren Ratschlag parat haben. Tagelang sprach sie beim Waschen und Fegen und Kochen die Worte laut vor sich hin, um sie einzuüben, und die kleine Enkelin blickte ganz verwundert auf, wenn sie die schweigsame alte Frau mit sich selbst reden hörte.

Dann dieser Schreck letzte Nacht im Traum! Es war ihr, als säße ihre Tochter neben ihr und hörte ihr zu. Doch Consuelo sagte nicht das, was sie sich vorgenommen hatte – so viel wußte sie noch. Ihre Tochter nickte, denn Consuelo sprach wunderbare Worte, die ihrem Mund entströmten, als wäre die Sprache ein Fluß voller silbriger Fische, die im Wasser blinkten. Alles, was sie sagte, war so weise, daß Consuelo in ihrem Traum weinen mußte, als sie sich selbst so wahre Worte sprechen hörte.

Aber der Teufel sollte sie holen, weil sie vergessen hatte, was sie ihrer Ruth gesagt hatte! Als sie sich mit der Hand übers Gesicht fuhr, hatte sie die Worte weggewischt. Den ganzen Morgen über versuchte sie sich zu erinnern, was sie im Traum zu ihrer Tochter gesagt hatte ... und ein- oder zweimal ... als sie das Haus ausfegte ... als sie das Haar der Kleinen zu drei Zöpfen flocht ... als sie die Kaffeebohnen zerstampfte und der frische Geruch der Berge zu ihr herüberwehte, da war es wieder, wenigstens der letzte Zipfel, schnell! pack zu! Aber nein, es entwischte ihr um Haaresbreite.

Und dann konnte sie es beinahe hören, wie eine ferne Stimme. Anschließend überquerte sie den Hof zu Marías Haus. Vor knapp einem Jahr war Marías jüngster Sohn in Don Mundíns Swimmingpool ertrunken. Von da an weigerte sich María, in dem großen Haus zu arbeiten, und auch nach der Trauerzeit trug sie noch Schwarz und hielt an ihrem Kummer fest, als klammerte sie sich an ihren Jungen.

»Nein, hatte ich einen Traum!« fing Consuelo an. María

hatte der alten Frau einen Korbstuhl unter den *samán*-Baum gestellt. Sie setzte sich neben sie und säuberte in einem ausgehöhlten Brett auf den Knien den Reis für das Mittagessen. Das Kind, das nur die Gesellschaft der alten Frau gewohnt war, verbarg sein Gesicht im Schoß der Großmutter, als Marías Jungen sie heranwinkten, um ihr die springende Eidechse zu zeigen, die sie gefangen hatten. »In dem Traum habe ich zu meiner Ruth gesprochen. Aber die Kleine weckte mich auf, und ich habe mir mit der Hand übers Gesicht gewischt, bevor ich mir alles ins Gedächtnis rufen konnte, und weg waren die Worte.« Die alte Frau machte die gleiche Geste wie María, wenn sie die Reishülsen wegwarf, weit aus dem Schatten des *samán*-Baums hinaus.

»Meine Ruth hat geschrieben und mich um Rat gefragt«, fuhr Consuelo fort. Unter ihresgleichen und außer Sichtweite der Reichen und ihrer Apparaturen fiel es der alten Frau viel leichter, ihre Gedanken auszusprechen. »In dem Traum sind mir die Worte zugeflogen. Aber ich habe vergessen, was ich ihr gesagt habe.«

María durchkämmte mit ihren Fingern den Reishaufen, als könnten die verlorengegangenen Worte dort zu finden sein. »Du mußt frühmorgens an den Fluß hinuntergehen«, sagte sie bedächtig. Mit ihrem länglichen, bekümmerten Gesicht und ihren überzeugenden Worten glich sie dem Priester, der einmal im Monat den Berg heraufkam, um den *campesinos* zu predigen, wie sie leben sollten.

»Du mußt dein Gesicht dreimal waschen und dich danach jedesmal bekreuzigen.«

Die alte Frau hörte aufmerksam zu; sie hatte die Hände gefaltet wie zum Gebet. Das Kind neben ihr blickte zu ihr auf und faltete ebenfalls die kleinen Hände.

»Und die Worte werden zu dir kommen, und dann mußt du sofort zur Codetel gehen und deine Tochter anrufen…«

Schon bei dem Gedanken, in diesen schwarzen Trichter sprechen zu müssen, blieben Consuelo die Worte im Hals stecken. Sie holte tief Luft und machte ein Kreuzzeichen, und die Wörter purzelten heraus. »Ich habe keine Nummer von meiner Tochter. Sie ruft immer mich an.«

María stand auf und schüttelte ihren Rock aus. Sie rief das Kind zu sich und erkundigte sich noch einmal, wie alt es sei und ob es in die Schule gehe, um lesen und schreiben zu lernen. Das Mädchen schüttelte den Kopf und hielt fünf Finger hoch, überlegte es sich dann aber anders und hob auch noch die anderen fünf. Consuelo beobachtete die verspielte Unterhaltung. Das Gesicht der betrübten Frau hatte einen zärtlichen Ausdruck angenommen. Es war, als hätte sie die Sache mit dem Traum ganz vergessen.

María setzte sich wieder hin. Das Intermezzo mit dem Kind schien sie auf eine andere Idee gebracht zu haben. »Du hast doch Briefe bekommen, und auf dem Kuvert steht eine Adresse, oder?«

»Das weiß ich nicht«, meinte Consuelo achselzuckend. »Auf den Kuverts sind Zeichen.«

»Du mußt mir die Briefe bringen«, entschied María. »Und wenn da eine Adresse draufsteht, muß ein Brief geschrieben werden mit den Wörtern und Ratschlägen, die morgen am Fluß zu dir kommen werden.«

»Und wer soll diesen Brief schreiben?« fragte Consuelo bekümmert. Sie wußte, daß María Briefe zwar lesen konnte, aber schreiben hatte sie sie nie sehen. Und wenn der Brief fertig war, wie würde er zu ihrer Tochter gelangen?

»Ich kann nicht gut schreiben«, gestand María, »aber dafür gibt es Paquita.« Consuelo konnte auf Marías Gesicht den gleichen Vorbehalt lesen, den sie selbst hatte. Die Briefeschreiberin des Ortes, Paquita Montenegro, pflegte die Angelegenheiten ihrer Kunden auszuposaunen, so als würde sie nicht nur für das Schreiben bezahlt, sondern auch dafür, daß sie den Inhalt der Briefe herumerzählte. Schließlich brauchte ja nicht das ganze Dorf zu erfahren, daß Ruth einem Mann Geld gegeben hatte, damit er sie heiratete, und daß sie sich jetzt von ihm scheiden lassen wollte. Es wurde schon genug darüber geredet, wie Consuelos hübsche Tochter das Geld, um nach Nueva York zu kommen, wohl beschafft haben mochte.

»Ich überlege gerade...«, unterbrach María die Gedanken der alten Frau. »Im großen Haus wohnt eine Frau. Eine Verwandte von Don Mundín. Sie kommt von dort. Sie wird dir helfen, diesen Brief zu schreiben, und dann wird sie dafür sorgen, daß deine Tochter ihn auch bekommt.«

Bei diesen Worten spürte Consuelo, wie ihre alten Knochen vor Schreck erstarrten. Bevor sie mit einer fremden Frau über das Problem ihrer Tochter sprach, würde sie lieber Paquita die vierzig Pesos dafür bezahlen, daß sie den Brief schrieb und seinen Inhalt überall ausplauderte. Wieder gingen ihr die Worte nur schwer über die Lippen. »Ay, aber man kann die Lady doch nicht mit so etwas belästigen... Was ist, wenn... Ich kann doch nicht...« Ihre Stimme verlor sich.

Aber nun schien María fest entschlossen. »Was soll das heißen? Sie belästigen uns, wann immer sie wollen.« Consuelo konnte das Gesicht des toten Jungen in den Augen der Mutter aufscheinen sehen – bevor es von einem furchterregenden Zornesblick weggefegt wurde. »Sergio bringt dich morgen hin, nachdem die Worte am Fluß zu dir gekommen sind.« Die jüngere Frau ergriff die Hand der älteren. »Es wird gutgehen. Du wirst sehen.«

Consuelo wußte nicht, ob es am Zorn in Marías Augen lag, aber ihr Blick traf sie tief im Innern und schwemmte die Worte heraus, die sie in ihrem Traum gesprochen hatte! In dem Moment wußte sie genau, was sie in dem Brief sagen mußte, den die fremde Frau ihrer Tochter schreiben würde.

Wie Sergio auf dem Weg hinüber zu dem großen Haus schon berichtet hatte, war Don Mundíns Verwandte sehr zugänglich. Sie stand an der Tür und erwartete sie – als seien sie wichtige Gäste. Sie war nicht so wie all die anderen reichen

Ladies, die deinen Namen riefen, bis er so abgenutzt war, daß er nur noch wie ein Befehl klang. Consuelo hatte ihr Leben lang für viele solche vornehmen Ladies gearbeitet, die alles hinter Schloß und Riegel verwahrten, so daß man sich vorkam wie in einem Lagerhaus, in dem wertvolle Dinge aufbewahrt wurden.

Aber diese Lady sprach sie mit Doña Consuelo an und forderte sie auf, sie Yo zu nennen. »Das ist mein Kindername, und der ist mir geblieben«, erklärte sie. Und was für eine winzige Lady sie war – man hätte zwei oder drei von ihrer Sorte in Ruth unterbringen können, und dann wäre noch Platz für die kleine Wendy gewesen. Sie trug eine Hose und eine lange Jerseybluse, alles schneeweiß wie bei einem Kommunionkind. Sie sprach unbefangen und fröhlich, die Worte sprudelten nur so aus ihrem Mund. »Also, Doña Consuelo, Sergio sagt, Sie brauchen Hilfe bei einem Brief.«

Consuelo legte sich zurecht, was sie sagen wollte.

»Ach, was für ein hübsches kleines Mädchen!« Die Lady bückte sich und redete liebevoll auf das Kind ein, bis es vor Angst und Aufregung ganz außer sich war. Ehe Consuelo es sich versah, waren die Taschen des Mädchens mit Don Mundíns Minzplätzchen gefüllt, und die Lady hatte der Kleinen versprochen, sie mit in den Garten zu nehmen, bevor sie heimgingen, und ihr den Swimmingpool zu zeigen, der die Form einer weißen Bohne hatte. Offenbar hatte niemand die Lady davon unterrichtet, daß María und Sergio in diesem Pool erst im vergangenen Sommer ihren Sohn verloren hatten, der nicht älter gewesen war als dieses kleine Mädchen.

»Wir wollen nicht...«, begann Consuelo. »Wir bitten um Verzeihung für die Störung.« Ihr Herz klopfte so laut, daß sie ihre eigenen Gedanken nicht mehr hören konnte.

»Das macht überhaupt nichts. Kommen Sie herein und setzen Sie sich. Nicht auf diese alte Bank.« Damit zog die Lady Consuelo an der Hand, genau wie es die kleine Wendy machte, wenn sie ihrer Großmutter etwas zeigen wollte. Consuelo spürte, wie sich ihr Herzschlag beruhigte.

Wenig später saßen sie in den weichen Sesseln im Wohnzimmer und tranken aus hübschen geriffelten Gläsern Coca Cola. Sooft Consuelo ein Schlückchen von der zuckersüßen Flüssigkeit nahm, klirrte das Eis so laut, daß sie ganz unruhig wurde. Wiederholt ermahnte sie das Kind, das Glas mit beiden Händen festzuhalten, so wie sie es machte.

Aber die Lady schien sich durch die vielen zerbrechlichen Dinge ringsum nicht beirren zu lassen. Sie stellte ihr Glas auf der Armlehne der Couch ab und redete, wobei sie eine Hand ganz dicht neben einer Vase schwenkte. Consuelo zog den kleinen Packen Briefe aus ihrem Beutel und wartete auf eine Pause, um ihr Anliegen vorzutragen. Doch die Lady redete weiter, es war eine Flut von Wörtern, deren Sinn Consuelo nicht immer ganz verstand. Wie schön die Berge seien, daß sie für einen Monat hierhergekommen sei, um zu versuchen, ein bißchen zu schreiben, daß ihr aufgefallen sei, wie viele Familien mit alleinstehenden Müttern es im Dorf gebe...

»Das Kind ist meine Enkelin«, stellte Consuelo klar. Die Lady sollte keinen falschen Eindruck bekommen und womöglich denken, daß Consuelo in ihrem Alter mit einem Mann hinter die Palmen gegangen war.

»Ay, das habe ich nicht gemeint!« Die Lady lachte und schlug in die Luft. Ihr Blick fiel auf das Bündel auf den Knien der alten Frau. »Aber kommen wir zu Ihrem Brief. Sergio hat von Ihrer Tochter erzählt...« Und schon redete sie weiter, erzählte Consuelo, wie Ruth es geschafft hatte, in einem Ruderboot bis nach Puerto Rico zu gelangen, und daß sie jetzt in New York lebte, zwei Jobs hatte und hart arbeitete. Immerhin ersparte sie Consuelo damit die schwierige Aufgabe, die Geschichte von Anfang an erzählen zu müssen.

Schweigen trat ein, als die Lady fertig war mit dem, was sie wußte. Nun war Consuelo an der Reihe. Sie begann zögernd. Sooft sie innehielt und nach Worten rang, gab ihr die erwartungsvolle Miene der Lady Zuversicht. Consuelo berichtete, daß Ruth einen Puertoricaner geheiratet habe, daß sie es getan habe, um eine Aufenthaltsgenehmigung zu bekommen, daß sich der Mann in sie verliebt habe. Während sie sprach, nickte die Lady immer wieder, als wüßte sie genau, was Consuelos Ruth durchgemacht hatte.

»Aber jetzt hat sie mir geschrieben und mich um Rat gefragt.« Consuelo klopfte auf das Päckchen Briefe auf ihren Knien. »Und in meinem Traum ist mir gekommen, was ich ihr sagen sollte.«

»Das ist ja wunderbar!« rief die Lady aus, und Consuelo war einen Augenblick lang verblüfft, weil sie nicht wußte, was die Lady daran so ungewöhnlich fand. »Ich meine, daß Ihre Träume Ihnen etwas mitteilen«, fügte die Lady hinzu.

»Ich habe es versucht, aber ich werde nie schlau daraus. Bevor ich mich scheiden ließ, zum Beispiel, habe ich meine Träume befragt, ob ich meinen Mann verlassen soll. Und ich träumte, daß mich ein kleiner Hund ins Bein beißt. Ich möchte bloß wissen, was das zu bedeuten hat.«

Consuelo konnte es nicht mit Bestimmtheit sagen. Aber sie empfahl der Lady, María aufzusuchen, die bestimmt wissen würde, was von dem kleinen Hund zu halten war.

Die Lady wischte ihren Vorschlag beiseite. »Ich habe zwei Schwestern, die Psychologinnen sind und jede Menge Theorien über den kleinen Hund haben.« Sie lachte, und ihre Augen bekamen jenen abwesenden Blick, als könnten sie bis nach Hause sehen, wo die beiden Schwestern dem kleinen Hund einen Knochen gaben.

Consuelo zog den obersten Brief aus dem Packen und beobachtete, wie die Lady diese letzte Nachricht von Ruth las. Anscheinend hatte sie keine Mühe mit der Schrift – Ruth hatte eine hübsche Handschrift –, doch als ihre Augen auf dem Blatt nach unten wanderten, begann sie den Kopf zu schütteln. »O mein Gott!« sagte sie endlich und sah Consuelo an. »Das ist nicht zu glauben!«

»Wir müssen meiner Tochter schreiben«, pflichtete Consuelo ihr bei.

»Und ob wir das müssen!« sagte die Lady und zog den Couchtisch heran, bis er direkt vor ihr stand. Darauf lagen ein leerer Schreibblock und ein schöner silberner Stift, der wie ein Schmuckstück glänzte. Die Lady schaute zu Consuelo hinüber. »Wie wollen Sie denn anfangen?«

Da Consuelo nie einen Brief geschrieben hatte, wußte sie darauf keine Antwort. Sie sah die Lady hilfesuchend an.

»Meine liebe Tochter Ruth«, schlug die Lady vor, und als Consuelo nickte, schrieb sie die Wörter so rasch nieder, als kostete es sie keinerlei Mühe. Das Mädchen rutschte auf der Couch nach vorn, um zuzusehen, wie die Hand der Lady über das Papier tanzte. Die Lady lächelte und hielt dem Kind ein paar Blätter Papier und einen Buntstift hin. »Möchtest du zeichnen?« fragte sie. Die Kleine nickte schüchtern. Sie kniete sich vor dem Tisch auf den Boden und betrachtete den leeren weißen Bogen, den die Lady vor sie hingelegt hatte. Schließlich nahm sie den Buntstift, malte aber nichts.

»Also gut, das haben wir, *Meine liebe Tochter Ruth*«, sagte die Lady. »Was weiter?«

»*Meine liebe Tochter Ruth*«, wiederholte Consuelo, und Klang und Rhythmus dieser Worte erinnerten sie an einen Kinderreim, den die Kleine oft aufsagte, wenn sie in einem Sonnenstrahl umhersprang. »*Ich habe deinen Brief erhalten, und in meinem Traum kamen diese Worte, die diese freundliche Lady für mich niederschreibt mit aller geziemenden Ehrfurcht vor* el Gran Poder de Dios *und voller Dankbarkeit für* la Virgencita, *ohne deren Hilfe nichts getan werden kann.*« Es war genauso wie in ihrem Traum: Die Worte purzelten nur so aus ihrem Mund!

Doch die Lady sah sie verwirrt an. »Es ist irgendwie schwierig... Sie haben eigentlich nicht...« Nun war sie diejenige, der die Worte fehlten. »Das ist kein Satz«, sagte sie schließlich, und dann wurde ihr anscheinend klar, daß

Consuelo keine Ahnung hatte, wovon sie sprach, denn sie fügte hinzu: »Wir wollen eins nach dem anderen sagen, einverstanden?«

Consuelo nickte. »Sie müssen es wissen«, sagte sie höflich. Man hatte ihr beigebracht, mit dieser Wendung zu antworten, wenn die Reichen sie nach ihrer Meinung fragten.

»Nein, nein, es ist Ihr Brief.« Die Lady lächelte betrübt. Sie blickte auf das Blatt Papier, als würde es ihr verraten, was sie als nächstes sagen sollte. »Machen Sie sich nichts draus, es ist schon in Ordnung«, sagte die Lady, beschrieb mehr als eine halbe Seite mit ihrer Quecksilberschrift und drehte das Blatt um. »Also los, lassen Sie sie kommen!« Sie schlug auf das Papier, als wollte sie träge Kühe über eine abendliche Weide treiben.

»Meine Tochter, du mußt an deine Zukunft denken und an die Zukunft deines Kindes, denn wie du selbst weißt, ist die Ehe ein heiliges Versprechen ...« Consuelo machte eine kurze Pause, um Luft zu holen, und einen Augenblick lang konnte sie nicht weiterreden. Sie begann sich zu fragen, ob das wirklich die Worte waren, die sie in ihrem Traum gesprochen hatte, oder ob sie sie mit denen verwechselte, die sie ihrer Tochter von sich aus hatte sagen wollen.

»Und deshalb meine Tochter, halte diesen Mann in Ehren, und er wird aufhören, dich zu schlagen, wenn du ihm keinen Grund dafür gibst, denn wie uns der gute Priester gelehrt hat, sind wir Frauen der Weisheit und dem Urteil unserer Väter und unserer Ehemänner untertan, wenn sie die Güte haben, bei uns zu bleiben.«

Die Lady legte den Stift aus der Hand und verschränkte die Arme. Sie schaute zu Consuelo hinüber und schüttelte den Kopf. Ihr Gesicht wirkte so ernst und versteinert wie das von María. »Es tut mir leid, aber das kann ich nicht schreiben.«

Consuelo schlug die Hand vor den Mund. Vielleicht hatte sie etwas Falsches gesagt? Vielleicht konnte diese junge Frau, die so mager war wie eine Nonne in der Fastenzeit, erkennen, daß Consuelo nicht die richtigen Worte sprach. Zum zweitenmal schienen die Ratschläge aus dem Traum ihrem Gedächtnis entschlüpft zu sein. »Meine Tochter wird wieder eine dumme Entscheidung treffen«, sagte Consuelo flehend. Sie deutete mit dem Kinn auf das Kind, um auf Ruths Fehltritt hinzuweisen, ohne dem Kind den bösen Blick zu geben, indem sie ihre Gedanken aussprach. Die kleine Enkelin, die das leere Blatt Papier eine Zeitlang betrachtet hatte, setzte den Stift an und machte einen Strich.

Die Lady biß sich auf die Lippen, als wollte sie die Worte zurückhalten, die ihr stets so rasch auf der Zunge lagen. Doch ein paar, geladen mit Emotionen, schlüpften heraus. »Wie können Sie Ihrer Tochter raten, bei einem Mann zu bleiben, der sie schlägt?«

»Der Mann würde sie nicht schlagen, wenn sie tun würde, was man ihr sagt. Sie sollte an ihre Zukunft denken. Ich habe ihr immer geraten, an ihre Zukunft zu denken.« Wieder hatte Consuelo das Gefühl, nicht die wunderschönen Worte aus dem Traum zu sagen, denen selbst die störrische Ruth hatte zustimmen müssen. Deutlich leiser fügte sie zum Abschluß hinzu: »Sie hatte schon immer einen zu starken Willen.«

»Gut für sie!« Die Lady nickte heftig. »Sie braucht einen starken Willen. Sehen Sie doch, was sie alles geschafft hat. Sie hat ihr Leben auf dem Meer riskiert ... verdient mit zwei Jobs ihren eigenen Lebensunterhalt ... schickt jeden Monat Geld nach Hause.« Sie zählte die einzelnen Punkte an den Fingern ab wie ein Ladenbesitzer die Münzen, die man ihm schuldet.

Consuelo mußte unwillkürlich nicken. Diese Lady hatte Augen, die die kleinste Kleinigkeit erkennen konnten, wie ein Kind, das im Dämmerlicht eine Nadel einzufädeln vermochte.

»Wenn ich an Ihrer Stelle wäre, würde ich ihr bestimmt nicht raten, bei einem Mann zu bleiben, der sie schlecht behandelt«, sagte die Lady, »aber schreiben Sie, was Sie wollen!«

Doch Consuelo konnte nicht schreiben. Der gemeine Kerl, der ihr Vater gewesen war, hatte sie gründlich und kräftig verdroschen, wann immer er sie dabei ertappte, daß sie ihre Zeit so vergeudete wie jetzt das Kind, das sich über sein Blatt Papier beugte. »Sie haben recht«, sagte sie zu der Lady. »Das wollen wir meiner Ruth sagen.«

Sie hatte gemeint, die Worte der Lady sollten an die angefügt werden, die bereits auf dem Papier standen. Aber die Lady zerknüllte das Blatt und fing einen neuen Brief an. Das Kind nahm den zerknüllten Brief, breitete ihn aus und strich ihn mit seinem kleinen Handteller glatt.

»*Meine liebe Ruth*«, begann die Lady, »*ich habe lange und gründlich über alles nachgedacht, was du mir geschrieben hast.* Klingt das so richtig?« Die Lady blickte auf.

»*Sí, señora.*« Consuelo lehnte sich in ihrem weichen Sessel zurück. Das war wirklich ein besserer Anfang.

»*Du hast bewiesen, daß du eine starke und findige Frau bist, und ich bin sehr stolz auf dich.*«

»Ich bin sehr stolz auf sie«, bestätigte Consuelo. Diese Worte des Lobes für ihre Tochter klangen so wahr, daß sich ihre Augen mit Tränen füllten.

»*Du hast eine klare Vereinbarung mit diesem Mann getroffen, und nun weigert er sich, sie zu respektieren. Wie kannst du ihm vertrauen, wenn er dein Vertrauen so schändlich mißbraucht?*«

»So ist es«, sagte Consuelo und nickte nachdenklich. Sie mußte an Ruths Vater denken, der sich mitten in der Nacht, nach Rum stinkend, in den Dienstbotentrakt geschlichen und sich genommen hatte, was er wollte. Am nächsten Morgen war Consuelo bei Tagesanbruch auf den Beinen gewesen, um das silberne Tablett herzurichten, damit es bereitstand, wenn die Dame des Hauses aus ihrem Schlafzimmer läutete.

»*Ein Mann, der eine Frau schlägt, verdient es nicht, daß sie bei ihm bleibt*«, schrieb die Lady.

»*Ein Mann, der die Hand erhebt*«, kam es von Consuelo

wie ein Echo. »*Ay, meine arme Ruth ... Du solltest nicht so leiden müssen ...*« Wieder spürte Consuelo, wie ihr die Worte im Hals steckenblieben, diesmal jedoch nicht aus Verlegenheit, sondern weil sie von heftigen Gefühlen übermannt wurde.

»*Und deshalb, meine liebe Ruth, mußt du dir irgendwie Hilfe suchen. Es gibt in der Stadt Dienststellen, an die du dich wenden kannst. Verlier nicht den Mut. Laß dich nicht in eine ausweglose Situation bringen, in der du nicht offen deine Meinung sagen kannst!*«

Und während die Lady sprach und diese Worte niederschrieb, spürte Consuelo die Erinnerung an ihren Traum immer deutlicher in sich aufsteigen. Und es kam ihr vor, als seien das genau die Worte gewesen, die sie gesprochen hatte und die Ruth so bewegten. »Ja«, drängte sie die Lady. »Ja, so ist es.«

Als die Lady die Adresse auf das Kuvert schrieb, hielt das Mädchen das Blatt Papier hoch, das sie mit kleinen Kreuzen gefüllt hatte, ein Versuch, die Schrift der Lady nachzuahmen. Consuelo verspürte eine Woge zärtlichen Stolzes, als sie sah, daß ihre Enkelin so geschickt war. Und der Lady gefiel es auch. »Du hast ja auch an deine Mami geschrieben!« beglückwünschte sie das Mädchen, faltete den Brief des Kindes zusammen und steckte ihn zu Consuelos Brief in den Umschlag.

TEIL II

DAS HAUSMEISTEREHEPAAR

Offenbarung

Sergio wurde früh am Morgen zu dem Wohnwagen mit dem Telefon hinuntergerufen. Ein Anruf von Don Mundín: Bereite im Haus alles vor, es kommt eine Frau, die einige Zeit in den Bergen verbringen will.

»Also, nur eine Frau«, wiederholte Sergio, um sich zu vergewissern, daß er die Anweisung richtig verstanden hatte. Eine Frau, die allein hierherauf geschickt wurde. Vielleicht handelte es sich um eine Geliebte von Don Mundín, die in Schwierigkeiten war.

Das Haus ist in Ordnung, *sí, señor*, bestätigte Sergio, obwohl er in Gedanken bereits mit der halsbrecherischen Putzaktion begonnen hatte, die bis zum Nachmittag abgeschlossen sein mußte, wenn der Wagen die lange Auffahrt heraufkam – die war auch noch zu säubern –, vorbei an den Crotonhecken, die noch nicht zurückgeschnitten waren. Außerdem mußte er dafür sorgen, daß die Hennen aus dem Küchenvorraum verschwanden, dann das geliehene Pferd einfangen und seine Schwester herholen, damit sich jemand um das Haus kümmerte, solange die *doña* hier war.

»Ja, ja, kein Problem, *señor*«, wiederholte er, sooft Don Mundín noch etwas einfiel. Und auf die knappe persönliche Frage am Schluß antwortete Sergio: »María geht es gut, ja, und den Kindern auch.« Den restlichen Kindern, dachte er, denn der jüngste Sohn war vergangenen Sommer im neuen Swimmingpool ertrunken. Don Mundín hatte Sergio eingeschärft, das Gelände ringsum einzuzäunen und ein Auge darauf zu haben, doch wie konnte Sergio das große Haus in

Schuß halten, sich um sein eigenes kleines *conuco* kümmern und Zäune aufstellen, wo keine nötig waren? Außerdem waren die Jungen hier am Oberlauf des Flusses Yaque aufgewachsen; sie hatten gelernt, sich von tiefem Wasser fernzuhalten. Aber für seinen kleinen Sohn war ein Swimmingpool im Grunde nichts anderes als ein Spielzeug, das die Kinder des *patrón* draußen hatten liegenlassen, so daß er damit spielen konnte. Gefahr – das war der Fluß, der den Berghang herabdonnerte. Der Junge mußte an jenem Morgen, während Sergio den Stall ausmistete, in den Pool gesprungen sein, wohl weil er glaubte, daß er, wie die Kinder des *patrón*, herumplanschen und sich über Wasser halten könnte. Stunden später wurde er, mit dem Gesicht nach unten treibend, von seiner Mutter gefunden. Sie hatte Wasser aus dem Pool holen wollen, der ihr beim Waschen und Putzen als große Zisterne diente – obwohl Don Mundín auch das ausdrücklich untersagt hatte.

»Wir sind stets zu Ihren Diensten«, hoffte Sergio das Gespräch zu beenden. »Vielleicht sehen wir Sie und Doña Gabriela und die Kinder bald wieder hier oben.« Man mußte dem jungen *patrón* zugute halten – auch wenn María davon nichts hören wollte –, daß er seit dem Tod des Jungen nicht mehr hergekommen war. Die Besuche an den Wochenenden gehörten der Vergangenheit an, das Wasser im Pool wurde abgelassen, Bettlaken und Handtücher in einem Schrank verstaut, der nach Wald roch. Sergio hatte erfahren, daß Don Mundín vorhatte, das Anwesen zu verkaufen. Was seine María anging, so hatte sie sich seit dem Unglücksfall geweigert, auch nur einen Fuß in das Haus zu setzen. Nun, da diese Frau kam, mußte Sergio seine Schwester dazu überreden, als Dienstmädchen einzuspringen. Auch das mußte noch erledigt werden. Und unterdessen plauderte Don Mundín immer weiter.

»Sie braucht Einsamkeit, und sie braucht Inspiration«, erläuterte er.

»Ja, natürlich«, meinte Sergio zustimmend, auch wenn ihm diese Wörter vorkamen wie das Silberbesteck, mit dem die Reichen ihren Tisch deckten, obwohl man nicht mehr brauchte als einen Löffel zum Schöpfen und eine Machete zum Schneiden. Inspiration? Vielleicht hatte die Frau was mit der Lunge.

»Wir werden gut für sie sorgen«, versprach Sergio, und dann legte Don Mundín zum Glück auf, so daß Sergio den arbeitsreichsten Tag seit einem Jahr in Angriff nehmen konnte – denn abgesehen von den zwei Dutzend Dingen, die zu erledigen waren, mußte auch noch der Rasen auf der Südseite des Hauses gemäht werden.

»Sie braucht Inspiration und Einsamkeit«, wiederholte Sergio María gegenüber. Er hatte sich aufgemacht, um seine Schwester zu holen, und seine Frau bei ihr angetroffen, die gerade alles vorbereitete, um einen bösen Fluch aufzuheben, der auf Elena und ihrer Familie lastete. »Nur zu«, schimpfte María. »Entweder hat sie einen dicken Bauch oder ein gebrochenes Herz.«

Achselzuckend kippte Sergio den Rest *cafecito* hinunter und setzte seinen Hut auf. Er konnte sich heute keinen längeren Plausch leisten. »Ich sage dir nur, was Don Mundín gesagt hat«, meinte er abschließend. Damit zog er sich immer aus der Affäre, wenn er keine Lust hatte, eine Anordnung, die jemand im Dorf anzweifelte, zu rechtfertigen oder zu erklären.

Seit María denken konnte, waren die *santos* auf sie herabgekommen, was zur Folge hatte, daß sich die Leute mit all ihren Problemen, Ängsten und Hoffnungen an sie wandten und María die Hilfe der Geister für sie erwirkte. Dann ließen sich die *santos* auf ihre Schultern nieder, und während sie am ganzen Körper zitterte und die Augen rollte, als wären es Murmeln in ihrem Kopf, begann sie mit einer Stimme zu sprechen, die nicht ihre eigene war. Die hübsche Ruth mußte

Santa Marta ein Kästchen mit Talkum in die Gabel des *samán*-Baums legen, wenn sie einen braven Mann finden wollte. Porfirio täte gut daran, San-Judas-von-den-verlorenen-Sachen eine Kerze zu stiften, wenn sein Hahn gewinnen sollte.

Doch nachdem Marías Sohn ertrunken war, sprachen die Geister nicht mehr zu ihr. Anfangs war das ihr Werk, da sie sich weigerte, sie zu empfangen, denn sie wollte den schmalen Schacht, der sie mit der anderen Welt verband, freihalten, damit Pablito auf diesem Weg zu ihr gelangen konnte. Täglich flehte sie ihn an, ihr Mutterherz zu beruhigen und ihr zu bestätigen, daß er die Überfahrt gut überstanden hatte. Doch nach einem Jahr hatte sich Pablito noch immer nicht gemeldet, und als sie mit ihren *santos* Verbindung aufzunehmen versuchte, um etwas über den Jungen zu erfahren, vernahm sie aus jener anderen Welt nur endloses Schweigen.

Trotzdem kamen die Nachbarn weiterhin zu ihr, und María brachte es nicht fertig, sie einfach wegzuschicken und ohne Hoffnung leiden zu lassen, wie sie selbst litt. Also gab sie sich nach wie vor den Anschein, mit den *santos* in Verbindung zu stehen, die den Leuten helfen konnten. Nach einem ganzen Leben im Dorf kannte sie die Lebensumstände eines jeden, und so genügte María ein scharfsichtiger Blick auf ihre Kümmernisse, um ihnen sagen zu können, was sie tun sollten, um ihr Leid zu lindern. Seit einiger Zeit beschlich sie die Vermutung, daß das Schweigen ihres Jungen die Strafe Gottes dafür war, daß sie ihre Mitmenschen hinters Licht führte.

Heute morgen hatte ihre Schwägerin Elena sie wegen der schlechten Zeiten, die ihre Familie durchmachte, um Hilfe gebeten. Ihr Mann Porfirio hatte seine Arbeit als Gärtner im Hotel Los Pinos verloren, das endgültig schließen mußte. Im vergangenen Jahr war es mit dem Tourismus stetig bergab gegangen. Die Einheimischen verließen den Ort in Scharen, die weniger Verzweifelten machten sich auf in die Hauptstadt, die anderen in Ruderbooten in Richtung Miami und

Puerto Rico. Es war, als sei mit dem Tod des Jungen das Dorf vom Glück verlassen worden.

Aber vielleicht bahnte sich ein Umschwung an. Gerade als María eine Kerze anzündete, um Glück auf Elenas Familie herabzubeschwören, war Sergio mit einer Antwort auf ihre Bitten eingetroffen: Eine Lady würde in das große Haus kommen, und deshalb wurde jemand gebraucht, der ab sofort das Kochen und Putzen übernahm.

Sergio hatte seiner Frau in die Augen gesehen und sie mit Blicken gefragt, ob sie ihren Kummer nicht endlich beiseite legen und ihre frühere Arbeit wiederaufnehmen wolle. Doch sobald sie hörte, daß ein Gast in das große Haus kam, spürte sie den Knoten in ihrem Herzen, den sie nicht zu lösen vermochte. Seit jenem schrecklichen Tag war María nicht mehr in der Lage gewesen, das Haus anzusehen, geschweige denn, es zu betreten und die *patrones* oder ihre Gäste zu bedienen. Wie wäre es, wenn Elena das Kochen übernehmen und Porfirio bei der Arbeit auf dem Anwesen mithelfen würde? Endlich reagierten die *santos* auf Marías flehentliche Bitten und erfüllten ihren Kopf mit ihren hohen, säuselnden Stimmen. Vielleicht brachten sie doch eine Nachricht von Pablito, einen zarten Hauch auf ihre Wange, ein Wispern aus den Zypressen, die den Südrand der Straße säumten.

Sergio folgte der Lady auf ihrem Rundgang um das große Haus und beantwortete ihre vielen Fragen. Wie hieß der Baum da drüben? Wo war seine Frau, und hatte er Kinder? Während sie redeten, gingen sie zum Tennisplatz und zu den Ställen hinauf, dann hinüber zu dem Gärtchen, in dem Doña Gabriela in Hängekörben ihre Orchideen gezüchtet hatte. Schließlich gelangten sie zum Swimmingpool.

»Donnerwetter«, rief die Lady aus, »von einem Pool hat Mundín gar nichts gesagt.«

Sie standen am Rand und sahen auf den mit Blättern und Abfällen übersäten türkisfarbenen Boden hinunter. Im letzten Jahr hatte der Pool als riesiger Müllbehälter gedient. Als Don Mundín heute seine Anweisungen gab, hatte er es taktvoll vermieden, ihn zu erwähnen, aber natürlich war Sergio klar, daß auch der Pool hergerichtet werden mußte.

»Können wir ihn reinigen und Wasser einlassen?« wollte die Lady wissen und bückte sich, als wollte sie die Abfälle da unten genauer unter die Lupe nehmen.

»Der Filter ist kaputt.« Sergio zögerte, als er die Enttäuschung auf dem Gesicht der Lady sah. Sollte diese Lüge Don Mundín zu Ohren kommen, würde Sergio einen kräftigen Rüffel bekommen, weil er dem *patrón* nicht gesagt hatte, daß der Swimmingpool in Ordnung gebracht werden mußte. »Aber ich werde das Ersatzteil besorgen«, fügte er hinzu.

Im Haus wollte die Lady ebenfalls alles sehen, und wieder fiel Sergio die Aufgabe zu, sie herumzuführen. Er kannte sich auf alle Fälle besser aus als Elena, die noch nie weiter als bis zur Hintertür gekommen war. Während er der Lady folgte, mußte er sich immer wieder die Stirn abtupfen. Der Sommer versprach sehr heiß zu werden. Doch die Lady schien die Hitze nicht zu spüren. Sie sah sich sämtliche Zimmer an und blickte in allen drei Stockwerken aus jedem Fenster, um festzustellen, von wo aus man die beste Aussicht hatte.

Im obersten Stockwerk schließlich, in einem Turmzimmer mit Fenstern nach allen vier Himmelsrichtungen, rief sie: »Das ist es!« Weit unten sah Sergio das kleine Dorf, die krummen Straßen, die sich den Hügel heraufwanden, den Glockenturm der winzigen Kapelle. Dahinter ragten die Berge auf, und der Fluß stürzte in die Tiefe. Das Zusammenwirken von Höhe und Hitze führte dazu, daß Sergio schwindlig wurde.

»Hier oben gibt es kein Bett«, bemerkte er, sobald er sich von seinem Schwindel erholt hatte, indem er den Blick fest auf seine Füße heftete. »Bitte um Verzeihung, *doña*, aber ich weiß nicht, wie wir hier ein Bett hereinstellen könnten.«

»Du brauchst mich nicht um Verzeihung zu bitten«, sagte

die Lady lächelnd. »Natürlich hat hier ein Bett Platz, Sergio. Wir legen einfach eine Matratze auf den Boden, und zwar so.« Sie schwenkte die Arme, um zu umreißen, wo das Bett Platz hatte.

»Sie müssen es wissen«, sagte er gelassen. Es stand ihm nicht zu, der Lady zu widersprechen. Trotzdem würde es Don Mundín mißfallen, wenn sein Hausmeister nicht gut für seinen Gast sorgte. »Man darf nicht vergessen, daß das Zimmer keine Fliegengitter hat und daß es Moskitos gibt.«

»Aber sieh dir doch nur die Aussicht an!« rief die Lady.

Und so schleppten sie eine Matratze ins Turmzimmer hinauf und zwängten sie irgendwie der Länge nach unter die Ostfenster. Als die Sonne tief über den Bergen stand, rief die Lady Sergio und Porfirio aus dem Hof herauf. Elena war schon aus der Küche heraufgeholt worden, wo sie der Lady eine Bohnensuppe kochte. »Beeilt euch, sonst versäumt ihr es noch!« Die beiden rannten nach oben, standen dann atemlos auf dem Treppenabsatz des Turms und betrachteten die Aussicht. »Ay«, keuchte die Lady immer wieder, als würde ein Mann ihr Lust bereiten.

Auch nachdem die Sonne untergegangen war und die Schatten im Zimmer länger wurden, blieb die Lady noch eine Zeitlang am Fenster stehen. Sie schien zu lauschen, als könnte sie in weiter Ferne ihr eigenes Baby schreien hören. Sie hatte Sergio bereits gestanden, daß sie keine Kinder hatte, unverheiratet war und es auch zu bleiben gedachte. Sergio hatte nicht gewagt, etwas dazu zu sagen.

»Es ist wunderwunderschön hier oben«, sagte die Lady endlich laut und deutlich. »Findet ihr nicht?«

Sergio blickte noch einmal auf das Dorf hinunter, das er kannte, seit er denken konnte. Vielleicht war es schön, aber sicher war er nicht. Schön war ein Wort, das man nur in den *boleros* im Radio oder aus dem Mund der *novela*-Stars im Fernsehen in der *bodega* hörte. »Sie müssen es wissen, *doña*«, sagte er im Namen der anderen.

»*Ay*, Sergio.« Der Ton der Lady bewog ihn, ihr trotz des unterwürfigen Verhaltens, das ihm Don Mundíns Familie beigebracht hatte, in die Augen zu sehen. »Glaubst du wirklich, daß ich es wissen muß?«

Sergio zögerte. Um mit dieser Lady zu reden, bedurfte es wohl einiger Übung.

María war überrascht, als an jenem Abend sowohl Elena als auch Sergio nach dem Abendessen auftauchten. Wenn Don Mundín und Doña Gabriela früher ein Wochenende oder einen längeren Urlaub hier verbrachten, waren María und Sergio mit ihren Kindern ins Haus gezogen, um rund um die Uhr zur Verfügung zu stehen.

»Wir brauchen nachts nicht zu arbeiten«, erklärte Sergio. Er lachte, als María bei dieser Nachricht die Augen aufriß.

»*La Virgencita* hat unsere Gebete erhört.« Elena nickte María feierlich zu. »¡*Ay, Dios santo!*« Sie klatschte in die Hände und verdrehte die Augen gen Himmel.

»Sie behandelt uns wie Amerikaner«, fügte Sergio hinzu. »Du weißt ja, daß Amerikaner nur so und so lange arbeiten dürfen, und wenn man sie länger arbeiten läßt, muß man ihnen doppelt soviel zahlen.« Natürlich würde er das nicht ausnutzen. Schließlich könnte es Don Mundín zu Ohren kommen.

»Heißt das, sie hat dich bezahlt?« María beäugte die offene Flasche Rum, die Sergio mitgebracht hatte.

Er nickte verschämt.

»*Ay, ay*«, María schüttelte den Kopf, »dann kassierst du also doppelt!« Es freute sie, daß ihr Mann denen gegenüber einmal gut wegkam.

»Ich habe ihr gesagt, daß das nicht nötig ist«, erklärte Sergio, »aber sie sagt, es ist nur ein Trinkgeld. Sie sagt, wenn sie in einem Hotel wohnen würde, müßte sie viel mehr zahlen.«

»Ich habe heute nichts weiter getan, als ihr eine Suppe zu

kochen«, meinte Elena. »Sie behauptet, sie darf kein Fleisch anrühren. Sie hat mir nicht einmal erlaubt, Bouillon an die Bohnen zu tun.«

»Vielleicht hat das was mit ihrer Religion zu tun?« vermutete María. »Vielleicht hat sie eine *promesa* abgelegt, weil sie großen Kummer hat.« Plötzlich überschwemmte ihr eigener Kummer den Raum: Der Junge, sein Hemdchen und seine Söckchen schwammen in diesem riesigen blauen Bottich. Einen Augenblick lang schwiegen alle.

»Wie es aussieht, brauchen wir nur mit ihr zu reden«, meinte Elena.

»Mit der Zeit wird sie sehr viel mehr verlangen, ihr werdet schon sehen.« Marías Stimme war voller Bitterkeit.

»*Ay*, María«, flehte Elena sie an. »Wenn du sie kennenlernst, wirst du feststellen, daß sie nicht so ist wie die anderen.«

»Es wäre gut, wenn du mitkommen würdest, damit ich dich ihr vorstellen kann«, fügte Sergio hinzu und entkorkte die Flasche, um zu betonen, daß es ihm ernst war. »Sie erkundigt sich immer wieder nach meiner Frau und wie viele Kinder wir haben und wie alt sie sind und was wir ihnen zu essen geben und ob sie in die Schule gehen.« Er lachte gezwungen.

»Du hast es ihr also nicht gesagt?« María machte ein grimmiges Gesicht.

Sergio wappnete sich innerlich. »Sie würde nicht hierbleiben. Sie würde abreisen.«

»Er hat recht«, verteidigte Elena ihren Bruder. »Es ist höchste Zeit, daß du das hinter dir läßt.«

María schaute zum Himmel auf. »*Dios mío*, gib mir Geduld. Sogar unseren Kummer müssen wir für die beiseite schieben.«

In dieser Nacht schlüpfte María aus dem Bett und ging in den Hof hinaus. Im matten Licht der schmalen Mondsichel war der *samán*-Baum zu erkennen, auf dem ihr kleiner Junge immer herumgeklettert war. Die Zweige waren ausladend und reichten fast bis zum Boden. Nun stellte sie sich darunter und rief ihn: »Pablito!« Aber es kam keine Antwort.

All dieses Gerede vom großen Haus und der Lady hatte ihren alten Kummer wieder aufgewühlt. Vor dem tragischen Unfall hatte sie für Doña Gabriela gearbeitet, das Haus saubergehalten, gekocht, sich ihre Klagen angehört, wie langweilig es doch ohne ihre Freunde in den Bergen sei. Irgendwie hatte Doña Gabriela erfahren, daß ihre Köchin mit Geistern in Verbindung stand und aus dem Kaffeesatz in der Tasse die Zukunft lesen konnte. »Komm her, María, und sag mir, was mich heute erwartet«, pflegte Doña Gabriela aus dem sonnigen, überwachsenen Patio zu rufen, wo sie am liebsten frühstückte. Eines Tages, als María in die Tasse der *patrona* blickte, sah sie einen kleinen Körper auf der Wasseroberfläche des neuen Swimmingpools treiben. Sie dachte natürlich, die Warnung würde für die beiden Jungen der *patrona* gelten, und riet Doña Gabriela dringend, gut auf ihre Kinder und auf stehendes Wasser zu achten. »Du machst mich ganz unruhig«, beschwerte sich Doña Gabriela. »Erzähl mir was Schönes. Siehst du denn nichts Schönes da drin?«

Es quälte María noch immer, daß sie so sehr mit dem Glück der *patrona* und dem Haus und den Kindern beschäftigt gewesen war, daß sie die Gefahr, in der ihr eigenes Kind schwebte, nicht erkannt hatte. Nicht einmal, als die *santos* versucht hatten, sie durch Doña Gabrielas Kaffeesatz zu warnen.

Nun verließ sie den Hof und ging die dunkle Straße hinunter, die sich an Elenas Haus vorbei in die Mitte der Ortschaft wand. Vor dem Haus des Bürgermeisters bellte sie ein Kettenhund an, doch nachdem sie die Zauberformel des heiligen Franziskus gesprochen hatte, beruhigte er sich. Im Dorf war es so still, daß sie den Windhauch hören konnte, der sich in den Zypressen regte, und in weiter Ferne den Verkehr, der auf

den Straßen in die Hauptstadt dahindonnerte. »Pablito!«
rief sie, und wieder begann der Hund mit seinem lästigen
Gebell.

An der Ecke bog sie nach rechts ab, und das große Haus,
das sie das ganze Jahr über gemieden hatte, kam in Sicht.
Oben im Turmzimmer brannte ein Licht. Sie konnte die
Lady an einem Tisch sitzen und arbeiten sehen. »Pablito!«
rief sie, und die Lady hob den Kopf. Eine Weile saß sie so da,
den Kopf schräg gelegt, als wartete auch sie auf seine Ant
wort.

Wochen vergingen, und noch immer hatte Sergio den Pool
nicht hergerichtet. Immer wieder versuchte er, sich mit
einem Schluck aus der Rumflasche Mut zu machen, aber
sooft er dem abgeschrägten Boden des Beckens bis an das
abfallübersäte Ende folgte, mußte er rasch herausklettern,
weil ihn seine Gefühle überwältigten.

Sergio hatte die Tragödie von Anfang an mit *filosofía* zu
betrachten vermocht. Als Don Mundín ihn an jenem Un-
glücksabend in seinen privaten Salon gerufen hatte, war es
sogar so gewesen, daß der *patrón* geweint hatte und Sergio
ihn trösten mußte. »So weinen Sie doch nicht, Don Mundín.«

Der junge *patrón* hatte Sergio seinen Arm angeboten. »Du
hast recht, *hombre*. Wir müssen mit dem Leben weitermachen.«

»Wir müssen weitermachen«, hatte Sergio María gegenüber unzählige Male wiederholt. »Das hat auch Don Mundín gesagt.«

Es war keineswegs so, wie María ihm vorwarf, daß ihm
der Junge nicht gefehlt hätte, sein kleines Kälbchen, das
dumme Ding. Aber es war nicht die Schuld des *patrón*, daß
er ertrunken war. Don Mundín und seinesgleichen hatten
ihre Häuser, ihre Arbeit und ihre Art zu leben, und Sergio
und seine Familie hatten ihre *ranchitos*, ihre Arbeit und ihre

Art zu leben, und diese beiden Welten existierten friedlich nebeneinander. Dort jedoch, wo sie aufeinandertrafen, befand sich ein steiler Abhang, und an jenem Julimorgen war der Junge von der Seite, auf die er gehörte, wegspaziert und über diesen Abhang hinabgestürzt in einen Swimmingpool, der die Farbe eines festtäglichen Sommerhimmels hatte. So betrachtete Sergio die Sache.

Doch nun, ein Jahr später, stieg vom Boden dieses Pools eine furchtbare Traurigkeit empor, die es ihm nicht erlaubte, seine Arbeit zu Ende zu bringen. Mehrere Male fragte ihn die Lady:»Was ist denn los? Hast du das Ersatzteil überhaupt besorgt?«

»Es kommt morgen«, versprach Sergio immer wieder. An vielen Tagen ging er früh nach Hause und hinterließ der Lady eine Nachricht.

Und eines Tages, als er die Auffahrt heraufkam, hörte er zu seiner Verblüffung Wasser in das Grab seines Sohnes fließen. Die Lady saß lesend in einem Liegestuhl neben dem steigenden Wasser, und als sie ihn bemerkte, blickte sie von ihrem Buch auf.»Ay, Sergio, ich habe beschlossen, einfach Wasser einzulassen, ob mit oder ohne Filter«, erklärte sie.»Mach dir keine Sorgen, ich verspreche, daß ich dir keine Vorwürfe mache, wenn ich krank werde.« Sie lachte, als hätte seine verdutzte Miene irgend etwas mit ihr zu tun.

Am Spätnachmittag beobachtete Sergio, von der Crotonhecke verdeckt, den Pool, wobei er immer wieder die Rumflasche an die Lippen setzte, um seine Nerven zu beruhigen. Hin und zurück durchquerte die Lady der Länge nach den Pool, hob den Kopf und tauchte dann wieder unter, während sie mit den Beinen um sich trat. Mühelos – wie eine Libelle – schoß sie durch das alptraumhafte Wasser. Es war nicht nur das Geld, um das Sergio die Reichen beneidete, sondern auch die Art und Weise, wie dieses Geld sie wie ein Polster vor dem Leid anderer schützte. María hatte ihre *santos*, und er hatte seinen Rum, aber trotzdem sickerte der Schmerz durch wie jetzt in diesem Moment. Ihm war es egal, was Don Mundín gesagt hatte – er, Sergio, und seine *mujer* María hatten mit ihrem Leben nicht einfach so weitergemacht. Ihr Verlust war eine schwere Bürde, die sie nicht absetzen konnten.

Er griff nach seiner Flasche, aber der Rum war zu Ende. Wütend schleuderte er die leere Flasche auf den Haufen mit den Abfällen, die zuvor den Boden des Pools bedeckt hatten. Und zum erstenmal, seit er, durch Marías Schreie herbeigerufen, von den Stallungen zum Pool hinuntergelaufen war, weinte Sergio um seinen Sohn.

In jener Nacht wartete María unter dem *samán*-Baum auf Sergio. Sie machte sich Sorgen. Nach Aussage ihrer Schwägerin trank Sergio bei der Arbeit, was er bisher nie getan hatte. Am Spätnachmittag saß er oft hinter der Crotonhecke, wo er sich einbildete, nicht gesehen zu werden, und leerte eine kleine Flasche.

»Die Lady hat mich sogar gefragt, ob Sergio Probleme mit dem Alkohol hat«, gestand Elena María.

»Das Problem ist nicht der Alkohol«, sagte María bitter, als spräche sie direkt mit der Lady.

»Vielleicht würde es helfen«, meinte Elena vorsichtig, »wenn du eine Kerze für ihn anzündest.«

Doch María wußte, daß Kerzen nichts ausrichten konnten. Die *santos* würden ihr nicht bei ihrem Problem helfen – ebensowenig, wie sie ihr im vergangenen Jahr bei den Problemen anderer geholfen hatten.

»Er läßt zu, daß die Flasche den Platz seiner Frau einnimmt«, sagte Elena unverblümt. María war aufgefallen, daß Elena im Verlauf dieses einen Monats im großen Haus mehr Selbstvertrauen gewonnen hatte. »Der Rum ist deine Rivalin geworden, María.«

Während María auf ihren Mann wartete, ertappte sie sich dabei, daß sie unablässig das Gebet zu Santa Marta vor sich hin summte. Es hatte sie in einen so träumerischen Zustand versetzt, daß sie hochschreckte, als sie die dunkle Gestalt in den Hof einbiegen sah. Sie rief leise seinen Namen, und statt sie schroff und betrunken abzuweisen, kam er, die Hände in der Dunkelheit vor sich ausgestreckt, von ihrer lieblichen Stimme angelockt auf sie zu. Sie bemerkte die kleine Flasche, die in seinem Gürtel steckte.

»Ich gehe morgen nachmittag an den Fluß, um die Kleider zu waschen«, begann María. »Wenn ich zurückkomme, werde ich die Jungen anziehen und mit ihnen hinaufgehen, damit sie die *señora* kennenlernen.«

Überrascht holte er Luft. Er tastete nach ihr, hätte aber nur ins Leere gegriffen, wenn sie nicht seine Hand genommen und auf ihren Schoß gelegt hätte, wo sie die Falten ihres Kleides zu erkunden begann.

»Ya, ya«, lachte sie und hielt seine Hand fest. »Wir wollen den Nachbarn doch nichts zu schauen geben.«

Gemeinsam stolperten sie auf das dunkle Haus zu, doch später, im Bett, war er schon zu weggetreten, um ihr Lust zu schenken. Sie lag neben ihm, bereit, zu bleiben und nicht mehr durch die Straßen zu wandern, um nach ihrem toten Kind zu rufen. Sie würde aus den Tiefen ihres Kummers emporklettern – wenn nicht um ihrer selbst willen, dann ihrem Mann und ihren Kindern zuliebe. Elena hatte harsche Worte gesprochen, hatte der Last auf Marías Herzen noch die Sorge hinzugefügt, sie könnte ihren Mann verlieren. Freilich waren solche Ermahnungen schon wiederholt ausgesprochen worden, doch heute hatte Marías Bitterkeit nachgegeben. Vielleicht trugen all diese Geschichten über die Unkompliziertheit der Lady dazu bei, den Knoten in ihrer Brust zu lösen und Platz in ihrem Herzen zu schaffen, so daß die *santos* herabsteigen konnten, um wieder zu ihr zu sprechen.

Am nächsten Morgen fand Sergio zu seiner Überraschung das große Haus offen vor, doch von der Lady war weit und breit nichts zu sehen. Er schaute in alle Zimmer, rief jedesmal »*Doña?*«, und dann ging er die Auffahrt hinunter in Richtung Dorf. Da sah er sie die Straße heraufkommen, mit gesenktem Kopf, als dächte sie an etwas Trauriges. In jeder Hand trug sie ein vollbeladenes Einkaufsnetz.

Sergio eilte ihr zu Hilfe. »Das Haus stand weit offen«, bemerkte er mit neutraler Stimme, damit die Lady nicht dachte, er wollte ihr einen Vorwurf machen. »Hier wird viel eingebrochen«, fügte er hinzu.

»Ich war nur kurz weg«, sagte die Lady. »Ich habe Gemüse für ein *stir-fry* gekauft.«

»Aber Fleisch tun Sie nicht hinein«, bemerkte Sergio, nachdem sie ihm erklärt hatte, daß das ein Pfannengericht war, bei dem kleingeschnittene Gemüse und andere Zutaten kurz in heißem Öl angebraten wurden. Falls ihm die Lady nur ein winziges Stichwort gab, würde er den Hinweis wagen, daß sie durch die Zugabe von Fleisch vielleicht selbst etwas Fleisch ansetzen würde.

»Nie«, sagte sie und bekam vor Lachen Fältchen um die Augen. »Du denkst wahrscheinlich, sich vegetarisch zu ernähren ist verrückt, habe ich recht?«

»Wenn ich es so sagen darf«, begann Sergio, doch dann kam es ihm zu dreist vor, es auszusprechen.

Als sie die lange Auffahrt zum Haus hinaufgingen, stellte Sergio fest, daß die Hecken schon wieder gestutzt werden mußten. Doch der Lady schienen die wuchernden Zweige gar nicht aufzufallen.

»Weißt du was, Sergio?« sagte sie. »Ich werde dir zeigen, wie gut ein Essen ohne Fleisch schmecken kann. Ich mache dir und Elena und euren beiden Familien eins meiner berühmten *stir-fries*. Nein, nein, du darfst jetzt nicht ablehnen, sonst bin ich beleidigt. Hast du irgendwelche Pläne für heute abend?«

»Pläne?« fragte Sergio.

»Könnt ihr heute abend zum Essen kommen?«

»*Mi mujer*«, begann Sergio, »sie wollte am Nachmittag mit den beiden Jungen heraufkommen, um Sie zu begrüßen.«

»Wunderbar! Dann also abgemacht! Sag Elena, sie soll auch ihre Familie mitbringen. Wir machen eine Party. Und die Kinder können vor dem Abendessen schwimmen gehen.«

Sergio wußte nicht, wie er es ihr sagen sollte, ohne daß es sich anhörte, als wollte er sich ihren Wünschen widersetzen.

»Meine Jungen«, sagte er zögernd, während er unablässig den Hut in seinen Händen drehte, »ich möchte nicht, daß sie in die Nähe des Pools gehen. Sie können nicht schwimmen.«

Die Lady schien überrascht, und dann verkündete sie, entschlossen wie die amerikanischen Missionare, die im Stadtzentrum ihre religiösen Erweckungen abhielten und Säcke mit Reis an die Leute verteilten, die behaupteten, Jesus habe sie errettet: »Sie sollten unbedingt schwimmen lernen. Ich werde es ihnen beibringen. Wo sie doch so nahe am Fluß wohnen, sollten sie auch schwimmen können, findest du nicht?«

»Sie müssen es wissen«, antwortete er leise, obwohl sie ihn gebeten hatte, das nicht zu sagen.

Sergio saß mit den Kindern im Schatten des *samán*-Baums, als Porfirio eintraf. Die Lady hatte ihn früh heimgehen lassen. Der Nachmittag war so elend heiß gewesen, daß es keinen Sinn hatte, die Blumen zu gießen, weil die Luft die Feuchtigkeit sofort aufsog. »Das wird heute eine lange, heiße Nacht«, meinte Porfirio. »Vielleicht sollten wir alle mit der Lady in den Pool springen.«

»Schsch«, zischte Sergio und blickte über seine Schulter, um sich zu vergewissern, daß die Frauen nicht in Hörweite waren. Das mit dem Schwimmunterricht mußte er María erst noch beibringen. Aber wenn die Lady die herausgeputzten Kinder sah, würde sie bestimmt nicht darauf beharren. Trotzdem, sie hatte einen Willen, der schwer zu beugen war, wenn sie sich einmal zu etwas entschlossen hatte. Bis heute schlief sie auf einer Matratze auf dem Boden des Turmzimmers, obwohl sich die Moskitos an dem wenigen, was an ihr dran war, gütlich taten.

Sergio hörte die Frauen im Haus kichern wie kleine Mädchen, während sie sich anzogen.

»In Trauerkleidung nehme ich dich nicht mit. Nein, *señora*«, sagte Elena. »Die läßt du heute hier.« Und als die beiden Frauen endlich herauskamen, trug María tatsächlich ihr blaues Lieblingskleid, das sie zuletzt bei der Taufe des jüngsten Kindes angehabt hatte.

Sergio pfiff anerkennend. Dann machte er ihr lauthals das Kompliment, das er sich normalerweise für intime Augenblicke aufsparte: »*¡Cuántas curvas y yo sin freno!*«

»So viele Kurven, und meine Bremsen sind blockiert!« ahmte der ältere Junge seinen Vater nach.

María hob stolz den Kopf. »Gehen wir jetzt oder wollen wir hier stehenbleiben und warten, bis die Hähne krähen?« Sie hatte die Hände auf die Hüften gelegt. Doch die finstere Miene, die sie zum Schein aufgesetzt hatte, konnte die Freude in ihrem Gesicht nicht verbergen.

Als sie den Hof verließen, spürte María, wie sich ihr Magen zusammenkrampfte. Seit jenem Unglückstag war sie nicht mehr auf Don Mundíns Landsitz gewesen. Selbst als Doña Gabriela sie vor dem Begräbnis hatte rufen lassen, hatte María sich geweigert, einen Fuß in ihr Haus zu setzen, so daß die *patrona* zu María kommen mußte.

»Ich bin auch Mutter. Ich weiß, wie dir zumute ist«, hatte sie gesagt. In ihrem cremefarbenen Leinenkostüm wirkte die *patrona* so adrett, daß man sich nur schwer vorstellen konnte, daß sie Kinder zur Welt gebracht hatte. Womöglich machte sie sich schon schmutzig, wenn sie nur auf dem gestampften Lehmboden der Hütte stand. María hatte kein Wort gesagt, aber den Umschlag mit Geld, der ihr übergeben wurde, nahm sie an. »Für das Begräbnis«, hatte die *patrona* gesagt. Natürlich war nach den Bestattungskosten noch ein ansehnlicher Rest geblieben, und davon hatte Sergio an die Stelle des Holzhauses ein neues aus Betonblöcken gebaut und den Boden mit Zement ausgegossen. Doch als die *doña* an jenem Tag das Haus verlassen hatte und in das wartende Auto gestiegen war, spuckte María auf den Boden, auf dem die hohen Absätze Abdrücke hinterlassen hatten.

»Ich bin gespannt, was uns die *doña* kochen wird«, sagte sie zu Elena, um jene anderen Gedanken zurückzudrängen.

»Als erstes wird sie dir sagen, daß du sie nicht *doña* nennen sollst«, instruierte Elena ihre Schwägerin. »Sie will einfach Yolanda genannt werden.«

»Daran kann ich mich nicht gewöhnen«, gab Sergio zu.

»Sooft ich mir vornehme, Yolanda zu sagen, schaue ich sie an, und sie sieht so bleich und elend aus, daß ich jedesmal nur ›Doña Yolanda‹ herausbringe.« Elena schüttelte den Kopf und lachte.

»Ich werde sie Yolanda nennen«, meldete sich einer von Marías Jungen.

»Yolanda! Yolanda!« riefen die Kinder im Chor.

»Ihr kleinen Taugenichtse, wenn ihr frech zu der Lady seid, werde ich euch zeigen, wozu ein Guajavenzweig nütze ist«, schimpfte María.

Die Frauen nahmen die kleineren Kinder an den Händen. Es war wie eine Prozession, als die ganze Familie am späten Nachmittag im Sonntagsstaat die Dorfstraße entlangging. Das einzige, was fehlte, waren der kleine, mit Blumen bedeckte Sarg und die Schluchzer der Mutter.

Die Lady kam den mit Trittsteinen versehenen Weg vom Pool herunter und hatte die Arme zur Begrüßung ausgestreckt. Sie trug ein weißes Jerseykleid mit dunklen Flecken überall dort, wo der Badeanzug den Stoff durchnäßte. María war überrascht, wie klein und zerbrechlich sie aussah. Um den Kopf hatte sie eine bläuliche Aura, was auf tiefe Trauer hindeutete.

María fragte sich, ob sie ebenfalls ein Kind verloren hatte. Elena zufolge war die Lady unverheiratet und hatte nie Kinder gehabt. Aber vielleicht in ihrer Jugend, wer weiß? Es gab viele Frauen, die zu María kamen, weil sie ein Kind in ihrem Leib loswerden wollten, aber das war der einzige Gefallen, den María ihnen verweigerte. Jedenfalls seit dem Tod ihres Sohnes.

»Du mußt María sein«, sagte die Lady.

»Ich erwarte Ihre Befehle.« María neigte den Kopf, nicht aus Gehorsam, sondern weil sie nicht wollte, daß die Lady das trotzige Blitzen in ihren Augen sah. María würde nie wieder die Befehle irgendeiner *patrona* entgegennehmen.

Doch es war, als könnte die Lady ihre Gedanken lesen. »Nein, nein, so ist das nicht«, meinte sie kopfschüttelnd. »Ich gebe keine Befehle!« Und dann, höchst erstaunlich, legte sie ihr schwungvoll den Arm um die Schultern. Deshalb zögerte María auch, als sich die Lady wenig später erbot, den Jungen das Schwimmen beizubringen; dann holte María tief Luft, als wollte sie sich selbst ins Wasser stürzen, und sagte ja. Konnte es eine bessere Garantie für die Sicherheit ihrer Kinder geben, als wenn sie lernten, das zu überleben, was ihren Bruder getötet hatte?

»Aber hört mir ja auf das, was die *doña* sagt, sonst verpaßt sie euch eine kräftige Tracht Prügel!« María schlug mit der Hand in die Luft.

»Nein, nein«, protestierte die Lady abermals. »Ich schlage keine Kinder.«

Sie machte wahrhaftig eine Menge *promesas* – keine Befehle, kein Fleisch, keine Schläge. Vielleicht war sie bei der Geburt auch von den *santos* auserkoren worden? Sergios und Elenas Berichten zufolge schloß sich die Lady den ganzen Tag im Turmzimmer ein und kam erst am Nachmittag heraus, um unten in der Küche eine Winzigkeit zu knabbern und dann durch den Ort zu wandern und sich mit den Dorfbewohnern zu unterhalten, als wären es lauter Verwandte.

María mußte daran denken, wie sie die Lady an jenem Abend das erstemal oben im Turmzimmer erspäht hatte, wo sie reglos an ihrem Tisch saß, als hoffte auch sie, in der Stille Stimmen zu hören.

Mit Erlaubnis der Lady kramte María ein paar alte Badehosen hervor, die Don Mundíns Kindern gehörten. Doch als die Lady sie zu überreden versuchte, mit ihnen an den Pool zu kommen, schützte María Schwindelgefühle vor, weil sie an diesem heißen Tag zuviel Sonne abbekommen habe. Doch wie sich herausstellte, war es ihr unerträglich, in der Küche zu warten. Sooft sie einen Schrei hörte, setzte ihr Mutterherz ein oder zwei Schläge aus.

Um sich zu beruhigen, wanderte sie durch die Zimmer im Erdgeschoß. Elena hatte das Haus ziemlich vernachlässigt. In jeder Ecke lagen dicke Staubflocken, und Doña Gabrielas kostbarste Gläser waren aus dem Schrank geholt worden und wurden täglich benutzt. Die Kissen auf dem langen geblümten Sofa lagen unordentlich durcheinander. María arrangierte sie symmetrisch und stieg anschließend langsam die Treppe hinauf, gespannt, was aus den anderen Zimmern geworden war. Durch das Fenster auf dem ersten Treppenabsatz drang aus dem Garten die Stimme der Lady herauf, die den Kindern Anweisungen gab. »Laß dich einfach fallen, komm schon, ich fange dich auf, das verspreche ich dir.« Im Turmzimmer fand María das Bett so vor, wie Sergio es beschrieben hatte, auf dem Boden unter den Ostfenstern. Sie hätte der Lady solche Dummheiten schon ausgeredet! Auf dem Tisch, der in die Ecke gezwängt war, lag ein mit unverständlichen Wörtern vollgekritzeltes Notizbuch. Die Sonne fiel durch die Fenster im Westen, und der ganze Raum war von strahlendem Licht erfüllt, so daß María, während sie so dastand, das Gefühl hatte, als kämen ihre *santos* auf sie herab. Ein alter Schmerz zog sich den Rücken hinab, so wie früher, wenn sie ihren kleinen Jungen auf den Schultern getragen hatte. »Ay, *Dios santo*«, flüsterte sie und hob den

Blick, aber die untergehende Sonne blendete sie so, daß sie sekundenlang überhaupt nichts sah.

Sie legte die Hand über die Augen und schaute auf das Dorf hinunter. Da war das Haus des Bürgermeisters, der an einem Mangobaum festgebundene räudige Hund; die alte Consuelo fegte ihren Hof; und dort war ihr eigenes gelbes Haus mit dem *samán*-Baum davor (sie hatte vergessen, die Hintertür zu schließen!), dem verzinkten Dach, das Sergio von den Montecarlo-Leuten dafür, daß sie ihre Werbung draufpinseln durften, umsonst bekommen hatte – der Anblick verblüffte sie, als hätte sie ihren Platz auf dieser Welt noch nie zuvor gesehen. Vom Pool drangen die fröhlichen Schreie von ihren eigenen und von Elenas Kindern herauf, und dann hörte sie die Stimme heraus, auf die sie gewartet hatte, deutlich wie die Glocke von der winzigen Kapelle unten. »Mamá!« rief er, »Mamá, komm und schau, wie ich schwebe!«

DIE BESTE FREUNDIN

Motivation

Jetzt, wo sie meine beste Freundin ist, kann ich mich kaum an die Zeit erinnern, als ich Yolanda García noch nicht kannte. Ich muß in jenes erste Jahr, nachdem meine Ehe gescheitert war, zurückkehren und einen pfirsichfarbenen Raum betreten, in dem Brett Moore eine Gruppe von Leuten um sich geschart hat, um mit uns über die Musen zu reden. Auf dieses Thema, so erklärt sie uns, wird sich die Arbeit der Gruppe konzentrieren, da jede von uns schreibt oder malt oder Musik macht – und wir alle im Augenblick irgendwie blockiert sind.

Unsere Arbeit ist haargenau auf uns zugeschnitten, sagt Brett, während sie die Ärmel ihres karierten Flanellhemds hochkrempelt. Brett gibt sich ihren Klientinnen gegenüber recht rustikal – sie denkt wohl, dann haben sie nicht das Gefühl, in Therapie zu sein, sondern kommen sich vor wie auf einer Ferienranch, wo Brett, die Cowgirl-Psychologin, ihre Probleme und Neurosen mit dem Lasso einfängt und ihnen Etiketten wie »selbstzerstörerisches Verhalten«, »Paniksyndrom« oder »schwaches Selbstwertgefühl« aufbrennt. Jedenfalls besteht laut Brett, die jede von uns persönlich zur Teilnahme an dieser Gruppe aufgefordert hat, unsere Arbeit darin, unser Verstummen bis zu seinen Ursachen zurückzuverfolgen.

Wir werden uns ein Jahr lang jeden Donnerstagnachmittag treffen und am Ende alle zu dem gleichen Ergebnis kommen: Hinter jeder kahlen Leinwand, jedem leeren Notizbuch und jedem eselsohrigen Notenblock steht ein Exmann oder Demnächst-Exmann oder ein schlechter oder unsensibler Liebhaber. Das heißt nicht etwa, daß wir die Schuld auf die Kerle abwälzen. Im Gegenteil, Brett sagt, ihnen die Schuld zuzuschieben hieße, unser Verstummen aus der Hand zu geben, wie wir unser Leben aus der Hand gegeben haben. Los, ergreift die Zügel! ermahnt sie uns. Jedenfalls sprechen wir, obwohl wir uns ursprünglich zusammengetan haben, um mit unseren Musen in Verbindung zu treten, letzten Endes über die Männer in unserem Leben

Jede von uns steckt im Moment in einer schwierigen und hoffentlich vorübergehenden Phase mit einem Mann. Da ist beispielsweise eine Frau namens... Nein, Namen sollte ich wirklich nicht nennen, das haben wir einander versprochen. Jedenfalls ist eine Frau dabei, die sich immer wieder scheiden läßt und immer wieder denselben Mann heiratet – ich glaube, inzwischen haben sie das dreimal durchexerziert. Eine andere Frau hat einen Liebhaber, der in regelmäßigen Abständen von der Bildfläche verschwindet, ohne daß sie weiß, wo er steckt. Sie befürchtet, daß er womöglich in einem anderen Staat Frauen abmurkst oder so was. »Warum bleibst du dann mit ihm zusammen?« fragen wir sie.

»Mich versucht er ja nicht umzubringen«, verteidigt sie sich.

Eine andere Frau ist mit einem Politiker verheiratet, der schwul ist und eine feste Beziehung als Tarnung braucht. Für den stimmt bei der nächsten Wahl garantiert keine von uns, darauf können Sie Gift nehmen! Vier weitere Frauen machen gerade abscheuliche Scheidungen durch, über die wir alles zu hören bekommen. Und das alles trägt tatsächlich dazu bei, daß es mir bessergeht, weil ich merke, daß ich nicht die einzige bin, die es fertiggebracht hat, sich den übelsten Mann überhaupt auszusuchen. Pete ist ein Arschkriecher und ein Tyrann, anders läßt sich das nicht ausdrücken. Und es ist erstaunlich, daß ich aus dieser Ehe mit einem intakten Gebiß, einer gewissen Selbstachtung und einem gesunden Appetit auf Sex hervorgegangen bin. Mehr will ich dazu nicht sagen.

Schließlich ist er der Vater meiner beiden wunderbaren Söhne.

Und dann ist da noch Brett Moore, die uns, peitscheknallend, vorantreibt. Brett ist eine Lesbe, wie sie im Buche steht – kurze, gelockte rote Haare (Haare mit Chuzpe, würde ich sagen) –, die sie für gewöhnlich unter einem ihrer irren Cowboyhüte versteckt. Die ganze Kollektion hängt in ihrer Praxis an der Wand, unter einem Poster, auf dem steht: EVEN COWGIRLS GET THE BLUES und das eine Frau zeigt, die von einem nicht zugerittenen Pferd abgeworfen wird. Brett hat seit vielen Jahren eine Geliebte, die sie als Partnerin bezeichnet, und zwei Kinder aus einer früheren Ehe – »als ich es noch nicht besser wußte«, wie sie es formuliert. Manchmal frage ich mich, ob hinter der Tatsache, daß Brett diese Gruppe ins Leben gerufen hat, nicht eine verborgene Absicht steckt. Etwa die, daß Brett uns dazu bringen will, ans andere Ufer überzuwechseln und unser Glück eine Zeitlang mit Frauen zu versuchen. Das ist nur eine Mutmaßung. Aber mich wird Brett nicht überzeugen. Ich habe zum erstenmal in meinem Leben ein Sexualleben, wie Sie es nicht für möglich halten würden. Brett meinte sogar – eine schwungvolle Diagnose wie mit dem Rinderlasso –, ich sei womöglich eine »grenzwertige Nymphomanin«.

Aber die gute alte Brett ist mit Vorsicht zu genießen. »Ich habe sie schon gekannt, bevor sie lesbisch wurde«, erzähle ich Yo, »als sie noch Röcke trug und sich das Haar hinfönte, genau wie wir.« Ich habe Brett auch schon gekannt, bevor sie eine Psychotante wurde; damals unterrichteten wir beide an einem alternativen College, das inzwischen dichtgemacht hat. Zu der Frage, ob ich irgendwas Grenzwertiges bin, kann ich nur sagen, daß ich bloß mit zwei Kerlen was habe, einem Israeli, der meine Dusche repariert hat, und einem frisch geschiedenen politischen Aktivisten. Ach ja, und dann noch mit einem Computerprogrammierer, den ich beim Contredanse kennengelernt habe. Ich persönlich finde nicht, daß drei Männer, die zusammengenommen die emotionale Reife meiner beiden Söhne besitzen, übertrieben viele sind. Außerdem hole ich versäumte Zeit nach. Bisher haben mir die vierundvierzig Jahre meines Lebens nicht mehr beschert als von meinem festen High-School-Freund einen Kuß auf die Lippen, regelmäßiges zudringliches Arschtätscheln von meinem Onkel Asa und jede Menge Herzeleid, verursacht durch einen gemeinen Ehemann.

Yolanda ist der »anständige Kerl« in der Gruppe, sofern das einen Sinn ergibt. Ich meine, während wir anderen uns in irgendeiner Form mit Männern herumbalgen, hat sie sich für das Zölibat entschieden, was mir ganz und gar nicht einleuchtet. Sie ist fünfunddreißig, sieht gut aus und hat einen gertenschlanken Körper, für den wir anderen sterben würden. Sie kann von den wenigen anständigen Kerlen, die frei herumlaufen, jeden kriegen, und von denen, die in festen Händen sind, aber in der Single-Szene herumhängen, vermutlich auch einige. Es gibt sogar einen Typen, der ihr seit dem College nachsteigt und ganz verrückt nach ihr ist. Und was tut sie? Sie hängt ihre Sneakers an den Nagel und will nicht Ball spielen. Also wirklich.

Wahrscheinlich sollte ich froh sein – ein hübsches Gesicht weniger im Rennen. Aber aus irgendeinem Grund macht mir Yos Entscheidung zu schaffen. Vielleicht ist es mein Bedürfnis nach Ordnung. (Ich bin eine typische Jungfrau-Geborene.) Ich möchte die Welt in männlich und weiblich einteilen, und da ist jemand, der mir weismachen will, geschlechtslos zu sein. Wäre ich katholisch erzogen worden, wäre mir bei all den Nonnen und Priestern diese dritte Kategorie wahrscheinlich geläufig. Aber ich bin in der Nähe von Jones Beach in einer jüdischen Umgebung aufgewachsen und habe schon als kleines Kind miterlebt, wie sich Männer und Frauen in meiner Familie umarmt, gestreichelt, liebkost, betätschelt und, ja, auch zwischen die Beine gegriffen haben. Eigentlich ein Wunder, daß ich einen Goy aus Boston geheiratet habe, dessen Vorstellung von gutem Sex sich darauf beschränkte, das Licht anzulassen.

Sieht aus, als versuchte ich Yolanda dauernd dazu zu bringen, sich wieder mal die Füße naß zu machen – und nicht nur die. Ihre erste Ehe zählt überhaupt nicht – sie hat nicht mal acht Monate gedauert. Ihre zweite Scheidung liegt schon fünf Jahre zurück und ging anscheinend ohne jede Gemeinheit über die Bühne. Ihr Ex war irgendein hohes englisches Tier, und eigentlich mochte sie ihn recht gern. Wenn man sie so reden hört, war es für beide ähnlich wie für die Mütter, die am ersten Schultag zu ihren Kindern sagen: Ich bleibe da, solange du möchtest. Die beiden haben mehrere Jahre gebraucht, um sich endlich scheiden zu lassen. »Was war denn dann an ihm auszusetzen?« möchte die Gruppe wissen.

»Eigentlich gar nichts.« Sie schaut uns pikiert an, als wollte sie sagen: Wie könnt ihr es wagen, meinen Ex zu kritisieren. »Er war der Meinung, schreiben bedeutet, sich selbst aufzufressen, ja, so nannte er das, und er hat mir immer wieder erklärt, ich müsse mich in den Griff bekommen, lauter so Zeug.« Sie blickt in die Runde und hofft, daß das genügt. Und ich denke, verglichen mit jemand, der regelmäßig k.o. geschlagen wird, hattest du eine gute Ehe. Aber dann erklären mir alle, ich würde mich mit sehr viel weniger zufriedengeben, als ich verdient hätte. Als spielte das beim Heiraten eine Rolle.

Wie dem auch sei, während ich sie zu einer Kehrtwendung in eine Richtung zu überreden versuche, bearbeitet die gute Brett sie in entgegengesetzter Richtung: Ob Yo jemals in Betracht gezogen habe, daß es sich bei ihrer scheinbaren Asexualität in Wirklichkeit um eine sexuelle Umorientierung handeln könnte? Brett und ich, wir beide kommen mir vor wie die zwei Mütter in der Bibel, die sich um ein Baby streiten und König Salomo um eine Entscheidung anrufen. Aber mir ist es, ehrlich gesagt, egal, welchen Pfad Yo einschlägt, mir geht es nur darum, daß sie sich entscheidet, weil sie nämlich an einer Weggabelung steht: Sie ist nicht glücklich.

»›Everybody needs somebody‹«, summe ich, als wir uns zum Abendessen treffen. Im Laufe dieses Jahres sind wir außerhalb der Gruppe gute Freundinnen geworden. Obwohl ich neun Jahre älter bin als Yo, gibt es viel Gemeinsames zwischen uns. Wir schreiben beide – und was wichtiger ist, ihr gefallen meine Gedichte, und mir gefallen ihre; wir unterrichten beide, und sie verhilft mir zu etwas, was ich brauche: zu einem kostenlosen Babysitter. Nein, ich möchte vermeiden, daß es sich so anhört, als würde ich sie ausnutzen; Yo hat mich von sich aus gefragt, ob sie ab und zu ein paar Stunden mit meinen Jungen verbringen darf, da es ja nicht so aussieht, als würde sie selbst je Kinder bekommen.

»Kein Wunder«, sage ich kopfschüttelnd. »Aber vielleicht ist deine katholische Mami nie bis zu dem Punkt vorgedrungen, dir zu erklären, daß man mit einem Mann schlafen muß, um ein Baby zu bekommen.«

Sie wirft mir einen vernichtenden Blick zu. »Weißt du, Tammy, seitdem du mit dieser Sowieso-Visage ausgehst« – so nennt sie alle Männer –, »hat dein Sinn für Humor ganz schön gelitten.«

»Wenigstens habe ich überhaupt einen«, entgegne ich.

Beim Abendessen sprechen wir über eine Verabredung, vor der Yo sich drücken will. Eigentlich ist es gar keine richtige Verabredung. Irgend so ein reicher Typ, dem eine stinkfeine regionale Gartenzeitschrift gehört – *Tillersmith*, also Gärtnern nach allen Regeln der Kunst –, kommt in der Baumschule mit Yo ins Gespräch, und da erzählt sie ihm, wie sehr ihr die Blumen aus ihrer Heimat, der Dominikanischen Republik, fehlen, worauf dieser Typ sie zu sich einlädt, damit sie sich sein Gewächshaus ansieht, in dem er Orchideen und Bromelien züchtet, und jetzt kriegt sie Panik.

»Aber wieso?« Ich beuge mich zu ihr hinüber, als wollte ich wie ein Magnet ihren gesunden Menschenverstand zutage fördern. »Du gehst einfach nur hin und sagst: ›Donnerwetter, was für eine hübsche Orchidee, das ist aber eine herrliche

Yucca.‹ Und dann kannst du wieder heimgehen, wenn du willst.«

Sie sieht mich an, als wäre sie nicht sicher, ob sie mir trauen kann. Als würde in Wirklichkeit was ganz anderes geschehen, nämlich daß sie hingeht und dieser Kerl sie in seinen Keller voll Winterschlaf haltender Bromelien lockt und sie zwingt, mit ihm zu schlafen. Was wäre denn daran so schlimm? möchte ich sie am liebsten fragen.

»Du könntest doch mitkommen. Wir behaupten einfach, wir waren zufällig in der Gegend, und du wolltest seine Bromelien auch sehen.« Sie muß selber grinsen, als sie das sagt.

»Das macht sich sicher sehr gut, wenn du einen Anstandswauwau mitbringst.«

»Siehst du«, sagt sie und kneift die Augen zusammen, »du glaubst also doch, daß er was versucht.«

»Yolanda García«, sage ich und lege meine Hände flach auf den Tisch, als wäre ich mit ihr fertig. »Ich werde dir jetzt die Wahrheit sagen, und von mir aus kannst du das in der Gruppe ruhig ausplaudern. Es ist höchste Zeit, daß du aufhörst, dich Männern gegenüber so meschugge zu verhalten.« Sie sieht mich mit ihren großen, eindringlichen Augen an, als hätte ich sie beim Überqueren der Straße plötzlich mit aufgeblendeten Scheinwerfern angestrahlt. »Ehe du diese Säfte nicht fließen läßt, wirst du nichts schreiben, was auch nur einen Pfifferling wert ist!«

Ihr Kiefer klappt herunter, und aus ihren Augen kommen Blitz und Donner. »Und ich dachte, du hättest behauptet, du magst meine Gedichte«, schreit sie auf. Gott sei Dank sind wir im Amigo's, der einzigen ausländischen Kneipe in der Stadt, sofern man darunter türkisfarbene Wände mit orange- und magentaroten Zierleisten und einem Kaktus in der Ecke versteht. Bei der voll aufgedrehten *mariachi-* und *ranchera-*Musik fallen zwei lautstarke Frauen nicht weiter auf. Allerdings ist da ein Typ – er sitzt ganz allein und ißt einen *bur-*

rito –, auf den ich ein Auge geworfen habe, seit wir da sind, und bei dem möchte ich einen guten Eindruck hinterlassen.

»Ich mag deine Gedichte sehr gern«, sage ich mit gedämpfter Stimme. »Aber sieh doch den Tatsachen ins Auge, Yo. Du hast in letzter Zeit nicht viel geschrieben. Bei dir läuft im Augenblick alles auf Sparflamme, auch deine Muse.«

Inzwischen halte ich ihre Hände, sie weint, und der niedliche Typ, der vielleicht doch nicht so niedlich ist und mit seinen Koteletten aussieht, als wollte er was beweisen, hat das Interesse verloren, wahrscheinlich weil er uns für Lesben hält. Aber mir ist das jetzt egal. Ich bin so überzeugt, recht zu haben, was Yo betrifft, daß ich meine ganze Überredungskunst aufbiete. »Bitte, versuch es doch einfach, ja? Vielleicht entpuppt sich dieser Kerl ja als Freund, und das wäre für dich der perfekte Neuanfang mit Männern: dich zuerst mit ihnen anzufreunden.«

Da nimmt aber eine den Mund voll. Als würde ich mich mit den Beinahe-Fremden, mit denen ich ins Bett gehe, zuvor anfreunden.

Sie wischt sich die Augen, und dann bekommt sie diesen entschlossenen Blick, als wollte sie im Geschlechterkampf an vorderster Front mitmarschieren. »Einverstanden«, sagt sie, »ich werde es versuchen.«

Und wirklich, ich sollte mir ein Wahrsagerinnenschild an die Tür hängen, denn Yo und dieser Tom werden gute Freunde. Natürlich will der arme Kerl bald mehr. Spät am Abend klingelt das Telefon, und ich nehme blitzschnell ab, weil ich denke, einem meiner Jungen ist was passiert – sie sind den Sommer über bei ihrem Vater. Aber es ist für Yo, die vorübergehend bei mir eingezogen ist, bevor sie oben im Norden einen neuen Job als Dozentin antritt. Ich höre die Sehnsucht in Toms Stimme, als er sie begrüßt: »Ich habe nur angerufen, um dir gute Nacht zu sagen.«

»Warum sagst du ihm nicht, er soll rüberkommen?« frage ich sie am nächsten Morgen. Am anderen Ende des Gangs hören wir meinen Israeli unter der Dusche, die er vor Monaten eigenhändig repariert hat.

Yo deutet mit dem Kopf in Richtung Bad. »Ich brauche dafür länger.«

»Tja, viel länger hast du nicht mehr«, erinnere ich sie. Sie geht Ende August nach New Hampshire, und die Gruppe hat beschlossen, sich dann ebenfalls aufzulösen. Wir sind mit unserer Arbeit fertig, wie Brett uns erklärt. Bei der Frau des schwulen Politikers kam heraus, daß sie selbst homosexuell ist, die Frau mit dem abtauchenden Liebhaber ist inzwischen mit einem Polizisten verbandelt, und alle anderen liegen in den letzten Zügen ihrer Scheidungen und schreiben oder komponieren oder malen, was das Zeug hält. Ich weiß nicht, welches Zauberpulver Brett in die Luft gestreut hat, aber auch Yo und ich machen wieder Gedichte. Alle paar Tage hocken wir uns abends wie zwei Schwestern in mein Bett und lesen einander vor, was wir geschrieben haben.

Einige von ihren Sachen sind recht gut – und ich rede ihr zu, doch zu unserem literarischen Podium am Freitag im Holy Smokes Café zu kommen, aber sie verzieht nur das Gesicht. »Das ist nicht meine Szene.« Das Holy Smokes steht in dem Ruf, daß man dorthin geht, um künstlerisch angehauchte und unkonventionelle Leute aufzureißen. »Allein die Vorstellung, daß irgendwelche Typen über meine Sestinen labern... Kommt nicht in Frage!« Mit Blick auf das Gedicht, das sie mir gerade laut vorgelesen hat, schneidet sie eine Grimasse.

»Das ist vielleicht eine Einstellung!« Ich schüttle den Kopf. Ein paar ihrer Gedichte hat sie nicht nur mir, sondern auch der Gruppe vorgelesen. Aber Männer läßt sie da nicht ran. Sie behauptet, jeder Typ, dem sie mal ein Gedicht von sich gezeigt hat, hat es nur gelesen, um sie zu was anderem zu kriegen – zum Beispiel dazu, mit ihm ins Bett zu hüpfen. Selbst ihr Lieblingsprofessor am College hatte sie immer wieder dazu gedrängt zu promovieren, statt ihre Zeit mit Schreiben zu vergeuden.

»Aber du schickst ihm doch deine Sachen.« Ich habe wiederholt braune Briefumschläge gesehen, adressiert an Professor Sowieso in Massachusetts.

»Er ist ja auch weit weg«, meint sie achselzuckend.

»Außerdem glaube ich, daß er schwul ist.«

»Er ist trotzdem ein Mann!« Ich gebe ihr einen leichten Tritt. »Oder? Ist Brett vielleicht keine Frau?«

»Doch, sicher«, sagt sie. »Aber Schwule sind anders. Die sind nicht auf Eroberungen aus.«

»Ach nein, Kindchen?« sage ich wie ein alter Ganove, auf den man lieber hören sollte. »Du mußt endlich aus deinem Elfenbeinturm rauskommen und einen kleinen Spaziergang in der richtigen Welt machen.«

Sie lächelt mich scheu an und fragt dann: »Und New Hampshire, zählt das zur richtigen Welt?« Wir verstummen beide, und Traurigkeit überkommt mich bei dem Gedanken, daß sie am Ende des Sommers nicht mehr dasein wird.

Ein paar Wochen vor ihrer Abreise wird Yo mutig und lädt diesen Tom zu uns ein. Den ganzen Sommer über hat sie immer mal kurz bei ihm vorbeigeschaut oder sich mit ihm an einem, wie sie es nennt, neutralen Ort zum Frühstück getroffen, ausgerechnet. Yo zufolge ist das Frühstück die ideale Mahlzeit für eine Verabredung, wenn man sich seiner Sache nicht ganz sicher ist. »Ein Abendessen kann sich immer hinziehen, bis es Zeit fürs Bett ist, und aus einem Lunch kann der ganze restliche Tag werden, aber nach dem Frühstück muß jeder erst mal arbeiten gehen.«

»Das ist doch nicht zu fassen«, erkläre ich ihr. Ich versuche ständig, mir was einfallen zu lassen, um die Kerle nach den Linguini oder einem *stir-fry* dazu zu kriegen, daß sie noch mit zu mir kommen, und Yo scheucht sie nach den Rühreiern davon, damit sie den Speck verdienen.

Irgendwann lädt sie Tom endlich zum Dinner zu uns ein, und ich freue mich wie sonstwas. Ich möchte, daß sie ihre

Aversion gegen Männer überwunden hat, bevor sie von hier weggeht. Doch dann kriege ich mit, wie sie telefoniert, und ich schwöre Ihnen, daß sie sagt: »Nur zum Abendessen, denn Tammy und ich, wir gehen früh ins Bett.« Als sie auflegt, frage ich sie rundheraus: »Hast du diesem Typ etwa erzählt, daß wir Lesben sind?«

Da kommt ein Lächeln auf ihre Lippen, so steif und verkniffen, als hätte sie es eigens gestärkt und gebügelt, um es bei dieser Gelegenheit zu tragen. Sie schaut weg, weil sie genau weiß, daß ich ihr mitten ins Herz sehen kann. Deshalb sind wir ja auch so dicke Freundinnen.

»Also?« frage ich herausfordernd, und als sie mich ansieht, steht ihr die Wahrheit ins Gesicht geschrieben, noch bevor sie sie ausspricht. »Ich habe es nicht direkt gesagt, weißt du, aber irgendwie ...«

»Das ist doch nicht zu fassen! Wir leben hier in einer Kleinstadt. Und du ruinierst meinen heterosexuellen Ruf!« Ich hatte vorgehabt, sie selbstgerecht zur Schnecke zu machen, weil sie unsere Beziehung benutzt hat, um sich zu schützen. Aber dann rutscht mir heraus, worüber ich mich in Wirklichkeit aufrege. »Früher war ich bei den Typen nie so beliebt«, lamentiere ich.

Und da nimmt sie meine Hände und hockt sich vor mich hin und schaut mir in die Augen. »Also gut, Tammy Rosen, jetzt will ich mal Klartext mit dir reden. Was ich hier in diesem Haus mitgekriegt habe, hat nichts mit Beliebtheit oder Freundschaft oder sonstwas Dauerhaftem zu tun. Du läufst vor den Männern genauso schnell davon wie ich. Sicher, du schreibst noch immer tolle Gedichte, aber dein Privatleben stinkt zum Himmel!«

Und plötzlich bin ich diejenige, die in Tränen ausbricht, und sie redet mir liebevoll zu, und ich denke, mein Gott, was sind wir eigentlich, emotionale Bobbsey-Zwillinge, oder was?

Ich weiß, daß sie recht hat, und endlich rücke ich in der

Gruppe damit heraus, daß meine Beziehungen nichts Neues gebracht haben, daß Männer für mich zu einer Art Droge geworden sind und daß ich mir diese oberflächlichen Verhältnisse abgewöhnen muß. Und da serviert mir Brett ihre umfassende Allzweck-Diagnose von wegen »grenzwertige Nymphomanin«, und ich schlucke sie ohne die üblichen massiven Vorbehalte. Dann fange ich an zu heulen, alle halten mich fest, und in den folgenden Tagen mache ich in einem Anfall wilder Entschlossenheit, mein Leben ins reine zu bringen, mit meinem Israeli, meinem Aktivisten und meinem Computertypen Schluß. Danach fühle ich mich so klapprig, als hätte ich mit dem Rauchen aufgehört und wüßte nicht, wie ich ohne Glimmstengel im Mund überleben soll.

Da Yo am Freitag ihr aufregendes Rendezvous hat, biete ich ihr an, daß ich bei meiner Ma übernachte, die furchtbar durchhängt, seit die Jungen aus dem Haus sind. Außerdem ist im Holy Smokes literarisches Podium. Lauter triftige Gründe, um in Boston zu bleiben, die ich ihr der Reihe nach aufzähle. Dann endlich rede ich Tacheles. »Also, ich habe klar Schiff gemacht. Jetzt bist du dran.«

Sie packt mich an den Schultern. »Du bist noch nicht über den Berg, Kindchen. Du läufst mit einer Trauermiene herum, als hättest du deinen besten Freund verloren.«

»Es ist ja auch hart«, sage ich mit Tränen in den Augen. »Und bald bist du auch nicht mehr da. Dann habe ich gar keine Freunde mehr.« Ja, Leute, selbst Frauen mit vierundvierzig sind manchmal gefühlvoll wie Siebenjährige.

»Du verlierst mich doch nicht, Mausekind«, sagt sie in schleppendem Tonfall und umarmt mich. Schon komisch, daß Yo, deren Muttersprache Spanisch ist, den Südstaatenakzent der Rednecks für liebevolles Englisch hält. »Diese beschränkten Muskelpakete waren doch sowieso nie deine Freunde. Und im Grunde brauchst du genau das, einen männlichen Freund. Das wäre für dich der perfekte Neuanfang mit Männern: dich zuerst mit ihnen anzufreunden.«

Höre ich da ein Echo? »Also, wie dem auch sei, du sollst frei über die Wohnung verfügen können«, sage ich. »Für den Fall, du weißt schon…«

»Fang nicht wieder damit an«, sagt sie eingeschnappt. »Ich habe dir doch gesagt, daß wir nur Freunde sind! Und außerdem möchte Tom dich kennenlernen«, meint sie hartnäckig. »Du bist meine beste Freundin, weißt du das eigentlich?«

Und schon habe ich wieder Tränen in den Augen, und ich denke, jetzt, wo ich beschlossen habe, mich wie eine erwachsene Frau zu benehmen, schlagen womöglich die Wechseljahre zu.

Ich weiß nicht, woran es liegt, aber in der Woche, in der wir uns auf die Dinnereinladung am Freitag vorbereiten, kommt mir Yo irgendwie verändert vor. Sie ist aufgekratzt wie nie zuvor, weshalb ich annehme, daß ihr dieser Tom mehr bedeutet, als ihr selber klar ist. Auf einmal findet sie, ihre Haare sehen komisch aus – ob sie den Scheitel auf der anderen Seite machen soll? Und sind ihre Beine nicht doch zu dürr, wie ich denn das sehe, sind sie nun zu dürr oder nicht? Gibt es vielleicht eine Übung, um die Waden zu kräftigen?

»In fünf Tagen?« frage ich.

Als sie anfängt, morgens mit geschminkten Augen zum Kaffee herunterzukommen, denke ich: Sie wird mit diesem Tom schlafen, noch bevor der Sommer vorüber ist.

Ich hingegen, ich verliere in dem Maß an Schwung, in dem sie auf Touren kommt. Die ersten paar Tage, nachdem ich meinen Kerlen den Laufpaß gegeben habe, dachte ich, ich müßte zur Entgiftung. Was wäre bei der Entwöhnung von Männern das Pendant zu Methadon? Kalte Duschen unter dem schönen Brausekopf, den sie selbst montiert haben? Kleine Jungs? – Tut mir leid, als Mutter von zwei Söhnen sollte ich keine solchen Witze machen. Aber wie dem auch sei, bald schon genieße ich die langen Vormittage in meinem Arbeitszimmer, wo ich an meinen Sappho-Gedichten arbeite –

Sappho, die sich auf ihrem Lager rekelt und vernarrten Verehrerinnen ihre lesbischen Verse vorträgt; Sappho, kühl und souverän. Am Nachmittag werkle ich im Garten herum, lege mich in die Sonne und lese den hochgesinnten Rilke, dann folgt das allabendliche Gedichte-Vorlesen mit Yo, und danach krieche ich in mein gutes altes breites Bett, und keiner stupst mich wach – alles in allem ein ungeheurer Luxus, die Wonnen der Askese. Yos Wonnen, allmählich begreife ich sie.

Aber die Kerle geben nicht so schnell auf, was mich wundert. Vielleicht hat ihnen die Beziehung mehr bedeutet, als ich dachte. Immer wieder rufen sie an und fragen, wann sie denn herkommen dürfen und ob wir nicht darüber reden können. Auf einmal bin ich diejenige, die Andeutungen macht, daß Yo und ich was miteinander haben. Aber mein Aktivistenfreund Jerry läßt sich davon nicht abschrecken.

»Du kannst eine Beziehung nicht so einfach einseitig abbrechen«, verkündet er, als sei das in der UN-Charta oder sonstwo festgelegt.

»Und wer behauptet das?« frage ich. »Ihr Kerle springt doch auch immer ab, wann es euch paßt.« Ich muß an Pete denken, der mit seiner Sekretärin durchgebrannt ist, wobei mich nicht nur die Tatsache gekränkt hat, daß er mich hat sitzenlassen, sondern vor allem dieses Klischee.

»Also bitte«, sagt Jerry. »Mach mich nicht für mein ganzes Geschlecht verantwortlich. Ich bin genauso wie du gegen Sexismus, und das weißt du.«

Ehrlich gesagt, wußte ich das nicht. Wo war ich, als er es mir gesagt hat? Zu sehr damit beschäftigt, ihm die Hose runterzuziehen? Aber ich drehe den Spieß um und gebe ihm die Schuld. »Wir haben nie miteinander geredet«, werfe ich ihm vor. »Ich weiß nicht einmal, wer du wirklich bist.«

»Tja, dann versuch es doch herauszufinden.« Seine Stimme ist ganz rauh und sanft geworden – bei Männern ein Zeichen dafür, daß man zu ihnen durchgedrungen ist. Und dann sagt er genau das Richtige. »Und ich möchte herausfinden, wer du bist, Tammy. Gib mir eine Chance.«

»Wie wäre es mit einem Dinner heute abend?« frage ich ihn, weil mir einfällt, daß der heutige Abend alles in allem bestimmt viel angenehmer verläuft, wenn wir zwei Pärchen sind. Und sollte Tom irgendwelche falschen Vorstellungen haben, was mich und Yo betrifft, wird Jerrys Gegenwart ihn eines Besseren belehren.

Jerry packt die Gelegenheit beim Schopf. »Sehr gern. Was soll ich mitbringen?«

»Nur dich«, sage ich fröhlich. Und sobald ich den Nonnenschleier eines braven, sittsamen Lebenswandels abwerfe, ist mir leichter ums Herz. Klar kann ich wie eine Nonne leben, aber wissen Sie, für uns Jüdinnen ist das ein ziemlicher Bauchaufschwung. Allerdings setze ich hinzu – denn sonst würden Yo und die Gruppe mich umbringen –: »Aber nur zum Dinner, Jerry, okay? Ich muß mir diesmal mehr Zeit lassen. Ich möchte, daß wir erst Freunde werden.«

Am anderen Ende der Leitung herrscht einen Moment lang enttäuschtes Schweigen, wie ich es von Tom kenne, wenn er Yo mitten in der Nacht anruft. Schließlich sagt Jerry: »Ich verstehe, Tammy. Was immer du verlangst.«

Habe ich etwa das große Los gezogen? Wenn ich mir vorstelle, daß ich diesen Schatz von einem Mann beinahe abgelegt hätte! Mein neues Sappho-Gedicht wandert wieder in die Schublade, und den Rest des Tages probiere ich Klamotten an, bestehe darauf, daß frisch gepflücktes Basilikum in den Pesto kommt, hole die geblümten Dessertschälchen meiner Tante Joan aus dem Schrank und fahre eigens in die Stadt zu Heart and Hearth, um diese langsam abbrennenden Kerzen zu besorgen, die nicht tropfen und die ganze Nacht vorhalten.

Wir sitzen auf der verglasten Veranda hinter dem Haus beim Abendessen, und die Kerzen flackern, sobald ein Lüftchen hereinweht. Es ist einer jener feuchten, von Grillengezirp erfüllten Sommerabende, an denen man sich weit unten im Süden wähnt und nicht nördlich von Boston. Yo und ich sitzen nebeneinander, die beiden Männer uns gegenüber. Natürlich ist mir Jerry vertraut, aber heute abend sehe ich ihn mit anderen Augen. Vor allem nach vier Glas Wein. Er ist ein dunkler, redseliger Typ, und die Lockerheit und Ungezwungenheit seiner Bewegungen läßt ihn sehr sexy erscheinen, obwohl ich mir Mühe gebe, nicht daran zu denken.

Daneben wirkt Tom fast steif – tatsächlich überrascht mich sein Aussehen in gewisser Weise. Ich hatte gedacht, Yo als Lateinamerikanerin würde sich einen exotischeren und dunkelhäutigeren Typen aussuchen. Jemand wie ... na ja, wie meinen Jerry eben. Aber Tom – und natürlich können wir es nicht lassen, Witze über Tom und Jerry zu reißen –, Tom ist blond und sieht so proper aus, daß man ihm durch die Haare wuscheln möchte. Was Yo auch tut, sooft sie an ihm vorbeigeht. Als ich sie später beobachte, wie sie ihm ein großes Stück von ihrem Guajavenkuchen vorsetzt, sich den Sirup von den Fingern leckt und ihn dabei anstrahlt, denke ich, ja, heute ist der große Tag.

Wir unterhalten uns über unser Vorleben. Zusammengenommen haben wir sechs Scheidungen vorzuweisen, unglaublich! »Was ist da bloß los?« frage ich in die Runde, als wüßten die anderen darauf eine Antwort.

»Die alten Formen des Zusammenlebens funktionieren nicht mehr«, legt Yo los. Das eigentliche Gespräch heute abend findet weitgehend zwischen uns beiden statt, die Männer steuern nur gelegentlich etwas dazu bei. Manchmal glaube ich, es ist die Intensität zwischen uns, die sie anlockt wie die Motten, die an das Fliegengitter klatschen, wenn sie hereinwollen. »Wir alle müssen neue Wege im Umgang miteinander suchen«, fährt Yo fort.

»Du sagst es«, sagt Jerry und nickt verständig. Seine Stimme ist belegt, und er nuschelt. Als Bild fallen mir die übermalten Ränder in den Malbüchern meiner Jungen ein: Jerry ist nicht mehr in der Lage, seine Stimme innerhalb der Grenzen einer sauberen Aussprache zu halten. Ich weiß wirklich nicht, wie er heute abend noch nach Hause fahren will.

»Und deshalb habe ich mich für ein zölibatäres Leben entschieden«, sagt Yo ganz ungeniert. »Ich bin bei Männern einfach immer wieder in die alten Verhaltensmuster verfallen. Ich mußte diesen Mechanismus durchbrechen, versteht ihr?«

Tom blickt angestrengt auf sein Stück Kuchen, als überlegte er, wo er den nächsten Bissen abtrennen soll. Aber sein schräg geneigter Kopf verrät, daß er genau zuhört. Er hat nicht zuviel getrunken.

»Und wie willst du ... Wie willst du«, setzt Jerry noch einmal an, nachdem er sich vage erinnert, worauf er hinauswollte, »du weißt schon ... wieder in den Sattel kommen ...« Er grinst mich breit und ausgesprochen dämlich an. Das gibt den Ausschlag. Er ist zu betrunken, um heimzufahren. Er wird heute nacht in Jamies Zimmer schlafen.

Nun ist es an Yo, verlegen auf den Tisch zu blicken. »Das weiß ich nicht«, sagt sie. »Ich denke, ich werde es wissen, wenn es soweit ist.« Daraufhin bekommt Tom diesen geistesabwesenden Blick – jenen gedankenverlorenen Gesichtsausdruck, den die Menschen im neunzehnten Jahrhundert bekamen, wenn sie nicht offen aussprechen konnten, was sie dachten. Plötzlich weiß ich, an wen Tom mich, abgesehen von Barbies Kent, erinnert: an diesen Kerl in *Pride and Prejudice*, Darcy Sowieso, der zwar rechtschaffen und klug und gütig ist, aber ein bißchen auf Trab gebracht werden muß. Auftritt unserer Heldin Yo García.

Was mich betrifft, so halte ich mich an meine guten Vorsätze, und als das Dinner längst beendet ist und von diesen langsam abbrennenden Kerzen nur noch die Dochte übrig sind, verkünde ich, daß ich für heute Schluß mache. Jerry sieht mich erwartungsvoll an. »Und dich stecken wir auch ins

Bett«, sage ich. Er blickt mit triumphierendem Grinsen in die Runde und packt mich am Arm. Als ich Yo einen Gutenachtkuß gebe, flüstere ich ihr ins Ohr: »Mach dir keine Sorgen, er schläft in Jamies Zimmer.« An ihrer verblüfften Miene merke ich, daß sie völlig vergessen hat aufzupassen, ob ich meine guten Vorsätze in bezug auf Männer auch einhalte.

Oben angekommen, ist Jerry nach dem langen, torkelnden Aufstieg zu betrunken, um groß Theater zu machen. »Wohin gehst du?« fragt er, nachdem ich ihn in das schmale Bett gesteckt habe. Er könnte mein Sohn sein, wie er, die Decke bis zum Hals hochgezogen, daliegt und den Kopf herausstreckt, weil er Angst hat, in dem dunklen Schlafzimmer allein gelassen zu werden.

»Ich bin gleich wieder da«, beruhige ich ihn und gehe ins Bad, um ihm zwei Aspirin und ein Glas Wasser zu holen.

Später, im Bett, höre ich Geräusche von der hinteren Veranda, Flüstern und Kichern, eine beschwörende Stimme, eine, die sich sträubt, aber nur halbherzig. Ich döse ein, und als ich das nächstemal aufwache, höre ich das gleiche Flüstern und Kichern aus Yos Schlafzimmer. Und als ich viel später noch einmal aufwache, ist es still im Haus, diese Drei-Uhr-Nacht-Stille, in der ich mir schaudernd meiner Sterblichkeit bewußt werde, mir das zweite Kissen heranziehe und es umklammere.

Jemand kriecht zu mir ins Bett! Erst denke ich, es ist Jerry, doch als ich mich umdrehe, beinahe dankbar für die Störung, merke ich, daß es Yo ist.

»Was ist denn los?« flüstere ich.

»Es war doch noch nicht Zeit«, sagt sie und nimmt sich das zweite Kissen, das mir als Ersatzmann gedient hat.

Ich schlafe noch halb, so daß ich nicht auf Anhieb weiß, wovon sie redet. »Zeit wofür?«

»Du weißt schon«, sagt sie. Aus ihrer Stimme klingt ein verhaltener Vorwurf. Und ich bekomme ein schlechtes Gewissen, weil ich sie vielleicht doch zu sehr gedrängt habe, diesen Durchbruch zu wagen.

»Komm, es ist spät«, sage ich in dem beschwichtigenden Ton, in dem ich mit meinen Kindern rede. »Morgen früh sieht alles ganz anders aus.«

Kein Laut aus ihrer Betthälfte. Sie liegt auf dem Rücken, blickt zur Decke empor: eine an Schlaflosigkeit leidende Person, die sich auf eine lange Nacht gefaßt macht. Und obwohl ich versuche, mich in die Tiefen meines Traums zurücksinken zu lassen, bin ich im Nu ebenfalls hellwach.

»Tut mir leid«, sagt sie, als ich die Nachttischlampe anknipse, um auf die Uhr zu sehen. Viertel nach vier. Der morgige Tag – eigentlich sollte ich sagen, der heutige – ist ohnehin zum Teufel. »Es kommt mir vor, als wäre die Muse wieder verschwunden«, sagt sie. Sie macht diese kurzen, panikartigen Atemzüge, die mir aus der Zeit in Erinnerung sind, als mich Pete ständig zu Tode erschreckt hat. »Als hätte ich zugelassen, daß sich ein Mann dazwischendrängt. Verstehst du das?«

Ich möchte sagen: Jetzt hab dich nicht so, Yo, du machst dir selber angst. Doch vielleicht liegt es am Wein, dessen Wirkung ich noch spüre, oder an der frühen Morgenstunde und unserem Geflüster, jedenfalls weiß ich genau, was sie meint, nämlich daß wir Frauen unbewußt unser Leben für das erste bedürftige Ding aufgeben, das uns über den Weg läuft, egal, ob Mann oder Kinder oder ein Soufflé, das nicht aufgehen will, oder ein Kätzchen mit einer geschwollenen Pfote. »Ich verstehe es«, sage ich, »aber deine Stimme wirst du deshalb nicht verlieren. Sie ist in dir, wie kannst du sie da verlieren?«

Es sieht aus, als hätte mein Argument sie getröstet, doch als ich das Licht ausmachen will, sagt sie: »Können wir uns nicht noch ein paar Gedichte vorlesen, Tammy, einverstanden?«

»Yo, es ist vier Uhr früh!« wende ich ein, aber ich denke: Was zum Teufel soll's, Viertel nach vier oder fünf, wo ist da der Unterschied? Außerdem lasse ich mich aus einem uner-findlichen Grund immer auf Yos Vorschläge ein – muß wohl das Bedürfnis sein, mein Leben komplizierter und interessan-ter zu machen, ich weiß auch nicht.

Sie schleicht auf Zehenspitzen hinaus, kommt wenig später mit ihrer Gedichtemappe zurück und schnappt sich im Vor-beigehen die Mappe von meinem Schreibtisch. Und dann lesen wir einander Gedichte vor, während die beiden Männer in einem anderen Teil des Hauses vor sich hin schnarchen.

Glauben wir jedenfalls. Yo ist mitten in ihrem zweiten Musensonett, als ich über ihre Schulter blicke, und da steht Tom in der Tür, um die Taille ein Handtuch, wie ein kurzer Wickelrock. Sein zuvor ordentliches Haar ist völlig verstrub-belt, und wenn er zu Beginn des Abends gewirkt hatte, als gehörte er ins neunzehnte Jahrhundert, sieht er jetzt aus wie einer dieser dezent eingebundenen Zeitschriften entsprun-gen, die man in New Hampshire gar nicht zu kaufen kriegt.

»Was ist denn hier los?« fragt er mit zusammengezogenen Augenbrauen.

Wir sind beide im Nachthemd und haben jede eine braune Mappe auf dem Schoß. Was denkt er wohl?

»Wir lesen uns Gedichte vor«, sage ich, als wäre das das Normalste auf der Welt.

Aber mit dieser Antwort gibt er sich nicht zufrieden. Er fixiert Yo, stocksauer und ganz zwanzigstes Jahrhundert. »Ich wache auf, und da bist du verschwunden«, sagt er. Ich höre den Zorn in seiner Stimme und spüre, wie mein Herz anfängt, heftig zu schlagen, weil ich an die schauerlichen Szenen mit Pete denken muß. Inzwischen ist Yo völlig ver-stummt.

»Sie konnte nicht einschlafen, und ich auch nicht«, vertei-dige ich uns. »Also lesen wir uns eben was vor.«

Er überlegt einen Augenblick, und als er aufseufzt, merke ich, daß ich die Luft angehalten habe. Mal ganz im Ernst, für mich ist es so was wie eine Offenbarung, daß ein Mann wütend werden kann, ohne einem gleich weh zu tun.»Ich kann anscheinend auch nicht schlafen. Darf ich euch Gesellschaft leisten?« fragt er mit einer Stimme, der ich nur schwer widerstehen kann.

Schon will ich nicken, als Yo endlich ihre Sprache wiederfindet.»Nein!« sagt sie, so unerbittlich, daß Tom und ich ganz perplex sind.»Tammy und ich, wir lesen uns unsere Gedichte nur gegenseitig vor«, setzt sie etwas freundlicher hinzu. Was gelogen ist, soweit es mich betrifft. Aber Yo zeigt ihre Gedichte grundsätzlich keinem Mann.

Toms verletzte Miene läßt tief blicken, und eine Sekunde lang kommt hinter dem steifen, schüchternen Mann der kleine Junge zum Vorschein. Ob ich will oder nicht, ich habe Mitleid mit ihm. Und Yo fühlt sich auch mies, das merke ich ihr an. Sie schaut ihm nach, wie er den dunklen Flur hinunterschlurft, die Hände auf dem hübschen, in Frottee gehüllten Hintern verschränkt.

Und obwohl sie sich wieder ihrem Gedicht zuwendet und weiterliest, ist sie nicht bei der Sache. Ihre Stimme verliert sich.»Du bist dran«, sagt sie, aber ich habe auch keine Lust mehr, meine Sappho-Gedichte vorzulesen. Es ist, als wäre die Muse tatsächlich geflüchtet.»Wir hätten ihm erlauben sollen dazubleiben«, sage ich, womit ich die Hälfte der Schuld auf mich nehme.

Sie betrachtet das Gedicht auf ihren Knien, als könnte es ihr verraten, was sie tun soll.»Ich weiß«, sagt sie schließlich.

»Und du weißt auch, Mausekind, solange du es nicht schaffst, deine Arbeit mit einem Mann zu teilen, wirst du dich auch in der Falle nicht mit ihm wohl fühlen.« Sappho mit sanftem Südstaatenakzent, die Yo durch gutes Zureden zur Vernunft zu bringen versucht.

Oder sich selbst, wenn man es recht betrachtet.

Wenig später steigt sie aus dem Bett.»Ich gehe und hole ihn«, sagt sie.»Aber dadurch ändert sich alles«, fügt sie warnend hinzu. Natürlich tut es das. In dem Augenblick, in dem ein Mann in unser Leben tritt, ist der Ärger vorprogrammiert. Aber halt, Yo verfügt, wie ich ihr klargemacht habe, über so viel Power, daß sie damit jeden Kerl aussticht. Ich übrigens auch.

Sie kommt mit Tom im Frotteekilt zurück und hat sich noch ein Nachthemd um die Schultern drapiert. »Ich habe ihm gesagt, daß er uns Gesellschaft leisten darf«, teilt sie mir mit und hält das Nachthemd in die Höhe. Tom sieht sie an, hebt die Augenbrauen, seine Neugier ist geweckt – genau wie meine, muß ich zugeben.

»Nimm die Arme hoch«, sagt Yo, klettert auf mein Bett und streift ihm das Nachthemd über den Kopf. »Tammy, gib mir eins von deinen Kopftüchern.«

Zuerst denke ich, dieser sittenstrenge Tom wird zusehen, daß er möglichst schnell hier rauskommt. Aber er dreht sich hin und her, während Yo an dem Nachthemd zupft, bis es richtig fällt. Und dabei grinst er die ganze Zeit, als würden wir *seine* Phantasie ausagieren. Und ich denke, nanu, das ist auch eine meiner Phantasien. Eine männliche Freundin zu finden, mit der ich sowohl das Bett als auch meinen Gemütszustand teilen kann.

»Ein Kopftuch, kommt sofort«, sage ich, hole mein Lieblingstuch, knallrote Seide, aus dem Korb auf der Spiegelkommode und dazu einen Lippenstift.

»Stillhalten«, sage ich, während ich ihm die Lippen rot anmale. »Was meinst du?« frage ich Yo. »Noch ein bißchen Lidschatten?«

Yo nickt lachend, und jetzt lacht auch Tom, so gelöst, wie ich ihn noch nicht erlebt habe, seit er vor fast zehn Stunden dieses Haus betreten hat. Und am besten gefällt mir, daß er sich nicht tuntig und zickig verhält, wie Männer glauben, sich geben zu müssen, wenn sie Frauen imitieren. Als wir fertig sind, nimmt Yo ihn bei der Hand und zieht ihn vor den Spiegel.

»Du gibst eine verdammt attraktive Frau ab.« Ihr Arm

hängt über seiner Schulter – Kameraden; ihre Nase bohrt sich liebevoll in seinen Hals – ein Liebespaar. Auch sie hat sich von dem Panikanfall vor wenigen Minuten erholt. »Und als Mann bist du auch gar nicht so übel.«

Nachdem wir ihn richtig herausgeputzt haben, lassen wir ihn zu uns ins Bett, die Gedichte sind vergessen, und wir kichern und führen Frauengespräche darüber, wer die schönsten Beine hat. Wenig später nähern sich Schritte auf dem Gang, und dann steht Jerry in der Tür, noch ein bißchen benebelt, und reibt sich die Augen, als sähe er Gespenster. »Was ist denn hier los?« fragt er.

Bevor er weiß, wie ihm geschieht, steckt er auch in einem Nachthemd und sitzt an meinem Bettende, das Laken bis zum Bauch hochgezogen, während am Himmel sanft der Morgen dämmert. Dann sagt Tom: »Also, hören wir uns ein paar Gedichte an«, und ich sage zu Yo: »Du fängst an«, um zu verhindern, daß sie kneift. Und während ich so dasitze, eingerahmt von Jerry und Tom, und Yos zögernder Stimme lausche, die beim Lesen allmählich an Sicherheit und Festigkeit gewinnt, denke ich: Verdammt noch mal! Ich habe in Brett Moores Gruppe alles gefunden, wonach ich gesucht habe: eine Muse, einen Mann, den ich kennenlernen kann, und meine beste Freundin, Yo.

DIE VERMIETERIN

Konfrontation

Sie meldet sich auf die Anzeige hin, kommt mit einem Notiz-
block daher, will alles genau wissen. »Ist es ruhig hier?« fragt
sie. »Ich schreibe nämlich, wissen Sie. Ich muß ein Buch
schreiben, um meine Festanstellung zu bekommen.«

Ich sage: »Ich hab zwei Kinder, und die haben einen Fernseher und einen Hund. Aber ich wohne hier. Ich komm
zurecht.« Das paßt ihr gar nicht. Sie kritzelt kurz was auf
ihren Block, und um ein Haar sag ich, ich hab schon vermietet, denn was geht sie das an, wenn meine zwei die ganze Zeit
rumplärren. Seit Clair letzten Monat ausgezogen ist, spielt
hier irgendwie alles verrückt. Die Backofenklappe ist abgerissen. Das Dach leckt – genau in die oberen zwei Zimmer, um
ehrlich zu sein. Das Treppengeländer vor dem Eingang muß
gerichtet werden. Alle diese kleinen Reparaturen hat sonst
immer Clair gemacht, und ich bin ja wirklich nicht knickrig,
aber schließlich muß ich an meine beiden Kinder und mein
eigenes fettes Ich denken und kann nicht einfach hingehen
und einem Handwerker zwölffünfzig die Stunde hinblättern,
nur weil er einen Lieferwagen hat, wo auf der Seite sein Name
draufgepinselt ist.

Aber ich brauch einen Mieter, und viele werden nicht mehr
kommen, weil in ein paar Wochen das College anfängt und
die meisten Leute, die neu in der Stadt sind, schon irgendwo
untergekommen sind, und deshalb sag ich: »Es sind nette
Kinder. Und der Hund bellt eh nicht. Wollen Sie mal raufgehen und sich's anschauen?«

Sie sieht erst auf die Uhr, wie wenn sie am anderen Ende

der Stadt einen Termin mit jemand hätte, der ihr zwei viel hübschere Zimmer für viel weniger vermieten will als die fünfundsechzig Dollar, die ich verlange. »Gern«, sagt sie. Wir gehen über die vordere Treppe raus und durch den Hof rüber zum Eingang ins obere Stockwerk. »Das ist aber ein schönes altes Haus«, sagt sie.

»Hat früher meiner Schwiegermutter gehört. Sie ist hier geboren, und mein Mann auch. Das ist der alte Teil der Stadt.«

Jetzt hat sie dieses gierige Leuchten in den Augen, das ich so gut kenne. Clair kriegt das auch immer, wenn ein hübsches Ding in den Autozubehörladen kommt, in dem er arbeitet. »Ich mag alte Häuser«, sagt sie. »Bei diesen modernen Apartments habe ich immer das Gefühl, es spielt überhaupt keine Rolle, wo man wohnt.«

Da gefällt sie mir schon viel besser, also laß ich ein bißchen von der Wahrheit raus. »Ich möchte auch nirgends anders wohnen. Aber ein altes Haus ist eben ein altes Haus, und Sie wissen ja, ab und zu geht da was kaputt.«

»Ja?« sagt sie. »Was denn zum Beispiel?«

Ich hab nicht vor, sie zu beunruhigen. Außerdem, vielleicht regnet es in den nächsten Monaten gar nicht, und dann kommt der Schnee, und das Eis verstopft die Löcher bis zum Frühjahr. Bis dahin, wer weiß, sind wir vielleicht Freundinnen oder so. »Nichts Bestimmtes«, sag ich. »Macht eben nur viel mehr Arbeit, in einem alten Haus zu wohnen als in diesen funkelnagelneuen Dingern, die alle gleich ausschauen.« Wie kommt es, daß ich, wenn ich von Apartmenthäusern rede, immer Clairs kleine Freundin vor Augen habe, mit ihrer zotteligen Frisur und ihren Pfennigabsätzen und rückenfreiem Oberteil und Shorts, wie es kürzer nicht mehr geht?

Wir gehen rauf, und sie erzählt mir, daß sie ursprünglich nicht von hier stammt, sondern als Kind in die Staaten gekommen ist und jetzt einen Job drüben am College hat. Ich frag mich die ganze Zeit, ob sie mich auf den Arm nimmt, weil sie besser Englisch spricht als ich. Also sag ich: »Sie haben aber recht gut Englisch gelernt«, und sie schaut mich kurz an und sagt: »Die Sprache ist die einzige Heimat. Das hat mal ein Dichter gesagt. Wenn man sonst keinen Boden unter den Füßen hat, lernt man schnell, das dürfen Sie mir glauben.«

»Das können Sie laut sagen«, sag ich.

Ich zeige ihr die Zimmer, sie macht Ooh und Aah und sagt die ganze Zeit »toll« und »super«, wie diese Teenager mit ihren Schmalzlocken damals in den fünfziger Jahren. »Das Licht ist wirklich gut hier«, sagt sie in dem Zimmer, wo das Dach undicht ist. »Ich glaube, das wird mein Arbeitszimmer.« Dann schaut sie zu mir rüber und wird ganz rot, wie wenn es ihr peinlich wäre, sich anmerken zu lassen, daß sie die Wohnung will. »Das heißt, falls ich hier einziehe.«

Wir gehen ins vordere Zimmer, wo die Sonne durch die Ahornbäume vor dem Haus scheint, wirklich hübsch. Macht mich ganz traurig, weil ich dran denken muß, wie es früher mit Clair war. Das war unser Schlafzimmer, gleich nachdem wir geheiratet haben; damals hat seine Ma noch unten gewohnt. Und ihr gefällt das Zimmer auch, mit dem kleinen Fenstersitz und dem gemauerten Abzug, der in meinen offenen Kamin runterführt. »Hier oben war auch mal ein Kamin, aber Clair – das ist mein Mann – hat ihn zugemacht. Vielleicht mach ich ihn irgendwann wieder auf.« Ich sage das so, wie wenn es morgen passieren könnte, obwohl es in Wirklichkeit ein hübsches Sümmchen kostet, viel mehr, als ich im Geldbeutel habe.

Endlich hört sie damit auf, herumzugehen und Schränke zu öffnen, und kommt in das Zimmer zurück, das ihr so gut gefällt und das sie zum Arbeiten nehmen möchte. Sie schaut mich so komisch an, und ich denke, gleich fragt sie, ob ich von den Fünfundsechzig runtergeh, was ich schon machen würde, erstens, weil ich sie mag, und zweitens, weil ich mir denke, wo sie doch ursprünglich Ausländerin ist und so, vielleicht braucht sie da ein bißchen Unterstützung. Aber statt dessen sagt sie was ganz Seltsames. »War das eine glückliche Wohnung für Sie?«

Und da passiert mir was, was mir nicht passiert ist, als Clair mit dieser Kindfrau hier eingezogen ist, und nicht, als seine Ma, die auch für mich wie eine Ma war, vor ein paar Jahren an einem Krebs gestorben ist – wie wenn sich Karnickel in ihrem Bauch vermehrt hätten, so hat sich der ausgebreitet –, und auch nicht, als ich heute morgen in den Spiegel geschaut und diese fette Frau in ihrem Stoffzelt gesehen habe – ich muß kräftig schlucken, damit ich nicht losheule. »Es war mein Zuhause«, sag ich. »Mal war es gut und mal schlecht, ich kann mich nicht beklagen.«

»Also nicht richtig glücklich?« sagt sie, irgendwie ganz mißtrauisch.

Und dann begreife ich, worauf sie hinauswill. Anscheinend gehört sie zu den Leuten, die sich eine Hasenpfote an den Rückspiegel in ihrem Pinto hängen, wie wenn die dafür sorgen würde, daß er fährt. Also sag ich, was auf dem Sticktuch steht, das Clairs Ma als Mädchen gemacht hat und das immer noch in der Küche hängt. »Wer dieses Haus betritt, soll hier zu Hause sein. Ehrlich«, füge ich hinzu, weil sie mich so komisch anschaut, als wollte ich sie auf den Arm nehmen. »Und ich bin auch bereit, auf neunundfünfzig runterzugehen, weil Sie allein sind und nicht soviel Strom und Wasser und Abwasser brauchen.«

Sie denkt drüber nach, geht noch mal durch die Zimmer, und dann kommt sie zurück und sagt: »Ich muß meine Freundin abholen; sie kommt her, um mir beim Umziehen zu helfen. Kann ich sie mitbringen, damit sie sich die Wohnung ansieht... und mich dann entscheiden?«

So was Verrücktes, denk ich. Dann werd ich mißtrauisch. Ich hab gesehen, wie diese Boat People ganze Dörfer nach Miami rüberbringen. »Ich hab gesagt, neunundfünfzig, wenn

Sie allein hier wohnen. Jede zusätzliche Person noch mal sechzig. Und außerdem brauch ich eine Kaution«, füge ich hinzu, richtig streng.

Ich merke, daß mein Ton sie ganz nervös macht – sie ist ein empfindlicher Typ. Kommt mir vor, wie wenn sie die Entscheidung, ob sie hier einzieht, davon abhängig macht, daß ich freundlich mit ihr rede und die Ampel an der Ecke nicht umschaltet, bevor sie bis fünf zählt. »Ich möchte nur wissen, was meine Freundin davon hält«, sagt sie kleinlaut, genau wie meine Dawn, wenn sie das dritte Mal hintereinander bei Kathy übernachten will – und das will sie immer, wenn ihr Daddy im Haus ist.

Ich schau mir diese magere Person an – sie ist ungefähr so alt wie ich, Mitte dreißig, eine Hautfarbe wie auf diesen altmodischen bräunlichen Fotos, wo alle Leute aussehen, wie wenn sie indianisches Blut in den Adern hätten, ein langer schwarzer Zopf hinten am Rücken, große, durchdringende Augen wie die Leute in Gruselfilmen im Fernsehen – und was ich denke, wundert mich selber. Ich denke, ebensogut könnte ich an ihrer Stelle sein, ganz allein in einer fremden Welt, wo ich nicht genau weiß, wie man was macht, weil nicht alles so gelaufen ist wie geplant. Also stell ich mich dumm, und das mach ich nicht zum erstenmal. »Klar«, sag ich. »Ich laß die Tür offen. Gehen Sie mit Ihrer Freundin einfach rauf und führen Sie sie rum. Ich bin dann unten. Sagen Sie mir Bescheid, wie Sie sich entschieden haben.«

Und plötzlich umarmt sie mich, wie wenn ich zwanzig Dollar im Monat für ein Waisenkind in ihrem Land gespendet hätte. »Sie sind so nett, vielen Dank!« Sie steigt in ihr Auto, einen Toyota, und besonders gut finde ich es nicht, daß sie ausländische Sachen kauft, aber dann fällt mir ein, daß sie ja selber Ausländerin ist. Wie auch immer, sie drückt auf die Hupe, und weg ist sie, und die Straße rauf und runter strecken sämtliche Nachbarn, die ich kenne, seit ich vor sechzehn Jahren als Clairs Frau in dieses Haus gezogen bin, die Köpfe aus den Fenstern und fragen sich, was in Mairie Beaudrys kaputtem Leben wohl als nächstes passiert.

Sie zieht ein, und diese Freundin hilft ihr dabei, und was ich von der halten soll, weiß ich nicht. Eine große, redselige Frau in Shorts und T-Shirt, ohne BH und mit so einer komischen Haarfarbe, die nicht zu ihr paßt. Sie sieht gar nicht wie eine Ausländerin aus, sondern ist ganz weiß, und ihr Name hört sich an, wie wenn sie nebenan wohnen würde, Tammy Rosen, obwohl sie eigentlich Tamar Rosenberg heißt, wie sie mir erklärt, und ihre Familie den Namen abgekürzt hat, als sie während des Holocaust aus Deutschland rübergekommen ist.

Ich sag dazu gar nichts, weil ich nie gut in Geschichte war und einfach nicht damit klarkomme, wer wen umgebracht hat und warum. Aber jedenfalls klappt alles, die Frau nimmt die Wohnung – sie schreibt mir auch gleich einen Scheck für die Miete und die Kaution aus. Erst als sie den Mietvertrag unterschreibt, krieg ich endlich mit, wie sie heißt, Yolanda García, aber sie sagt, ich soll sie Yo nennen. Tammy und Yo – das vereinfacht die Sache natürlich sehr. Eins schätze ich ja an diesen Ausländern – die zwei, die ich an diesem Tag kennengelernt habe, sind die einzigen, die mir je über den Weg gelaufen sind –, nämlich daß sie sich bereitwillig drauf einlassen, wie wir in diesem Land bestimmte Sachen machen. Sollten sie ja auch, ich weiß schon, aber sonst ist auch nicht immer alles so, wie es sein sollte. Nehmen Sie bloß Clair, der hinter den jungen Dingern herrennt und besoffen nach Hause kommt und seine Frau und die Kinder vermöbelt. Das sag ich mir immer wieder vor, wenn es mir anfängt leid zu tun, daß er schon fast sechs Wochen weg ist.

Was die da oben anstellen – nach den ersten paar Tagen mit Einziehen und Herrichten, meine ich –, ich würd meinen rechten Arm hergeben, um das rauszufinden, und dazu noch die überflüssigen siebzig Pfund, die ich mit mir rumschleppe.

Man hört jede Menge Gemurmel und Gekicher, und dann rieche ich was, was durch die Lüftungsschächte runterkommt, Räucherstäbchen oder so Zeug. Solange sie nichts Verbotenes tun, soll's mir recht sein. Emiliy und Dawn sind dauernd oben, und wenn sie runterkommen, sagen sie, sie haben gelernt, auf spanisch und deutsch »Ich liebe dich« zu sagen und Pferde mit Hörnern zu malen, die längst ausgestorben sind, aber angeblich Glück bringen. Ein paarmal bleiben die beiden auf der Veranda stehen, um sich mit mir zu unterhalten: Ob ich schon von diesem chinesischen Kurs im Gemeindezentrum gehört habe – nicht richtig chinesisch, sondern nur so Übungen, die die Chinesen machen? Und auf der Gemeindewiese gibt es demnächst einen mittelalterlichen Jahrmarkt mit Buden und Jongleuren, und ob ich nicht mitkommen und die Kinder mitnehmen will? Sie sind erst seit zwei Wochen da und wissen, ehrlich gesagt, alles mögliche darüber, was in der Stadt so los ist und wovon ich keine Ahnung habe. Ich sag jedesmal nein, weil ich mir denke, zwischen lauter Leuten vom College komm ich mir nur noch fetter und ungebildeter vor. Aber schon bei dem Gedanken, daß ich noch was anderes tun kann, als Clair nachzuweinen, geht es mir besser als seit Jahren.

Das einzige Problem ist: Zwischendurch merk ich wieder ganz deutlich, wie seltsam diese Mädchen sind. Heute zum Beispiel bin ich sehr früh aufgewacht – ich konnte, wie üblich, nicht mehr schlafen und hab wegen Clair mit den Zähnen geknirscht –, und da seh ich, wie sie hinten im Hof rumspazieren. Ich geh also raus auf die hintere Terrasse und frage: »He, Mädchen, habt ihr was verloren?« Komisch, daß ich sie Mädchen nenne, obwohl sie ungefähr so alt sind wie ich. Sie schauen hoch, irgendwie schuldbewußt. Die, die Yo heißt, hat einen Plastikbeutel bei sich.

»Nein nichts, Mairie«, sagt sie. »Wir wollen nur die Umgebung des Hauses schützen.«

Das ist ja was ganz Neues. Aber was soll ich tun? Ihnen

sagen, daß sie keinen Talkumpuder auf den Rasen streuen dürfen, der gottserbärmlich aussieht und den niemand mehr gemäht hat, seit Clair fort ist. Ich gehe einfach drauf ein. »Streut für mich auch ein bißchen was aus«, sag ich zu ihnen, und dann geh ich wieder in die Küche und beobachte sie durchs Fenster über der Spüle. Sie stehen da und reden, haben die Köpfe zusammengesteckt und werfen über die Schulter Blicke auf meine Hintertür. Dann gehen sie direkt aufs Haus zu und drum herum – ich folge ihnen von Fenster zu Fenster –, bis sie an der Vordertreppe angelangt sind und den leeren Plastikbeutel ausschütteln.

Nun hab ich ja absolut nichts für solchen Hokuspokus übrig, aber kaum dreh ich mich um, da hör ich vor dem Haus den Pickup, und da ist Clair, ohne die Freundin, und fragt, ob er reinkommen darf und eine Tasse Kaffee kriegt. Klar, ich will ihn ja zurück, aber ich steh mit der Hand am Türknauf da, wie wenn ich nicht sicher wäre, ob ich ihn reinlassen soll. Und er, Hände auf die Hüften gestemmt, grinst und schaut sich um. Ich sehe, was er sieht: den vergammelten Rasen, für den ich ihn zum Mähen brauche, das kaputte Treppengeländer, für das ich ihn zum Reparieren brauche. Schließlich bleibt sein Blick oben an den Fenstern kleben, wo jetzt ein knalliger roter Stoff mit Halbmonden hängt. »Was ich so höre, hast du an zwei lesbische Ausländerinnen vermietet«, sagt er.

Und ich weiß nicht, ob es an dem Zauberpulver liegt oder daran, daß die beiden seit zwei Wochen um mich sind, jedenfalls stelle ich fest, daß ich einen Mund habe. »Und was ich so höre, hab ich einen Mann, der hinter den Miezen herrennt.« Damit dreh ich mich um und geh ins Haus, wie wenn ich zuviel zu tun hätte, um mit ihm zu reden und den Nachbarn Gesprächsstoff zu liefern. »Du kannst gern einen Kaffee kriegen«, sag ich über die Schulter, »aber die zwei kommen noch runter, bevor die, die auf Besuch ist, heimfährt.« Daß sie herunterkommen, erfinde ich, obwohl es stimmt, daß

Tammy heute heimfährt, weil ihre Jungen vom Vater zurückkommen.

»Gut, aber ich mach wenigstens noch schnell den Rasen vorm Haus, bevor ich reinkomme«, sagt er, und da weiß ich, daß er dableiben will. Oder vielmehr, daß ihn seine kleine Freundin abserviert haben muß und daß er noch keine neue gefunden hat.

Er ist drüben beim Schuppen und tritt gegen den verfluchten Rasenmäher, weil der Motor immer wieder absäuft. Ich rufe hinauf und sag der, die Yo heißt, es würd mich freuen, wenn sie runterkommen und eine Tasse Kaffee mit mir trinken, bevor sich Tammy auf den Weg macht. Ich merk schon, daß sie sich ein bißchen wundert, wie wenn ich was Falsches gemacht hätte, aber jedenfalls war es was nettes Falsches.
»Gern«, sagt sie nach einer kurzen Pause. Und dann meint sie: »Mairie, da hinten beim Schuppen tobt irgend so ein verrückter Kerl herum. Hat der da was zu suchen?«

Und bevor ich mich bremsen kann und es so sage, daß es nicht so klingt, wie wenn ich es sage – so beschreibt meine Freundin Dottie das, was sie einem drüben am College beibringen –, sag ich zu dieser Yo: »Das ist Clair, mein Mann. Er möchte Ihnen guten Tag sagen.«

Ein paar Wochen reumütige Blicke und Süßholzgeraspel, und dann fängt der Ärger von vorn an.

Den einen Abend sind seine Pommes nicht richtig durch, am nächsten ist das Fleisch nicht genau so rosa, wie er es mag, dann streitet er mit den Kindern drum, was sie sich im Fernsehen anschauen, und er zieht den kürzeren. Was sich verändert hat: Ich geb ihm ordentlich raus, und deshalb schubst er mich viel mehr rum, und ich spüre es viel mehr, weil ich angefangen habe abzunehmen. Bringt mich auf die Idee, daß ich diese siebzig Pfund vielleicht als Polster gegen seine Faust angesetzt habe. Aber ehrlich gesagt, er ist so besoffen, daß ich nur ausweichen muß, und jetzt, wo ich dünner bin, bin ich auch schneller auf den Beinen. Er brüllt und tobt eine Zeitlang weiter, aber dann fällt er wie tot um und schläft seinen Rausch aus. Und wie ich ihn so auf Mas altem Bett liegen sehe, mit seiner angehenden Glatze am Hinterkopf und ganz verheddert in die Bettlaken, ist mein Herz auf einmal voll von trauriger, mitleidiger Liebe zu ihm, und ich weiß gar nicht, was ich damit anfangen soll, außer sie für mich zu behalten.

Wie auch immer, ich bin inzwischen dran gewöhnt, aber oben hört die Schreibmaschine, die die ganze Zeit drauflosgeklappert hat, plötzlich auf. Und dann höre ich, wie diese Yo durchs Zimmer geht – hin und her –, denn unser Schlafzimmer ist direkt unter dem Zimmer, das sie als Arbeitszimmer nehmen wollte. Manchmal, wenn das Gebrüll losgeht und die Kinder zu weinen anfangen, hör ich sie ganz langsam die Treppe runterkommen, wie wenn sie nicht recht wüßte, was sie tun soll. Und wenig später läßt sie den Motor an und fährt davon. Wohin, weiß ich nicht. Manchmal bleibt sie die ganze Nacht weg, und dann lieg ich auf dem Bettsofa oder im Schaukelstuhl im Zimmer von Emiliy und Dawn wach und warte nur auf das Geräusch von ihrem Toyota, wie wenn mein Leben davon abhängen würde, daß sie zurückkommt.

Eines Tages, wie ich draußen bin und Wäsche aufhänge, geht sie die Treppe zu ihrer Wohnung rauf, und auf einmal macht sie kehrt. Sie kommt irgendwie zögernd auf mich zu, mit zwei großen Büchertaschen auf dem Arm, weil sie nicht so schlau war, sie oben an der Tür abzuladen. »Hallo, Mairie«, sagt sie, und ihre Augen sehen noch immer so aus wie bei einer Frau in einem Gruselfilm, aber was sie anschaut, ist mein Gesicht. Es ist schon ein bißchen abgeschwollen, seit Clair vor vier Tagen ausgerastet ist, aber der Bluterguß auf meiner rechten Backe sieht aus, wie wenn ich wild mit Lidschatten herumgefuhrwerkt hätte.

»Ist alles in Ordnung?« fragt sie.

»Mir geht's gut«, sag ich, denn was soll ich sonst sagen. Ich liebe einen Mann, bei dem innen drin nichts mehr stimmt, und ich bleibe bei ihm, weil bei mir innen drin auch was nicht stimmt, nehm ich mal an. Also sag ich: »Und was macht der neue Job? Haben Sie was von Ihrer Freundin Tammy gehört? Gehen Sie noch zu diesem chinesischen Gymnastikkurs?« Mit lauter so Fragen bombardiere ich sie, während ich weiter Clairs Socken und seine Unterhosen aufhänge und ihr meine linke Gesichtshälfte zuwende.

»Gut, gut«, sagt sie, aber man merkt ihr an, daß sie mit ihren Gedanken woanders ist.

»Wie geht's mit dem Buch voran, das Sie für Ihre Festanstellung schreiben?« frag ich. Sie hat mir das Ganze erklärt, was Clair richtig in Harnisch gebracht hat, weil ich ihn irgendwann mal damit aufgezogen hab, daß er garantiert nicht weiß, was eine Festanstellung in dem Fall bedeutet. Hat er auch nicht, und besonders geärgert hat ihn, daß er als der Dumme dastand. »Ich hör Sie oben immer tippen«, füge ich hinzu, weil sie jetzt auf ihre Büchertaschen schaut statt mir ins Gesicht, wie das sonst ihre Art ist.

»Ich schreibe nicht sonderlich viel. Ich kann mich nicht gut konzentrieren«, sagt sie, und dann setzt sie die Büchertaschen ab und schaut mir ins Gesicht. »Mairie«, sagt sie, »ich höre, was da unten vor sich geht. Ich glaube, Sie brauchen dringend Hilfe.«

Ich weiß nicht, warum mich das auf die Palme bringt. Vielleicht hab ich nur drauf gewartet, jemand anbrüllen zu können, der mich nicht k.o. schlägt. »Ich glaube nicht, daß Sie das was angeht«, leg ich los, und dann dreh ich ihr mein volles Gesicht hin, das größer ist als mein normales Gesicht, weil es dick geschwollen ist. »Ich hab ja auch nichts gesagt, wie sie und Tammy oben rumgemacht haben.«

Kaum hab ich das gesagt, merk ich sofort, daß ich völlig danebengetroffen habe. Sie macht ein Gesicht, wie wenn sie eine Ohrfeige bekommen hätte – total überrascht und ungläubig. »Wovon reden Sie da, Mairie? Wenn Sie glauben, daß Tammy und ich ein Liebespaar sind, dann irren Sie sich.

Und selbst wenn es stimmen würde, wäre das nicht dasselbe, wie wenn jemand Sie verprügelt.«

»Er verprügelt mich nicht«, schrei ich sie an, wie wenn ich diesen Gedanken abtöten wollte. Nein, er will was in sich selber umbringen, und ich komm ihm in die Quere. Natürlich sag ich das nicht. »Bei uns geht's zur Zeit ein bißchen ruppig zu, mehr nicht«, sag ich statt dessen.

»Er tut Ihnen weh, Mairie. Sehen Sie sich doch nur Ihr Gesicht an.« Sie berührt mich an der Schulter, und zum zweitenmal in ihrer Gegenwart habe ich das Gefühl, daß ich gleich losheule. Also reiß ich mich am Riemen, weil ich es mir nicht leisten kann, innen drin weich zu werden.

»Hören Sie zu, Yolanda, denken Sie dran, Sie haben diese Wohnung gemietet, mehr nicht, und was Sie tun, ist Ihr Bier, solange es nicht gegen das Gesetz verstößt, und was ich tue, geht nur mich was an, haben Sie mich verstanden?«

Und da werden ihre Augen feucht, und sie kriegt ein bißchen rote Backen. Sie hebt ihre Büchertaschen auf und will gehen, aber dann dreht sie sich noch mal um. »Es tut mir leid, Mairie, aber ich kann unmöglich hierbleiben. Ich werde wohl oder übel ausziehen müssen.«

»Sie haben einen Mietvertrag unterschrieben«, sag ich, und es klingt härter als beabsichtigt. Denn in meiner Brust spür ich auf einmal denselben Knoten wie damals, als Clair ausgezogen ist. »Sie können einen Mietvertrag nicht einfach auflösen«, erklär ich ihr – so quasi, wir sind hier in Amerika, und sie sollte sich lieber an die Spielregeln halten.

»Das werde ich wohl müssen«, sagt sie, und in ihren Augen bemerke ich was, was ich bisher übersehen habe – wahrscheinlich wegen ihrer ausländischen Höflichkeit und weil sie so winzig ist wie ein kleines Mädchen. Diese Augen schauen direkt durch mich hindurch, dahin, wo sie will – deshalb sind sie so durchdringend –, und nichts, kein Clair Beaudry und auch keine Mairie, kein Mietvertrag und keine Kaution, nicht mal der liebe Gott persönlich, der Seine unendliche Festan-

stellung über ihren Kopf hält, wird sie aufhalten. Ich hab
noch nie eine Frau mit so einem Blick gesehen, obwohl ich
schon viele Männer mit so wild entschlossenen Augen erlebt
habe, darunter meinen Clair, wenn er ganz genau weiß, wie er
seine Pommes haben will.

»Ich hoffe, Sie verstehen, daß es nicht an Ihnen liegt«, sagt
sie mit sanfterer Stimme, wie wenn sie vor sich selbst Angst
gekriegt hätte, weil sie so unnachgiebig ist. »Ich muß mit dem
Schreiben vorankommen, und hier kann ich nicht arbeiten.
Es ist keine …«, sie stellt ihre Büchertaschen wieder ab und
deutet mit den Händen eine Form an, ungefähr so groß wie
ein Baby oder wie ein Leib mit einem Baby drin, »… keine
geborgene Umgebung… Und da Sie nicht bereit sind, sich
nach Hilfe umzusehen, wird sich auch nichts ändern.«

»Ich kann ihn nicht ändern«, platze ich heraus. »Seit seine
Ma gestorben ist, scheint er sich irgendwie selber verloren zu
haben. Ich hab's versucht.« Und diesmal tropfen die Tränen
zusammen mit dem Wasser aus Clairs Unterwäsche, die ich
gerade aufgehängt habe, runter auf den Boden.

Sie nimmt mich in die Arme. »Dann verlassen Sie ihn,
Mairie«, flüstert sie richtig eindringlich, »verlassen Sie ihn!«

Ich möchte mir die Augen abwischen, um deutlich zu sehen, ob ich so was fertigbringen würde. Aber erst will ich
einen Moment dastehen und mich schluchzen hören, nur
einen wohltuenden Moment lang, mein Gott. Dann seh ich
über ihre Schulter den Pickup neben den Schuppen fahren,
und da ist Clair Beaudry, der seine Frau anstarrt, wie sie in
aller Öffentlichkeit die lesbische ausländische Mieterin umarmt. Er drückt kräftig auf die Hupe, und das arme Mädchen
fährt schier aus der Haut und macht einen Satz rückwärts.

Damit beginnt eine andere Art von Ärger, nämlich daß Clair
eine hübsche Frau bekämpft, statt ihr an die Wäsche zu
gehen.

Sie schreibt mir einen Brief, in dem steht, daß sie auszieht, weil die Wohnung ihrer Arbeit nicht zuträglich ist. Und ob sie ihre Kaution zurückhaben könnte? Sie braucht sie, um woanders einzuziehen. Ihre ersten paar Gehälter sind für alte Rechnungen draufgegangen, und sie hat keine Ersparnisse auf der Bank.

Tja, und diesen Brief kriegt Clair in die Finger. Inzwischen ist er wie ein Habicht, wenn es um diese Yo geht. Nachdem er uns am hellichten Tag bei was Unanständigem erwischt hat, wie er es nennt, hat er mir den Umgang mit ihr verboten, und Dawn und Emiliy hat er angedroht, ihnen ihre kleinen Hintern zu versohlen, wenn sie zu ihr raufgehen und Kaninchenfutter essen und ausländisch daherreden. Man hätte meinen sollen, er läßt sich drauf ein, daß sie den Mietvertrag einfach auflöst und geht. Aber nein, er sagt, sie muß entweder dableiben oder, wenn sie geht, die Miete für das ganze Jahr hinblättern, denn darauf hat er es abgesehen. Dann kann er noch mal vermieten, verstehen Sie, und dabei hübsch absahnen. Vielleicht sogar die nächste kleine Freundin da reinsetzen.

Er geht rauf, um Yolanda das zu sagen, und ich höre laute Stimmen, ihre sogar noch lauter als seine. Wie er runterkommt, hat er eine Liste in der Hand und ist auf hundertachtzig wie eine Hornisse, die man mit der Klatsche verfehlt und von der man nur ein winziges Bein erwischt hat. »Dieses Miststück hat doch glatt die Stirn zu sagen, sie beschwert sich drüben beim Mieterverein!« Er geht fluchend im Wohnzimmer auf und ab, und ich höre sie oben genauso auf und ab gehen, wie wenn sie sein Echo wäre. Also, ich hab ja noch nie was von einem Mieterverein gehört, und Clair offenbar auch nicht. Wir vermieten einfach so unter der Hand. Den Mietvertrag hab ich von Dottie bekommen, die drüben bei Century 21 als Sekretärin arbeitet. Aber allmählich bekomm ich Angst, daß wir womöglich Ärger kriegen und das ganze Geld zurückzahlen müssen, das wir mit der Wohnung da oben verdient haben.

»Warum lassen wir sie nicht einfach gehen, Clair?« sag ich.

»Du hast selber gesagt, daß sie nicht hierherpaßt.« Er hebt die Hand mit der Liste, wie wenn er mich gleich schlagen wollte, weil ich für sie Partei ergreife. Also frag ich: »Was hast du denn da?«, um ihn abzulenken, und er hält mir das Blatt Papier unter die Nase. »Da, schau dir das an!« plärrt er und schüttelt den Kopf, und sein Gesicht ist knallrot, wie wenn er gleich einen Herzanfall kriegen würde. Auf der Liste steht alles drauf, was oben kaputtgegangen ist, seit diese Yo da wohnt. Komisch ist nur, daß sie sich bei mir nie über was beschwert hat.

»Dunstabzugshaube funktioniert nicht, Kleiderstange im Flurschrank fehlt, eine Treppenstufe locker, Schlafzimmer-fenster gesprungen«, liest er laut vor, jetzt mit dieser merk-würdigen Stimme, die Männer immer annehmen, wenn sie eine Frau nachmachen. »Der werd ich schon zeigen, was da kaputt und gesprungen ist«, brüllt er zur Decke hinauf.

Dann sucht er sein ganzes Werkzeug zusammen, und ich bleib ein paar Schritte hinter ihm und frag mich, was er vorhat. Stellt sich raus, er hat ihr gesagt, daß sie nicht das Recht hat auszuziehen, weil alles tipptopp in Schuß ist, und drauf hat sie gesagt: »Nein, ist es nicht« und ihm die Liste mit den Mängeln in die Hand gedrückt. Wahrscheinlich hat sie gedacht, damit kommt sie aus der Sache raus. Aber nein, der alte Clair wird alles bis auf die letzte verdammte kaputte Kleinigkeit richten, sie eingeschlossen, »und wenn ich das ganze Jahr dafür brauche!« Er schaut mich finster an, wie wenn er uns beide verwechselt hätte.

Und jetzt geht er jeden Tag nach der Arbeit rauf und repariert irgendwas. Kaum haut er an ihre Tür, ist sie drau-ßen und springt in ihr Auto. Oft kommt sie am Abend gar nicht mehr heim. Manchmal hör ich, wie er da oben auf und ab tigert, wie wenn er mehr machen würde, als das kaputte Licht im Schlafzimmer richten. Allmählich tut sie mir richtig leid. Und in Gedanken schmiede ich Pläne, daß ich mir einen Job suche und ihr davon die Kaution zurückzahle und anschließend gleich selber ausziehe. Aber vorerst sind das nur Hirngespinste, weil ich keinen Schritt aus dem Haus tue, bis ich so viel Gewicht runter hab, daß mich die Leute nicht mehr anstarren.

Deshalb geh ich auch sehr spät zu Safeway zum Einkaufen, verstehen Sie, und da läuft sie mir eines Abends über den Weg, wie sie ihren Einkaufswagen mit den zwei großen Büchertaschen und einer Flasche Wein drin vor sich her schiebt, und vorn auf dem Kindersitz hat sie lauter Gläser mit Sachen, wo ich mich immer frage, wer in Dreiteufelsnamen so was ißt, Artischockenherzen, Palmherzen, Kokosnußmilch, lauter so Zeug. Mein eigener Wagen ist voll beladen, und ich genier mich, weil ich mir schon vorstellen kann, wie die Leute mich anschauen und den Wagen anschauen und sich denken, tja-ja, kein Wunder. Aber ich scheine ziemlich abgenommen zu haben, denn Yo ist irgendwie baff, wie sie mich sieht. Mit ihren riesigen Augen kommt sie direkt auf mich zu und sagt: »Ach, Mairie, ich verstehe nicht, wie Sie tatenlos zusehen können, daß er einer anderen Frau das antut.« Damit trifft sie mich an meinem schwächsten Punkt, und deshalb geb ich mir Mühe, stark auszusehen. »Schauen Sie«, sag ich, »ich hab damit nichts zu tun. Ich hab ihm gesagt, er soll Sie gehen lassen.« Ich schau hinunter auf das ganze Zeug in meinem Wagen, das ich für ihn einkaufe, Bier und Zigaretten, die gefrorenen Pizzas, die er so gern mag, wenn er am Sonntag Sport schaut, und am liebsten würd ich alles rauswerfen. »Er hört einfach nicht auf mich. Was kann ich denn machen?«

»Vermutlich nichts«, sagt sie, weder barsch noch gemein, sondern wie jemand, der die Situation abschätzt und feststellt, daß sich der andere geschlagen geben muß. »Und mir sind die Hände auch gebunden, bis der nächste Gehaltsscheck kommt... Aber dann bin ich sofort weg! Er kann mich ja verklagen, wenn er will«, fügt sie hinzu.

Ich beug mich zu ihr hinüber, wie wenn sich Clair von hinten anschleichen könnte, und sag leise: »Er verklagt Sie

schon nicht, machen Sie sich darüber mal keine Sorgen.«
Diese kleine Beruhigung möchte ich ihr geben. Natürlich sag
ich ihr nicht, warum er sie nicht verklagen wird. Und daß wir
die Miete, die wir kriegen, nicht angeben.

Sie schaut mich lange an, irgendwie erstaunt, daß ich offen
was gegen Clair gesagt hab, wenn auch nur hinter seinem
Rücken. Und kurz bevor sie wieder weitergeht, sagt sie: »Ay,
Mairie. Wissen Sie, Sie haben was Besseres verdient.«

Diese Worte kommen mir vor, wie wenn sie sie in die Luft
geschrieben hätte, und danach sehe ich sie überall: auf dem
Etikett von jeder Flasche und Dose und Schachtel in den
Safeway-Regalen. Wie ich heimfahre, ist mir so leicht ums
Herz wie nicht mehr, seit ich die siebzig Pfund zugelegt habe.

Und dann, wie ich das Auto auslade und mich frage, wo
zum Teufel Clairs Pickup steckt – da seh ich so eine Zickzack-
linie am Himmel aufblitzen. Mein erster Gedanke ist, daß
ihre Worte da oben wie eine Lichterkette aufleuchten, aber
klar, eine Minute später kracht der Donner, und dann fängt
es an zu schütten.

Ich schwöre, ich hab nicht ein einziges Mal an diese undich-
ten Stellen im Dach gedacht. Ich hab nichts anderes im Kopf,
als wie Hinweise zu sammeln, daß Clair wieder hinter einer
neuen Mieze her ist. Die tägliche Dusche, das Haarwasser
und daß er an den meisten Abenden weggeht, nachdem er
oben was repariert hat. Ich steh in meiner Küche und flick die
Einzelteile zusammen, und diese Worte, die Yo zu mir gesagt
hat, sind für mich wie Nadel und Faden. *Wissen Sie, Sie
haben was Besseres verdient.* Allerdings weiß ich noch nicht,
was ich mit diesem neuen Gedanken anfange, wenn ich ihn
erst mal richtig durchgedacht habe.

Es ist ganz ruhig im Haus, man hört nur die Geräusche von
den beiden Mädchen, die in ihrem Zimmer tief schlafen, den
Kühlschrank, der ab und zu anspringt, und den Regen, der
runterprasselt, wie wenn er mir was sagen wollte, wohinter

ich selber nicht komme. Wie ich das Auto vorm Haus höre, mach ich die Lichter aus und geh ans vordere Fenster. Es ist Yo, die mit ihren Büchertaschen heimkommt, dicht an der Wand die Treppe hinaufgeht und dann noch mal runterkommt, um ihre Einkäufe zu holen. Ich höre, wie sie oben die Sachen verstaut, und dann hör ich einen Schrei. Zwei Sekunden später hämmert sie an meine Tür, und wie ich aufmache, sagt sie kein Wort, sondern packt mich am Arm. »Es ist spät«, sag ich. »Hat das nicht Zeit bis morgen?«

»Ich möchte, daß Sie sich das ansehen.« Und sie heult, sie heult wie ein Schloßhund.

Mir wird ganz angst, daß sie Clair womöglich vergiftet hat und er tot in ihrer Dusche liegt, obwohl es ihm recht geschehen würde. Oben rennen wir durchs Wohnzimmer und den Flur, und dann tritt sie beiseite, während ich in das Zimmer gehe, das ihr Arbeitszimmer ist. Es hat reingeregnet, und der Regen hat ihre Papiere durchnäßt und alle mit Tinte geschriebenen Sachen verwischt und ihre Bücher total durchgeweicht.

»Allmächtiger«, sag ich.

»Ich bringe ihn um«, sagt sie, während sie sich auf die Knie fallen läßt und anfängt, die Papiere aufzuklauben und in Papiertücher einzuwickeln. Ich rutsche auch auf den Knien rum und helf ihr, und wir heulen alle beide – wie Idioten –, denn Papier ist eben doch nicht nur Papier, wenn man es sich recht überlegt. Für sie ist es natürlich viel schlimmer als für mich. Aber ich heule um Sachen, die schon viel früher kaputtgegangen sind.

Und dann muß ich es ihr einfach gestehen. »Ich hab von den Löchern im Dach gewußt, Yo.«

Sie hat einen Stapel Papier in der Hand, und den schaut sie an, wie wenn er ihr sagen könnte, was sie mit mir machen soll.

»Es tut mir leid«, sag ich ganz leise. Und dann sag ich ihr, was ich unten beschlossen habe. »Ich werde Clair verlassen. Und ich besorg mir einen Job.«

Jetzt schaut sie mir fest in die Augen, wie wenn sie feststellen wollte, ob ich auch das Zeug dazu habe. Und ich erschrecke fast zu Tode, wie ich sehe, daß sie mir glaubt.

»Ich zahl Ihnen die Kaution zurück«, verspreche ich, aber damit allein ist sie anscheinend nicht zufrieden, also frag ich sie: »Was kann ich sonst noch tun?«

Sie denkt eine Weile drüber nach, während wir weiter aufräumen, und allmählich werd ich ein bißchen unruhig, wo sie doch von ganz woanders herkommt und auch noch Ausländerin ist und vielleicht sehr viel mehr verlangt, als dieser Ärger wert ist. »Also«, sagt sie und steht auf. »Ich möchte, daß Sie jetzt runtergehen und mir die Sachen zeigen, die Clair gehören.«

»Augenblick mal«, sag ich. »Sie ziehen hier aus, und ich ... Er wird mich umbringen.«

»Falsch«, wiederspricht sie. »*Er* zieht hier aus.« Und dann wird sie ganz ruhig und schaut mich scharf an, wie wenn sie durch was durchschneiden würde, was sie bisher aufgehalten hat. »Sie müssen endlich aufwachen, Mairie. Reden Sie mit Ihrer Tochter Dawn. Sie haben genug gegen diesen Kerl in der Hand, um ihn hinter Schloß und Riegel zu bringen.«

Es kommt mir vor, wie wenn sie mich auf den Kopf gestellt und mir das Herz aus dem Mund geschüttelt hätte. »Wollen Sie damit sagen ... Gütiger Gott!« Und statt wütender Liebe kommt bei mir ausnahmsweise mal reine Stinkwut hoch.

»Kommen Sie«, sag ich und führe sie die Innentreppe runter in unser Schlafzimmer. Wir durchforsten Clairs Schrank und seine Schubladen, kippen sein ganzes Zeug auf den Boden, und ich werf noch ein paar von meinen Mammutklamotten auf den Haufen, die ich hoffentlich nie, nie mehr brauche. Dann stopfen wir alles in Müllsäcke und wuchten sie raus auf die Veranda. Zwischendurch krieg ich ein paarmal dieses flaue Gefühl im Magen und frag mich, wie ich das durchhalten soll, aber dann brauch ich nur am Schlafzimmer der Mädchen vorbeizugehen, und schon krieg ich neuen Antrieb.

Wie der Hof vor dem Haus der Breite nach mit Clair Beaudrys Sachen voll ist, gehen wir rein und kochen uns Kaffee. Kommt mir vor, wie wenn wir nach dieser verrückten Nacht endlich was Normales täten. Dann wickeln wir uns in Decken und gehen auf die Veranda, wie wenn Sommer wäre und wir uns die Glühwürmchen anschauen wollten.

Wir sitzen da draußen und warten auf den alten Pickup und auf das Gesicht von Clair Beaudry, wenn er seinen ganzen Krempel da sieht, wo er hingehört. Der Regen hinter der Verandalampe klatscht auf seine Stiefel runter, auf seine Gürtel, mit denen er die Kinder verdroschen hat – was er sonst noch damit gemacht hat, will ich gar nicht wissen –, seine große Flasche English Leather und seine ganzen erbärmlichen Klamotten, zusammengeknüllt, wie wenn jemand versucht hätte, eine Leiter draus zu machen, um aus einem Märchenturm zu fliehen. Macht mich irgendwie traurig zu sehen, daß etwas so verschwendet wird, was besser hätte sein können. Und dann krieg ich eine Mordsangst, weil ich auf einmal das Gefühl habe, ich bin in mir drin irgendwo angekommen, wo ich noch nie war.

Ich schaue zu Yo hinüber, die mit gesenktem Kopf dasitzt und auf den Regen lauscht, wie wenn er sie dran erinnern würde, was auf den ruinierten Seiten gestanden hat. Und ich verleg mich auch ganz aufs Horchen, aber ich kann nichts anderes hören als das Klopfen und Pochen und Trommeln des Regens, der auf Clairs Sachen runterklatscht.

DER STUDENT

Variation

Lou Castellucci hatte allen Erwartungen entsprochen. Er war groß, sah gut aus, hatte das gewinnende Lächeln eines Profis, dessen Team auf die Meisterschaft zusteuert, und er hatte so gut wie alle Spiele gewonnen, die er in seinem Leben gespielt hatte. An der High-School war er ein Footballstar gewesen, der seinem Kleinstadtteam zum erstenmal überhaupt zur Teilnahme an Staatsmeisterschaften verholfen hatte.

Aufgrund seiner Heldentaten an der High-School bekam er ein volles Stipendium für ein kleines geisteswissenschaftliches College, wo er von Jahr zu Jahr weniger beeindruckend spielte. Aber seine Begeisterung galt auch nicht mehr dem Football. Inzwischen nahmen andere Dinge seine ganze Aufmerksamkeit vollauf in Anspruch. Im letzten Collegejahr begann er sich für das Schreiben und für ein hochgewachsenes Mädchen zu interessieren, das eine hübsche blonde Haarmähne hatte und Penny Ross hieß.

Es war ihm nicht gelungen, Penny auf sich aufmerksam zu machen, obwohl er sich ihr in den Weg zu stellen versucht hatte. Er hatte den Zeitgenössischen Roman belegt, da die winzige Chance bestand, daß Penny, die Englisch als Hauptfach hatte, diese große und beliebte Vorlesung besuchte. Das war zwar nicht der Fall, doch dafür entpuppte sich der Zeitgenössische Roman als Lous Lieblingskurs. Jetzt tat es ihm leid, daß er sich so verbissen auf sein Hauptfach, Informatik, gestürzt hatte. Er beneidete die Kommilitonen, die Englisch als Hauptfach hatten, in schwarzen Rollkragenpullovern rauchend herumsaßen und engagiert über die Bedeutung dieses oder jenes Buches diskutierten. Sie legten sich wirklich ins Zeug, und wenn Lou ihre Gespräche in der Mensa oder Cafeteria belauschte, bekam er das Gefühl, na ja, kein so kluger, kein so sensibler und kein so vitaler Mensch zu sein.

Im Frühling seines letzten Collegejahrs schrieb Lou sich für einen Workshop ein. Wenn er solche Romane schreiben könnte wie die, die er gelesen hatte, könnte er Penny und jedes andere Mädchen für sich einnehmen. Aber das war nicht der einzige Grund für den Workshop. Für ihn war Schreiben das neue Spiel, das er lernen wollte. Wenn so jemand wie Updike oder Mailer ein Buch schrieb, kam das am Ende eines jeden Kapitels einem Touchdown gleich. Beim Lesen ertappte sich Lou manchmal dabei, wie er eine Faust machte und den Arm vorstieß, als wollte er rufen: Los, Mailer, lauf!

Abgehalten wurde der Kurs von einer angeblich bekannten Schriftstellerin, von der Lou allerdings noch nie gehört hatte. Sie war eine dominikanisch-amerikanische USA-Latina – oder wie immer sie ihre Herkunft in der ersten Stunde erklärt hatte. Beim Anblick ihrer hübschen olivfarbenen Haut mußte Lou an einen Honigtopf denken. Lou hatte noch nie jemand aus der Dominikanischen Republik ohne zehn Pfund Polster auf Schultern und Brust, Zahnschutz im Mund und einen Helm auf dem Kopf erlebt. Und die paar Hispanier im College-Team hatten eine Art, die Lou nicht mochte. Himmel, schließlich hatte er ihre Väter doch nicht dazu gezwungen, Trauben oder sonstwas zu pflücken.

Jedenfalls war diese Lady am ersten Tag richtig nett. Sie forderte die Studenten auf, sie Yolanda oder Yo oder wie auch immer zu nennen, und meinte, das Schreiben sei ein Spiel, das man zum Spaß spielt und bei dem es nicht nur um tiefschürfende Bedeutung geht. Daraufhin fühlte sich Lou, der mit seinen großen, feuchten Händen über dem Gedicht saß, das Yolanda ausgeteilt hatte, gleich viel wohler in diesem Kreis. Sie sollten der Reihe nach sagen, was sie von dem Gedicht hielten.

Dürre, gescheite Mädchen entdeckten Sachen darin, bei denen Lou den Eindruck bekam, als hätte er ein völlig anderes Gedicht gelesen. Es wurde ihm heiß im Nacken, und er wünschte, er hätte eine Vorlesung belegt, statt sich hier so zu exponieren.

Als er an die Reihe kam, sagte er, er bringe vielleicht einfach nicht die richtigen Voraussetzungen mit, aber ihm erscheine dieses Gedicht viel einfacher, als die anderen behauptet hatten. Yolandas Augen leuchteten auf, und sie nickte andauernd wie diese kleinen Plüschhunde, die eine Feder im Hals haben. Sie wollte von ihm wissen, wie er diese oder jene Zeile verstand, und Lou antwortete, so gut er konnte. »Jaja, ja genau«, sagte sie immer wieder und blitzte ihn aufmunternd an. Die Möchtegern-Literaten ringsum sahen ihn an, als wäre er so was wie ein Experte. Alle, selbst die tiefgründigen Mädchen, begannen zu nicken. Lou wünschte, er hätte seine Baseballkappe abgenommen.

Er schrieb ziemlich viele Geschichten für diesen Kurs. Die erste bekam er mit lauter Bleistiftanmerkungen zurück, die den Eindruck erweckten, als handelte es sich dabei lediglich um Vorschläge, aber er kapierte, worauf es ankam. Die ausführliche Schlußbemerkung begann mit: *Erwarten Sie, daß ich Ihnen das glaube?* Er las seine Geschichte über einen Spion, der in einem Kriegsgebiet festsitzt, noch einmal durch und mußte dieser Yolanda recht geben. Ein Haufen Schrott. Eine Episode, die er im Fernsehen gesehen hatte. Er hatte sich eingebildet, ihr einen neuen Dreh geben zu können, indem er den Spion am Ende aufwachen ließ und das Ganze als Traum entlarvte. In der Schlußbemerkung hieß es, er solle lieber über Dinge schreiben, die er kenne, also schrieb er beim nächstenmal über einen großen Footballstar, der nach einem Unfall querschnittsgelähmt ist und, um sein Mädchen von der Verpflichtung zu entbinden, ihn zu heiraten, Selbstmord begeht. Diesmal lautete die Anmerkung am Schluß: *Bitte kommen Sie zu einem Gespräch.*

In der Sprechstunde erklärte ihm Yolanda, sie habe gemeint, er solle Geschichten aus seinem eigenen Leben schreiben. Er schob seine Kappe zurück und betrachtete seine Handflächen, als wollte er sich vergewissern, daß die Lebenslinie noch da war. »Das ist ziemlich persönlich«, meinte er. »Ja, genau«, nickte sie voller Begeisterung, »Geschichten sind immer persönlich.« So, wie sie das sagte, kam er sich vor, als sei er Helen Keller und sie habe ihm endlich begreiflich machen können, daß ›Wasser‹ Wasser bedeutet.

Es war toll, sich mit ihr in diesem kleinen Arbeitszimmer zu unterhalten. Alles, was er sagte, setzte sie in Bezug zu etwas, was sie gelesen hatte. Immer wieder stieg sie auf ihren Stuhl, um dieses oder jenes Buch aus dem Regal zu holen. Und dann las sie ihm lange Passagen vor, in denen irgendein berühmter Mensch etwas behauptet hatte, was dem, was Lou gesagt hatte, angeblich widersprach, und sah ihn dabei ganz erwartungsvoll an. Am Ende sagte er, ja, er wolle versuchen, so zu schreiben, wie sie es gesagt hatte.

Später erfuhr Lou von einem Freund, daß sich die Frau auf einem siebenjährigen Parcours für die Festanstellung befand. Lou hatte keine Ahnung, wie es in der akademischen Arena zuging. Ihm fiel in dem Zusammenhang nur die Rennbahn ein, auf die sein Stiefvater Harvey ihn als Kind mitgenommen hatte. Überreizte Pferde sprangen aus ihren Boxen, sobald die Gitter hochgingen, und gaben ihr Bestes bis zur Ziellinie. Aber sieben Jahre, lieber Himmel! Kein Wunder, daß einige dieser Profs etwas eigenartig waren, nachdem sie so lange im Kreis gelaufen waren.

Lou hatte große Mühe, seine nächste Geschichte zu Papier zu bringen; sie handelte davon, wie sein Dad weggegangen war. Er gab dem Jungen einen anderen Namen, blondes Haar und blaue Augen. Er erzählte, wie seine Mom mit einem Nervenzusammenbruch ins Krankenhaus mußte und Onkel Harvey dann später regelmäßig zu Besuch kam. Den Namen freilich änderte er in Henry ab. Eines Tages begeht der Junge

Verrat an Henry, als er ein paar Freunden erzählt, daß dieser nicht sein richtiger Vater ist. Die Geschichte endet damit, daß der kleine Junge sieht, wie der Schmerz durch Henrys Gesicht fährt wie ein Sprung durch ein Stück Porzellan.

An dem Tag, an dem seine Story im Workshop besprochen werden sollte, war Lou mindestens so flau im Magen wie einem schwangeren Mädchen in der Achterbahn. Alle warteten auf Yolandas Urteil, und dann stimmten sie mit ein und fanden die Geschichte einfach phantastisch. Freilich folgten gleich nach dem Lob die »Anregungen«. »Eine Kleinigkeit, die mich gestört hat«, so ging es immer los, und dann wurde Lous Geschichte von allen zerfetzt, als wäre sie auf einmal nur noch Hundefutter. Doch als Yolanda ihm das mit Anmerkungen versehene Manuskript zurückgab, lautete die Schlußbemerkung immerhin: *Da sind Sie auf ergiebiges Material gestoßen!*

Endlich hatte Lou den Bogen bei diesem Geschichtenspiel raus, und nun war er auf Erfolgskurs. Er schrieb eine Geschichte nach der anderen, und diese Yo-Lady behandelte sie wie Sachen von Hemingway im Rohzustand. Die anderen Studenten gaben ihm seine Erzählungen lächelnd zurück und ließen sich des langen und breiten darüber aus, daß diese oder jene Passage wahrhaftig atemberaubend sei. Mit der letzten Geschichte schließlich, die er für den Workshop schrieb, entblößte er sich buchstäblich wie auf einem Röntgenbild von seinem Oberkörper; sein schmerzendes Herz war darauf als dunkler Schatten zu erkennen.

Sie handelte von dem einzigen Spiel, das Lou, soweit er sich erinnern konnte, je verloren hatte. Damals war er zwölf. An jenem Samstagnachmittag stand Harvey wie üblich direkt hinter der Teambank und feuerte ihn an. Plötzlich tauchte Lous Vater auf – er hatte ihn seit ewigen Zeiten nicht mehr zu Gesicht bekommen – und machte sich oben auf der Zuschauertribüne peinlich laut bemerkbar. »Das ist mein Junge!« schrie er immer wieder.

Während Lou beim Schreiben tiefer und tiefer in die Geschichte eintauchte, vergaß er seine Ängste. Es war die letzte Viertelzeit, das Spiel stand unentschieden, und sein Team war an der Reihe mit einem letzten Versuch. Doch als er auf den in einem Bogen herabkommenden Ball zulief, konnte er nicht klar denken, weil er hin und her überlegte, was nach dem Spiel geschehen würde, ob er zu seinem Dad oder zu Harvey hinlaufen sollte, um sich beglückwünschen zu lassen. Seine Konzentration ließ nach, und Lou spielte den Ball einem Gegner in die Hände, so daß die Gäste die Punkte für den letzten Touchdown einheimsten. Anschließend saß Lou mit Harvey im Auto und heulte wie ein Baby. Während Lou die Geschichte niederschrieb, wurde ihm klar, daß er nicht geheult hatte, weil sein Team seinetwegen verloren hatte, sondern weil sein Vater gegangen war, ohne ihn auch nur zu begrüßen.

Selbst jetzt noch spürte Lou, wie seine verdammten Augen anfingen zu brennen!

Doch das Erstaunliche war, daß man über das Verlieren schreiben konnte und sich dabei fühlte, als hätte man gewonnen. Und noch etwas hatte er beim Schreiben dieser Geschichten gelernt: Er mußte den Mut haben, sich mehr zu exponieren. Schließlich war er mit diesem Workshop ein Risiko eingegangen, und es war phantastisch gelaufen. Er würde diese Penny Ross zum Abendessen einladen, und wenn sie mit einem anderen ging, sollte sie den Mut haben, es offen zu sagen. Er würde den Job annehmen, den man ihm angeboten hatte, auch wenn es keine Spitzenfirma war, deren Namen jeder kannte. Er fand die Leute, die das Vorstellungsgespräch mit ihm geführt hatten, sympathisch, zurückhaltend und reell, und sie stellten Sportgeräte her, von denen er überzeugt war.

In der Sprechstunde, über seine Mappe gebeugt, sagte ihm Yolanda, wie gut ihr diese letzte Geschichte gefallen habe. Sie sei wirklich froh, daß er an dem Workshop teilgenommen habe. Sie deutete an, daß sie selbst schwere Zeiten durchgemacht habe. Sie sei geschieden (und nicht nur einmal, wie es sich anhörte) und habe sich eine Weile treiben lassen. Gerettet habe sie schließlich, daß sie Bücher schreiben konnte, also habe sie einfach geschrieben und geschrieben, bis sie innerlich zur Ruhe gekommen sei.

»Mannomann«, bemerkte er. Eigentlich hatte er sie fragen wollen, ob jetzt alles in Ordnung sei. Eine winzige Bemerkung ließ darauf schließen, daß sie einsam war. »Also, das klingt, als hätten Sie eine Menge Bücher geschrieben.«

»Nicht genug«, sagte sie, während sie eine Haarsträhne zwirbelte, als wäre sie nicht schon lockig genug. »Der Ausschuß, der über meine Festanstellung entscheidet, ist nach dem ersten Jahr der Auffassung, daß meine Veröffentlichungen nicht bedeutend genug sind. Sie wollen einen namhaften Verlag.« Bei dem Wort ›namhaft‹ verdrehte sie die Augen, als wüßte Lou schon, was sie meinte.

»Also, ich finde Sie phantastisch«, sagte er und rutschte auf seinem Stuhl umher, weil er etwas nervös wurde. Was war, wenn sie dachte – Sie wissen schon –, daß er sie anmachen wollte? Rasch fügte er hinzu: »Eine wirklich phantastische Dozentin.«

Sie lachte. »Danke«, sagte sie. »Jedenfalls bleiben mir noch sechs Jahre, um mich in der A-Liga zu bewähren und mein Ziel zu erreichen: die Festanstellung.« Sie sprach das Wort feierlich aus wie die Diagnose einer tödlichen Krankheit.

»Mannomann«, sagte Lou noch einmal, um sie aufzumuntern.

»Zur Zeit schreibe ich Short stories«, erklärte sie. »In diesem Jahr konnte ich mich auf nichts Umfangreicheres konzentrieren. Es war so viel los.« Yolanda seufzte und war drauf und dran, mehr zu sagen.

Aber Lou brach das Gespräch ab. Seine alte Angewohnheit, sich auf nichts einzulassen, was seinen Horizont überstieg, war inzwischen zu einem Reflex geworden. Er gab

Yolanda die Hand und dankte ihr für alles. »Ich muß los«, sagte er, als hätte er an diesem sonnigen Frühlingsnachmittag etwas anderes zu tun, als mit seinen Kumpels auf dem Friedhof hinter dem Studentenwohnheim herumzuhängen und Bier zu trinken.

An diesem Nachmittag mußte er ständig an sie denken, und in einer Gesprächspause fragte er, ob vielleicht einer von den anderen diese Yolanda aus dem English Department kennt. So ein oberschlauer Typ, den Lou nicht besonders mochte, wußte Genaueres. Bis vor kurzem hatte die García in einem heruntergekommenen alten Haus gewohnt, das abgebrannt war. Sie war unverheiratet, hatte aber einen auswärtigen Freund, der kiffte.

»Und will sie den heiraten?« wollte Lou wissen.

»Wofür hältst du mich? Für ihren Studienberater?« Der Kerl erntete von allen Seiten Gelächter. Er gehörte zu den Leuten, die es nur auf Lacher abgesehen hatten, weshalb man sich auch nie auf das verlassen konnte, was er erzählte. Er wußte noch mehr zu berichten. »Jemand hat mir gesagt, sie hätte gewisse Schwierigkeiten, na, ihr wißt schon.« Er ließ seinen Zeigefinger neben der Schläfe kreisen. Ein paar von den anderen lachten.

Lou verteidigte sie. »Sie ist nicht plemplem, sie ist wirklich prima.«

»Mann, ich behaupte ja nicht, daß sie nicht prima ist«, gab der Kerl zurück, wobei er sein Becken vorschnellen ließ, als hätte Lou das gemeint. »Ich gebe ja nur weiter, was ich gehört habe, klar?«

Lous Zimmergenosse mischte sich ein. »Wo wir gerade von Gerüchten reden, weiß jemand, ob es stimmt, was man sich von der Ross erzählt?«

Lou ließ sich sein Interesse nicht anmerken. Seine Kommilitonen wußten, daß er für Penny Ross schwärmte. Sie wußten, daß er noch nicht mit ihr ausgegangen war, daß er befürchtete, sie könnte für ihn unerreichbar sein, und daß er nicht recht wußte, ob sie überhaupt für eine Verabredung zu haben war, weil sie immer mit Philip Ballinger von den Schwarzen Rollkragen herumhing, der gemeinsam mit ihr das Literaturmagazin herausgab.

Der, der die vertraulichen Informationen über Yolanda hatte, wußte auch hier Neues zu berichten: Dieser verdammte Kerl sollte eine Dear-Andy-Kolumne oder so was aufziehen. Der Informant drehte den Daumen nach unten. »Ballinger und Ross haben Schluß gemacht«, verkündete er. »Ballinger bumst jetzt die Contessa.« Sein Arm beschrieb einen schwungvollen Schnörkel, als verbeugte er sich vor einer königlichen Hoheit. Die Contessa war eine italienische Schönheit, deren Papa eine Fabrik für Spaghettisoßen und Nudeln besaß. Sie hatte ein wunderschönes Gesicht mit einem Schmollmund und trug kunstvolle Stirnbänder, die in ihrem aufsehenerregend kastanienbraunen Haar wie Diademe aussahen. Der Herausgeber des Literaturmagazins stand auf Haare. Und auf gutes Aussehen. Doch im Gegensatz zu Penny Ross schien die Contessa völlig unnahbar. Sie ging nur mit den reichsten und intelligentesten Burschen auf dem Campus aus, und selbst die behandelte sie so unterkühlt und affektiert, als wollte sie sich für was Besseres aufsparen und könnte ebensogut mit dem Gärtner schlafen wie mit diesen amerikanischen Bubis.

Später spornte Lous Zimmergenosse ihn an, was Penny betraf. »Das ist deine Chance, Castellucci. Wir sind hier bald draußen. Entweder jetzt oder beim Ehemaligentreffen in fünf Jahren, und bis dahin ist sie womöglich verheiratet und hat kleine Kinder.«

An diesem Abend saßen sie in der Mensa an ihren gewohnten Tischen, als Penny Ross mit einer Handvoll Freundinnen hereinkam. »Auf geht's«, sagte Lous Zimmergenosse. Ehe Lou recht wußte, was er tat, hatte er sein Essen unberührt stehenlassen, sich in die Schlange gedrängt, Penny das Tablett aus den Händen genommen und gefragt: »Darf ich dich zu einem richtigen Abendessen einladen?« Sie betrachtet ihn kritisch, als wüßte sie nicht recht, was sie davon halten sollte.

Lou schoß durch den Kopf, was er seine Freunde hatte sagen hören, nachdem Penny bei einer Kundgebung mitmarschiert war. Sie sei eine Feministin. Das Wort klang in seinen Ohren genauso, wie sich Yolandas »Festanstellung« angehört hatte. »Kenne ich dich?« sagte Penny schließlich.

»Das wäre eine Möglichkeit, mich kennenzulernen«, platzte er heraus. Seine verdammten Hände zitterten wie ein Auto mit defektem Keilriemen.

Doch dann kam ihm das Schicksal oder sonstwas zu Hilfe, weil die Contessa mit Ballinger hereinspazierte und Lou an Peggys gefrierender Miene ablesen konnte, daß sie die beiden auch gesehen hatte. Er schätzte es nicht unbedingt, so was wie ein Ersatzreifen zu sein, aber wenn man einen Platten hatte, wurde der Ersatzreifen zum normalen, stimmt's? Und tatsächlich, Penny schob ihre Hand unter seinen Arm und warf den Kopf kokett in den Nacken. »Also gut, lernen wir uns kennen«, sagte sie. Als sie an dem Tisch mit seinen Freunden vorbeikamen, hob Lou das Tablett, das er noch in der Hand hielt, und schwenkte es wie eine Trophäe nach einem Spiel, das er soeben gewonnen hatte.

Zum Ehemaligentreffen nach fünf Jahren reisten Penny und Lou mit dem kleinen Louie und einer einfach unglaublichen Ladung Gepäck an. Lou bekam jedesmal fast einen Herzinfarkt, wenn sie ihre Sachen zusammenpackten, um irgendwohin zu fahren. Er fand, die Gepäckmenge, die jemand mitnahm, sollte in Relation zu seiner Körpergröße stehen. Doch das Körbchen und der Laufstall für dieses kleine Wurm, die Schachtel Pampers, eine Reservetasche mit sauberer Kleidung und noch eine Tasche voller Rasseln und Plüschtiere mit Spieluhren im Bauch nahmen fast die gesamte Rückbank und einen Teil des Kofferraums ein. Aber

Lou hatte sich abgewöhnt, etwas zu sagen, denn Penny brach dann jedesmal in Tränen aus und warf ihm vor, seinen Sohn nicht zu lieben.

Als ob jemand sein Kind mehr hätte lieben können! Vielleicht hätte er nicht so an dem Kleinen gehangen, wenn mit Penny alles besser gelaufen wäre. Die ersten zwei Jahre war es wie in einem kitschigen Film gewesen. Immer wieder entdeckte er Liebesbriefchen in seiner Aktentasche, und wenn er auf Geschäftsreise ging, lagen zwischen seiner Unterwäsche Schokoladeküßchen und einmal eine Packung Katzenzungen. Er hatte bei SportsAMER!, der Firma, bei der er nach dem College angefangen hatte, rasch Karriere gemacht. Mit seinem guten Aussehen – er absolvierte noch immer sein Fitneßtraining und lief täglich fünf Meilen – und seiner angenehmen, ausdauernden und nie aufdringlichen Art (ebenjenen drei A's, die er seinem Team von Verkäufern einimpfte) war Lou in jeder Beziehung ein Gewinner. Vor kurzem war er vom Gebietsleiter für den Nordosten zum stellvertretenden Marketingchef befördert und nach Dayton, Ohio, versetzt worden.

Und damit begannen die Schwierigkeiten mit Penny. Er mußte viel reisen, um die überregionalen Absatzmärkte zu koordinieren. Anfangs hatte Penny dafür Verständnis, doch mit jedem Monat, den sie einsam und arbeitslos in Dayton herumsaß, wurde sie unzugänglicher und nörgeliger. Sie nahm wieder ihren Mädchennamen an und nannte sich jetzt Penny Ross Castellucci, obwohl er ihr ein wirklich hübsches Kofferset mit den Initialen P.C. gekauft hatte. Nichts paßte ihr mehr, wie es schien, am allerwenigsten, daß sie schwanger wurde.

Sie litt fürchterlich unter morgendlicher Übelkeit und machte eine schwere, unangenehme Schwangerschaft durch. Lou hatte darum gebeten, vor Ort in der Zentrale bleiben zu können, bis das Baby auf der Welt war, aber es blieb ihm nicht erspart, sich um die überregionalen Kunden zu kümmern. Im Grunde hatte er mehr denn je zu tun. Die Verschlechterung der allgemeinen Wirtschaftslage hatte der Firma schwer zugesetzt. SportsAMER! war einfach nicht konkurrenzfähig. Und angesichts der Tatsache, daß ein Kind unterwegs war und Haus und Auto abbezahlt werden mußten, konnte Lou es sich nicht leisten, seinen Job zu verlieren. Doch seine größte Angst – und diesen Gedanken hatte er ständig im Hinterkopf – war die, etwas anderes zu verlieren: seine Ehe mit Penny.

Nachdem sie schwanger geworden war, interessierte sie sich für praktisch gar nichts mehr. Sie saß die ganze Zeit nur da und las, als würde aus diesem Kind ein Einstein und als müßten seine Gehirnzellen schon jetzt mit Informationen vollgestopft werden. An vielen Abenden war alles dunkel, wenn Lou nach Hause kam, und wenn er dann die Treppe ins Schlafzimmer hinaufstieg, lag Penny im warmen Lichtkegel der Nachttischlampe auf dem Bett und las. »Ich komme gleich, Schatz, ich habe nur noch ein paar Seiten.«

Doch dann las sie endlos weiter, weit über das Kapitelende hinaus.

Penny hatte ihm in den Ohren gelegen, sie sollten doch zum Ehemaligentreffen fahren. Auf diese Weise kämen sie zum erstenmal in knapp zwei Jahren zu einem Urlaub, Penny würde ihre Heimat Neuengland wiedersehen, und beide könnten alte Freundschaften auffrischen. Lou schreckte davor zurück. Es hätte ihm nichts ausgemacht hinzufahren, als er ganz obenauf war, doch jetzt wollte er sich neben seinen erfolgreichen Kumpels aus alten Zeiten nicht wie ein Verlierer vorkommen. Andererseits böte sich vielleicht eine Möglichkeit, Kontakte mit ein paar Leuten zu knüpfen, seine Fühler auszustrecken und, wer weiß, unter Umständen sogar einen neuen Job an Land zu ziehen. Und selbst wenn kein Job dabei heraussprang, könnte Lou bei dieser Gelegenheit wenigstens mit dem kleinen Louie angeben. Von den anderen hatte noch keiner den Mut gehabt zu heiraten, geschweige denn einen Sohn in die Welt zu setzen. Wenn auch nicht in anderer Hinsicht, aber als Vater war er ihnen allemal voraus.

An jenem Samstagnachmittag beim Ehemaligentreffen drehte Lou mit Louie eine Runde durch seine Alma mater. Penny war mit ihren Freundinnen losgezogen, um Tennis zu spielen, und Lous Freunde gingen Golf spielen – ein Sport, den Lou nur vorgab zu mögen, weil die Golfartikel von SportsAMER! ein großer Renner waren. So entschuldigte er sich (»Ich muß babysitten, Jungs!«) und wanderte statt dessen über den Campus, bis er zu dem alten Buchladen kam, der für die Ehemaligen geöffnet war und alle möglichen Souvenirs auf Lager hatte – einen Schaukelstuhl, Becher, Wimpel und sogar ein schickes Espresso-Set – alles mit dem College-Emblem. Er kaufte dem kleinen Louie ein College-Sweatshirt, obwohl es noch ein paar Jahre dauern würde, bis er hineinwuchs, und ein College-Lätzchen, das er noch am selben Tag vollkleckern durfte. Dann schlenderte er weiter zu den Büchern, um ein Geschenk für Penny auszuwählen, und da stand es in einem Fach mit Büchern von Autoren, die am College unterrichteten: *Rückkehr vom Außenfeld*, von Yolanda García. Also gab es sie noch! Er kaufte das Buch, und dann, während Louie auf seiner Decke im Schatten unter einem Baum schlief, unter dem Lou und seine Kameraden so manches Bierchen gezischt und so manche anzügliche Bemerkung über vorbeigehende junge Studentinnen gemacht hatten, begann er zu lesen.

Bei dem Buch handelte es sich um eine Sammlung von Short stories. In dem kurzen Vorwort hatte Yo ziemlich genau das geschrieben, woran sich Lou aus der letzten Sprechstunde noch erinnerte. Daß ihr das Geschichtenschreiben geholfen habe, schwere Zeiten zu überstehen. Daß ihr all diese Geschichten im Laufe von Jahren auf die eine oder andere Weise von ihrer Familie und von Freunden und Studenten geschenkt worden seien. Daß sie sich bei dem und jenem und bei dieser und jener bedanken wolle. Lou überflog die Namen, weil er hoffte, seinen eigenen zu entdecken, aber der junge Footballspieler, der in ihrem Workshop gelernt hatte, Risiken einzugehen, wurde nicht erwähnt. Offenbar hatte er keinen besonderen Eindruck bei ihr hinterlassen. Warum auch? Immerhin hatte er ihr letztes Gespräch abgebrochen, sobald er spürte, daß sie das Bedürfnis hatte, mit ihm zu reden. Was hätte sie wohl gesagt? Vielleicht etwas Ähnliches wie das, was er ihr jetzt sagen würde – daß er einsam war und Angst um seine Ehe hatte.

Er blätterte das Buch durch und las ein paar Geschichten an, um festzustellen, ob ihn irgendeine packte. Es war eine recht bunte Mischung. An einigen Stellen meinte er eine bestimmte Person oder Situation wiederzuerkennen, wahrscheinlich weil Yolanda über einen Teil dieser Geschichten in ihrem Kurs gesprochen hatte. Dann kam er zu der Titelgeschichte, und die fing so an: *An jenem Morgen war Tío Marcos so nervös, daß er Saft statt Milch über meine Haferflocken goß, mein Ei weich statt hart kochte, hinausging, um die Zeitung zu holen, und, als er mit leeren Händen zurückkam, sagte: »Was wollte ich doch gleich holen?« Es war der Tag, an dem die Landesmeisterschaften der Little League stattfanden, und Tío Marcos hatte mich seit dem Tag trainiert, an dem er vor sechs Jahren in mein Leben getreten war und den Platz meines Vaters eingenommen hatte.*

Lous Augen blieben an den gedruckten Wörtern hängen wie ein Fisch am Haken. Das war *seine* Geschichte, seine verdammte Geschichte, bis dahin, wo der Junge im Auto sitzt, das Gesicht in die Hände vergräbt und flennt. Der einzige Unterschied war, daß diese Yo aus seinen Personen lauter Lateinamerikaner, aus Football Baseball gemacht und das Ganze gefälliger formuliert hatte, als Lou es damals konnte.

Lou durchkämmte das Buch von vorn bis hinten und las die Geschichten, die ihm bekannt vorkamen. Vielleicht hatte sie sich auch Sachen von anderen Leuten aus dem Workshop unter den Nagel gerissen. Himmel, vielleicht konnte der Kurs geschlossen Klage gegen sie erheben. Er wollte sich ihr Foto auf der Umschlagrückseite ansehen, aber da war keins. Aus der Kurzbiographie ging hervor, daß Yolanda García zahlreiche belletristische Werke veröffentlicht hatte, an diesem College unterrichtete und mit ihren Katzen Fidel und Jesús auf einer Farm in New Hampshire lebte. Lou erinnerte sich an die Geschichte, die er vor fünf Jahren von einem Freund gehört hatte. Damals hatte Yolanda anscheinend psychische Probleme. Aber nun hörte es sich an, als sei sie zur Ruhe gekommen, so daß er sich nicht verpflichtet zu fühlen brauchte, sie zu beschützen. Da fiel ihm wieder ein, daß sie jetzt in der vorletzten Runde für ihre Festanstellung sein mußte.

Er las die Geschichte ein zweites Mal und war so vertieft, daß er beim Klang von Pennys Stimme aufschreckte. »Lou-uu, Lou-uu!« Sie rief ihn aus dem Fenster des Studentenwohnheims, in dem sie untergebracht waren, und winkte ihm lachend zu! Ihr hübsches Haar hing herab wie bei Rapunzel in dem Märchen, das sie dem kleinen Louie in wenigen Jahren vorlesen würden.

Sie erwartete Lou und das Baby an der Zimmertür im Wohnheim, und wieder leuchtete ihr Gesicht auf, als sie die beiden erblickte. »Meine zwei Jungs«, begrüßte sie sie und nahm Lou das Baby ab. Lou hatte diese Unbeschwertheit in ihrer Stimme schon seit langem nicht mehr gehört. Er legte den Arm um ihre Schulter. »Genießt du die Zeit hier, mein Schatz?«

Sie lächelte liebevoll, wobei ihr Blick aus reiner Gewohnheit zu seinem Buch wanderte. »Was liest du denn da?« Sie legte den Kopf schräg, um den Namen auf dem Buchrücken lesen zu können. »Ich erinnere mich an sie. Scheint ein gutes Buch zu sein. Ich mußte dich fünf- oder sechsmal rufen, bis du mich gehört hast!«

Er erwog kurz, Penny von der abgekupferten Geschichte zu erzählen, doch als er sah, wie glücklich sie das Baby liebkoste, ließ er es bleiben. Vor Jahren, als sie zusammen mit – wie hieß er gleich wieder? – das Literaturmagazin herausgab, hatte Lou ein paar seiner Henry-Stories eingereicht, darunter auch diese. Da er Hemmungen gehabt hatte, es unter eigenem Namen zu tun, hatte sein Zimmergenosse sie als seine Geschichten ausgegeben. Die Herausgeber hatten sie mit der knappen Begründung abgelehnt, die Geschichten seien nicht ganz überzeugend. Vor allem zu rührselig. *Rührselig?* Lou hatte die Bemerkung zweimal gelesen, nur um sich zu vergewissern. *Rührselig?* Was zum Teufel war gegen ein bißchen Sentimentalität einzuwenden? Nach diesem negativen Urteil war es ihm noch schwerer gefallen, Penny zu bitten, mit ihm auszugehen.

Und so behielt er sein Geheimnis vorerst für sich. Er spürte die zunehmende Vertrautheit zwischen ihnen, und er hatte keine Lust, ihr diese kleine Schlappe zu gestehen. Während das Baby seinen Mittagsschlaf hielt, liebten sie sich herrlich albern wie in alten Tagen auf einem der beiden schmalen Betten. Im Zimmer unter ihnen klopfte ein neidischer Ehemaliger zum Spaß an die Decke.

Während der Cocktailparty beim Rektor hielt Lou Ausschau nach Yolanda. Er hatte das Buch in Louies Windeltasche gesteckt, um es sich signieren zu lassen. Er wollte kein Wort über die Titelstory verlieren, sondern abwarten, ob sie zugab, daß sie sie von ihm geklaut hatte. Wie er sich dann weiter verhalten würde, wußte er nicht. Es war genauso wie früher, wenn er an einer Geschichte arbeitete. Im Grunde weiß man nie, wie der Schluß ausfällt, bevor man sich bis dahin durchgeschrieben hatte.

Der Leiter des English Department kam auf Penny zu, um ihren kleinen Jungen zu begrüßen. Sein Gesicht war mit Sommersprossen übersät, so daß es aussah wie eine tweedartige Fortsetzung seines Sakkos. »Und das ist mein Mann«, sagte Penny und deutete auf Lou, der mit Windeltasche, Plastikwippe und Kinderrassel dastand und den Dekan angrinste, der sich nicht an ihn erinnern konnte. Nachdem der Dekan und Penny sich kurz über die letzten Jahre ausgetauscht hatten, erkundigte sich Lou nach Yolanda García. »Im Herbst fällt die Entscheidung über ihre Festanstellung«, teilte ihnen der Dekan mit. »Wir sind sehr optimistisch«, sagte er zuversichtlich. »Sie hat ein neues Buch bei Norton veröffentlicht, und inzwischen scheint sie sich hier recht wohl zu fühlen.«

»Hat sie sich zuvor denn nicht wohl gefühlt?« fragte Lou. Yolandas kleines Verbrechen gab ihm das Gefühl, mit den Geheimnissen ihres Lebens innig verbunden zu sein.

»Unsere jungen Professorinnen haben es schwer, einmal, weil das College so weit ab vom Schuß liegt, und zum anderen, weil bei der Vergabe von festen Stellen ehemalige Studenten bevorzugt werden...«

Penny nickte, als spräche der Mann über sie. Tatsächlich hörte sich das, was er sagte, genauso an, wie wenn Penny sich beklagte, daß sie in Dayton wohnte und ihr Leben vergeudete. »Ganz abgesehen davon, daß es in New Hampshire kein Honiglecken ist, einer Minderheit anzugehören...« Der Dekan warf die Hände in die Luft. »Wie dem auch sei, sie hat sich tapfer geschlagen. Behauptet, ihre Studenten hätten sie gerettet – sie ist ganz begeistert von ihren Kursen.«

Lou hätte am liebsten geantwortet: Sie ahnen ja nicht, wie begeistert.

Penny und der Dekan sahen ihn an, weil sie merkten, daß er etwas sagen wollte.

»Yolanda García ist eine Plagiatorin«, würde er beginnen. Plötzlich hatte er dieses Bild vor Augen, wie sie, als er das erstemal in ihre Sprechstunde kam, auf den Schreibtischstuhl gestiegen war, um ein Buch aus dem Regal zu holen. Ihre Beine hatten ihn in Erstaunen versetzt, mager wie die eines Schulmädchens, eine liebenswerte dünne weiße Narbe knapp unter dem Knie. Auch an ihre Finger erinnerte er sich, mit denen sie sich nervös an den Haaren zupfte, an die abgekauten, aber trotzdem knallrot lackierten Nägel. Eigenartig, daß sie sich die Nägel rot lackierte und sie dann abbiß! Und mit dem Lippenstift kam sie auch nie ganz zurecht, so daß ihr Mund immer aussah, als hätte sie gerade etwas schmieriges Rotes gegessen. Auf einmal wußte Lou, daß er diese Yolanda García, deren Bild er im Kopf hatte, nicht verpetzen würde. Einzelheiten, hatte sie immer gesagt, es sind die verdammten Einzelheiten, die einem das Herz brechen.

Und deshalb sagte er: »Als einer ihrer ehemaligen Studenten, kann ich nur sagen, sie war phantastisch!« Die Stimme des stellvertretenden Marketingchefs verlieh seiner Empfehlung zusätzlichen Nachdruck. Der Dekan hob die hellen Augenbrauen. »Ich wußte gar nicht, daß du einen Kurs bei ihr gemacht hast«, sagte Penny und sah ihn überrascht an. »Du hast einen Schreibkurs belegt?«

Lou nickte. »Es war sogar mein Lieblingskurs. Damals wünschte ich mir, ich hätte Englisch als Hauptfach gewählt. Auch weil ich dich dann viel früher kennengelernt hätte!« Lou lachte, und der Dekan lachte ebenfalls. Für seine Starstudentin war alles hervorragend gelaufen.

Als sie am nächsten Tag abfuhren, winkten ihnen ihre Freunde nach. Auf der Autobahn sah Lou zu der schweigenden Penny hinüber. Sie hatte den Kopf zum Fenster gedreht und war in jener versonnenen Stimmung, die sich so leicht verdüstern konnte. Es hatte ihr gutgetan, mit Freunden zusammenzusein, doch jetzt stellte sie sich wieder auf die langen Tage mit einem Kleinkind ein, an denen ihr außer einem Stapel Bücher niemand Gesellschaft leistete. Er mußte daran denken, daß Yolanda behauptet hatte, ihre Studenten hätten sie gerettet, und überlegte, was er tun konnte, um Penny glücklicher zu machen.

»Schläft der Kleine?« fragte er in der Hoffnung, sie in ein Gespräch über das einzige Thema zu verwickeln, für das sie immer Interesse zeigte.

Penny nickte. »Der kleine Kerl ist ganz erledigt.«

Lou schaute in den Rückspiegel, und wirklich, der kleine Louie lag fix und fertig in seinem Kindersitz. »Wie wär's, wenn du uns eine von diesen Geschichten vorliest? Würde uns ein bißchen ablenken.«

»Aus dir wird ja noch ein richtiger Leser.« Penny zog Yolandas Buch aus dem Bordcase neben dem Baby und schlug das Inhaltsverzeichnis auf. »Weißt du was? Ich lese dir alle Titel vor, und du sagst mir, welche Geschichte du hören möchtest.«

Natürlich fiel ihm die Entscheidung nicht schwer, und Penny begann mit der Geschichte *Rückkehr vom Außenfeld*. Ihre gepreßte Stimme wurde von Abschnitt zu Abschnitt gelöster. Erwartungsvoll blätterte sie die Seiten um, lächelte und mußte gelegentlich glucksen. »*Das war die erste Schlappe in meinem Leben, und ich kann nicht behaupten, daß sie mich auf die vorbereitet hat, die noch kommen sollten.*« Sie las die letzten Sätze. »*Doch dann denke ich jedesmal daran, wie ich damals im Auto saß, auf das verlassene rautenförmige Spielfeld hinausschaute und dachte: Darüber komme ich nie hinweg. Und wie sich Tío Marcos zu mir herüberbeugte und sagte:* ›*Denk dir nichts, Miguelito. Du wirst vom Außenfeld zurückkehren.*‹«

Penny klappte das Buch zu und strich mit der Handfläche über den Deckel. »Das war eine reizende Geschichte«, sagte sie. In ihrer Stimme lag keinerlei Ironie.

»Wirklich?« sagte er. »Findest du sie nicht ein kleines bißchen sentimental?«

Penny schüttelte den Kopf. »Sie war hart an der Grenze, falls du das meinst. Aber genau das hat mir gut gefallen.« Sie verteidigte die Geschichte, als handelte es sich um den kleinen Louie.

Lous Herz rumorte so laut in seiner Brust, daß er überzeugt war, sie würde es hören und ihn bitten, sich doch zu beruhigen, sonst wecke er noch das Baby auf. Doch statt dessen ergriff sie seine Hand und drückte sie. »Komisch, aber diese Geschichte erinnert mich…«

»Ja?« sagte er grinsend und wollte es ihr schon sagen. Doch dann fing sie an, von einem Verlust in ihrer Kindheit zu erzählen, und Lou hörte zu. Die Landschaft draußen vor dem Fenster verschwamm zu einem smaragdgrünen Spielfeld. »Mannomann«, sagte er ein ums andere Mal.

DER KANDIDAT

Entschluß

Dexter Hays möchte zu Besuch in die Dominikanische Republik hinunterfliegen, wo Yo den Sommer verbringen wird. Auf dem Weg dorthin macht sie noch ein Wochenende bei ihm Station, und seit zwei Tagen versucht er ununterbrochen, sie von seinem Vorhaben zu überzeugen. Aber sie sagt nein. Er muß einsehen, daß sich eine Frau da unten nicht offen zu ihrem Liebhaber bekennen kann. Da unten müßte er sich richtig anständig benehmen. Seine Joints wegwerfen und sich eine ordentliche Hose zulegen. Ihre Tanten würden versuchen, ihn zu bekehren. »Es ist einfach anders, Dex. Ich meine, die Menschen da unten sind nach wie vor sehr altmodisch.«

»Baby, Baby«, sagt er kopfschüttelnd, schwer verliebt in diesen buntschillernden Vogel, der ihm in den Käfig seiner mittleren Jahre geflogen ist. »Ist dir klar, daß du über deine Heimat so redest wie meine Mama früher mit meiner kleinen Schwester über ihre Geschlechtsteile? ›*Also, Mary Sue, du darfst dich da unten von niemand anfassen lassen.*‹« Er trägt seinen Südstaatenakzent noch etwas dicker auf, um seine Mutter zu imitieren.

Dexter ist groß und dürr, und von den vorstehenden Zähnen, die sein Daddy für teures Geld regulieren ließ, hat er noch einen winzigen Rest zurückbehalten. Ebenfalls für teures Geld schickte sein Daddy ihn damals von Fayetteville in North Carolina nach Harvard hinauf, aber das klappte auch nicht so ganz; vor Ablauf eines Jahres brach Dexter sein Studium ab und schloß sich einer Hippiekommune an, noch dazu einer, die aus lauter Yankees bestand.

»Armer Daddy«, sagt Dexter gedehnt und schüttelt den Kopf. »Das hat ihm fast den Rest gegeben.«

Yo lacht, nimmt sein Gesicht in beide Hände und redet ihm in liebevollem Spanisch zu, um ihn glauben zu machen, daß sie entgegen ihren Worten eigentlich doch möchte, daß er sie im Sommer da unten besucht.

»Ich werde mich auch anständig benehmen, das verspreche ich dir«, sagt er. Er kann es nicht ausstehen, daß ihm das babyfeine blonde Haar wie elektrisiert vom Kopf absteht. Er fährt mit den Fingern hindurch und versucht, die Wirbel platt zu drücken. Aber sie sieht ihn noch immer zweifelnd an. »Was ist der Grund, Baby? Es ist mein Akzent, hab ich recht? Oder sehe ich nicht gut genug aus? Du wolltest Rhett Buttler und hast Gomer Pyle gekriegt.«

»Ay, hör schon auf, Dex. Du weißt, wenn du kommst, gehen alle davon aus, daß wir heiraten.«

»Vielleicht heiraten wir ja irgendwann mal«, meint er. Er ist nicht mehr so begeistert von einer Frau gewesen, seit Winnie Sutherland in der fünften Klasse mit ihren zwei von blauen Schleifen gehaltenen Zöpfen vor ihm saß und er sich nicht mehr beherrschen konnte. Aus reiner Liebe hatte er an diesen Schleifen gezogen, so daß sich ihre dunklen Haarflechten auflösten. Am Ende wurde Winnie Sutherland seine erste Frau. »Du bist noch immer der kleine Junge, der mich an den Zöpfen zieht«, warf sie ihm vor, als sie vor zehn Jahren die Scheidung einreichte. »Du wirst nie erwachsen!« Dexter Hays ist stolz darauf, daß er noch immer so quicklebendig ist wie damals in der fünften Klasse. Wer will schon erwachsen werden und so sein wie Winnie Sutherlands zweiter Mann? Donald Wie-heißt-er-doch-gleich ist ein fetter, teigiger Typ mit käsig weißer Haut, der aussieht, als wäre er nicht ganz durchgebacken. Aber Donald ist auch ein reicher Mann, irgendein renommierter Wirtschaftsprüfer mit einem aggressiven silbernen Mercedes, durch dessen Fenster man nicht hineinsehen kann, und einem Swimmingpool, sanduhrförmig wie Winnies Figur, im eingezäunten Garten hinter dem Haus.

Aber Dexter Hays' Stunde rückt näher. Er spürt es deutlich in der Luft. Diese Yo-Lady ist Missus Right, kein Zweifel. Auch eine Einzelgängerin, auch jemand, der sich so durchmogelt, noch dazu mit dem besonderen Reiz, daß sie Lateinamerikanerin ist. Im Film stecken sich spanische Frauen Rosen hinters Ohr und tragen tief ausgeschnittene Bauernblusen und kleine Kruzifixe über ihren wogenden Busen, wie richtige Hexen! Sie haben sich auf einer Sympathiekundgebung für Nicaragua kennengelernt, oder vielleicht war es Kuba – eins von beiden. Obwohl Dexter das politische Geschehen eigentlich nicht verfolgt, geht er gern auf solche Kundgebungen, weil er dort mit großer Wahrscheinlichkeit Leute trifft, die er *simpatico* findet. Ehemalige Hippies, die ihre Wurzeln als Blumenkinder nie so vollständig vergessen haben, daß sie Vorstandsvorsitzende mit Spitzengehältern und damit Zahnräder im Getriebe der Finanzwelt geworden wären. Die meisten Männer seines Alters geben ihm das Gefühl, daß er sein Leben als freier Geist vergeudet, lauter Donald Trumps, die in ihren deutschen Limousinen mit Klimaanlage von einem Wohlstandsghetto ins nächste fahren. Jedenfalls nehmen an diesen Kundgebungen naturgemäß viele Leute aus Einwandererländern teil, und Dexter hatte schon immer eine Schwäche für lateinamerikanische Frauen. So gesehen liegt Yo genau auf seiner Linie.

Sie haben eine Art Fernbeziehung – jedes Wochenende fliegt er nach New Hampshire hinauf, oder sie fliegt zu ihm nach D. C. hinunter. Und inzwischen ist er überzeugt, daß er sie in nicht allzu ferner Zukunft heiraten möchte. »Vielleicht sollten wir wirklich den Ehehafen ansteuern«, fährt er fort, um das Terrain zu sondieren. »Damit wäre das Problem gelöst, deiner Mami und deinem Papi erklären zu müssen, wer ich bin.«

»Jetzt mal langsam!« sagt sie lachend. »Es sind erst fünf

Monate, Dex«, ruft sie ihm ins Gedächtnis. »Zwanzig Wochenenden, um genau zu sein – was bedeutet, daß wir uns eigentlich erst seit vierzig Tagen kennen.«

»Und da behaupten die Leute immer, Frauen könnten nicht rechnen.« Dexter stellt das Ganze als Scherz hin. Aber es tut weh, zurückgewiesen zu werden, auch wenn er sich Mühe gibt, von dem männlichen Egotrip wegzukommen, von dem dieser Robert Bly und seine Jünger so groß tönen.

»Wir sind keine Teenager mehr«, fährt Yo fort, als hätte sie einen Teenager vor sich, der belehrt werden muß. »Und ich weiß ja nicht, wie es dir geht, *amorsito*, aber ich möchte diesmal ganz sicher sein.«

»Also, ich bin sicher!« sagt er, leicht eingeschnappt. Ambivalenz paßt zu jungen Frauen aus den Nordstaaten, die von ihren Daddys zum Psychiater geschickt wurden statt in ein Reitcamp. »Wir sind wie füreinander geschaffen.«

»*Ay*, Dex«, beschwichtigt sie ihn liebevoll und drückt ihm mit Küssen die Augen zu.

Aber diesmal läßt er sich nicht durch romantisches Gerede von seinem Ziel abbringen. »Komm schon, Yo-Baby«, drängt er. »Warum kann ich nicht runterfliegen und dich besuchen?«

»Das habe ich dir doch gesagt. Die Zeit ist denkbar ungünstig für einen Familienskandal. Mein Onkel kandidiert wieder für das Amt des Präsidenten.«

»Ich mache für ihn Wahlkampf, Ehrenwort. Ich hab auch für Jesse Jackson gearbeitet.«

»Tja, Dex, so ungern ich das sage, aber das läßt sich nicht vergleichen.«

Sie hat ihm erklärt, sie hätten da unten eine Demokratie, aber angeblich bedeutet dieses Wort dort nicht dasselbe wie hier. Sie hat ihm gesagt, ihr Onkel sei zwar ein anständiger Kerl, aber umgeben von Beratern und Militärgangstern, denen sie nicht über den Weg traut. »Jetzt weißt du Bescheid«, sagt sie.

Dexter verdreht die Augen. »Ich komme mir vor, als würde ich mit Caroline Kennedy oder so jemand gehen.«

Yo lacht. »Dann schon eher mit einer von Bobby Kennedys verrückten Töchtern.« Sie hat ihm erzählt, daß sie und ihre Schwestern schon wiederholt enterbt wurden, weil sie eigene Wege gegangen sind, und daß die Familie sie an der kurzen Leine hält und sie mit ihrer Liebe schier erdrückt, aber trotzdem hofft und betet, sie auf den rechten Weg zu bringen. »Meine Tanten haben letztes Jahr versucht, mich mit so einem alten dominikanischen Alkoholiker zu verheiraten. Er hat ausgesehen wie siebzig. Ist das zu fassen? Ich wäre so eine Art Kindermädchen für ihn gewesen. Aber vermutlich hätte ich damit bewiesen, daß ich trotz allem eine aufopfernde Ehefrau sein kann.«

»Also heirate und umsorge doch lieber mich, dann brauchst du auf guten Sex nicht zu verzichten...«

»Wirklich, Dex!« Sie gibt ihm einen liebevollen Klaps. Sooft sie von diesen Enterbungsgeschichten und den Tanten mit den um die Finger gewickelten Rosenkränzen und dem reizenden Onkel erzählt, der für das Amt des Präsidenten kandidiert, erscheint es ihm, als hätte er sich mit der Mafia eingelassen. Er bekommt eine gehörige Portion von all den Intrigen ab, die in ihrer Familie anscheinend gang und gäbe sind. Wenn sie bei ihm zu Besuch ist, darf er sein eigenes Telefon nicht mehr abnehmen, weil ihr Vater anrufen könnte. Angeblich macht sie in der Library of Congress Recherchen und wohnt bei einer Freundin. »Ich kapiere einfach nicht, warum eine erwachsene Frau nicht tun kann, was sie will.«

»Ich kann schon tun, was ich will«, widerspricht sie. »Aber warum soll ich es ihm unter die Nase reiben? Er ist zweiundsiebzig – welchen Sinn hätte das? Er soll ruhig in dem Glauben sterben, daß ich nach meinen Scheidungen die Jungfräulichkeit zurückgewonnen habe.«

Manchmal lacht er, aber manchmal geht er auf Konfrontation, so auch jetzt. »Du bist doch angeblich Feministin. Wie kannst du da zulassen, daß dein Daddy dir vorschreibt, was du mit deinem Körper zu tun hast?«

»Er schreibt mir nicht vor, was ich mit meinem Körper zu tun habe«, entgegnet sie verärgert. »Ich sage ihm nur nicht, was ich damit tue, klar?«

Und dann läßt sie sich des langen und breiten über kulturelle Unterschiede aus, ein Thema, das er nicht mal mit Glacéhandschuhen anfassen würde. Einmal hat er versucht, ihr klarzumachen, daß es für ihn als Südstaatler genauso war wie für jemand aus einer anderen Kultur, aber sie gerieten nur in eine hitzige Diskussion über die Sklaverei, und am Ende war er verantwortlich für sämtliche Schwarzen, die darunter zu leiden gehabt hatten. Erst kürzlich hat er etwas über die Sklavenlöhne auf den Zuckerrohrplantagen in der Dominikanischen Republik gelesen. Aber er hat sich vorgenommen, vorerst den Mund zu halten. Schließlich arbeitet er auf eine ernst gemeinte Einladung hin, sie da unten zu besuchen.

Mag sein, daß er so damit beschäftigt ist, sie zu überzeugen, jedenfalls geht er, ohne nachzudenken, ans Telefon, als es klingelt. Yo stürzt sich auf den Hörer, aber es ist zu spät. Dexter hat sich schon mit »*Howdy there*« gemeldet.

Eine Stimme mit starkem Akzent fragt herausfordernd: »Wer ist da?«

»Hier ist Luigi's Pizza Parlor, Mister«, sagt er geistesgegenwärtig. »Heute abend haben wir Peperoni-Pizza im Angebot. Darf ich Ihnen vielleicht eine große vorbeibringen?«

»Oh«, sagt der Vater etwas kleinlaut und hörbar besänftigt. »Entschuldigen Sie, ich habe mich verwählt.«

Entschuldigen Sie, ich habe mich verwählt! Küsse auf die Augenlider und *amorsito* als Kosename. Mal Feministin, mal Spanische Inquisition. Mann, was denkt er sich eigentlich dabei, sich in der Mitte seines Lebens in diese komplizierte *señorita* zu verlieben? Aber wann hat er je den einfachen Weg gewählt? – eine Frage, die ihm schon sein Vater immer stellte.

Nach den ersten paar Wochen ihres Aufenthaltes da unten ruft Yo ihn mitten in der Nacht an und klagt ihm ihr Leid. »Es ist nicht zum Aushalten«, sagt sie, »die Tanten machen mich ganz verrückt. Sie wollen, daß ich zur Beichte gehe.«

»Und warum?« fragt er. Er hat eine vage Vorstellung, daß die Katholiken in kleinen Holzkästen irgendwas mit Priestern tun.

»Sie glauben, daß mein Onkel die Wahl diesmal gewinnt, wenn wir alle mit Gott versöhnt sind.«

»Dann geh, Yo-Baby. Steig einfach in diesen kleinen Kasten und frag den Priester, ob er noch was anderes machen will, als dir die Beichte abzunehmen.«

»Also, Dexter!« Sie hört sich wirklich verärgert an. Normalerweise lacht sie über seine Scherze. Die Insel muß ihr ganz schön zusetzen. »Na, dann komm doch zurück, Baby«, schlägt er ihr vor. Was Dexter betrifft, so ist die Welt ziemlich einfach. Wenn dir das Wasser bis zum Hals steht, drehst du eben den Hahn zu. Deshalb hat er auch das College sausenlassen. Da wollte jeder immer nur geistreich sein. Und alle sind in diesen überhitzten Seminarräumen auf und ab getigert. Aber welche Alternativen gab es noch, außer den Hahn zuzudrehen? »Komm doch nach Hause zum guten alten Dex, Honey.«

»Was soll das heißen, *nach Hause?*« braust sie auf. Ihr Englisch hat bereits einen melodischen Tonfall angenommen. »Ich *bin* hier zu Hause.«

Auch dieses Thema würde er nicht mal mit Glacéhandschuhen anfassen. Seit einem Vierteljahrhundert hat sie nicht mehr da unten gelebt. Sie arbeitet hier, liebt hier, hat ihre Freunde hier, zahlt ihre Steuern hier und wird wahrscheinlich auch hier sterben. Kommt ihm fast vor, als führe sie nur dahinunter, um sich die Beichte abnehmen oder sich enterben zu lassen. Trotzdem kriegt sie immer ganz feuchte Augen, wenn sie von der Dominikanischen Republik redet, als hätte sie die Insel aus dem Leib ihrer Erinnerungen selber zur Welt gebracht und würde einen kleinen Pullover und Schühchen für sie häkeln.

Sein Entschluß steht jedenfalls fest: Er fliegt hinunter, ob es ihr paßt oder nicht. »Es ist ein freies Land«, erklärt er ihr. »Nicht unbedingt«, antwortet sie und fügt dann hinzu: »Wag es ja nicht, Dexter.«

Aber auf Dexter wirken diese fünf Wörtchen, wie seine Mama und sein Daddy nur zu gut wissen, als würde man seine Zündung einschalten. Bis Ende der Woche hat er sich ein Ticket besorgt, sich vom Krankenhaus, in dem er als Pfleger arbeitet, zehn Tage Urlaub geben lassen und genügend Joints in einer leeren Babypuderdose zwischen seinem Waschzeug im Kulturbeutel verstaut, um die Turbulenzen in Yos Familie unbeschadet überstehen zu können. Als er sie anruft, um ihr mitzuteilen, daß er am nächsten Tag eintrifft, antwortet eine verbindliche Männerstimme in perfektem Englisch: »*Right oh*«, als hätte Dexter auf den Britischen Inseln angerufen und nicht in der Dominikanischen Republik. Dann dämmert ihm, daß das wahrscheinlich der Onkel ist, der als Präsident kandidiert. »Viel Glück, Sir«, sagt er, bevor Yolanda ans Telefon kommt.

»*Right oh*«, sagt der Onkel noch einmal.

Dexter teilt Yo seine bevorstehende Ankunft mit. Er hört, wie sie nach Luft schnappt, ihre Verblüffung aber rasch mit einem geheuchelten *Ach wirklich?* und *Danke, daß du mir Bescheid gesagt hast* kaschiert, was bedeutet, daß sich der Onkel noch im Zimmer befindet. Es ist offensichtlich, wann Yo wieder allein ist. »Ich bringe dich um, Dexter Hays. Wirklich und wahrhaftig.«

Einen Augenblick überlegt er, ob er das ernst nehmen soll. Die lateinamerikanischen Ladies, denen man in Filmen begegnet, sind zu allem fähig. Aber in dieser Beziehung macht er denselben Fehler wie sie. Yo ist so amerikanisch wie *apple pie*. Na ja, sagen wir, so amerikanisch wie ein Taco Bell Taco. Sie behauptet, das einzig zuverlässige Indiz sei, ob man *au* oder *ay* schreit, wenn man sich mit dem Hammer auf den Finger haut. Er hat schon oft erlebt, daß sie sich in seiner Wohnung nachts auf dem Weg ins Bad irgendwo angestoßen und »*shit!*« gerufen hat. Und er fragt sich, was das über sie aussagt, sofern es überhaupt etwas aussagt.

Aber Dexter weiß genau, daß Yo ihn am Flugplatz nicht mit einer Machete niederhauen wird. »Dein Onkel kandidiert für das Amt des Präsidenten, vergiß das nicht. Du willst doch nicht seine Chancen ruinieren, indem du am Vorabend der Wahl einen Mord begehst, oder?«

»Versuchst du etwa, mich zu erpressen?!«

In ihrer Stimme entdeckt Dexter eine gewisse Schärfe. »Nein, Baby, ich mache dir den Hof«, antwortet er ausweichend. »Du fehlst mir, verdammt noch mal. Ich habe meinen Pferdeschwanz abgeschnitten. Ich hab meinen Geburtsstein aus dem Ohr genommen. Und notfalls werd ich mir auch noch die Eier abschneiden und mich als deine Freundin ausgeben, wenn das die einzige Möglichkeit ist.«

»Als ob mir das helfen würde«, sagt sie, und man hört ihr an, daß sie Mühe hat, ernst zu bleiben. Er spürt, daß sie schwankt wie die Palmen bei einem Hurrikan, die gelegentlich im Wetterbericht gezeigt werden. Es stimmt zwar, daß Yo nie um Worte verlegen ist, aber Dexter hat die glatteste Zunge, die man sich vorstellen kann. Die Oberschwester in der Notaufnahme behauptet immer, Dexter habe die Gesprächstherapie schon erfunden, bevor die Psychofritzen auf die Idee kamen, Geld dafür zu kassieren. »Ich tu einfach so, als wär ich ein Freund, einverstanden? Ich geh auch mit dir zur Beichte. Ich tue alles, was du willst. Nur gönne meinen ausgehungerten Augen den Anblick deiner Schönheit.«

»Also gut«, seufzt Yo. Dexter kann hören, wie im Hintergrund Knallfrösche losgehen; vielleicht sind es auch Schüsse. Einen verrückten Augenblick lang überlegt er, ob er lebendig aus der Sache herauskommt. »Ich werde behaupten, daß du ein befreundeter Journalist bist«, sagt Yo. »Und daß du hergekommen bist, um für deine Zeitung über die Wahlen zu berichten. Bring dein Tonband mit.«

»Es ist ein Tapedeck«, stellt Dexter richtig, und kaum hat er es gesagt, könnte er sich die Zunge abbeißen. Sie wartet doch nur auf einen Vorwand, um ihm die Titelrolle in ihrem erfundenen Stück wegzunehmen. »Aber ich könnte ja noch ein Tonband kaufen. Wal-Mart hat bis zehn offen.«

»Bring einfach das Tapedeck mit, okay? Du brauchst es nur einzuschalten, das genügt. Hauptsache, das Band bewegt sich.«

»Schon gut, schon gut.« Er akzeptiert auch die restlichen Bedingungen, die sie ihm stellt. Doch als er auflegt, hat er das unbehagliche Gefühl, mit einer Frau befreundet zu sein, die unter einer Persönlichkeitsstörung leidet. Eigentlich hat es ihm nie gefallen, daß Yo ihre Familie belügt. Er selbst hat seinen Eltern damals an der High-School reinen Wein einge-schenkt, und dann noch einmal, als er das College aufsteckte. Macht damit, was ihr wollt. Wenigstens ist Yos Geflunker der Familie gegenüber verständlich – die brave Tochter, die ihren Eltern Kummer ersparen möchte. Um das zu verstehen, braucht man nicht aus den romanischen Ländern der alten Welt zu stammen. Man braucht sich nur seine Schwester Mary Sue anzusehen, die so tut, als würde sie Mamas katego-rische Anweisung bezüglich dessen, was man einen Kerl da unten keinesfalls machen lassen durfte, beherzigen, während sie sich überall in Carrboro herumtreibt, wo sie inzwischen lebt – geschieden und als Mutter dreier entzückender kleiner Mädchen, die sich (das läßt sich Dexter von niemandem einreden) nicht im mindesten ähnlich sehen.

Aber das hier ist etwas anderes. Yos Märchen dienen nicht nur dazu, die Gefühle anderer zu schonen oder die eigene Haut zu retten. Vielmehr hat er den Eindruck, als betrachtete sie die Welt als ihr Spielzeug und bildete sich ein, die Tat-sachen einfach nehmen und nach Belieben ummodeln zu können. Er beginnt alles in Zweifel zu ziehen, was sie ihm erzählt hat. Kandidiert ihr Onkel wirklich für das Amt des Präsidenten? Ist sie wirklich Lateinamerikanerin, unverheiratet und Dozentin in New Hampshire oder vielleicht eine FBI-Agentin mit einem Mann und fünf Kindern in Maryland? Plötzlich erscheint ihm die Welt sehr kompliziert, eine Welt, die nicht schlicht schwarz und weiß ist, sondern aus einem wechselnden Zusammenspiel von Schatten besteht, so ganz anders als das übermütige, funkensprühende Umfeld, das Dexter gewohnt ist.

Dex reißt die Augen auf, als die Limousine am Torwächter vorbei die Auffahrt entlanggleitet. Yo, die neben ihm sitzt, hebt geistesabwesend die Hand zum Dank, wie Honoratioren bei einer Konfettiparade. »Einfach irre, Honey«, sagt er und legt schwungvoll und sichtlich stolz den Arm um sie.

»Dex.« Sie deutet mit dem Kopf in Richtung Chauffeur. »Denk dran.«

Er zwinkert ihr übertrieben zu, während er seinen Arm zurückzieht. Im Rückspiegel sieht er, daß der Chauffeur ihn beobachtet. Dex zwinkert dem jungen Mann zu, und dieser antwortet mit einem kaum wahrnehmbaren Nicken. Dex fragt sich, ob er dem Burschen ein Trinkgeld geben soll, damit er den Mund hält. Es kommt ihm vor, als hätte er eine Gangsterwelt betreten, ohne zu wissen, welche Regeln hier gelten.

Doch Yo hat ihn bereits über die Sachlage aufgeklärt – er wird im Poolhaus ihrer Tante Flor untergebracht. Yo wohnt am anderen Ende des Gartens im Haus ihrer Tante Carmen. »Ist der Garten nachts denn gut beleuchtet?« hatte Dexter mit Unschuldsmiene gefragt. Yo warf ihm einen warnenden Blick zu. Das war noch am Flugplatz, wo Yo ein paar Cousinen getroffen hatte, die zufällig mit demselben Flugzeug gekommen waren. »Ich habe dir ja gesagt, daß hier alle miteinander verwandt sind. Die Insel ist das reinste Goldfischglas.«

Es ist vorgesehen, daß sie eine Woche in der Stadt bleiben,

auf dem Anwesen der Familie; am Tag nach den Wahlen wollen sie dann übers Wochenende nach Norden an die Küste fahren. Lucinda, eine der Cousinen, von der Dexter schon viel gehört hat, gab Yo den Tip mit dem verschwiegenen Hotel am Meer, das bestimmt keiner von der alten Garde aufsuchen würde. Es ist zu abgelegen, *très formidable*, und gehört einem französischen Ehepaar – der Mann bietet Massagen an, *persönliche oder unpersönliche*; die Frau legt am Pool ihr Bikinioberteil ab, und zwar nicht nur, wenn sie sich auf dem Bauch liegend sonnt. Die meisten kruzifixbehangenen dominikanischen Frauen würden bei diesem Anblick die Flucht ergreifen. Nicht so die von Yo so getauften »Haare-und-Fingernägel-Cousinen«, die nicht so feige sind und unter jener Wolke von Haarspray und Lidschatten ihre eigene kleine feministische Revolution anzetteln. Eine von ihnen ist die kesse Lucy, in die sich Dexter aufgrund von Yos Geschichten bereits halb verliebt hat, wie er behauptet.

»Aber wie wollen wir da frei und ungehindert hinkommen?« fragt Dex neugierig.

»Ich bin deine Fremdenführerin.« Diesmal zwinkert sie. »Du bist ein Journalist, der sich ansehen möchte, wie die Demokratie in den entlegenen Regionen des Landes funktioniert.« Ein merkwürdiges Lächeln kommt auf ihre Lippen, als machte ihr das Geflunker womöglich noch Spaß.

Wieder beschleicht Dexter dieses ungute Gefühl. Kapiert die Familie wirklich nichts? Sind das lauter Trottel? Er fragt sich allen Ernstes, ob ein Mann, der nicht in der Lage ist, seine Nichte zu durchschauen, Präsident werden sollte. »Hat dir deine Familie die Geschichte wirklich abgekauft?«

»Aber sicher haben sie sie mir abgekauft.« Yo verdreht die Augen. »Hier ist sowieso alles eine große Geschichte. Die Tanten wissen alle miteinander, daß ihre Männer Geliebte haben, tun aber so, als hätten sie keine Ahnung. Der Präsident ist blind, gibt aber vor, sehen zu können. Lauter solche Sachen. Es ist wie in diesen lateinamerikanischen Romanen, die man in den Staaten allgemein für ›magischen Realismus‹ hält, aber hier unten geht es wirklich so zu.«

Und mit dieser kleinen Einführung, an deren Ende sie kurz seine Hand drückt, erreichen sie ein großes, elegantes Gutshaus mit weit offenstehenden Jalousieschiebetüren. Ein paar Dienstmädchen in lachsfarbener Tracht mit weißen Kragen strecken den Kopf zur Hintertür heraus und winken Yo zu. Dann kommt zwischen den Orchideen, die zu beiden Seiten des überdachten Eingangs wachsen, eine Tante die Stufen herunter. An ihrem Busen steckt die bunte Wahlkampfplakette mit dem gutgeschnittenen Gesicht des Onkels, und im Schlepptau hat sie eine Horde Nichten und Neffen, die auch alle solche Buttons tragen. Ein kleiner Lümmel hat sich die ganze Brust damit gespickt wie mit Orden. »Willkommen«, die Tante lächelt herzlich, »willkommen in dem Land, das Kolumbus am liebsten mochte, Mister Hays!«

Einen Moment lang fragt sich Dex, ob er die Sache durchstehen kann. So eine nette Lady, mit einem Lächeln, das alles ringsum erstrahlen läßt. Aber die Worte gehen ihm mühelos von den Lippen. »Ach bitte, nennen Sie mich doch Dexter. Ich freue mich sehr, hier zu sein. Ich hege große Sympathien für dieses Land. Und ich finde, unsere Bevölkerung muß über die Fortschritte informiert werden, die jenseits unserer Grenzen in Richtung Demokratie gemacht werden.«

Er hat zuviel gesagt. Alle scheinen verblüfft über seine kleine Ansprache. Die Dienstmädchen fangen an zu kichern, und eine winzige dunkelhaarige Nichte, Yos Ebenbild, zupft ihn ungeduldig am Ärmel. Vielleicht wissen schon alle, wer er ist, und die Verstellung geschieht nur pro forma, damit alle beruhigt sein können. Genau wie bei diesen demokratischen Wahlen, bei denen – das hat er im Flugzeug erfahren – Panzer auf den Straßen patrouillieren.

Okay, denkt er. Ich hab's kapiert. Spiel das Theater mit. Versuch nicht, daraus Wirklichkeit werden zu lassen.

Der Garten ist nachts gut beleuchtet, weiße chinesische Laternen stehen in regelmäßigen Abständen an den mit Kopfsteinen gepflasterten Wegen. Doch sooft sich Dexter aufmacht, um ins strahlende Mekka von Yos Schlafzimmer zu gelangen, läuft er einem anderen Onkel in die Arme, der ihn umarmt und ihm auf den Rücken klopft und ihn fragt, ob er auch alles bekomme, was er gern möchte. Schon eigenartig, wenn man das an der Schwelle zur Erfüllung seiner Wünsche gefragt wird. »Aber sicher«, antwortet er herzlich. »Ja, alles ist bestens, danke vielmals.«

Und Nacht für Nacht entführen ihn diese Onkel oder Cousins oder wer auch immer in den einen oder anderen mit einer Pergola aus üppigen Bougainvilleen überwachsenen Patio mit eingebauter Mahagonibar. Vielleicht ist es jedesmal derselbe, vielleicht auch nicht. Ein Patio sieht aus wie der andere. Das ganze Grundstück ist ein Labyrinth von Wegen und Gewächsen, die ihm wie Karikaturen der Pflanzen vorkommen, die er aus den Staaten kennt. Dexter hat noch nie solche Hibiskussträucher gesehen, mit Blüten, so groß wie Eßteller, und die eingerollten Farnwedel haben die Dicke von Elefantenrüsseln. Der Onkel oder Cousin oder Diener bietet ihm einen Schluck Rum oder ein Presidente an und trinkt mit ihm auf einen guten Ausgang der Wahl, und am Ende ist Dexter so blau, daß er Mühe hat, in sein eigenes Zimmer im Poolhaus zurückzutorkeln, und sich auf dem Weg dorthin durch Hecken kämpfen muß, von denen gigantische Hibiskusblüten herabregnen.

Am nächsten Morgen beim Frühstück macht Yo ein Gesicht, als hätte er sie irgendwie enttäuscht. Als nähme er die Fiktion schon wieder zu ernst, indem er nicht nur tagsüber, sondern auch nachts den Journalisten spielte.

»Das ist nicht der Grund«, flüstert er ihr zu, sobald sie einen Augenblick allein sind. »Es ist, als hätten deine Onkel Radarantennen. Sie fangen mich jedesmal ab!«

Sie schüttelt den Kopf. »Ay, Dexter. Dann mußt du sie

eben austricksen.« Aber offenbar gelingt ihm das nicht – als er es einmal auf einem anderen Weg versucht, landet er schließlich in einem der zahllosen kleinen Swimmingpools auf dem Grundstück und macht sich seine schöne neue Hose naß. Als die Hunde wie wild zu bellen anfangen und mehrere Nachtwächter zusammenlaufen und ihm mit Taschenlampen ins Gesicht leuchten, steht Dexter für einen Moment Winnie Sutherland vor Augen, wie sie bei seinem Anblick den Kopf schüttelt. Sie hat recht. In dieser Erwachsenenwelt voll raffinierter Burschen wird er es nie schaffen. Da kann er sich ebensogut auf dem Rücken treiben lassen und gechlortes Wasser zu den vielen verschwommenen, fernen Sternen hinaufspritzen.

Am Tag der Wahl wird Dexter von der kessen Lucy und ihrer Kinderschar hinter dem Poolhaus beim Rauchen erwischt. Sie treibt die Kleinen, die alle klitzekleine bunte Bikinis tragen, an seinen Swimmingpool; Lucindas Bikini ist auch nicht größer, wenn er auch scheinbar züchtig von einem kurzen Kimono verdeckt wird. Dieser wirkt mit seinen durchsichtigen seidigen Falten auf Dexter erotischer als die bunten Latex-Streifen, die sie darunter trägt. Ein Dienstmädchen, weiß gekleidet und mit einem Stapel Handtücher auf dem Arm, bildet die Nachhut.

»*Buenas*, Dexter«, begrüßt ihn Lucinda. Ihr Gesicht ist sorgfältig geschminkt. Wenn man sie vom Hals an aufwärts betrachtet, kann man sich kaum vorstellen, daß sie wirklich vorhat zu schwimmen. »Na, Sie ungezogener Junge? Schnell eine heimliche Zigarette?«

Rasch schiebt Dex seinen Joint, den er mit Daumen und Zeigefinger wie mit einer Pinzette gehalten hat, zwischen Zeige- und Mittelfinger wie eine normale Zigarette. Er ist nicht sicher, ob er damit durchkommt. Nach allem, was er über Lucinda gehört hat, kennt sie den Unterschied.

»Das ist nicht gut für Sie«, mischt sich eines der älteren

Mädchen in leicht britisch gefärbtem Englisch ein. »Mami hat damit aufgehört. Nicht wahr, Mami?«

Lucinda nickt mit geheucheltem Ernst. Kaum zu glauben, daß die kesse Lucy etwas aufgibt, was Spaß macht, überlegt Dexter.

»Es riecht komisch«, erklärt der winzige Yolanda-Klon und verzieht das Gesicht. Sie hat spanisch gesprochen, aber Dexter konnte sie genau verstehen. Entweder hat sein Schulspanisch besser vorgehalten, als er dachte, oder die kleine, gerümpfte Knopfnase genügt als Übersetzung.

»Es ist eine amerikanische Zigarette«, läßt sich wieder das altkluge größere Mädchen vernehmen. Dexter ist klug genug, seine Zigarette auf dem Boden auszutreten; dabei lächelt er und nickt all den hübschen Mädchen zu. Sie taxieren ihn mit einem raschen Blick wie junge Frauen: seine mageren Beine, die aus Secondhand-Bermudas ragen, seinen Hosenschlitz – der offensteht, wie er bemerkt. Obwohl er ein erwachsener Mann ist und den Kulturbeutel voller Stoff und unbenutzter Gummis hat, fühlt er sich dieser reizenden kleinen Schar nicht gewachsen.

»Wo ist Yo?« fragt Lucinda mit einem Blick über seine Schulter, als könnte sich Yolanda in der Hecke hinter ihm versteckt haben.

»Ach, sie hat am Vormittag gern ein paar Stunden Ruhe, um zu schreiben.«

Lucinda verdreht die Augen hinter den falschen Wimpern. Dex entdeckt eine gewisse Ähnlichkeit – Lucy ist eine Glamourausgabe von Yo, eine für den *Reader's Digest* komprimierte Version eines literarisch anspruchsvollen Romans.

»Ich will damit nicht sagen, daß sie richtig schreibt, wissen Sie. Sie führt ein Tagebuch, das will ich damit sagen.«

»Erzählen Sie mir davon«, seufzt Lucy. »Na, kommen Sie, und leisten Sie uns Gesellschaft, ja?« Ein halbes Dutzend liebreizende schokoladebraune Augenpaare verdoppeln, verdreifachen, versechsfachen die Aufforderung.

Doch am Ende der Reihe fängt Dexter den leidgeprüften Blick des jungen Dienstmädchens auf. Solche Blicke gehen ihm jedesmal unter die Haut – ein altes Schuldgefühl der Südstaatler, das sich immer wieder zu Wort meldet –, so daß er die nach einem festen Farbcode gekleideten Dienstmädchen retten möchte. »*Por favor*«, sagt er mit Nachdruck und will ihr die Handtücher abnehmen. Das Mädchen schüttelt verlegen den Kopf. »*No, no, señor.*«

Diese hier ist ganz in Weiß gekleidet, was bedeutet, daß sie ein Kindermädchen ist. Eine der Tanten hat ihm alles genau erklärt. Die Köchin trägt Grau, hat aber auch eine feinere Version mit weißer Schürze und weißem Kragen; das Kindermädchen trägt nur Weiß; die zwei Anrichtemädchen – was immer es ist, das sie anrichten – haben lachsfarbene Kleider mit weißen Kragen; das Mädchen, das putzt, trägt Schwarz, obwohl auch sie für besondere Gelegenheiten ein Kleid mit weißem Kragen hat. »Werden Sie das in Ihrem Artikel schreiben?« wollte die Tante wissen.

Erst gestern hat Dexter dem Chauffeur das Tapedeck geschenkt. Wozu es als Vorwand behalten? Der für die Präsidentschaft kandidierende Onkel ist ohnehin die ganze Zeit unterwegs. Dexter bezweifelt, daß er ihn je kennenlernen wird, geschweige denn, ihn zu einem »Interview« bewegen kann. Von der Familie scheint es niemand zu stören, daß sich der Journalist kaum journalistisch betätigt. Dann eben nicht. Sein pfauenblaues und orangerotes Hawaiihemd jedenfalls hat Dexter dem Gärtner geschenkt. Der trug es, als er an seinem freien Nachmittag das Gelände verließ, und eine Tante, die ihn vorbeigehen sah, meinte: »*Ay, Dios mío*, schaut euch bloß dieses Zuhälterhemd an, das Florentino da anhat.« Nun gut, Dexter ist endgültig klargeworden, daß er nie in diese Familie passen wird. Er kommt sich vor wie in einer Filmkulisse, umgeben von einem Team, das unter Amnesie leidet und das, was hier vor sich geht, für das richtige Leben hält.

Unterdessen verschlechtert sich das Verhältnis zu Yo immer mehr. Diese Geschichte, die er Lucy aufgetischt hat, daß Yo ein paar Stunden braucht, um ihr Tagebuch zu schreiben, ist genau das: eine Geschichte. Wenn auch sonst nichts – wenigstens das mit dem ständigen Geschichtenerzählen hat Dex kapiert. Heute am frühen Morgen schlüpfte Yo in sein Zimmer im Poolhaus. (»Siehst du, es geht doch!« prahlte sie.) Seine Augen hatten zu leuchten begonnen. Vor dem Frühstück ein Wiedersehen zwischen den Laken, genau das ist es!

Aber nein, Yo war gekommen, um etwas zu bereden. Eigentlich wollten sie morgen an die Küste fahren, aber nach den Wahlen wäre garantiert ein paar Tage lang der Teufel los. Man könnte das Hotel doch stornieren und bis zum Ende von Dex' Besuch hierbleiben.

Dexter machte ein enttäuschtes Gesicht. Während der unangenehmen langen Tage auf dem Anwesen der Familie hatte er von der französischen Hotelbesitzerin geträumt, die ihre prallen Brüste in der tropischen Sonne schmoren läßt. Nur daß diese Lady natürlich Yos Gesicht und Yos Hände und Füße und so weiter hatte. »Aber ich dachte, du wolltest, daß wir ein bißchen Zeit nur für uns allein haben.« Dex fand den weinerlichen Ton in seiner Stimme abstoßend.

»Was willst du damit sagen? Wir verbringen hier doch den ganzen Tag zusammen!« Sie drehte ununterbrochen den Armreif an ihrem dünnen, gebräunten Handgelenk. Er wollte dieses Handgelenk küssen. Er wollte ihr zeigen, wie sehr er sie in diesem langen Monat ihrer Rückkehr ins neunzehnte Jahrhundert vermißt hatte. Warum – wenn sie schon so gut Geschichten erzählen kann –, warum kann sie nicht irgendein Märchen erfinden, daß sie Sex braucht, um eine unheilbare Krankheit abzuwehren? Wenn Dexter ein Journalist von der *Washington Post* sein kann, könnte er dann nicht ebensogut ein Arzt vom Center for Disease Control sein?

»Weißt du was, Dex? Ich verspreche dir, daß ich heute nacht hierherkomme, einverstanden?« Sie blickte sich im

Zimmer um, als wollte sie das Gelände für die abendliche Verführung sondieren. Aber Dexter gab sich damit nicht zufrieden. Er hatte seine Erwartungen inzwischen höhergeschraubt. Er wollte eine dieser persönlichen Massagen. »Auch die sollst du heute abend bekommen«, meinte Yo grinsend. »Komm schon, Dex, *amorsito*. Auf diese Weise können wir meinen Onkel nach den Wahlen unterstützen.«

»Ich hab deinen Onkel noch nicht mal zu Gesicht bekommen. Außerdem hat er da draußen ein ganzes verdammtes Heer von Panzern, die ihn unterstützen.«

Bei diesen Worten klappte Yos Kiefer herunter, und ihr Gesicht begann vor Empörung zu glühen. »Ich finde es unglaublich, was du da sagst!«

»War nur ein Scherz«, meinte er und hob beide Hände hoch, als wollte er demonstrieren, daß er unbewaffnet war.

Sie finde seine Scherze nicht im mindesten amüsant, erklärte sie ihm. Sie habe es satt, erbrecherisch satt (»Dieses Wort gibt es überhaupt nicht«, konterte er), endgültig satt, daß er dauernd auf ihrer Familie herumhacke. Sie seien zwar nicht vollkommen, aber immerhin hätten sie ihn so nett und freundlich aufgenommen, und das sei nun der Dank.

»Aber du kritisierst sie doch selber die ganze Zeit!« hielt er dagegen. »Und darf ich dich daran erinnern«, fuhr er fort, »daß sie nicht mich freundlich aufgenommen haben, sondern einen vermeintlichen Journalisten von der *Washington Post*.« Plötzlich merkte er, daß seine Erbitterung größer war, als er sich eingestanden hatte. Der Groll darüber, weder offen sagen zu können, daß er Krankenpfleger war, noch seinen Ohrring tragen zu dürfen und beim Anblick der nutzlosen Gummibänder ums Handgelenk an seinen abgeschnittenen Pferdeschwanz denken zu müssen, reichte inzwischen so tief, daß er in Dex die schmerzliche Erinnerung daran wachrief, wie zurückgewiesen er sich gefühlt hatte, als Winnie Sutherland ihm eröffnete, sie würde ihn für Donald den Teigigen verlassen, weil er, Dex, ein Verlierer sei, ein Kerl, der nie zu sich selber finden würde. »Ich bin verdammt noch mal über meinen Schatten gesprungen, um dir und deiner feinen Familie zu gefallen, und du bringst es nicht mal fertig, dir für mich drei beschissene Tage frei zu nehmen.«

»Bitte fluch nicht, wenn du mit mir redest«, sagte Yo plötzlich sehr würdevoll. Sie stand da, als wollte sie sich pikiert den Staub von den Kleidern bürsten.

Sie waren auf dem besten Weg, sich fürchterlich zu streiten, und das wollte er um jeden Preis vermeiden, weil er hier in diesem Land im Grunde niemanden außer ihr kannte. Er mußte sich beruhigen und sie beschwichtigen. Ein Joint wäre jetzt bestimmt das richtige. Er beging den Fehler, diesen Vorschlag zu machen.

»Phantastisch! Das hat meinem Onkel gerade noch gefehlt, Drogen auf seinem Grund und Boden. Wo hast du bloß deinen Verstand gelassen, Dex?« Entrüstet schüttelte sie den Kopf.

Und dann sagte er genau das Falsche, aber diesmal mit Absicht. »Ich habe den Eindruck, daß du noch immer nicht erwachsen bist und dich nicht von deiner Familie abgenabelt hast.«

»So was kann nur ein Gringo sagen! Warum sollte ich mich von meiner Familie abnabeln wollen? Und was dann? Soll ich vielleicht so leben wie du, mutterseelenallein und isoliert, ohne echten Bezug zu deinen Wurzeln?«

»Und du, hast du vielleicht einen echten Bezug? Und was ist mit deinen ständigen Lügen und Täuschungsmanövern?«

»*Ay!*« schrie sie, hob die Hände und schlug mit den Fäusten in seine Richtung. Jetzt war sie an der Tür, und in ihren Augen blitzte dieses hitzige Temperament, das er von den lateinamerikanischen Frauen aus Filmen kannte. Als er sie so böse und streitlustig dastehen sah, war er auf einmal gar nicht mehr so sicher, was die gemeinsame Wohnung mit Batikbehängen an den Wänden und einer Matratze auf dem Boden betraf, das dunkelhaarige kleine Mädchen und den dazu passenden kleinen Jungen und die Familienferien im Yose-mite-Park. »Ich hätte nicht herkommen sollen«, gab er zu. »Ich hätte einfach zu Hause bleiben sollen.«

Er wußte nicht, ob sie seine Worte überhaupt gehört hatte, denn sie stürmte bereits aus dem Poolhaus. Er wartete ein paar Minuten, weil er hoffte, sie würde zurückkommen und sich dafür entschuldigen, daß sie ihre Pläne geändert hatte, ohne ihn vorher zu fragen, oder wenigstens zurückkommen, um noch ein Argument ins Feld zu führen. Schließlich stahl er sich durch die Hintertür hinaus. Und während er hinter der Hecke, die den Weg zum Poolhaus säumte, seine Seelenqua-len mit einem Joint zu lindern versuchte, überraschte ihn die kesse Lucinda mit ihrer schnatternden Schar kleiner Yo-Verschnitte.

»Also, was ist, leisten Sie uns Gesellschaft?« fragt Lucinda über die Schulter hinweg, während Dexter das Dienstmäd-chen noch immer dazu zu bewegen versucht, ihn die Handtü-cher tragen zu lassen.

»Klar doch«, sagt er und reiht sich hinter all diesen niedli-chen Popos ein. Doch heute kann er sich nicht daran freuen. Es ist ihm zumute, als wäre die Käfigtür seines Herzens aufgesprungen und der bunte Vogel, den er als seinen be-trachtet hatte, wäre davongeflogen.

Am selben Abend macht sich Dexter zu später Stunde noch einmal auf den Weg durch das Gartenlabyrinth, um Yo zu suchen. Zum Glück brennen die Gartenlaternen, denn die meisten Lichter im Haus sind gelöscht und alles schläft tief – sofern das überhaupt möglich ist. Immer wieder hört man Knallfrösche, vielleicht sind es auch Schüsse oder Donner – immerhin ist es eine bewölkte Nacht, am düsteren Himmel weit und breit kein Stern. Verwundert stellt Dexter fest, daß er so sehr in den Bann dieser Insel geraten ist, daß er an echten Donner zu allerletzt denken würde, obwohl das die natürlich-ste Erklärung wäre. Aber wahrscheinlich handelt es sich bei der Knallerei um einen Probelauf für eine Revolution. Inzwischen müßte das Wahlergebnis bekannt sein. Als er am Nachmittag telefonisch einen Rückflug für den nächsten Tag hatte buchen wollen, sagte die junge Dame am anderen Ende der Leitung: »Ihr Flug ist bestätigt, aber bitte rufen Sie noch einmal an, um zu hören, ob das Flugzeug morgen fliegt.«

»*Ob* das Flugzeug fliegt?« hatte Dexter bei der mit starkem Akzent sprechenden jungen Dame nachgehakt. »Was für eine Bestätigung ist das denn, Schätzchen?«

Einen Moment lang herrschte Schweigen, dann kam ein Seufzer, der für seine Ohren bestimmt war. »Wir bekommen morgen die Wahlergebnisse«, erläuterte die junge Dame, als hätte sie es mit einem kleinen Kind zu tun, das die einfachsten Dinge nicht begreift.

Am Abend hatte Dexter versucht, Yo einen Augenblick allein zu erwischen, um ihr zu sagen, daß er am nächsten Tag abreisen wollte, aber das Anwesen war mit Leuten überschwemmt, die vorbeigekommen waren, um der Familie Glück zu wünschen. Der Onkel war noch immer irgendwo unterwegs auf Stimmenfang, wurde allerdings am Abend zurückerwartet – nachdem die Wahllokale geschlossen hatten und bevor die Panzer durch die Straßen der Hauptstadt zu rollen begannen. Überall standen Trauben von Besuchern um riesige Fernsehapparate, wie Dexter sie bisher nur in den Bars im Zentrum von Atlanta gesehen hatte. In unterschiedliche Farben und Streifen gekleidete Serviererinnen waren angeheuert worden, um Tabletts mit Häppchen herumzureichen, bei denen es sich allem Anschein nach um Velveta-Käse auf kleinen, flauschig weichen Quadraten Wonder Bread handelte. »*Delicioso*«, sagte Dexter jedesmal begeistert, um ihre Gefühle nicht zu verletzen, wenn er dankend ablehnte. Des einen Landes Delikatessen sind des anderen Junk food, konnte er nur denken.

Wunderschöne Frauen hakten sich bei ihm ein und wollten wissen, was er von ihrem verrückten Land halte, und er lächelte, da ihm bewußt war, daß Yo ihn beobachtete. »Lauter unglaublich nette Leute«, sagte er ein ums andere Mal. »Vor allem die Ladies.«

Irgendwann zogen Lucinda und ein ganzer Haufen erwachsener Cousins und Cousinen in einer Autokarawane los, um die Stimmung in der Stadt zu erkunden. Irgendwie hatten sie Dexter dazu gebracht mitzufahren – erst als alle vor dem Hotel Jaragua ausstiegen, merkte er, daß Yo nicht dabei war. Es wurde getrunken und getanzt, und später zückte er auf Lucindas Aufforderung hin seine amerikanischen Zigaretten, eine Marke, die den jungen Leuten nicht unbekannt war. Als sie kurz vor Mitternacht wieder zu Hause eintrafen, hatte die Knallerei bereits begonnen. Dexter war auf der Stelle eingeschlafen, wurde aber von einer Salve in nächster Nähe aus dem Schlaf gerissen. Und da war er auf einmal fest entschlossen, Yo aufzusuchen. Wenigstens noch ein Tête-à-tête zum Abschied – für ihn die einzige Hoffnung auf irgend etwas Französisches auf dieser Insel. Und vielleicht konnte er Yo und sich selbst vor seiner Abreise auch noch beweisen, daß er das Onkelsystem zu überlisten vermochte.

Vor ihm, etwas erhöht in einer Art Bar, brennt eine Lichterkette. Eine einsame Gestalt lehnt nachdenklich an einem Pfosten, einen Drink in der Hand, und blickt in den dunklen Garten hinunter. Gerade will Dex durch eine Lücke in der Hecke schlüpfen, als die Gestalt etwas auf spanisch ruft.

»No *hablar español*«, gibt Dexter zurück, weil er befürchtet, die Gestalt könnte einen Revolver ziehen und den Eindringling, der mitten in der Nacht auf dem Gelände umherstreift, erschießen. »*Soy Dexter Hays*«, fügt er hinzu, in der Hoffnung, von diesem Onkel schon einmal zu einem Schlummertrunk festgehalten worden zu sein.

»Dexter Hays… Dexter Hays.« Der Mann blättert in Gedanken eine Adreßkartei durch, um ihn einordnen zu können. Er winkt ihn ins Licht, um den Fremden zu mustern. Sobald Dexter näher kommt, erkennt er den gutaussehenden älteren Herrn, das durch die ständige Wiederkehr auf Buttons, Wahlplakaten und Posters, in Zeitungen und im Fernsehen berühmt gewordene Gesicht. »Ich bin Yos Freund«, erklärt er und streckt dem Mann die Hand entgegen.

»*Right oh*«, sagt der Onkel. »Der Journalist von der *Washington Post*. Was halten Sie von einem Drink? Ich gönne mir einen beschaulichen Schlummertrunk, bevor das Pandämonium beginnt.«

Dexter ist beeindruckt, daß der Mann ein Wort wie »Pandämonium« verwendet – als würde er dieser ganzen Präsidentschaftskampagne, in die er verwickelt ist, eine ironische Seite abgewinnen; als verberge sich hinter dem Donald-artigen, von Erfolg und Know-how zeugenden Äußeren des zuvorkommenden Onkels ein Hauch des gleichen freien Geistes, wie er selbst ihn hat. Ein Mann nach meinem Herzen, denkt Dexter. Und plötzlich, am Vorabend seiner Abreise, verspürt er den Wunsch, wenigstens einem Menschen hier zu sagen, wer er wirklich ist. »Um ehrlich zu sein, Sir, ich bin kein Journalist«, gesteht Dexter.

»So?« Der Onkel betrachtet ihn neugierig; seine Augenwinkel legen sich in Lachfältchen. Sein Gesicht ist so glatt und ebenmäßig, daß Dexter sich fragt, ob er das feste Puder-Makeup vom Fernsehen die ganze Zeit über trägt. »Sie sind doch nicht etwa im Auftrag der CIA oder USIA oder des FBI oder so eines Vereins hier, oder?«

»Nein, Sir«, antwortet Dexter mit dick aufgetragenem Südstaatenakzent, um unbedarfter und liebenswerter zu erscheinen. »Ich bin hier, weil ... also, weil ich Yos *compañero* bin.« Er probiert das spanische Wort aus. »Oder es zumindest gern wäre«, räumt er ein.

Das war's, denkt Dexter. Er kippt seinen restlichen Rum hinunter und macht sich auf eine Ohrfeige oder eine Aufforderung zum Duell gefaßt, oder was immer den hiesigen Gepflogenheiten entspricht.

Aber der elegante Onkel beginnt zu glucksen. »Tja, junger Mann, ich denke, wir können beide ein bißchen Glück gebrauchen. Mögen wir beide gewinnen!« Er stößt mit ihm an und trinkt sein Glas leer, dann folgt ein *abrazo* mit Rückengeklopfe, ein Nicken zu einem Schlafzimmerfenster hin, hinter dem noch Licht brennt, und der Präsidentenonkel ist verschwunden.

Vor der Schlafzimmertür horcht Dexter einen Augenblick, bevor er leise anklopft. Ein Stuhl scharrt über den Boden. »*¿Sí?*« ruft eine Stimme, eine Stimme, die ihm noch immer ans Herz greift.

Er dreht den Knauf, und die Tür öffnet sich in ein kleines Zimmer voller Bücherregale, die nicht etwa mit Büchern gefüllt sind, sondern mit Vasen und Keramikfigürchen, die Körbe auf dem Kopf tragen, und anderem Schnickschnack. Eine Couch wurde zu einem Bett umfunktioniert, an einer Armlehne lehnt ein Kissen. Daneben, am Schreibtisch, sitzt Yo, der Schein einer Lampe fällt auf das Notizbuch, in das sie geschrieben hat.

Sie ist sichtlich verblüfft, daß Dex hier auftaucht, und einen Augenblick lang glaubt er, daß sie sagen wird: Mein Held, jetzt hast du die gerissenen Onkel doch ausgetrickst. Aber statt dessen verhärtet sich ihre Miene.

»Was willst du?« fragt sie, ohne ihn aus den Augen zu lassen. Dexter fühlt sich wie zuvor am Pool, als ihn die kleinen Mädchen taxierten.

Er setzt sich auf die Armlehne der Couch und wirft einen Blick auf die aufgeschlagene Seite, wo er die vertrauten Linien seines handgeschriebenen Namens entdeckt. »Baby, Baby«, sagt er und küßt ihre Hände, »was geschieht nur mit uns?«

Ihr Gesicht wird so weich, daß er weiß, daß sie den Tränen nahe ist. »Ich dachte, du würdest dich in meine Familie verlieben«, sagt sie mit tränenerstickter Stimme. »Ich hatte gehofft, daß du hier glücklich bist.«

Einen Moment lang fühlt er sich, vermutlich genau wie Yo, versucht, eine Geschichte zu erzählen. Zu sagen: *Aber natürlich kann ich hier unten glücklich sein. Ich kann mich ohne weiteres anpassen an die eleganten Onkel und die Cousins und die Diener, die viel weltgewandter sind als ich. Für dich kann ich mich in ein dominikanisches Teiggesicht verwandeln und mich von einem Chauffeur in einem Mercedes herumkutschieren lassen.* Aber Dexter weiß, daß er für mehr als oberflächliche Veränderungen zu alt ist. »Ich mag sie wirklich«, versichert er ihr. »Sie sind anregend und reizend... Mein Gott, sie erinnern mich sogar an meine eigene Verwandtschaft mit ihrer Südstaaten-Gastfreundlichkeit. Aber, Honey-Baby, ich bin vor zwanzig Jahren von zu Hause weg. Und ich möchte nicht zurückkehren.«

»Aber deine Familie...«

»Meine Familie, das sind du und ich.« Er küßt sie auf die Stirn. Im Augenblick erscheint ihm das die passende Stelle für einen Kuß.

»Ich könnte nicht so leben. Ich könnte mich selbst nicht verstehen, ohne daß mir der Rest der Sippe sagt, wer ich bin.«

»Ich weiß«, meint er traurig und nickt. Es ist, als hätte er endlich an die richtige Tür geklopft. Aschenputtel antwortet, und der Schuh paßt, nur leider befindet sich Dex im falschen Märchen. Als Prinz müßte er ein schlafendes Dornröschen wecken und nicht einem wachen den Schuh anziehen.

»Und was machen wir jetzt?« fragt sie ihn. Ihr Blick ist so offen und vertrauensvoll, als glaubte sie, er, Dexter Hays, könnte ein Happy-End für ihre Geschichte erfinden.

»Wie wäre es mit so einer persönlichen Massage?« scherzt er. Aber ihr niedergeschlagenes Gesicht spiegelt die Trauer in seinem Herzen wider. Keiner von beiden ist wirklich in Stimmung.

»Ich frage mich«, überlegt sie laut, »ob wir das alles herausgefunden hätten, wenn du nicht hergekommen wärst?«

Und damit legen sie sich, an ihrem letzten gemeinsamen

Abend, auf die schmale Couch und schlafen, vom Getöse der Knallfrösche begleitet, ein. Sehr viel später, als das erste Licht durch die Jalousien sickert, hört Dexter das Telefon läuten; es ist der Anruf, durch den der Onkel erfährt, daß auch er verloren hat.

TEIL III

DIE HOCHZEITSGÄSTE

Standpunkte

Er möchte gern sagen: Liebe Freunde, liebe Familie, wir haben uns hier versammelt, um zu feiern, daß sich Douglas Manley und Yolanda García zusammentun, was – wie ihr sehen könnt – bedeutet, daß die unterschiedlichsten Lebensläufe und Geschichten hier zusammenkommen, so wie ihr alle hier zusammengekommen seid.

Aber unter freiem Himmel schwingt er nicht gern große Reden. Es ist ein gewaltiger Unterschied, ob man unter den Bogen des Deckengewölbes der St. John's-Kathedrale im sanft schimmmernden Licht erhabene Töne anschlägt oder an einem heißen Maitag im Freien, mitten auf einem Feld neben einer Schaffarm in einem Hickorywäldchen, von dessen Bäumen jede Menge Nüsse (die Eichhörnchen werden sich dieses Jahr freuen) auf die versammelten Gäste herabfallen.

Vor ihm steht sein alter Freund Doug, den er kennt und doch nicht kennt, wie das bei den meisten Freundschaften samt ihren Enthüllungen und Schwebezuständen der Fall ist. Er hat ihn begleitet durch die beständigen Jahre seiner ersten Ehe, die scheinbar beständigen Jahre, die Sitzungen des Kirchenbauausschusses wegen des neuen Dachs, das Zentrum für mißhandelte Frauen im Souterrain – Jungejunge, und wie sie damals gegen die alte Garde ankämpfen mußten! Er hat miterlebt, wie Doug an Format gewann, sofern dieser Ausdruck für einen schüchternen Mann paßt, der jederzeit bereit ist, beim Basar im Küchenzelt mitzuhelfen und im Gottesdienst die zweite Lesung zu übernehmen, die meist kürzer

und einfacher ist als die erste mit ihren komplizierten alttesta-
mentarischen Namen, einen Mann, dem es aber lieber wäre,
nicht an den Altar vortreten zu müssen, um eine Ehrennadel
für seine Verdienste um die Gemeinde entgegenzunehmen. Er
hat mit angesehen, wie sich Erschöpfung auf ihn herabsenkte,
eine Geistesabwesenheit, über die er mit Doug hatte reden
wollen, ohne daß es je dazu gekommen wäre, auch nicht,
nachdem Gerüchte durchgesickert waren, denen Glauben zu
schenken er sich als Geistlicher stets gehütet hatte. Er hat mit
ihm und für ihn gebetet, als Doug selbst ihm die Nachricht
überbrachte – ein Gelübde gebrochen, eine Ehe gescheitert,
ein Haus auf Fels gebaut, der sowenig trug wie Treibsand.
Und dann die schweren Jahre, die Jahre des Ringens.

Er möchte gern sagen: Doug, hier ist die Verheißung eines
neuen Anfangs. Hier ist die Gefährtin, der im Gestrüpp fest-
hängende Widder, der dich davor bewahrt, dein Glück zu
opfern.

Aber nein, es sind bestimmt zweiunddreißig Grad, sogar
hier im Schatten der Bäume. Hinter den Köpfen von Doug
und Yolanda sieht er die dunstigen Berge in der Hitze ver-
schwimmen. Er sollte sich kurz fassen. Aber einen Teil dessen
möchte er schon gern sagen.

Dicht beim Vater, sich auf die Lippen beißend, steht das
Kind aus jener ersten Ehe, das nun ohne Halt zwischen den
Familien hängt und mit den Tränen kämpft. Er möchte gern
zu ihr sagen: Es wird besser werden, Corey, das verspreche
ich dir. Das Leid hat ein Ende, es gibt einen Ruhepunkt in der
sich verändernden Welt. Doch würde er in diesem pastoralen
Ton mit einem angehenden Teenager reden, würde er besten-
falls ein »Scheiß-drauf« ernten. Er weiß noch, wie er das
Wasser des Heiligen Geistes über die zerknitterte kleine Stirn
gegossen hat, erinnert sich an das wütende Geheul, die wild
um sich tretenden Beinchen unter einem für dieses Mensch-
lein viel zu protzigen Taufkleid, erinnert sich auch, wie sich,
als er ihren Namen aussprach, plötzlich Ruhe über das win-

zige Gesichtchen breitete, als hätte sie nur darauf gewartet, daß ihr jemand ihren Platz in der Welt zuweist, der ihr jetzt weggenommen wird.

Im Grunde weiß er nicht recht, was er ihr sagen soll.

Und rechts und links von Corey, als wollten sie sie stützen in diesem Augenblick, in dem sie endgültig weiß, daß die glückliche Wendung, die sie sich wünscht, nicht eintreten wird – Mum und Dad wieder beisammen, gemeinsames Ostereiersuchen in der Mansarde –, stehen ihre Großeltern. unverkennbar das Gesicht der Enkelin und Dougs Gesicht, nur älter und müde. Gütige, einfache Menschen, bei denen einem stets der Ausdruck »das Salz der Erde« in den Sinn kommt; und natürlich die Seligpreisungen – selig die Sanftmütigen, selig die Armen im Geiste.

Hie und da entdeckt er vertraute Gesichter, die er im Laufe seiner zwanzig Jahre in dieser Gemeinde von New Hampshire genau kennengelernt hat, Dougs Freunde und seine Familie, denen er sonst beim Abendmahl in der Kirche und bei geselligen Abendessen begegnet, an Krankenbetten und an Gräbern. Menschen, deren seelische Nöte er von jeher kennt, über deren gute und weniger gute Taten er Bescheid weiß. Diese Menschen in ihren hellen Pastellfarben, den leichten Leinenjacken und luftigen Baumwollkleidern, in ihrer ruhigen Anmut, mit ihren gedämpften, gebildeten Stimmen (immerhin ist das hier eine College-Stadt) – das ist die Herde, die zu hüten er sich seit zwanzig Jahren alle Mühe gibt. Über sie und zu ihnen könnte er – mehr oder minder – das sagen, wozu sein Herz ihn drängt.

Doch dann rücken in grellbunten Farben und mit lauten Stimmen, zu den Klängen von – wie er fast versucht ist zu sagen – Schellen und Harfe, ähnlich den Menschentöchtern in der Genesis, die mit zartem Fleisch und Spezereien die besonnenen Männer von den Bergen herablocken, die Familie und die Freunde von Yolanda García an.

Unter diesen Menschen, ihren Leuten, fühlt er sich farblos

und bringt keinen Ton heraus. Den ganzen Nachmittag über gab es Streitereien und Versöhnungen, während sie sich auf diesem Feld einfanden und durcheinanderliefen, Vater und Mutter regten sich über eine der Töchter auf, eine weinende Schwester umarmte eine alte Tante, zwei Freunde begrüßten sich lauthals und überschwenglich. Er schnappte getuschelte Worte auf, die sich fast biblisch anhörten: *enterben, sich selbst retten, meinen Segen, kann jetzt in Frieden sterben.* Dem Gerede, das ihm zugetragen wurde – bevor er sein Meßgewand von dem Haken im Wohnwagen holte und anlegte, noch bevor sie wußten, daß er »der Priester« war (er glaubt, daß die ganze Familie katholisch ist) –, konnte er entnehmen, daß auch einer von Yolandas Verflossenen da ist und ein Gedicht von Rumi vortragen wird, daß die attraktive, etwas dunkelhäutigere Frau die Tochter des Dienstmädchens ist, daß die beste Freundin – die in der enganliegenden schwarzen Strumpfhose und dem aufreizenden Spitzenoberteil – eine ganze Therapiegruppe mitgebracht hat. Dazu gehören auch eine lesbische Frau und noch eine lesbische Frau und zwei kleine Babys. Wie mag das zugegangen sein? Die Welt ist voller Zufälle und Geheimnisse. Gott segne euch, Gott segne euch, mehr weiß er diesen Menschen nicht zu sagen. Vielleicht kann er sie damit beruhigen, vielleicht gelingt es ihm, sie zusammenzubringen, wenn er genau die richtigen Worte findet für diese vorübergehend zusammengewürfelte Gemeinde auf diesem Hang in New Hampshire an einem heißen Tag Ende Mai.

Und inmitten dieses lärmenden Clans, dieses Kaleidoskops von Farben, wandelt die Braut, Yolanda García, in langer grauer Jacke und Hose. Inmitten dieses lauten Gewühls und emotionalen Aufruhrs wirkt sie geradezu gedämpft, als versuchte sie, alle diese Menschen in Gedanken unter einen Hut zu bringen, dieses bunte Durcheinander von Lebensläufen, diese Vielfalt unterschiedlicher Ansichten.

Sie steht einen Augenblick allein neben dem Kühler mit

frischem Quellwasser, den Dougs Eltern aufgestellt haben, und sieht zu ihm herüber. Er erinnert sich – wie könnte er das vergessen? –, daß sie keine kirchliche Trauung wollte. Daß sie ihn bei dem Vorgespräch, noch bevor er sich bereit erklärt hatte, die Zeremonie abzuhalten, auf seine Frage, ob sie an den Herrn Jesus Christus glaube, lange angesehen und dann geantwortet hatte: Ja und nein.

Und jetzt hat sie den gleichen Blick, der auch Verwirrung verrät, als fragte sie sich, wie sie das alles durchstehen soll, die Zeremonie und das Leben danach. Mit diesem Blick fleht sie ihn an und fordert ihn gleichzeitig heraus: *Nun, Mann Gottes, was hast du mir zu sagen? Wie lautet das rechte Wort?*

Liebe Freunde, liebe Familie (möchte er gern sagen), wir haben uns hier versammelt, um hinter uns zu lassen, was wir gewesen sind, und zu feiern, was wir werden. Das ist unsere Aufgabe an diesem neunundzwanzigsten Tag im Mai neunzehnhundertdreiundneunzig: Wir, die wir das frühere Leben und Lieben von Douglas Manley und Yolanda García mitgestaltet haben, sind hier zusammengekommen, um ihre neue Familie mitzubegründen.

Wenn jetzt noch eine von ihren dämlichen Schwestern ankommt und mich fragt, wie mir zumute ist, fange ich, glaub ich, an zu schreien. Soll ich vielleicht sagen, es macht mir einen Mordsspaß zuzusehen, wie ihr alle mit meinem Leben Playmobil spielt?

Los, geben wir Corey eine neue Mutter. Geben wir Corey eine neue Verwandtschaft. Geben wir Corey eine komplett neue, glückliche Familie, der sie angehören darf.

Und dann spricht mich diese alte Tante – die muß wohl blind sein – auch noch auf spanisch an. Klar hab ich auf der High-School ein paar Jahre Spanisch gelernt, und mit meinen richtigen Eltern war ich mal in Guatemala, aber anmerken laß ich mir nicht, daß ich verstehe, was sie zu mir sagt. Sie versucht die ganze Zeit dahinterzukommen, ob ich eher den

Garcías oder eher den de la Torres ähnlich sehe. Und dann dämmert es mir, daß sie mich für ihre Großnichte hält und denkt, ich bin eigens den weiten Weg aus der Dominikanischen Republik hierhergekommen, um bei dieser blöden Hochzeit dabeizusein.

Würdest du bitte, *por favor*, aufhören, mir deinen ekelhaften Atem ins Gesicht zu blasen, sonst fange ich an zu schreien.

Irgendwann kommt dieser mittelalterliche Hippietyp her und eist mich los. »*Howdy there!* Sie müssen Miss Corey sein.« Er hat einen Südstaatenakzent, der aufgesetzt wirkt. Ich nicke, warte erst mal ab, Arme verschränkt, sieh zu, was du daraus machst, Freundchen. »Ich bin Dexter Hays, zu Ihren Diensten.« Er gibt mir einen Handkuß. Irgendwie süß. Dann überreicht er mir einen von seinen knallroten Smiley-Luftballons und bindet ihn mir ans Handgelenk.

»Wollen Sie bei dieser Hochzeit meine Partnerin sein?« macht er mich an.

Am liebsten würde ich sagen: Besorg dir erst ein vernünftiges Leben, besorg dir einen ordentlichen Haarschnitt und einen Job, oder so. Aber ich sage nur: »Entschuldigen Sie mich, ich muß meinen Dad suchen«, und wende mich rasch ab, Augen fest auf den Boden gerichtet, denn, Mann, das letzte, was ich jetzt brauchen kann, ist Blickkontakt mit noch so einem Rindvieh, das mich fragt, wie es mir geht.

Aber, meine Fresse, heute ist wirklich mein Glückstag, überhaupt hab ich ein Glücksjahr, eine richtige Glückssträhne. Ich laufe ihr direkt in die Arme, und einen Augenblick denk ich, lieber Himmel, die hat genausoviel Angst wie ich.

»Kommst du halbwegs über die Runden, Corey?« fragt sie. Sie ist nicht so dumm, mir den Arm um die Schultern zu legen, obwohl es einen Augenblick ganz danach aussieht.

»Mir geht's gut«, sage ich ganz sachlich. »Ich suche meinen Dad.«

Und wie der Blitz ist er da und schlingt einen Arm um

sie und den anderen um mich. »Wie geht es meinen zwei entzückenden Mädchen?« fragt er, und ich möchte am liebsten kotzen. Ich versuche seinen Arm abzuschütteln, aber er hält mich fest. »Dad!« sage ich. »Laß mich los!« Wehe, wenn nicht.

Dann stelle ich mich an diesen Hang und schreie. Ganz im Ernst.

Wenn das nicht das hübscheste Häufchen Puppen ist, das ich je nördlich von Mason Dixie zu Gesicht bekommen habe, will ich nicht Dexter Hays heißen. Ich bin mit einem Strauß roter Smiley-Ballons für die Braut hergekommen, habe sie aber an diese holden Ladies verteilt. So viele verschiedene Exemplare dieser innig geliebten Spezies auf einem Fleck: schlanke Lateinamerikanerinnen mit wissenden Augen und sonnengeküßter Haut; korpulente, auf die Lebensmitte zugehende Ladies; recht attraktive Ladies, die Ladies den Vorzug geben – ah, welch ein Verlust für mich; und dann die langbeinigen blonden Yankee-Ladies ohne Schminke, die so frisch und sauber und durch und durch amerikanisch aussehen.

Und eine davon ist die hübsche Corey, das arme Häschen, sie schaut ganz betrübt. Wollte sie aufheitern, aber das ist vielleicht ein harter Brocken. Yo sollte sich lieber was von dem dicken Fell zulegen, das sie ihrer sensiblen Persönlichkeit bisher anscheinend nicht überstülpen konnte. Sie wird es brauchen. Aber was red ich da, sie wollte immer eine riesengroße Familie, Onkel und Tanten und angeheiratete Verwandtschaft und Cousins und Cousinen zweiten und dritten Grades und Freunde, die sie, wie sie es nennt, als Verwandte aus Zuneigung betrachtet. Na, und auf diesem Hang ist ihr Traum wimmelnde Wirklichkeit geworden – das übliche Paket, das auch ein oder zwei Alpträume enthält.

Und wer bin ich in diesem Sammelsurium? Der Sandmann mit einer Schachtel böser Träume? Nein, Sir, es ist fünf Jahre her, daß ich Yolanda García das letztemal gesehen habe, und dabei wäre es bis an unser Lebensende geblieben, hätten nicht die Grateful Dead ungefähr zwanzig Minuten von hier entfernt ein Konzert gegeben. In den vergangenen fünf Jahren sind wir lose in Verbindung geblieben, in letzter Zeit sehr lose. Irgendwann ruf ich sie an, aber ihre Nummer hat sich geändert, also ruf ich die neue Nummer an, und da meldet sich dieser Doug, und ich will schon sagen: »Hier ist Luigi's Pizza Parlor, ich soll eine große Peperonipizza bei der Familie Albatros abliefern, können Sie mir sagen, wie ich da hinkomme?« Aber ich denke, was zum Teufel soll's, ich war vor dir da, Freundchen, also sag ich: »Hier ist ein alter Freund von Yo. Ist sie da?«

Und er sagt: »Tut mir leid, aber sie kann im Augenblick nicht ans Telefon kommen. Kann ich was ausrichten?«

Ich will schon sagen, er soll sich doch ins Knie ficken, aber dann fügt er hinzu: »Sie schreibt«, und ich weiß, daß er mich nicht bloß abwimmeln will. Also hinterlasse ich Namen und Adresse, und ein paar Stunden später hab ich die gute alte Yo an der Strippe, und sie sagt: »Ay, Dexter, ich freue mich richtig, deine Stimme zu hören. Was hast du denn so getrieben?«

»Was hast *du* denn so getrieben?« frag ich dazwischen, weil ich eine deutliche Veränderung in ihrer Stimme höre, ein neues Selbstbewußtsein. »Du hörst dich richtig glücklich an.« Egal, was mein Daddy behauptet, ich hab genug Manieren, um nicht hinzuzufügen: *ausnahmsweise.*

»Ay, ich bin ja so glücklich, Dexter, ich bin einfach selig.« Und während sie mir erzählt, daß sie endlich diesen wunderbaren Mann gefunden hat (und was war ich? geschnetzelte Waschbärenleber?), steh ich da und sage: »Das ist ja großartig!« Aber Sie wissen ja, wie das ist, man möchte zwar, daß der Exschwarm glücklich ist, aber hören will man es im Grunde nicht. Vermutlich möchte ich Blödmann mir tief im Innern doch einbilden, daß in den Herzen meiner Verflossenen noch immer eine Flamme für mich brennt. Teufel auch, ich gebe mich ja schon mit einer Stichflamme zufrieden, weil ich gestehen muß, daß der alte Dex bei den Frauen einfach kein dauerhaftes Glück hat. Mein Daddy behauptet, ich bin verdammt noch mal selber dran schuld. Er sagt, ich wollte mich eben nie richtig häuslich niederlassen. Und hören darf er das zwar nicht, aber ich glaube, er könnte recht haben.

Wie auch immer, nachdem sie mich auf den neuesten Stand gebracht hat, dreht sie den Spieß um. »Du hast mich ausgetrickst, Dex. Ich habe dich zuerst gefragt, was du so treibst.«

Also sag ich ihr, warum ich angerufen habe. Ich bin am letzten Maiwochenende ganz in ihrer Nähe bei einem Konzert der Grateful Dead, und da fängt sie zu lachen an und sagt: »Dexter, Honey, genau an dem Samstag heirate ich. Was hältst du davon, wenn du am Nachmittag vor dem Konzert zu unserer Hochzeit kommst? Sie findet draußen auf dem Land statt, auf einem Grundstück, das wir gekauft haben, direkt neben einer Schaffarm...«

Sie redet weiter, gerät richtig ins Schwärmen – anders kann man es nicht nennen –, und ich versuche, zuzuhören und mir gleichzeitig einen Joint zu rollen, weil ich dieses wunde Loch in mir spüre, das ich mit irgendwas füllen muß. Und wirklich, kaum hab ich es geschafft, das Ding anzuzünden und ein paar tiefe Züge zu machen, komm ich gleich viel besser damit klar, daß so viel Glück in Yos Richtung fließt. Vielleicht ist das der Grund, warum ich ihr am Schluß verspreche: »Aber sicher, Baby, um der alten Zeiten willen. Ich werde dasein, um die Braut zu küssen!«

Die Braut küssen, daß ich nicht lache! Wenn er sich noch einmal in Yos Nähe wagt, gehe ich hinüber und lasse diese albernen Luftballons zerplatzen, die er sich ans Handgelenk gebunden hat. (Was will er eigentlich – dem Bräutigam die Schau stehlen?)

Gleich als erstes kommt er her zu mir und sagt: »Sie müssen

der Glückliche sein!« Bin ich auch, aber ich habe keine Lust, mir das von ihm sagen zu lassen. Also strecke ich ihm die Hand hin und sage: »Doug Manley, Yos Mann«, obwohl es genaugenommen heißen müßte: Yos zukünftiger Mann. Aber ich möchte diesen Kerl gleich auf seinen Platz verweisen. Doch er reagiert gar nicht. Seine Hand schießt auf mich zu, und im Gesicht hat er ein strahlendes, großspuriges Grinsen. »Ich bin Dex, Yos Ex«, sagt er.

Dann kommt Yo dazu, und er fängt an, auf diese Mein-Gott-das-ist-ja-nicht-zu-fassen-Tour den Kopf zu schütteln und sich zu räuspern, als hätte es ihm bei ihrem Anblick die Sprache verschlagen. Nun gehöre ich wahrhaftig nicht zu den Leuten, die sich leicht aufregen, aber das gefällt mir ganz und gar nicht. Als er fragt, so als wollte er mich wirklich um Erlaubnis bitten: »Darf ich die Braut küssen?«, antworte ich achselzuckend: »Klar«, aber dann gibt er ihr jedesmal, wenn sie vorbeigeht, einen flüchtigen Kuß. »Immer schön langsam, Mister«, möchte ich zu ihm sagen, »das ist keine Blanko-Vollmacht.«

Ich bin froh, daß alle anderen da sind. Corey freilich sieht aus, als würde sie jeden Augenblick zu weinen anfangen, und es hat auch keinen Sinn, sie mit einzubeziehen, denn dann müßte sie kotzen, behauptet sie, und wenn man sie in Ruhe läßt, fängt sie an zu schreien, sagt sie, oder vielleicht war es umgekehrt. Sie hat mir ihre Entscheidung bereits mitgeteilt: Sie lebt weiterhin bei ihrer Mom und verbringt ein paar Wochenenden bei Yo und mir. Als ich wissen will, wie viele »ein paar« sind, sagt sie, sie fängt gleich an zu schreien *und* zu kotzen, falls ich versuchen sollte, sie festzunageln.

Die Sünden der Väter werden an den Söhnen und Töchtern vergolten. Aber machen Sie sich nichts vor, sie fallen auf einen selbst zurück. Luke und ich haben darüber gesprochen. In den ersten einsamen Jahren nach der Scheidung bin ich oft abends an der St. John's-Kathedrale vorbeigefahren, und wenn oben in seinem Arbeitszimmer noch Licht brannte, obwohl es schon spät war – zumindest für eine Kleinstadt: zehn Uhr –, hab ich den Wagen abgestellt und bin hinaufgegangen, und dann legte er jedesmal die Predigt beiseite, an der er gerade arbeitete – er hat eine Vorliebe für handfeste Bibelauslegungen mit praktischer Nutzanwendung –, und sagte: »Wie läuft's denn so?« Er wußte natürlich, daß der Abend schlimm für mich war – sonst hätte ich nicht vorbeigeschaut. Manchmal wies er mich auf bestimmte Bibelstellen hin (Isaak und der Widder, der ihm das Leben gerettet hat, die Taube mit einem Hoffnung verheißenden Zweig im Schnabel), und manchmal kamen seine Worte einfach aus dem Herzen, das waren die besten Male.

An einem solchen Abend erzählte er mir am Schluß von einem Projekt in der Dominikanischen Republik, das die Gemeinde von St. John's zusammen mit einigen anderen Gemeinden plante, nämlich in bitterarmen Dörfern Häuser zu bauen. Ob ich nicht Lust hätte mitzumachen?

Es war Sommer, und in dem betreffenden Monat sollte Corey zu mir kommen. Ich brauchte gar nicht darüber nachzudenken. Sicher, habe ich gesagt. Zu Hause holte ich gleich den Atlas hervor und war doch überrascht – so ein großer, aufgeblasener Name, Dominikanische Republik, für so ein kleines amöbenförmiges Etwas, das einem vorkommt wie ein winziger Punkt unter dem Mikroskop, der jeden Augenblick wegrutschen kann.

Corey und ich flogen also dahinunter. Wir bildeten uns ein, ein bißchen darauf vorbereitet zu sein, weil wir, sie, ihre Mutter und ich, mal einen längeren Urlaub in Guatemala gemacht hatten. Aber in der Dominikanischen Republik wohnten wir in Zelten in einem Bergdorf, sechzehn Männer und zehn Frauen aus Kirchengemeinden überall in den Vereinigten Staaten. Anfangs beäugten uns die Dorfbewohner, als fragten sie sich, was wir als Gegenleistung für dieses Gottesgeschenk, die neuen Häuser, wohl verlangen würden, zumal wir Protestanten waren. Einer von uns, ein Mann, der gut spanisch sprach, erklärte ihnen, die Tatsache, daß wir ihnen ein Dach über dem Kopf bauten, bedeute noch lange nicht, daß sie dem Papst abschwören müßten. Danach war ihnen anscheinend etwas wohler, auch wenn sie immer wieder betonten, bevor sie irgendwelche Papiere unterschrieben und damit unsere Spende annahmen (was das Finanzamt und Onkel Sam verlangten), wollten sie die Ankunft einer Person namens Yolanda García abwarten.

So lernten wir uns kennen – in einem gottverlassenen kleinen Nest, wo Yo uns ins Kreuzverhör nahm, um genau zu erfahren, was wir vorhatten, und anschließend den Dorfbewohnern bestätigte, die Sache sei unbedenklich, sie könnten getrost ihre Kreuze auf die gepunktete Linie setzen. Vermutlich konnten sie die Formulare nicht lesen und hatten sich geschämt, das zuzugeben. Wie dem auch sei, später erfuhr ich, daß sie seit ein paar Jahren jeden Sommer in dieses Dorf kam und einen Großteil der Dorfbewohner gut kannte. Die vergangenen zwei Wochen hatte sie in der Hauptstadt verbracht, weil ihr Liebhaber aus den Staaten zu Besuch gekommen war. Sie können sich denken, wer dieser Liebhaber war: Mister Dexter Hays.

Das Komische war, daß Yo und Corey sich da unten prima verstanden. Vermutlich weil noch keine Eifersucht mit im Spiel war und nichts darauf hindeutete, daß diese Frau ein Teil meines Lebens werden könnte. Das versuche ich mir immer wieder ins Gedächtnis zu rufen, wenn sich die Situation zuspitzt. Ein Hoffnung verheißender Zweig in einem Taubenschnabel.

Wir waren gerade mit dem Bau der letzten Häuser fertig, und alle Dorfbewohner hatten sich in der Mitte der trostlosen Ansiedlung, die sie Stadt nannten, in einem etwas höher gelegenen strohgedeckten Gebäude versammelt, um zu feiern. Sie schleppten die primitivsten Musikinstrumente an, die man sich vorstellen kann. Eines davon war eine durchlöcherte Dose, über die der Spieler mit einem kleinen Metallstab fuhr, so daß ein kratzendes Geräusch entstand. Ein anderer hatte ein Akkordeon, das aussah, als wäre es mit den Zigeunern kreuz und quer durch Europa gezogen. Außerdem gab es eine aus einem ausgehöhlten Baumstamm bestehende Trommel und aus Flaschenkürbissen hergestellte *maracas*, in denen sich noch die getrockneten Kerne befanden.

Die Männer fingen an, eine *merengue* zu spielen, deren Rhythmus jede Band nördlich und auch südlich des Rio Grande in den Schatten gestellt hätte. Yo und Corey begannen, mit den Fingern zu schnipsen und ihre Hüften im Takt zu wiegen, und auf einmal standen sie beide vorn, nur sie beide, und tanzten, Corey, als hätte sie vom Tag ihrer Geburt an nichts anderes getan. Nach ein paar Minuten holte sich jede einen Einheimischen und begann mit ihm zu tanzen. (Yo nahm einen Mann, Corey natürlich ein anderes Mädchen.) Nach ein paar Drehungen führten sie diese beiden Personen zusammen und holten zwei weitere heran, tanzten erst mit ihnen, ließen sie dann zusammen weitertanzen, und bald tanzten das ganze Dorf und alle freiwilligen Helfer, und die Menge quoll aus dem Gebäude auf die Straße hinaus. Ich hielt mich im Hintergrund, denn auch wenn der Rhythmus dieser *merengue* noch so ansteckend war, ich bin der schlechteste und gehemmteste Tänzer, den es gibt. Sobald Yo und Corey ihre letzten Partner losließen, sahen sie sich um, um festzustellen, ob außer den Musikern noch jemand übrig war, und da ich der einzige war, versuchte ich mich hinter die Zisterne zu stehlen.

»He!« rief Yo, und Corey schleifte mich auf die Tanzfläche, und dann hielten wir drei uns an den Händen, tanzten *merengue* und lachten uns schief. Nach einem schwungvollen Chorus standen die Musiker auf und gingen durch die gewundenen Straßen voraus, wir alle tanzend hinterher, als hielten wir eine Prozession ab, um die neuen Häuser zu segnen und das Ereignis zu feiern, daß wir hier zusammengekommen waren, um sie zu bauen.

Freilich war das ein himmelweiter Unterschied zu dem, was sich heute hier abspielt. Wenn ich mir die über den ganzen Hang verteilten Leute ansehe, die in separaten Grüppchen beisammenstehen – genau wie die Schafe nebenan auf der Weide –, und dazwischen Coreys Gesicht und Yos gerunzelte Stirn bemerke, hege ich Zweifel, aber auch die Hoffnung, daß alle den heutigen Tag genauso genießen.

Ausgenommen dieser Dexter. Den würde ich am liebsten mit seinem Strauß Luftballons am Handgelenk zum Himmel emporschweben und irgendwo in weiter Ferne herunterkommen sehen. Vielleicht in diesem Dorf in der Dominikanischen Republik, ja, genau, auf dem Dach eines dieser Häuser, die wir gebaut haben.

Zuerst dachte ich, kommt nicht in Frage.

Aber dann habe ich es mir anders überlegt – wahrscheinlich wollte ich sie doch alle noch einmal sehen. Die García-Mädchen. Mit Ausnahme von Yo, die im vergangenen Juni in der Klinik aufgetaucht war, hatte ich seit über zwanzig Jahren keine von ihnen gesehen.

Aber es war mehr als das. Mamá ist letztes Jahr gestorben, und ich trauere noch immer. Ich weiß, daß ich das Leben von nun an aus einer völlig anderen Perspektive betrachten muß. Das ist unvermeidlich, wenn man den Menschen verliert, der einem bislang den Blick auf das Grab verstellt hat, die Mutter, den Vater, eine geliebte Tante oder einen Onkel. Die ältere Generation eben. Auf einmal ist man als nächster mit dem Sterben an der Reihe, und der Wind bläst heftig in diese Richtung.

Und so stand ich allein da und fröstelte. Mamá war für mich das letzte echte Verbindungsglied zur Insel, und jetzt, wo sie nicht mehr da ist, habe ich eigentlich keinen Grund mehr, dorthin zurückzukehren. Ich habe ein volles Wartezimmer, und das bißchen Freizeit, das mir bleibt, verbringe ich auf dem Tennisplatz. (Ich habe es geschafft, Platz eins auf

der Forderungsliste zu halten.) Warum also sollte ich zurückkehren? Die wenigen Verwandten, die ich noch auf der Insel
habe, sind so arm und ungebildet, daß es mir unerträglich ist,
ihnen gegenüberzutreten. Ich schicke nach wie vor jeden
Monat einen Scheck in unser Dorf. Als ich den Kurierdienst
das erstemal damit beauftragte, konnten die Leute die Ortschaft nicht einmal auf der Karte finden, auch nicht auf einer
dieser neuen, detaillierten Karten, auf denen alle Küstenorte
mit Sonnenschirmchen und kleinen roten Segelbooten ge-
kennzeichnet sind.

Die Einladung kam nicht von Yos Eltern, sondern von ihr
selbst. Und sie war ausgesprochen schlicht, eins dieser vorge-
druckten Dinger zum Ausfüllen, wie man sie in jedem Karten-
geschäft kaufen kann. Bitte komm am letzten Wochenende
im Mai auf das und das Feld neben der und der Schaffarm zu
einem großen Treffen, bei dem wir uns das Jawort geben.
Eine Adresse in New Hampshire. (Ich mußte eigens bei Wal-
dens vorbeifahren und mir einen Atlas besorgen, um nachzu-
schauen, wo genau New Hampshire ist. Ich wußte zwar, daß
es nördlich von New York City liegt, aber wie weit nördlich?
Ich persönlich finde es zuviel verlangt, den Überblick über
fünfzig Staaten zu behalten. Sie sollten sie zu fünf oder sechs
Provinzen zusammenfassen. Das würde uns armen Einwan-
derern, die wir sie für unsere Staatsbürgerschaftsprüfung alle
auswendig lernen müssen, die Sache erleichtern. Das war der
einzige Teil der Prüfung, bei dem ich keine hundert Prozent
erreicht habe.)

Das Problem war, daß ich bei dieser Hochzeit natürlich
mehr von der Familie zu sehen bekommen würde als nur die
Garcías. Bestimmt waren auch einige dieser zu den oberen
Zehntausend gehörenden Tanten und Onkel von der Insel da,
obwohl ich bezweifelte, daß sie sich bei den zahlreichen
Hochzeiten der García-Mädchen (bisher waren es sieben)
noch regelmäßig blicken ließen. Für diese alte Garde aus der
Dominikanischen Republik werde ich immer die Tochter des

Dienstmädchens bleiben, egal, wie viele Diplome an meiner Wand hängen und mit wie vielen Vorzimmerdamen man reden muß, um zu mir vorzudringen.

Und noch etwas kam hinzu: Es würde unser erstes Wiedersehen sein, seit meine Mutter auf dem Sterbebett verkündet hatte, daß mich mit der Familie de la Torre mehr verband als Mamás Arbeitsverhältnis.

Aber wie dem auch sei, ich fliege also in die nächstgelegene Stadt, die einen Flugplatz hat, und will mir ein Taxi bestellen, aber der Leiter der Zentrale sagt, er kann keinen seiner Wagen für eine so weite Strecke entbehren. »Rufen Sie doch bei Dwyer's an, die haben Limousinen, und heute ist in der Stadt weder eine Hochzeit noch eine Beerdigung.« Also rufe ich Dwyer's Car Service an, und die sagen, klar doch, wir bringen Sie hin. Anderthalb Stunden später fahre ich in einer endlos langen schwarzen Limousine an dem Feld vor, und ein kleiner Kerl in Uniform reißt mir den Schlag auf.

Und nun kommt etwas Interessantes, etwas sehr Interessantes. Sooft mich jemand aus dem García-de-la-Torre-Clan einem Familienangehörigen des Bräutigams vorstellt, zögert der Betreffende. »Das ist Sarita Lopez ... die Tochter ... einer Frau ... die ... die wir sehr geschätzt haben.« Und ich denke, na los, sag es schon. Sie ist die Tochter des Dienstmädchens, das unsere Toiletten geputzt, unsere Betten gemacht, unsere Wutausbrüche beschwichtigt und uns die Tränen abgewischt hat.

Und dann erzähl die Geschichte bitte weiter: Sie hat etwas aus sich gemacht, diese Tochter. Sie hat Naturwissenschaften und Medizin studiert, und heute gehört ihr eine der führenden Kliniken für Sportmedizin in den Staaten. Manchmal kommt sogar ein Patient aus der Dominikanischen Republik, und dann muß ich lächeln, weil mir der Name bekannt vorkommt. Irgendein »Onkel« väterlicherseits mit einer Knochensplitterung am Schienbein oder einem Tennisellbogen. Jemand, der mich verleugnen würde, wenn ich mich als seine

Nichte vorstellen würde, dem ich aber das Überbein an der Hand wegoperieren soll.

Jedenfalls bin ich wirklich meilenweit gegangen, Baby, wie es in der Zigarettenwerbung heißt. Aber das alles würde ich sofort hergeben, ja, wirklich, die Klinik und die Mitgliedschaft im Club, um diese schwer schuftende, erschöpfte dunkelhäutige alte Frau zurückzubekommen.

»Deine Mami fehlt mir furchtbar«, sagt Yo. Sie hat den Arm um mich gelegt – als hätte sie darauf gewartet, jemand umarmen zu können, und so komme ich eben in den Genuß von mehr Zuneigung, als sie wirklich für mich empfindet. »Ich wünschte, sie könnte dabeisein. Aber ich bin so froh, daß du gekommen bist, Sarita. Sonst hätte ich das Gefühl gehabt, daß eins der García-Mädchen fehlt.«

Das ist eine dieser Lügen, die das Herz für wahr hält, obwohl der Kopf weiß, daß sie ein Haufen Dreck sind. Trotzdem gestatte ich mir einen Augenblick, sie für bare Münze zu nehmen. Immerhin stimmt es, daß die vier García-Schwestern für mich noch am ehesten so etwas wie eine Familie sind, Menschen eben, die so sind wie ich: Wir hängen alle zwischen zwei Kulturen – allerdings mit dem entscheidenden Unterschied, daß ich auch noch zwischen den Klassen hänge, zumindest wenn ich zu Besuch auf die Insel zurückkehre.

»Ay, Yolanda«, sage ich und fühle mich selbst den Tränen nahe. »Das hätte ich auf keinen Fall versäumen wollen.« Doch dann betrachte ich über ihre Schulter hinweg einen Klüngel elegant gekleideter alter Tanten und aufgetakelter Cousinen, denen meine Mutter früher *cafecitos* auf einem Silbertablett serviert hat, und spüre, wie mein Selbstbewußtsein dahinschwindet, als wären all meine Diplome und Patienten nichts weiter als eine Geschichte, die ich mir für mich ausgedacht habe.

Der Bräutigam kommt auf uns zu, ein nett aussehender Mann mit einem liebevollen, scheuen Gesicht. Der Sohn eines Farmers, wie ich später von Yo erfahre. Kleine Farmpächter

aus Kansas, die dageblieben sind und den Boden dieser Staub-
schüssel ausgekratzt haben. Arme, einfache Leute, meiner
Familie auf der Insel nicht unähnlich. »Ay, Doug«, sagt Yo,
»ich möchte dir die jüngste García-Schwester vorstellen.«
Und dieser Mann ergreift meine beiden Hände, als wäre ich
eine liebe Verwandte, und er braucht kein Wort zu sagen, um
mir das Gefühl zu geben, daß ich bei dem, was hier geschieht,
dazugehöre.

Dios santo, ich glaube wahrhaftig, das ist sie, in dem lavendelfarbenen Kostüm mit einer Art Givenchy-Kragen, Primiti-
vas Tochter, die, die wie ein Mannequin aussieht und Ärztin
geworden ist.
Allerhand, wie sie die García-Mädchen bloßgestellt hat.
Aber Gottes Wege sind unergründlich.
Am liebsten würde ich zu ihr hingehen und mich vorstellen: »Ich bin Flor de la Torre. Ihre Mutter hat viele, viele
Jahre für mich gearbeitet. Um genau zu sein, ist sie von mir
weg in die Vereinigten Staaten gefahren, als die Garcías dorthin gezogen sind.«
Ich habe sie sehr gut behandelt. Als sie abreiste, habe ich ihr
einen alten Wintermantel von mir geschenkt, den ich für
Einkaufsreisen nach New York aufbewahrt hatte. Es war
Februar, und ich wußte, was sie dort erwartet.
Damals hatte sie dieselbe Kleidergröße wie ich, eine hoch-
gewachsene, gutaussehende Frau mit zimtfarbener Haut, etwas dunkler als die der Tochter, und pechschwarzem Haar,
das gut zu ihren dunklen Augen paßte. Sie war schon ewig bei
unserer Familie – wir alle haben sie sozusagen reihum geerbt,
wenn ein neues Baby kam oder wir mit Grippe im Bett lagen
oder eine große Party gaben. Primitiva war unser aller rechte
Hand.
Aber dann fing sie an, uns ständig damit in den Ohren zu
liegen, daß sie nach Nueva York wollte. Einige Familienmitglieder hielten sie für undankbar, aber ich konnte sie verste-

hen. Für sie wäre das eine Chance. Und außerdem hatte sie ein kleines Kind, an das sie denken mußte.

Endlich bekam Primitiva die Möglichkeit, zu den Garcías zu gehen, und sie war froh, von hier wegzukommen.

Und um ehrlich zu sein, inzwischen war auch ich heilfroh, daß sie uns verließ.

Arturo, mein Mann, hatte schon immer ein Auge auf hübsche Frauen, nicht so wie dieser blonde Kerl mit dem Rattenschwänzchen (irgendwoher kenne ich den...), der hier herumgeht und uns allen schöne Augen macht und uns diese albernen Luftballons gibt. Jedenfalls ruhten Arturos Blicke oft auf Primitiva, wenn sie neben der Anrichte stand und darauf wartete, den Coq au vin oder den *pudín de pan* zu servieren, oder wenn sie sich hinunterbeugte, um den kleinen Teich im Haus zu säubern, oder auf einer Leiter stand und die Jalousien ölte. Aber damit hatte es sich auch. Er liebte, wie er es ausdrückte, die Künste, unter anderem auch die von der Natur hervorgebrachte Kunst, die sich in einem schönen Gesicht, einem Busen oder eben auch einem wohlgeformten Hinterteil zeigte.

Doch nach allem, was wir für Primitiva getan hatten, nachdem wir ihr auf jede erdenkliche Weise geholfen hatten – von diesem Wintermantel bis hin zum Schulgeld in einem privaten *colegio* für das Mädchen –, können Sie sich vorstellen, wie furchtbar weh es tat, als sie mit dieser absurden Geschichte daherkam, daß mein Mann der Vater des Mädchens sei!

Und Sie können sich vorstellen, wie weh es mir jetzt tut, mit ansehen zu müssen, wie dieses Mädchen in einer Limousine mit Chauffeur hier vorfährt, als wollte sie uns alle bloßstellen. Ich hätte gedacht, daß Yolanda mehr Rücksicht auf die Gefühle der Familie nehmen würde – doch wenn ich es mir recht überlege, vielleicht kennt sie diese Geschichte gar nicht. Wir haben versucht, die Sache geheimzuhalten. Einmal wegen des Riesenskandals, zum anderen, weil mein Mann, Gott steh ihm bei, nicht mehr unter uns weilte, um erklären zu können, wie er es mir immer erklärt hatte, daß Schönheit zu würdigen nicht dasselbe war, wie sie zu genießen.

Ich gebe mir Mühe, sie zu ignorieren, und konzentriere mich einfach auf das Givenchy-Kostüm – oder ist es von Oscar de la Renta? – und die perfekt darauf abgestimmten Pumps. Aber mein Blick wandert immer wieder zu diesen vertrauten Augen, dem Schwung ihres Kiefers, der Art, wie sie beim Gehen die Arme schwenkt.

Es könnte Zufall sein. Außerdem gehört mehr dazu als das Ding eines Mannes, damit eine Familie entsteht. So einer Familie muß man sich mit Leib und Seele verschreiben, um jenes Band zu schmieden, das von nichts auf der Welt zerrissen werden kann. Sehen Sie sich die García-Mädchen an. Hätten die nicht zur Familie gehört, glauben Sie wirklich, ich hätte sie auch nur in die Nähe meiner Kinder gelassen?

Auch wenn sie zehnmal das de-la-Torre-Grübchen im Kinn und die Haselnußaugen der schwedischen Ururgroßmutter hat, sie ist trotzdem nur die Tochter des Dienstmädchens und nie und nimmer mit meiner Familie verwandt.

Ich bin ziemlich erstaunt, den guten alten Dexter Hays hier zu sehen. Und er ist ähnlich erstaunt, mich zu sehen. »Hey, Lucy, sexy Lady. Wie geht's denn so?«

Ich möchte sagen: »Gut, prima, haben Sie vielleicht eine von Ihren amerikanischen Zigaretten dabei?« Er war ein Joint-Kettenraucher, als ich ihn damals kennenlernte – vor fünf oder sechs Jahren, als Papi Präsident werden wollte. Der alte Dex ist zu uns auf die Insel gekommen, um Yo zu besuchen, die ihn als amerikanischen Journalisten auszugeben versucht hat. Jedenfalls war die Luft rings um das Poolhaus, in dem Dex wohnte, so marihuanageschwängert, daß ich befürchtete, der Gärtner könnte high werden, wenn er nur den Pool saubermacht. Irgendwann ist Dex eingeschnappt abgereist, und Yo hat mir dann später gesagt, daß sie sich getrennt haben.

Wie dem auch sei, Dexter ist hier, wiederauferstanden, und läuft mit seinen Luftballons herum, als wäre er der Bräutigam und hätte ein paar Züge zuviel geraucht, dabei hat die Zeremonie noch gar nicht angefangen. Die letzte halbe Stunde hat er auf die Tochter des Dienstmädchens eingeredet – eine direkte Cousine, sofern man dem Getratsche glauben darf. Und wenn ich mir das Gesicht unserer armen Tía Flor ansehe, muß ich den *campesinos* recht geben, die behaupten, der liebe Gott bediene sich des Klatsches, um die kleinen Neuigkeiten zu verbreiten, die einem sonst womöglich entgehen würden.

Von *meinen* Ehemaligen ist keiner da. Es hätte Yo durchaus ähnlich gesehen, den guten alten Roe einzuladen, damit er ein Gedicht von e. e. cummings vorträgt und verkündet, daß er eigentlich in Yo verliebt gewesen sei. Als was betrachtet sie eigentlich so eine Hochzeit? Als so was Ähnliches wie unser Zitronenquetschen?

Das veranstalteten wir jeden Sommer, wenn die García-Mädchen nach Hause kamen. Dann versammelten sich alle Cousinen in einem Schlafzimmer, und eine nach der anderen mußte sagen, was sie an den einzelnen Familienmitgliedern mochte und was nicht. Manchmal hielten wir ein gemischtes Zitronenquetschen mit Mundín und den Cousins ab, aber das machte nicht so viel – also, Spaß würde ich es nicht unbedingt nennen, denn Spaß machte es eigentlich nie. Aber wenn die Jungen dabei waren, kam die Sache nie richtig in Schwung. Ich meine, Mundín sagte dann so etwas wie: »Also gut, Yo, ich glaube, was ich an dir nicht mag... Ich weiß nicht recht, laß mich nachdenken... ja, ich hab's, was ich an dir nicht mag, ist dein dicker Hintern.«

»Aber ich hab doch gar keinen dicken Hintern, Mundín!«

»Hahaha! Jetzt hab ich dich reingelegt, was?«

Man darf nicht vergessen, daß wir alle angehende Teenager waren, und Sie wissen ja, daß immer behauptet wird, Jungen würden viel später reif als Mädchen. Mundín mit seinen einundvierzig Jahren geht noch immer auf die Sechzehn zu.

Jedenfalls versammelten wir uns in jenem Sommer – meine Eltern waren dank Yos Tagebüchern dahintergekommen, daß ich mich im Pensionat mit Roe getroffen hatte, und ich saß endgültig auf der Insel fest – alle zu einem Zitronenquetschen. Das letztemal lag schon eine Weile zurück – inzwischen waren wir alle um die Achtzehn und aus solchen Spielchen eigentlich herausgewachsen, aber ich schlug vor, es um der alten Zeiten willen noch einmal zu wiederholen. Yo muß etwas geahnt haben, denn sie wollte kneifen und meinte, so ein Zitronenquetschen sei doch ziemlich gemein: Obwohl man sagen sollte, was man mochte und was nicht, beschränkten sich alle immer auf die negativen Seiten.

Und ich erwiderte: »Ach, komm schon, Yo. Tu einfach so, als würdest du was in dein Tagebuch schreiben, und laß alles raus.«

Sie sah mich fragend an. Endlich dämmerte ihr, daß ich wußte, wie meine Eltern an ihre Informationen gelangt waren.

»Ich fange an«, erbot ich mich. »Mal sehen.« Ich fixierte Yo. »Weißt du, was ich an dir nicht ausstehen kann, Yo García? Ich finde es widerlich, daß du Leute verpfeifst und es dann so hindrehst, als hätte das was mit Kreativität zu tun. Daß du deine Feder dazu benutzt hast, um es mir heimzuzahlen. Daß deine ganze Schreiberei nichts als ein beschissener Vorwand dafür ist, daß du dein Leben nicht richtig auslebst. Ich finde es widerlich...«

»Hehe«, unterbrach Sandi, die hübscheste der Schwestern. »Du bist ganz schön gemein, Lucinda. Es war nicht Yos Schuld, daß Mami in ihrem Tagebuch herumgeschnüffelt hat.«

Aber ich war so in Fahrt, daß ich einfach weiterredete. Ich zählte sämtliche verdammten Kleinigkeiten auf, die ich an ihr nicht ausstehen konnte, und dann erfand ich noch ein paar dazu. Das Überraschende – in Anbetracht ihres großen Mundwerks – war, daß sie mich reden ließ. Als wüßte sie, daß sie diese Strafe verdient hatte. Und ich wollte sie bestrafen. Ich wollte jedwedes Band zwischen uns zerstören. Falls es so etwas wie eine Scheidung von Brüdern oder Schwestern oder der Familie gab, wollte ich die Scheidung von meiner Cousine.

Als mir schließlich nichts mehr einfiel, brach ich in Tränen aus. Aber nicht, wie Sie vielleicht denken, in Tränen der Reue, nein. Es waren Tränen voller Wut, weil ich wußte, daß ich trotz allem, was ich ihr an den Kopf geworfen hatte, die Tatsache nicht aus der Welt schaffen konnte, daß wir nach wie vor zur selben Familie gehörten.

»Komm schon«, versuchte Sandi mich zu beschwichtigen. »Umarmt euch und seid euch wieder gut.«

Yo kam auf mich zu, aber ich sagte: »Wenn du mich anrührst, schreie ich!«

Sie wich zurück. Nun weinte sie ebenfalls. Dann sagte sie etwas, was mich – insgeheim – dazu bewog, ihr zu verzeihen, auch wenn ich sie bis zum heutigen Tag darüber im Ungewissen gelassen habe. »Vergiß nicht, Lucinda, ich war auch in Roe verliebt. Aber das bedeutet nicht, daß ich versucht hätte, dir weh zu tun. Vielmehr habe ich das alles niedergeschrieben, um keinen heimlichen Groll gegen dich zu hegen.«

Ich war noch zu wütend, um zuzugeben, daß ich ihr glaubte. Statt dessen hackte ich auf ihrer Schuld herum. »Du weißt hoffentlich, daß sich mein Leben durch dein Zutun ein für allemal verändert hat.«

»Ich weiß«, sagte sie mit einem tiefen Seufzer, als habe ihr jemand eine Bürde auf die Schultern geladen.

Jetzt, auf dem Hang, legt sie ihren Arm um meine Schultern und vergräbt ihr Gesicht in meinem Haar. Diese García-Mädchen sind wirklich ungeheuer liebevoll. »Lucy-Honey«, sagt sie im Spaß. »Bist du bereit, meinen Brautstrauß aufzufangen?« Erst letzte Woche hatte ich angekündigt, daß ich im

Oktober zum viertenmal heiraten wollte. Natürlich ist die Sache mit dem Brautstrauß ein Scherz, da Yo eine sehr unvorteilhafte Pyjama-artige Kombination trägt und auf so konventionelle Accessoires wie einen Blumenstrauß verzichtet hat.

»Ich weiß nicht, ob es so gut ist, wenn wir gegenseitig unsere Sträuße auffangen«, sage ich. Denn anscheinend haben wir beide kein Glück mit Männern.

Doch sie faßt es anders auf, als Anspielung auf diese alte Wunde. Das kann ich ihr am Gesicht ablesen, und vielleicht ist das auch der Grund, warum sie ihre Frage noch einmal stellt. »He, Lucy. Jetzt bist du doch glücklich, oder? Ich meine, es ist doch alles ganz gut gelaufen.«

Ich sehe sie lange an, weil ich ihr dieses Eingeständnis so viele Jahre vorenthalten habe, daß ich gar nicht weiß, wie ich es ihr sagen soll. Ich lasse den Blick über den Hang und diese verrückte Menschenansammlung wandern – eine Stieftochter mit kampfbereit gestrafften Schultern, Dex, der herumläuft und mit jemand anzubandeln versucht –: Gleich gibt es eine Explosion oder auch eine feierliche Zeremonie, und ich habe den Eindruck, sie braucht soviel Glück, wie sie nur kriegen kann.

Also sage ich: »Ich bin glücklich, Yo. Ich würde nicht ein Ereignis in meinem Leben ändern wollen, weder die Höhepunkte noch die Tiefen.«

Wir umarmen uns, und als Yo sagt: »Danke, Cousine, es war mir wichtig, das von dir zu hören,« ist es, als sei diese alte Bürde von ihren Schultern geglitten.

Doch mir sind diese vielen Umarmungen unangenehm, weshalb ich auch versuche, ein anderes Thema anzuschneiden. »Sag mal, Yo, was für Tiere sind das da drüben?«

»Schafe«, sagt sie, und dann muß sie noch ihren geistreichen Senf dazugeben. »Du bist doch so ein Naturkind, Lucy-Mäuschen! Was dachtest du denn? Daß es große Hasen sind?«

»Du legst es wohl auf ein Zitronenquetschen an, wie?« warne ich sie.

»Ich weiß«, sagt sie und lächelt nervös. »Immerhin heirate ich.«

Ich glaube nicht, daß ich Yo seit jenem Tag, an dem Tom, ihr erster Freund nach der Scheidung, zu uns zum Abendessen kam, so nervös erlebt habe. Damals hatte sie zwei gescheiterte Ehen und rund fünf Jahre selbst auferlegter Abstinenz hinter sich und war so hippelig wie eine Jungfrau vor dem ersten Schulball. In jenem Sommer wohnten wir zusammen, Yo und ich, und ein paar Leute in der Nachbarschaft hatten so ihre Zweifel.

Ich hatte zu der Zeit, bevor Aids uns alle zur Vorsicht zwang, ein paar reizende Männer, einen Israeli, der Installateur war, einen ehemaligen Priester und natürlich den lieben Jerry, der inzwischen seine Therapeutin geheiratet hat.

Damals ging jeder zum Therapeuten. Um genau zu sein, gehörten Yo und ich der Therapiegruppe an, die Brett Moore unter dem Motto »Auf der Suche nach der Muse« um sich geschart hatte. Am lebhaftesten von diesen Sitzungen ist mir in Erinnerung, daß Brett Moore und ich sozusagen um Yos Seele rangen – wobei es darum ging, ob sie die lesbische Richtung einschlagen würde oder nicht. Mir bereitete der Gedanke, Yo könnte lesbisch sein, keinerlei Unbehagen, wenn es denn so sein sollte. Aber ich hatte den Eindruck, daß Brett ihre eigene sexuelle Präferenz auf Yo projizierte, die damals völlig den Boden unter den Füßen verloren hatte. Ich als ihre beste Freundin kann das beurteilen, denn ich habe alles hautnah mitbekommen: daß sie wissen wollte, welche Bestimmung ihr in die Wiege gelegt worden war, daß sie hin und her gerissen war, ob sie sich der Kunst oder politischen Aktivitäten verschreiben sollte, daß sie nicht recht wußte, ob es ihr Geschick war, Männer zu lieben oder Frauen. Yo hatte noch nie zu den Leuten gehört, die große Fragen häppchenweise in verdaulichen Portionen in Angriff nehmen. Bei ihr hieß es immer: *Wo ist mein Platz im Universum?* und nicht etwa: *Wo kann ich mein Auto parken, ohne einen Strafzettel zu kassieren?* oder: *Wie komme ich an eine Wohnung, bei der die Nebenkosten in der Miete enthalten sind?*

Und die gute alte Brett weiß noch immer nicht, wann sie aufhören muß. Sie kommt her und fragt mich: »Wer ist denn diese heiße Biene, mit der Yo sich da abgibt?« Brett hat eine recht derbe und direkte Art, sobald sie nicht mehr in der Praxis sitzt und therapiert.

Ich sage: »Meine liebe Brett, das ist zufällig Yos Cousine Lucy-Linda, der ich soeben vorgestellt worden bin.«

»So?« meint sie schnippisch und nimmt ihren Cowboyhut ab. Diesmal ist es einer mit einer roten Schleife, ob zu Ehren des Festtages oder um zu signalisieren, daß sie die Aidsforschung unterstützt, weiß ich nicht. »Hast du schon mal gehört, daß Cousinen sich küssen?«

Inzwischen machen wir solche Scherze nur noch aus alter Gewohnheit. Während wir uns unterhalten, fängt ein Baby an zu schreien. »Wie geht es Mimi?« frage ich sie. Ihre Partnerin Mimi und sie haben sich beide mit dem Sperma desselben Spenders künstlich befruchten lassen, so daß die zwei Kinder rein theoretisch Schwestern sind; doch in Wirklichkeit haben sie keinen richtigen Vater, sondern einen Spender, und die Tante ist in beiden Fällen die Geliebte der eigenen Mutter. Erklären Sie das mal einer dieser alten *grandes dames* aus der Dominikanischen Republik, die in dem Hickorywäldchen sitzen und mit ihren handbemalten Fächern die Luft in Bewegung versetzen.

Schon komisch, wie viele verschiedenartige Familien allein auf diesem Hang zu sehen sind. Darauf möchte ich auch Yo hinweisen, als sie mit leicht hängenden Mundwinkeln auf Brett und mich zukommt.

»Ziemlich überwältigend?« legt Brett ihr ihre eigenen Gedanken in den Mund.

Ohne zu antworten, lehnt Yo ihren Kopf einen Moment lang an meine Schulter. Dann sieht sie uns an und seufzt. »Wahrscheinlich war es unrealistisch von mir, zu glauben, daß wirklich alle zusammenfinden und sich gut unterhalten.« In ihrer hübschen grauen indischen Hose und der langen Jacke, bei deren Auswahl ich ihr geholfen habe, sieht sie weniger wie eine Braut aus, sondern erinnert eher an ein Guru-Groupie, das gerade durch die Prüfung in Transzendentaler Meditation gerasselt ist.

»Wie meinst du das?« frage ich sie, während ich Brett einen Blick zuwerfe, als wären wir beide gemeinsam für diese Patientin verantwortlich. »Alle fühlen sich wohl. Du solltest dir keine Sorgen um uns machen.«

»Stimmt, es ist deine Hochzeit!« fügt Brett hinzu. Mimi gesellt sich zu uns und trägt auch ihr Scherflein bei: zwei heulende Babys. »Ich muß sie wickeln«, meldet sie Brett erschöpft. »Hast du die Autoschlüssel?«

Gemeinsam machen sich die beiden Frauen auf den Weg, begleitet von einem Dutzend oder mehr dominikanischen Augenpaaren. Und mir bleibt es überlassen, Yo zu trösten.

»Ich meine«, fährt sie fort, »man sollte denken, es müßte wenigstens einen Tag lang möglich sein, daß meine Familie sich nicht zankt, daß meine Tanten sich Mühe geben, zu Sarita nett zu sein und Brett und Mimi nicht die ganze Zeit anzustarren, und daß Corey sich ein winziges Lächeln abringt...«

»He, komm schon«, sage ich und mache unser Time-out-Zeichen. »Es läuft alles viel besser, als du denkst.« Und wirklich, Pastellfarben gruppieren sich nach und nach um bunte Kleider, dunkle Haut gesellt sich zu heller; fremde Kinder nähern sich den alten *tías*, die sie heranwinken, ihnen die Hände unter die kleinen Kinne schieben und die strahlenden Gesichtchen hin und her drehen, um vertraute Züge und Familienähnlichkeiten zu entdecken. Und ist das nicht Corey, die da hinter einem der García-Kinder herläuft?

Endlich läßt auch Dexter Hays seine restlichen Luftballons in den vor Hitze diesigen Himmel aufsteigen, als wollte er sich von seiner Ausgelassenheit verabschieden und sich damit abfinden, daß eine alte Flamme erloschen ist.

Wie auf ein Zeichen hin senkt sich Ruhe auf uns herab.

Und dann kommt Doug auf uns zu, blickt Yo mit strahlendem Gesicht an, und sie lächelt strahlend zurück. »Luke meint, wir sollen alle zusammenrufen«, sagt er.

Ich gebe ihr einen Klaps aufs Hinterteil, wie ich das schon oft getan habe, als es um unwichtigere Dinge ging. Ich bin neun Jahre älter als sie, so daß ich manchmal ihre Mom und zugleich ihre beste Freundin bin. Obwohl sich auch das bald ändern wird. Und Sie können mir glauben, daß mir ganz schön wehmütig zumute ist, weil ich weiß, daß ich meinen Platz als Yo Garcías beste Freundin werde räumen müssen.

Schreie ertönen aus der Nordostecke des Feldes. Gerade als sich nach und nach alle unter den Hickorybäumen einfinden, damit die Zeremonie beginnen kann, scheint ein Streit ausgebrochen zu sein.

Er überlegt, ob er hinuntergehen und schlichten soll oder dableiben und »religiösifizieren« (ein Ausdruck, den er vor etwa einem Monat im Rundfunk aus dem Mund eines schwarzen Predigers gehört hat und den er gern verwenden würde, ohne daß es sich anhört, als wollte er das *Black English* dieses Mannes karikieren), ob er also hierbleiben und den Ort für die Trauung religiösifizieren soll, indem er ein paar Steine aufeinanderlegt, um so in diesem ungeweihten Wäldchen wenigstens einen provisorischen Altar zu errichten. Aber das Geschrei wird lauter. Vielleicht kann er allein durch seine Gegenwart die hitzigen Temperamente oder die strapazierten Nerven, die bei dem für die Jahreszeit ungewöhnlich heißen Wetter aufgeflammt oder durchgegangen sind, besänftigen. Aber Yolandas Familie von der Tropeninsel – denn er nimmt an, daß der Tumult unter ihren Gästen entstanden ist – ist es bestimmt gewohnt, sich bei viel heißerem Wetter zivilisiert zu benehmen.

Als erste erheben sich die Tanten von ihren Klappstühlen. So fleischig und uralt diese Frauen wirken, so erstaunlich behende bewegen sie sich auf ihren hochhackigen schwarzen Lackschuhen. Geschwind eilen sie quer über das Feld zu der wachsenden Gästeschar, die einen Kreis um die Streitenden bildet.

Er hält nach Doug Ausschau, um ihn zu fragen, wie sie verfahren sollen, aber der Bräutigam ist nicht da. Dasselbe gilt für die Braut. Die Therapiegruppe, die auf den Heuballen – von Dougs Eltern anstelle von Stühlen aufgestellt – eine improvisierte Sitzung abgehalten hat, erhebt sich wie auf ein Signal hin und überquert geschlossen das Feld. Als auf halbem Weg ein Schrei aus einer weiblichen Kehle ertönt, fangen alle an zu rennen. Er kann nicht umhin zu registrieren, wie Frauen in mittleren Jahren laufen, als befürchteten sie, ihre Körper könnten zu Boden fallen wie schwere Bündel, deren Inhalt womöglich zerbrach oder sich überall verstreute.

Nur die alten Männer, Yos Vater und irgendein Professor im Ruhestand, bleiben auf ihren Klappstühlen neben dem verblühten Flieder sitzen und fahren mit ihrer Unterhaltung fort. »Ich lege meinen Kindern immer Dantes Worte ans Herz«, sagt der Vater. »›Gezeiten gibt es auch im Tun der Menschen...‹«, zitiert er in stockendem Englisch.

»Ich glaube, das ist Shakespeare, Mr. García...«

»Es ist Dante«, beharrt der Vater. »Ich kann diese Zeile auf deutsch, spanisch, italienisch und chinesisch.« Er deklamiert die Zeile in zwei der vier Sprachen, bevor die Schreie seine multilinguale Darbietung unterbrechen. »Sehen wir nach den Gezeiten«, meint der Vater zum Professor gewandt, und seufzend erheben sich nun auch die beiden Männer. Arm in Arm überqueren sie das Feld.

Er folgt ihnen in ein paar Metern Abstand, und sein weißes Gewand klebt an seiner Hose – nicht der leiseste Windhauch ist zu spüren. Das Geschrei hat sich gelegt, und nun hört er Dougs Stimme: »Beruhigt euch, wir machen es nur noch schlimmer. Seid so gut und tretet alle zurück.«

Und als hätte Moses persönlich gesprochen, teilt sich das Meer aus Baumwolle und Leinen und leuchtender Seide. Und da erst sieht er, was passiert ist. Ein junges Mutterschaf, begleitet von zwei blökenden Lämmern, hat sich mit dem Kopf in dem Maschendraht verfangen, der die beiden Weiden voneinander trennt. Es muß versucht haben hindurchzuschlüpfen, um an saftigeres Grün zu gelangen, und dann, als sich ein paar Gäste näherten, zurückgewichen und dabei in den elektrischen Drähten hängengeblieben sein. Um die schmutzigweißen Wollfalten am Hals zieht sich ein schmaler Streifen Blut. Jedesmal wenn es sich losreißen will, bekommt es einen Stromschlag.

Doug prüft die Drähte, zieht die Hand jedoch ruckartig zurück. »Jemand muß die Batterie ausschalten! Da unten, in der Nordostecke der Weide«, lautet seine Anweisung. Während sich alle im Kreis drehen, um festzustellen, wo Norden ist, rennt Dexter, der Kerl mit den Luftballons, bereits den Hügel hinunter, und der Zipfel seines Batikhemds flattert hinter ihm her.

Er muß an die Rehe denken, die er spätabends auf Bergstraßen mit dem Lichtkegel seiner Scheinwerfer erfaßt hatte und die die Schwänzchen hoben, um Gefahr zu signalisieren, bevor sie davonliefen.

»Was soll ich tun?« ruft Dexter herauf, und Doug schreit hinunter: »Einfach ausschalten!«

Doug tippt auf den Draht, dann ergreift er zwei Metallstränge. »Also gut, alles zurücktreten!« Doch der erste Ruck bleibt erfolglos. Das Mutterschaf stößt einen jämmerlichen Schrei aus, der beinahe menschlich klingt.

»Es ist doch nicht verletzt, Dad, oder?« Corey ist die einzige, die die Anweisung ihres Dad, zurückzutreten, nicht befolgt hat. Sie kniet sich neben das Schaf und nimmt den wolligen Kopf in ihre Hände, als wollte sie es davor bewahren, sich zu strangulieren.

»So ist es brav, Corey«, sagt Doug, »halt es gut fest.«

Die alten Tanten in ihren eleganten schwarzen Kleidern beklagen das Schicksal des armen Tiers. Eine von ihnen wendet sich an die dunkelhäutigere Frau, die neben ihr steht, und fragt in Englisch mit starkem Akzent: »Bekommen wir das zum Barbecue?«

Er möchte gern sagen: Das ist das Schaf, das der Herr uns gesandt hat, um uns auf diesem Hang zu versammeln. Das ist das Versprechen, das den Söhnen und Töchtern Abrahams gegeben wurde.

Mit einem zweiten Ruck reißt Doug die Drähte auseinander, und das Mutterschaf springt auf die andere Weide. Dicht auf den Fersen folgen ihm durch das klaffende Loch die zwei blökenden Lämmchen. Die Tanten rennen aufgescheucht beiseite, weil sie befürchten, die Tiere könnten beißen. Eine der eleganten dominikanischen Cousinen, deren Name ihm entfallen ist, geht hinter Dexter in Deckung, der zurückgekehrt ist und mit übertriebener Geste die Arme ausbreitet, als wollte er ein Ungeheuer davon abhalten, der Maid ein Unheil zuzufügen.

Und nun geraten die Kinder außer Rand und Band. Sie können unmöglich ihr Entzücken bezähmen, als sie in den herumtollenden Lämmchen ihr ausgelassenes Ebenbild erkennen. Sie laufen ihnen quer über das Feld nach und rufen ihnen zu, doch stehenzubleiben. Es dauert gut zehn Minuten, bis ihre Eltern sie wieder zusammengetrommelt haben. Das erschöpfte Mutterschaf verschnauft am unteren Rand der Weide, dort, wo die Bäume beginnen.

»Sie finden schon wieder nach Hause«, versichert Doug allen Umstehenden.

»Ach Dad, können wir auch so ein Lämmchen haben?« fleht Corey ihn an.

Die Müdigkeit auf Dougs Gesicht, die ihm im Verlauf des

Nachmittags immer wieder aufgefallen ist, hebt sich wie die Luftballons, die noch immer über dem windstillen Feld schweben. »Wenn du hier wohnst, Corey, hast du nebenan eine ganze Schaffarm.« Doug sieht seine Tochter herausfordernd an, dann packt er sie, obwohl sie ihn unwillig abwehrt, und küßt sie auf die Stirn. »Lächle doch mal, Lämmchen.«

Wären sie jetzt in St. John's, wäre das der Augenblick, in dem er dem Küster mit einem Nicken bedeuten würde, die zweite Glocke zu läuten. Statt dessen hebt er seine weißgewandeten Arme zu einer, wie er zu spät merkt, theatralisch biblischen Geste. »Liebe Freunde, liebe Familie«, sagt er, »wir haben eine Zeremonie abzuhalten.«

»*Right oh*«, sagt einer der eleganten Onkel und legt schwungvoll den Arm um Doug.

Er führt sie den Hang hinauf zu dem verlassenen Hickorywäldchen, Tanten und Cousinen, die Mitglieder seiner eigenen Gemeinde, die Therapiegruppe, die Schwestern, die beiden alten Männer, Dougs Eltern – jetzt hat er seine ganze Herde beisammen.

Doch halt, Augenblick! Oben auf dem Hügel steht jemand neben den Klappstühlen und den Heuballen, ein Engel in langer, silbriger Jacke, der den armen Hirten gesandt wurde, um ihnen zu verkünden: »Fürchtet euch nicht. Singet dem Herrn ein frohes Lied. Ihr alle seid Sein Volk.«

Doch dann tritt der Engel ein paar Schritte vor, und das Wort wird Fleisch – Yolanda García!

Wie sie so zu ihnen heruntersieht, als sie den Hügel hinaufgehen, hat er das ungute Gefühl, sie könnte sich wie das Mutterschaf in das Dickicht auf der anderen Straßenseite stürzen. Er schließt einen Moment die Augen, und als er sie wieder öffnet, steht sie noch immer da und hebt grüßend die Hand, als hätte sie ihr ganzes Leben darauf gewartet, daß sich alle diese Menschen hier versammeln.

DER NACHTWÄCHTER

Hintergrund

Die Nachricht wurde von einem Zwergenjungen über-
bracht, der auf einem Maultier zu Josés Feldern heraufkam,
an einem Tag, so heiß, daß José sich den späten Vormittag
und auch den Nachmittag freigenommen hatte. »Was steht
da drin?« fragte José, während er das Blatt Papier entfaltete.
Er hatte sich die Hände gewaschen, ehe er es behutsam aus
dem Kuvert zog.

Der Junge zuckte die Achseln. »Don Felipe hat gesagt, es
sind schlechte Nachrichten, mehr weiß ich nicht.«

»*Coño muchacho*«, sagte er erbost zu dem Jungen und
schlug nach ihm. Aber eigentlich hätte der *mayor* Felipe den
Rüffel verdient, weil er diesen Jungen in die Berge heraufge-
schickt hatte, um Unglück über die Yuccapflanzungen zu
bringen.

José entfaltete die Nachricht ein zweites Mal und kniff
aufmerksam die Augen zusammen. Irgendwie dachte er
wohl, wenn er das Blatt Papier nur eindringlich genug betrachtete, würde sich dessen Bedeutung offenbaren. Doch er
konnte nichts weiter erkennen als die ordentlichen, gleichmä-
ßig wie Ackerfurchen gedruckten Buchstabenreihen und darüber ein Amtszeichen mit der Flagge. Also mußte es sich wohl
um eine Mitteilung der Regierung handeln.

Seine *mujer* kam an die Tür der Hütte und streckte blin-
zelnd den Kopf heraus.

»Ich muß ins Dorf hinunter«, sagte er ruhig. Xiomara
erwartete sein siebtes Kind, und es wäre nicht recht gewesen,
sie aufzuregen, so daß sie am Ende eine Mißgeburt wie diesen

Zwerg zur Welt brachte. Freilich war José ohnehin nicht wild darauf, zusätzlich zu den sieben Kindern – eines davon war Xiomaras Neffe – und den Eltern seiner Frau noch ein Maul stopfen zu müssen.

Er rief seinem Ältesten zu, er solle den Maulesel satteln. Zunächst rührte sich der Junge, der taumelig vor Hitze unter dem *ceiba*-Baum lag, nicht vom Fleck. Doch sobald José ihm bedeutete aufzustehen, war er auf den Beinen und lief auf die Weide hinter der Hütte, wo der Maulesel graste.

Unten im Dorf nahm der schlimme Tag eine noch schlimmere Wendung. Felipe erklärte ihm, die Nachricht sei an alle *campesinos* auf der Südseite des Berges gegangen, die sich auf staatlichem Grund und Boden niedergelassen hatten: Sobald der Damm fertiggestellt war, der nördlich von hier gebaut wurde, sollten die Felder geflutet werden. Bis zum Ersten des neuen Jahres mußten alle Bewohner evakuiert sein.

»Was soll man da machen?« fragte José mit seiner leisen Stimme. Als er jünger war, hatten ihn einige Männer aus dem Dorf *pajaro* genannt, weil er mit einer Frauenstimme sprach. Doch vermutlich hatten sie nicht nur an seiner Stimme Anstoß genommen. José konnte jeder Frau den Kopf verdrehen, und das wußte er auch, seit er zwölf Jahre alt war und Doña Theolinda ihn gebeten hatte, ihren Büstenhalter aufzuhaken und dessen Aufgabe zu übernehmen. »Ich habe zehn Mäuler zu stopfen. Wir können nicht von *nada* leben.«

»Die Stelle des Postboten könnte frei werden, wenn es Guerrero nicht bald besser geht. Aber ...« Felipe schaute José in die Augen, als wollte er sich Klarheit über ihn verschaffen. Vielleicht war er nicht ganz sicher, ob José vom Berg heruntergekommen war, weil er genauere Informationen wollte oder weil er den Brief gar nicht lesen konnte. »Aber als Postbote müßtest du lesen können.«

»Gibt es andere Arbeit?« fragte José statt einer Antwort.

»Wie ich höre«, Felipe zog die Schultern hoch, um anzudeuten, daß er nicht verantwortlich war für die Gerüchte, die ihm zu Ohren gekommen waren, »ist diesen Sommer wieder eine Verwandte von Don Mundín in seinem Haus. Vielleicht braucht sie einen Gärtner oder einen Nachtwächter.«

»Ich brauche Arbeit über den Sommer hinaus...«, sagte José zögernd.

»Ich verstehe«, meinte Don Felipe und nickte. »Aber sprich mal mit ihr, sieh zu, daß du einen Job kriegst, und vielleicht ist sie zufrieden und redet mit Don Mundín, und dann nehmen sie dich mit in die Hauptstadt, und du kannst dort auf ihrem Anwesen arbeiten.«

Bei dieser Aussicht wurde José trotz der schlechten Nachricht, die er soeben erhalten hatte, ganz aufgeregt. Auf dem Weg ins Dorf hinunter war ihm wieder einmal durch den Kopf gegangen, daß es die Möglichkeit gab, sich Papiere zu beschaffen und in die Staaten zu gehen, um dort zu arbeiten. Die alten Leute auf der Nachbarfarm, die Silvestres, hatten zwei erwachsene Söhne, die sich beide auf Ruderbooten und ohne Papiere nach Miami durchgeschlagen hatten; dort hatten sie in *factorías* und *restaurantes* Arbeit gefunden, *portorriqueñas* geheiratet und Papiere bekommen. Nun schickten sie jeden Monat Geld nach Hause, so daß die alten Leute jetzt einen kleinen Generator hatten, mit dem sie einen Fernseher, ein Radio und sogar einen Kochherd betreiben konnten wie die reichen Leute unten am Fuß des Berges.

»Geh hin und sprich mit dieser Frau«, drängte Felipe. »Erzähl ihr von deiner Notlage. Du weißt ja, wie Frauen sind.«

Ja, pflichtete José ihm bei, obwohl es lange her war, daß er sich mit einer anderen Frau als Xiomara abgegeben hatte. Bei dem Sklavendasein, das er führte, blieb ihm weder die Zeit noch das Geld für solche Ablenkungen. Wenn er seine schwieligen Hände betrachtete – die dicken Schmutzränder unter den Nägeln, den lädierten Daumen, den er sich vor Jahren in der Zuckerrohrwalze zerquetscht hatte –, konnte er sich schwer vorstellen, daß sie etwas anderes taten, als den

Boden zu bearbeiten, den vor ihm sein Großvater und sein Vater bearbeitet hatten. Welche anderen Fähigkeiten besaß er? Er rief sich kurz seine jungen Hände in Erinnerung – weicher, sauberer, noch unerprobt –, die Doña Theolindas blasse Brüste geknetet hatten. »Ja«, hatte sie immer wieder gesagt, während er sie berührte, wo sie es haben wollte, »ja, das ist genau richtig.«

Bei dem großen Haus angekommen, erklärte er Sergio, dem kleinen, muskulösen Hausmeister, der den Mund voller Goldfüllungen hatte, weshalb er gekommen war. Sein Stück Land wurde am Ersten des neuen Jahres wieder vom Staat in Besitz genommen, und dann brauchte er Arbeit. Doch wenn er bereits jetzt einen Job fand, könnte er mit seinen drei älteren Söhnen noch die letzte Ernte einbringen...

»Das hängt nicht von mir ab.« Sergio hob eine Hand, um diese Flut von Argumenten abzuwehren.

»Wird hier jemand gebraucht?« fragte José mit seiner leisen Stimme, die auf Männer wie Sergio oder Felipe stets besänftigend wirkte. Sie gab ihnen das Gefühl, daß José einsah, daß ihre Wichtigtuerei gerechtfertigt war. »Vielleicht gibt es irgend etwas, was ich tun könnte?«

Sergio zog die Schultern hoch. Er hätte nicht gewußt, was es noch zu tun gab. José merkte, daß der Hausmeister ihn flüchtig begutachtete, als gehörte er, José, einer niedereren Kategorie Mensch an. In der Eile hatte er seine Arbeitskleidung anbehalten, und die Schuhe, die er mitgenommen hatte, um Eindruck zu schinden, steckten noch in der Papiertüte, in der sich außerdem eine kalte, in ein Bananenblatt eingewickelte *plátano con queso frito* befand, für den Fall, daß er unterwegs Hunger bekäme. Anscheinend hatte Sergio vergessen, daß er selbst, zusammen mit den Sandovals und den Montenegros, den Lopez' und den Varelas, von den bitterarmen Farmen oben auf den Bergen in die Stadt heruntergekommen war.

In der Hintertür zur Küche erschien eine hübsche Frau.

José war ihr mehrere Male in der Stadt begegnet, und wie die meisten Frauen hatte sie ihn bewundernd angesehen. Nun nickte sie ihm ein herzliches *salodo* zu.

»Meine Frau, sie kümmert sich um das Haus«, stellte Sergio sie vor. »Und meine Schwester kocht. Porfirio, ihr Mann, hilft mir im Garten. Du siehst also, es ist für alles gesorgt.« Sergio machte eine hilflose Geste. Dann wandte er sich an seine Frau und erklärte ihr die Angelegenheit, die in seinen Augen bereits erledigt war: José brauchte Arbeit, aber hier gab es keine.

»Er sollte mit der Lady reden«, schlug seine Frau vor, als ihr Mann fertig war.

»Und sie stören, wo sie gerade erst angekommen ist?« entgegnete Sergio hörbar gereizt.

Sie sprachen von ihm, als wäre er gar nicht da, und so trat José respektvoll ein paar Schritte zurück. Während er wartete, ließ er seinen Blick über das große Haus wandern. Von einem Balkon im ersten Stock schaute eine Lady zu ihnen herunter. Ihr Gesicht war geschminkt, so daß sie aussah wie eine Frau im Fernsehen, die die beiden Alten ihm gezeigt hatten und deren Gesicht viele Menschen zu sehen bekamen. »*¿Qué hay?*« rief sie herunter. Doch ihm, José, stand es nicht zu zu sagen, was los war.

»Können wir Ihnen irgendwie behilflich sein, *doña*?« rief Sergio hinauf. Sein Gesicht hatte sich verändert – die Härte, die ihm seine Verantwortung auferlegte, war einem fürsorglichen Lächeln gewichen.

»Nein, ich brauche nichts.« Die Lady deutete auf José. »Aber was ist mit ihm, was will er?«

Sergio winkte abwehrend. Das brauchte nicht ihre Sorge zu sein. »Ich kümmere mich schon darum.«

»Ich will Arbeit«, rief José hinauf, denn das war seine Chance. »Ich habe zehn hungrige Mäuler zu füttern.« Trotz seiner leisen Stimme verstand die Lady offenbar jedes Wort, denn ehe er wußte, wie ihm geschah, sagte sie: »Ich bin gleich unten.«

Und sie kam herunter, eine zaundürre Lady. Schlecht genährt, hätte man meinen können, aber sie wirkte fröhlich und munter, wie jemand, der einen vollen Magen hat und obendrein reichlich Vorräte in einem verschlossenen Schrank. Sie betrachtete ihn kurz, aber nicht wie Sergios Frau oder die anderen Frauen im Ort, nicht mit dem Interesse einer Frau, die einen Mann ansieht, sondern so, als wollte sie ihn mit ihren Augen fotografieren.

»Was kannst du denn?« fragte sie ihn.

Unwillkürlich wanderte sein Blick zu ihren kleinen Brüsten. Sie hatte bestimmt noch kein Kind gesäugt, dazu waren sie zu klein und standen zu hoch für eine Frau, die ihrem Aussehen nach in der Blüte ihrer Jahre sein mußte. Als er sich dabei ertappte, daß er auf die falsche Stelle schaute, schlug er die Augen nieder. Er spürte, wie ihr Blick dem seinen bis hinunter zu den nackten Füßen folgte. Und vielleicht war es das, womit er ihr Herz gewann, denn als er sagte, er könne alles tun, was sie wolle, sagte sie: »Wir finden schon etwas, was du tun kannst, stimmt's, Sergio?«

»Sie müssen es wissen«, räumte Sergio ein.

Noch am selben Abend trat José seinen Job als Nachtwächter im großen Haus an, wo er außer der *plátono*, die ihm Xiomara eingepackt hatte, noch einen Teller mit *arroz con habichuelas* aß, den ihm Sergios Frau María als Nachtmahl übriggelassen hatte. Am nächsten Morgen kam er nach Hause, die Augen schwer vor Müdigkeit, doch leichten Herzens, weil er die gute Nachricht mitbrachte, daß ihn die Lady im großen Haus eingestellt hatte. Dort bekäme er in einer Woche mehr Geld, als er in einem Monat mit dem Bestellen dieser *maldita tierra* verdient hatte.

Es war das erstemal, daß José das Land verfluchte, das sein Vater und vor ihm sein Großvater bestellt hatten. Xiomara machte das Kreuzeichen und legte die Hände auf ihren gerundeten Leib, um den bösen Blick abzuwehren.

José war vom ersten Augenblick an von der Lady fasziniert. Angeblich war sie Don Mundíns Verwandte, aber wie sie mit ihm verwandt war, wußte niemand genau. Angeblich kam sie jeden Sommer hierher, um ungestört zu arbeiten, aber noch nie hatte jemand gesehen, was sie da so ungestört machte, außer oben an einem Tisch zu sitzen und die Berge zu betrachten.

Bald kannte José ihre ganze Geschichte, denn das Personal war ganz versessen darauf, ihn genau zu unterrichten. Sie kannten die Lady, seit sie vor acht Jahren zum erstenmal hergekommen war. Sie war unkompliziert und freundlich. María, die keinen Fuß mehr in das Haus gesetzt hatte, nachdem ihr Sohn hinten im Swimmingpool ertrunken war, nahm ihre alte Arbeit wieder auf, sobald die Lady kam. Vor kurzem hatte sie geheiratet, *un Americano*, aber es war allgemein bekannt, daß die Amerikaner kein Talent hatten, ihre Frauen zu befriedigen. Dafür sprach auch, daß die Lady keine Kinder bekommen würde – jedenfalls hatte sie das María erzählt, die es Sergio erzählte, der sich angewöhnt hatte, sich abends, bevor er sich auf den Heimweg machte, zum Nachtwächter zu setzen und ihm von den Ereignissen des Tages im großen Haus zu berichten. Nachdem sich gezeigt hatte, daß die Lady José mochte, hatte sich Sergios Haltung gegenüber dem einfachen Bauern deutlich verändert.

»Du wirst nie erraten, warum sie keine Kinder bekommen kann.«

»Sie ist zu alt«, vermutete José, obwohl ihr schätzungsweise noch sechs oder sieben Jahre blieben, bevor der Wechsel eintrat.

Sergio schüttelte wichtigtuerisch den Kopf und schloß genüßlich die Augen, weil er die Antwort kannte. »Der Mann hat sich vor Jahren *de proposito* unfruchtbar machen lassen.« Absichtlich.

»Nein, so was, das gibt's doch nicht.« Die beiden Männer schüttelten ungläubig die Köpfe.

»Wie ein Ochse«, fügte José hinzu. Es tat ihm weh, sich das vorzustellen. »Schneiden sie einem das Ding ab, oder ... wie wird das gemacht?«

Sergio gab José einen Klaps auf den Arm und fiel vor Lachen fast vom Stuhl. José lächelte, um ihm den Spaß nicht zu verderben, aber in Wahrheit bereitete ihm der Gedanke, daß ein anderer Mann litt, kein Vergnügen.

Sicher ist das der Grund, warum die Lady in diesem Sommer allein in die Berge gekommen war: um über den Kummer hinwegzukommen, daß ihrem Mann ein entscheidender Teil fehlte. Aber warum hatte sie es überhaupt zugelassen? María zufolge war der Mann bereits so zugerichtet, als die *doña* ihn kennenlernte. Warum hat sie ihn dann geheiratet? hatte José sich gefragt, aber das hatte die Lady María nicht erklärt, obwohl sie sonst die meisten persönlichen Angelegenheiten mit ihr besprach, als wäre María eine Freundin und kein Dienstbote.

Noch Tage später ging José der kastrierte Ehemann nicht aus dem Kopf. Xiomara gegenüber hatte er die Sache gar nicht erwähnt, weil er befürchtete, sie könnte sich auf den Sohn in ihrem Bauch auswirken – und daß es ein Sohn werden würde, wußte er, weil sie ihn tief in der Wiege ihrer Hüften trug und nicht hoch oben wie die Mädchen. Lieber ein Zwergenjunge, an dem alles dran war, als ein normal gewachsener, dem seine Männlichkeit fehlte. Er gab sich Mühe, nicht mehr daran zu denken, weil es ihn kränkte, sich vorzustellen, daß einem Mann diese Unbill widerfuhr.

Doch als die Lady eines Abends in den Hof kam, weil sie Gesellschaft suchte, war der verstümmelte Ehemann das erste, woran José denken mußte. Sie bat ihn, doch sitzen zu bleiben und weiterzuessen, und obwohl sie sagte, wie wolle gleich wieder gehen, setzte sie sich auf die Steinbank und fing an, ihm Fragen zu stellen. Was war das für ein Geruch in der Luft? Er kam anscheinend von dem Busch da drüben. Ob er wisse, wie der heiße?

Im Licht der Scheinwerfer, die er auf Sergios Anweisung hin die ganze Nacht über eingeschaltet ließ, konnte José den kleinen, in sich verschlungenen Strauch ausmachen. »Wir nennen ihn einfach den Busch, der nachts kräftig duftet, *doña*«, antwortete er, weil man den anderen Namen, den es dafür gab, einer Frau aus ihren Kreisen nicht sagen konnte.

»*Doña!*« Sie drohte ihm spielerisch mit dem Finger. »Komm schon, José, ich habe dich gebeten, mich nicht so zu nennen. Warum kannst du mich nicht einfach Yolanda nennen?«

Er schwieg, weil er nicht wußte, was er sagen sollte. Sie hatte ihn schon mehrere Male verbessert, aber der Name allein erschien ihm nicht respektvoll genug. Schließlich fiel ihm wieder ein, was Sergio immer sagte, wenn die Lady ihre ungewöhnliche Bitte äußerte. »Sie müssen es wissen...«

»Wenn mir noch irgend jemand sagt, daß ich es wissen muß, fange ich an zu schreien!« drohte sie mit geballten Fäusten. Die silbernen Armreifen an ihren Handgelenken klimperten fröhlich wie Münzen in der Hosentasche. Einen Augenblick befürchtete José, die Lady könnte hysterisch werden, aber ihr Gesicht war nur zum Schein wütend wie die Gesichter im Fernsehapparat der beiden alten Nachbarn. Und so plötzlich, wie sie ihn geschimpft hatte, lächelte sie ihn jetzt strahlend an. Vielleicht war sie ein bißchen närrisch – deshalb diese raschen Gefühlsumschwünge. »Sprich mir nach: Yolanda«, forderte sie ihn auf.

»Yolanda«, sagte er mit seiner leisen Stimme.

»Lauter«, befahl sie. Jedesmal, wenn er den Namen etwas lauter sagte – denn er war es nicht gewohnt, seine Stimme zu erheben –, lachte sie, als hätte er ein Kunststückchen vollbracht und sie damit entzückt. José stellte fest, daß es ihm Freude machte, die Lady zum Lachen zu bringen, so als schenkte er ihr Lust, auch wenn es sich um eine andere Art Lust handelte als die, die er vor Jahren Doña Theolinda bereitet hatte. Aber er konnte sich auch nicht daran erinnern, daß Doña Theolinda ihn so wie diese kleine Lady gebeten hatte, sie beim Vornamen zu nennen.

Abends kam sie jetzt immer heraus und plauderte mit ihm, redete stundenlang, fragte ihn, was er von diesem und jenem halte. Plötzlich war es, als dürfte man über alles und jedes auf Gottes grüner Erde und sogar darüber hinaus eine Meinung haben. Wenn er die Sterne betrachtete, sah er da bestimmte Formen oder einfach nur Sterne? Glaubte er an Gott, und wie stellte er sich Gott überhaupt vor? Was würde er tun, wenn er eine Million Dollar hätte? Glaubte er, und jetzt sag die Wahrheit, daß Männer und Frauen ebenbürtig sind? Glaubte er, daß das Land mehr Demokratie brauchte – und sie erklärte ganz genau, was das war – oder eher eine Form des Sozialismus, wie es sie drüben in Kuba gab? Auch das mußte sie erklären.

Wenn er am Morgen auf seinem Maulesel den Berg hinaufritt, schwirrte ihm der Kopf von den vielen Dingen, über die er am Abend zuvor nachgedacht hatte. Es war wie eine Droge, dieses Denken, und sie bewirkte, daß es einem vorkam, als sei man nicht mehr man selbst. Oder vielleicht war er in Wirklichkeit dieser andere, überlegte er. An der Tür der Hütte begrüßte ihn Xiomara, die mit jedem Tag dicker aussah denn je. Vielleicht kam ihm seine schwangere Frau auch nur deshalb so unförmig vor, weil er sich an den Anblick der zierlichen Lady gewöhnt hatte.

»Wie behandelt sie dich?« fragte Xiomara ihn eines Morgens.

»Sie gibt mir das Gefühl, ein Mann zu sein«, antwortete er, ohne nachzudenken. Doch sobald er es ausgesprochen hatte, sah er, wie sich der Funke weiblicher Eifersucht über ihr Gesicht ausbreitete. »Ay, coño, doch nicht das, mujer«, sagte er unwirsch. »Sie fragt mich nach meiner Meinung, und wir reden über alles mögliche.«

Doch sooft er sich in den nächsten paar Tagen abends

fertigmachte, um in die Stadt hinunterzureiten, war ihm bewußt, daß er sehr darauf achtete, ein sauberes Hemd zu tragen, sich mit den nassen Fingern durchs Haar zu fahren, um es glattzustreichen, sein einziges Paar Schuhe zu polieren und dann bei der Ankunft am Tor von seinem Maulesel abzusteigen und sie anzuziehen, um für den Fall, daß sich die Lady noch draußen aufhielt und im Garten spazierenging, ordentlich gekleidet zu sein. Vielleicht war Xiomaras Eifersucht gar nicht so unbegründet. Irgendwie war es ähnlich, wie in eine Frau einzudringen und sie kennenzulernen, auch wenn man sich am anderen Ende befand, in ihrem Kopf und nicht zwischen ihren Beinen. Und ehrlich gesagt, wußte José sehr viel genauer, was die Lady über alle möglichen Dinge dachte, als was Xiomara über einige wenige Dinge dachte – aber schließlich waren er und seine *mujer* es auch nicht gewohnt, viele Worte zu machen. Außer wenn sie sich liebten. Dann flüsterte er Xiomara die *palabritas* zu, die sie so gern hörte und die sie dazu brachten, sich ihm zu öffnen. Bei dieser Lady brauchte er nur den Namen zu sagen, schlicht und einfach Yolanda, und schon lächelte sie ihn liebevoll an.

Trotzdem machte es ihm zu schaffen, daß ihr Mann kastriert war. Sie brachte das Thema nie zur Sprache, und wenn er sie aufmerksam beobachtete, konnte er auch nicht feststellen, daß sie sich sonderlich grämte oder mit hungrigen Blicken an ihm hing wie eine unbefriedigte Frau. Aber sie beschäftigte sich eingehend mit Elenas Töchtern und jagte Sergios Jüngsten mit einer Wasserpistole durch den Hof, als wäre sie selbst noch ein Kind. José kam zu dem Ergebnis, daß sich ihr Bedürfnis auf diese Weise äußerte. Sie sehnte sich verzweifelt nach dem Kind, das ihr Mann ihr nicht schenken konnte. *Pobrecita*, dachte er wieder.

Eines Nachts, nachdem sie ausführlich von Elenas kleinen Mädchen erzählt hatte, platzte er mit der Frage heraus, die er ihr hatte stellen wollen. Ob sie, die so gut mit Kindern umgehen konnte, denn nicht ein eigenes wolle?

Während sie sonst freudig lächelte, wenn man sie etwas fragte, worüber sie reden konnte, wurde ihr Gesicht diesmal ernst. »Wieso?« fragte sie, und noch bevor er antworten konnte – denn im Gegensatz zu ihr, deren Antworten immer rasch kamen, brauchte er einige Zeit, um sich seine zurechtzulegen –, fuhr sie fort: »Wissen Sie jemand?«

Er wußte nicht recht, was sie damit meinte. »Jemand, der... Ihnen eins schenkt?« fragte er zögernd. Was würde Don Mundín dazu sagen, wenn er erführe, daß eine Verwandte von ihm in die Berge heraufkommt, um mit einem seiner Arbeiter hinter die Palmen zu gehen?

»Ja«, sagte sie und nickte, »ich möchte seit langem ein Kind adoptieren. Aber mein Mann ist nicht sehr begeistert von der Idee. Trotzdem bin ich sicher, wenn ich ein Baby finden würde, das ein Zuhause braucht, würde mein Mann es sich anders überlegen.«

José nickte; endlich begriff er. Sie wollte ein Kind, das sie aufziehen konnte, so wie Xiomara den Jungen ihres toten Bruders aufzog, so wie Consuelo sich um den Fehltritt ihrer Tochter Ruth kümmerte. Was für ein Glück so ein Kind hätte, von dieser Lady und ihrem Mann großgezogen zu werden und *allá* in dem Land zu leben, in dem das Geld fließt, mit allen Annehmlichkeiten und schönen Kleidern und einem Verstand, so scharf und wach wie der dieser Lady. Jetzt begriff José, warum die Lady den Sommer über hier war. »Dann sind Sie also hergekommen, um ein Kind zu suchen.«

»Nein, nein.« Sie schüttelte den Kopf und lächelte wieder, als wäre die Wolke vorbeigezogen, die ihr Gesicht so traurig und nachdenklich gemacht hatte. »Ich arbeite an einem neuen Buch, ich schreibe, weißt du.«

Er nickte, obwohl er nichts wußte. Aber das wollte er nicht zugeben. Als wäre die Tatsache, daß sie keine Kinder hatte und ihr Mann ihr keine Lust zu schenken vermochte, ihre Schande, und daß er nicht lesen konnte, die seine.

»Aber wenn ich ein Kind finden würde...« Sie schloß die Augen und atmete tief ein wie diese Lady, die er im Fernsehen an ihren Bettüchern hatte riechen sehen. »Ein Kind, das ein Zuhause braucht...«

Er redete, bevor sie den Satz beendet und bevor er sich überlegte hatte, was er da versprach. »Ich weiß ein Kind«, sagte er mit seiner leisen Stimme.

Sie streckte die Hand aus und legte sie auf seinen Arm. »Ay, José, stimmt das auch wirklich?« In ihrem Blick lag ein so gieriges Verlangen, daß sie ihm nicht mehr wie die Dame des Hauses vorkam, sondern einfach wie eine Frau, die, wie andere Frauen, etwas von ihm wollte.

»Ein Mann sollte es als Ehre betrachten, eine Frau wie Sie zufriedenzustellen,« begann er vorsichtig, um zu sehen, ob sie etwas über ihren Mann sagen würde und darüber, daß ihr Bedürfnis nach einem Mann nicht befriedigt wurde. Als sie schwieg, begriff er, daß er an eine Grenze gestoßen war, die zu überschreiten sie nicht bereit war. »Ich möchte nicht respektlos erscheinen«, fügte er hinzu. Und um sie wieder zum Reden zu bringen, erkundigte er sich nach ihrer Arbeit. Was genau schrieb sie eigentlich?

Die Worte sprudelten nur so aus ihrem Mund, als hätte er eine Flasche entkorkt. Sie war Schriftstellerin und schrieb Romane, Geschichten, Essays und am liebsten Gedichte. Ob er wisse, was das sei? Er schüttelte den Kopf und wich ihrem Blick aus, weil sie nicht merken sollte, daß er nicht lesen konnte. Sofort stand sie auf – wieder einer dieser abrupten Stimmungsumschwünge – und rezitierte etwas, was sie als Gedicht bezeichnete. Ihr Gesicht bekam denselben weichen Zug, wie wenn sie von Elenas Töchtern oder Sergios Jungen sprach. »Das ist sehr hübsch«, sagte er. Er war überrascht, als sie plötzlich mit geröteten Wangen wegsah, als hätte er ihr und nicht dem Gedicht ein Kompliment gemacht.

Sie unterhielten sich noch eine Weile über ihre Arbeit. Doch bevor sie an diesem Abend zu Bett ging, kam sie noch einmal auf das andere Thema zu sprechen. »Sag mir Bescheid, was mit diesem Kind ist, José.«

»Ich werde sehen, was ich tun kann«, antwortete er mit abgewandtem Blick. Sie sollte nicht sehen, daß ihm Bedenken gekommen waren – er hatte ihr ein Kind versprochen, aber natürlich konnte er seinen Sohn nicht einfach weggeben, ohne erst Xiomara zu fragen.

José hatte Xiomara noch nie so wütend erlebt wie am nächsten Morgen, als er diesen Vorschlag machte.

»¡Azaroso! ¡Hijo de la gran puta! Glaubst du vielleicht, ein Kind ist etwas, was man einfach kaufen und verkaufen kann...« Sie warf den Schmutzwassereimer nach ihm und ließ ihn nicht mehr in die Hütte, so daß er, müde wie er war, schließlich den ältesten Sohn hineinschickte, um ihm die Hängematte zu holen, die er dann zwischen den beiden *samán*-Bäumen am Fluß aufhängte.

Doch obwohl er in der kühlenden Brise lag, die vom Fluß heraufwehte, konnte er nicht schlafen. Er war in einer verzwickten Situation. Seine *mujer* hatte einen Wutanfall bekommen, der das Kind für immer zeichnen würde, so daß die Lady es bestimmt nicht mehr haben wollte, selbst wenn Xiomara sich überreden ließ, es herzugeben. Was für ein Esel war er doch gewesen, auch nur im Traum daran zu denken, Xiomara könnte sich überzeugen lassen. War es nicht offensichtlich, daß Frauen schlimmer waren als Hennen mit ihren Küken? Mit Verstand hatte das wahrhaftig nichts zu tun, denn würde Xiomara sich hinsetzen und darüber nachdenken – so wie José in den vergangenen Wochen, in denen ihm so viele Fragen gestellt worden waren, gelernt hatte, sich hinzusetzen und über dieses und jenes nachzudenken –, würde sie erkennen, daß das eine Gelegenheit war, wie sie die meisten Menschen nie im Leben bekamen. Ihr Kind könnte mit denselben Privilegien und Annehmlichkeiten aufwachsen wie *los ricos*. Es könnte eine Ausbildung erhalten und seinen armen *padres* und Brüdern und Schwestern unter die Arme greifen.

Aber es kam noch etwas hinzu, was José Xiomara nicht erklären konnte. Er, José, würde dieser Lady gern die Freude schenken, die ihr Mann ihr nicht hatte schenken können; er hätte gern einen Ausgleich für ihre Kinderlosigkeit geschaffen, indem er sein eigenes Fleisch und Blut in die Wiege ihrer Arme legte.

Durch das Geflecht der Hängematte sah er, daß ein Besucher gekommen war. Xiomara trat aus der Hütte, eine Hand an der Stirn, und verwies den Zwerg auf seinem Maulesel in die Richtung, wo José in seiner Hängematte am Fluß lag und sich ausruhte. Schon als er den Zwerg den Weg heraufreiten sah, wurde ihm mulmig. Welche schlechten Nachrichten mochte ihm die Stadt diesmal schicken?

Aber es war eine Nachricht von der Lady. »Sie sagt, du sollst vergessen, worüber sie mit dir gesprochen hat. Sie sagt, die Sache hat sich erledigt.« Dabei zuckte er die Achseln, als wollte er – bevor er einen Rüffel bekam – klarstellen, daß er nicht wußte, was die Lady mit dieser Bemerkung meinte.

José setzte sich auf. Damit war er aus seiner verzwickten Lage befreit, doch statt aufzuatmen, war er zutiefst enttäuscht. Er hatte seinen Sohn bereits in einem großen Auto in die Berge hinauf zu der Farm fahren sehen, die er für seine Brüder und Schwestern gekauft hatte.

»Hat sie dich deshalb geschickt?« fragte José den Jungen, der stolz die zu klein geratene Brust vorstreckte. Sein Kopf war viel zu groß für seine schmalen Schultern. Doch als José ihn so betrachtete, empfand er nicht den üblichen Widerwillen. Sein eigener Sohn wurde womöglich auch so. Er sollte sich lieber bald an den Anblick eines Wesens gewöhnen, bei dem die Proportionen nicht stimmten.

»Pepito«, sagte er, nachdem der Junge ihm seinen Namen

genannt hatte, »Pepito, ich möchte dich was fragen. Was würdest du tun, wenn du eine Million Dollar hättest?«

Der Junge war verblüfft über diese Frage. Er saß auf seinem Maulesel, kratzte sich am Kopf und sah sich um, als hoffte er auf einen Hinweis. José hingegen brauchte nicht lange nachzudenken, was er mit so viel Geld anstellen würde. Während er dagelegen und die Reihen grüner Yuccapflanzen angestarrt hatte, war ihm die Hoffnungslosigkeit seiner Situation bewußt geworden: Er und Xiomara und seine Kinderschar wußten nicht, wohin sie gehen sollten, wenn sie dieses Stück Land verlassen mußten, das sein Vater und vor ihm sein Großvater bebaut hatten. Er malte sich schon jetzt die anrollenden Wassermassen aus, die der Damm freigeben würde. Im nächsten Jahr würde dieses Feld hier unter Wasser stehen. Und der Junge in Xiomaras Leib würde nichts von dem Verlust wissen, sondern das Köpfchen drehen und glücklich lächeln, wenn er die Stimme seiner Mutter hörte – wer immer sie war.

Als José an diesem Abend eintraf, kam die Lady nicht wie üblich heraus, um ihn zu begrüßen. José wachte und wartete; er war gespannt, was den plötzlichen Meinungsumschwung der Lady bewirkt haben mochte und nicht bis zu ihrer abendlichen Unterhaltung warten konnte. Als Sergio noch auf ein Zigarillo im Hof haltmachte, bevor er nach Hause ging, bemerkte José, er habe die Lady heute noch nicht im Garten gesehen.

»Die *doña* ist heute abend nicht sie selbst«, meinte Sergio. »Sie hat am Nachmittag ihren Mann angerufen.« Sergio hatte die ganze Geschichte von Miguel erfahren, dem Angestellten der Codetel-Station: Die Lady und ihr Mann hatten sich am Telefon gestritten. Sie war laut geworden und hatte geweint. »Vielleicht hat der Mann die lange Trennung allmählich satt«, vermutete Sergio. »Aber du weißt ja, wie Frauen sind, wenn man ihnen in die Quere kommt.«

»Ja«, pflichtete José ihm bei. Nachdem sich der Zwerg verabschiedet hatte, war er zur Hütte zurückgekehrt und hatte Xiomara mitgeteilt, die Lady habe ihm ausrichten lassen, sie wolle nun doch kein Kind. Doch daraufhin war Xiomara nur noch zorniger geworden. Was bildeten er und diese Lady sich eigentlich ein? Daß man mit Geld das einzige kaufen konnte, was die Armen umsonst bekamen – ihre Kinder?

Später, nachdem Sergio und die anderen heimgegangen waren, drehte José eine Runde ums Haus; er reckte den Hals und spähte in alle Fenster, weil er hoffte, die Lady irgendwo zu entdecken. Oben im Turmzimmer brannte noch immer Licht. Als es schließlich so aussah, als würde sie gar nicht mehr herunterkommen, ging er ins Haus, stieg die Treppe hinauf und rief: »*Doña*«, um offiziell anzukündigen, daß er ohne Erlaubnis die Wohnräume betrat.

Sie stand am oberen Ende der schmalen Treppe und blickte zu ihm hinunter. »*¿Qué hay, José?*« fragte sie, genauso wie sie ihn am ersten Tag gefragt hatte. Doch heute abend wirkte sie sehr viel älter, traurig und erschöpft. »Hast du meine Nachricht erhalten?«

José nickte. »Es wäre nicht so eilig gewesen.«

»Ich wollte nur vermeiden, daß du es jemand sagst und ich die Leute dann enttäuschen muß.« Sie hatte noch einen Stift in der Hand, und ihr Haar war zurückgebunden, als müßte sie sich auf eine wichtige Aufgabe konzentrieren, von der schon eine ins Gesicht fallende Strähne sie ablenken würde. Genauso band Xiomara ihr Haar zusammen, bevor sie ein Kind zur Welt brachte oder den Reis aus den Hülsen schlug. »Ich hoffe, du hast dir noch keine Umstände gemacht.«

»Keine Umstände, nein«, log er. Die nächsten paar Tage müßte er in der Hängematte schlafen. Dann würde Xiomara ihn allmählich wieder ins Haus lassen. In einem Monat war die Lady fort, und am Jahresende würde er in Begleitung der *guardias* sein Stück Land verlassen. »Doch, mir stehen ganz gewaltige Umstände bevor«, hätte er gern geantwortet. Aber was konnte sie gegen seine Flut von *problemas* schon machen? Schließlich waren ihre eigenen Pläne auch durchkreuzt worden, von ihrem Mann. Sie bekam selbst nicht, was sie wollte.

Als er sich umdrehte, um wieder hinunterzugehen, rief ihn die Lady zurück. »Komm einen Augenblick herauf«, sagte sie und steckte ihren Bleistift in die zusammengebundenen Haare. Von vorn sah es aus, als hätte ihr jemand den Stift durch den Hinterkopf gebohrt. »Ich möchte dir zeigen, was ich mache.«

Das kleine Turmzimmer hatte auf allen vier Seiten große Fenster, die weit offen standen. Wäre es hell gewesen, hätte José nach Süden zu der Hochebene in den Bergen hinübersehen können, wo sich inmitten der gepflügten Felder seine Hütte befand. Auf dem Tisch unter einem der Fenster stapelten sich Bücher, mehr als er je auf einem Haufen gesehen hatte. Eine Lampe schien auf das Blatt Papier, das die Lady beschrieben hatte.

»Meine Bücher sind alle auf englisch geschrieben, sonst würde ich dir eins schenken.«

Er sagte unumwunden, was er sich bisher geschämt hatte zuzugeben: »Ich könnte sie nicht lesen. Ich kann keine Buchstaben.«

Sie sah ihn mit gequälter Miene an. Den gleichen Ausdruck hatte Xiomaras Gesicht angenommen, als er ihr das erstemal erzählte, daß die Lady keine Kinder hatte. »Du meinst, du kannst nicht lesen?«

Er neigte den Kopf, und sein Blick fiel auf seine schäbigen, dünnen roten Schuhe. Wie konnte er sich eingebildet haben, er würde sich mit diesen Schuhen wie ein großer Mann vorkommen?

»Setz dich«, sagte sie und zog einen Stuhl heran, den sie von einem Stapel Papier befreit hatte. »Wir fangen mit deinem Namen an, José.«

298

Jeden Abend ging sie mit ihm hinauf ins Turmzimmer oder kam mit ihrem gelben Schreibblock in den Garten hinunter. Erst schrieb sie alle Buchstaben auf, so daß er mit der Zeit einige davon auf den Schildern im Dorf oder auf den Schachteln und Dosen in der *bodega* wiedererkannte. Dann buchstabierte sie mal das eine, mal ein anderes Wort und überließ ihm diese Blätter, so daß er sich den Rest der Nacht und an den folgenden Tagen damit beschäftigen konnte. Doch obwohl er sich Mühe gab, sich die Zeichen einzuprägen, hatte er noch keine großen Fortschritte gemacht, als Mitte August ihre Abreise bevorstand. Er konnte den Zettel, den er in seiner Hütte unter dem Dachvorsprung verstaut hatte, noch immer nicht lesen. Den Anschlag vor der Post, mit dem – wie man ihm sagte – der Tod von Guerrero bekanntgegeben wurde, konnte er ebensowenig entziffern. Und als er der *doña* eine kleine Handvoll Erde von seiner Farm brachte, die sie als Erinnerung an ihre Heimat mit in die Staaten nehmen sollte, konnte er auch nicht lesen, was auf dem Blatt Papier stand, das sie ihm gab.

»Das ist ein Gedicht, das ich für dich geschrieben habe«, erklärte sie. »Da steht meine Adresse drauf. Schreib mir, wenn du es lesen kannst.«

Nachdem sie abgereist war, fühlte er sich versucht, das Gedicht ins Dorf hinunter zu der Briefeschreiberin Paquita zu tragen oder es der weisen María zu zeigen, aber er wollte die Worte, die ihm die Lady gegeben hatte, mit niemanden teilen. Selbst wenn er sie nicht kannte, gehörten sie doch ihm allein. Und so stopfte er den Brief zusammen mit dem Zettel unter den Dachvorsprung seiner Hütte. Als sein kleines Mädchen zur Welt kam, nannte er es Yolanda, weil dieser Name und sein eigener die beiden einzigen waren, die er zu schreiben gelernt hatte.

DER DRITTE EHEMANN

Charakterisierung

In der ersten Woche nach ihrer Rückkehr muß Doug sich auf einiges gefaßt machen. Er hat das schon wiederholt erlebt, und deshalb weiß er, daß sie zu ihrem gemeinsamen Leben hier in New Hampshire zurückfinden wird, aber das braucht Zeit.

Natürlich kann er ihr das nicht sagen. Sonst fallen alle seine kleinen Hölzchen um – ein Ausdruck von der Insel, den sie ihm beigebracht hat. Oder er muß sich vorwerfen lassen, daß er sich nicht mit ihrem Schmerz befassen will – ein Ausdruck, den sie von den Therapeuten in diesem Land gelernt hat. *Lordy lord.* Das sagen die Leute in Kansas, woher er ursprünglich kommt.

Sobald sie das Haus betritt, müssen sämtliche Geisterwasser erneuert werden, bevor sie es sich bequem machen oder auch nur ihren Koffer auspacken kann. Fragen Sie nicht, warum. An bestimmten Fenstern stehen mit Wasser gefüllte Untertassen, aber wie gesagt, fragen Sie nicht, warum. Vor zwei Jahren wußte er nicht, was Geisterwasser ist, und eigentlich weiß er es noch immer nicht, weil er sie nicht direkt danach fragen kann.

»Das stimmt nicht«, würde sie sagen. »Du kannst mich schon fragen, aber du fragst nur, damit du mich auslachen kannst.«

»Ich lache dich bestimmt nicht aus«, verspricht er. »Ich bin nur neugierig.«

Aber trotzdem sagt sie es ihm nicht.

Als ihm das erstemal eine dieser Untertassen auffiel, dachte er, sie habe sie nach dem Kaffeetrinken vielleicht auf dem Fensterbrett vergessen. Er nahm sie mit und spülte sie ab, und auf einmal stürzt Yo mit dieser Untertasse in der Hand die Treppe herauf und ins Schlafzimmer und funkelt ihn empört an.

»Hast du die abgewaschen?!«

Er hatte im Bett noch gelesen, sich darauf eingestellt, früh zu schlafen und noch ein bißchen zu knuddeln – so bezeichnet er es gern, weil Frauen immer ganz erbost reagieren, wenn sie glauben, man wolle schlicht und einfach Sex. Und da steht sie und führt sich auf, als hätte sie den alten Zeus vor sich, der soeben eins der Kinder aufgefressen hat.

»Ja, wieso?« sagt er, setzt sich langsam auf und überlegt auch gleich, was er mit dieser Untertasse Unrechtes angestellt haben mochte. »Es ist doch nur eine Untertasse, die auf dem Fensterbrett stand.« Er deutet auf das Fenster, das am weitesten nach Osten geht und von dem aus man einen herrlichen Blick auf die Berge hat. Durch dieses Fenster fällt bei Sonnenaufgang das erste Licht herein.

»Bitte, bitte«, sagt sie den Tränen nahe, »du darfst meine Sachen auf keinen Fall anrühren.«

»Das tu ich auch nicht«, sagt er und sieht dabei zu ihrem Schreibtisch mit dem kleinen Schmuckschälchen und einem halben Dutzend gerahmter Fotos von ihrer ganzen verrückten Familie hinüber.

»Ich meine nicht meine Habseligkeiten.« Sie schüttelt den Kopf. Und dann hält sie ihm den ersten Vortrag darüber, daß in dem neuen Haus Geisterwasser vonnöten sind und daß sie »kleine Sachen« aufstellen wird, die er nicht anrühren darf. Und sollte er je auf etwas Vergrabenes stoßen, soll er es bitte nicht ausgraben.

»Du meinst eine Leiche?« Er reißt die Augen auf, als wäre er nicht ganz dicht, und schneidet Grimassen wie eins dieser trotteligen Kinder, die er vor über vierzig Jahren in *Our Gang* gesehen hat. Sie meint keine Leiche. Sie meint Kräftebündel, die Reste von Zaubern, *mal ojos*, die zerstreut werden müssen, und so weiter.

Sie ist weder eine Möchtegern-Hexe noch ein übriggebliebener Hippie. Wenn man ihre Ahnentafel neben seine stellt, müßte er ihr mit einem Palmblatt Luft zufächeln oder Steine auf ihre Pyramide hinaufschleifen. Diese abergläubischen Bräuche – die er freilich nicht als solche bezeichnen darf – gehören zu ihrem Inselhintergrund, obwohl er bis zum heutigen Tag noch keine ihrer vornehmen alten Tanten von Geistern oder vom bösen Blick hat reden hören.

Also muß bei der Rückkehr von der Insel jedesmal dieser ganze Geisterzinnober vollzogen werden. Darauf folgt unweigerlich ein gewisses Heimweh, und dann, irgendwann – er kommt einfach nicht dahinter, was diesen Umschwung bewirkt –, ist sie draußen im Garten und will wissen, wie dieses Pflänzchen da heißt und warum man für Tomatenstauden Spiralstangen braucht und, ah, Cuco, komm doch mal und schau dir diesen wunderwunderschönen Schmetterling an.

Doch diesmal geht die Eingewöhnung erstaunlich reibungslos über die Bühne. Kein großes Getue um die Geisterwasser und das Anzünden von Kerzen vor der protzigen *Virgencita*, und wenn sie etwas zu bemängeln hat, drückt sie es mild und eher indirekt aus, etwa daß sie wünschte, sie bekämen in New Hampshire bessere Mangos. Das Baby, das sie adoptieren wollte – einfach so, ein kurzer Anruf, ob sie nicht ein Baby mitbringen könne –, scheint sie vergessen zu haben. Nein danke, hatte er ihr am Telefon geantwortet und war darauf gefaßt, sich monatelang anhören zu müssen, wie sehnlich sie sich ein Kind wünsche. Aber anscheinend freut sie sich wirklich, wieder zu Hause zu sein, summt die ganze Zeit »Home on the Range« vor sich hin und sagt, danke, vielen Dank, während sie durchs Haus und in sämtliche Zimmer geht. Diesmal ist sogar er es, der sie daran erinnern muß, daß die Mangosamen, die sie eingeschmuggelt hat, Wasser zum Keimen brauchen, daß man den kleinen Plastikbeutel mit Erde, den ihr irgendein *campesino* als Glücksbringer mitgegeben hat, im Garten ausleeren sollte und daß die Untertasse mit Geisterwasser im Zimmer seiner Tochter leer ist.

Sie steht auf dem Treppenabsatz, eine Hand auf der Hüfte, und grinst ihn an. »Woher weißt du, daß das Geisterwasser ist?«

Eines weiß er: Was immer er sagt, stößt auf ein freudiges Echo. Cuco, nennt sie ihn, wenn sie gut auf ihn zu sprechen ist. Ein Kosewort von der Insel, das »schwarzer Mann« bedeutet. »Ich weiß nur, daß es aussieht wie das Geisterwasser, dessentwegen wir uns beinahe haben scheiden lassen.«

»Hört euch bloß diese Übertreibung an. Und ich dachte, nur wir Lateinamerikaner übertreiben.« Ihre Worte sind an ihr imaginäres Latino-Publikum gerichtet, das, vergleichbar der weitläufigen Verwandtschaft in ihrer Heimat, im Haus Einzug gehalten hat.

»Was ist das dann in Coreys Zimmer?«

»Beschwichtigendes Wasser. Hervorragend für Stieftöchter«, sagt sie und stolziert die Treppe hinauf.

Lordy lord, denkt er, wenn Corey bloß nie erfährt, daß Yo sie mit Zaubern belegt. Sie wird eher nach Hause kommen, als Yo ahnt, und dann wäre es besser, wenn diese Untertasse verschwunden wäre.

Yo steht an der Schlafzimmertür und verstellt ihm den Weg. Vielleicht ist jetzt der richtige Zeitpunkt, es ihr zu sagen.

»*Hey, big boy.*« Sie spielt eine Secondhand Mae West. Yos Imitationen von Filmstars aus einer bestimmten Epoche stützen sich zumeist auf Dougs Imitationen, da er derjenige ist, der mit dem Fernsehen in diesem Land aufgewachsen ist. »Komm doch bei Gelegenheit mal rauf und besuch mich.«

Sofort sind die Gedanken an Corey wie weggeblasen. Es war ein langer, einsamer Sommer.

Als sie sich später im Bett rekeln und Süßholz raspeln, was

zu den Dingen gehört, die ihm in diesem Sommer am meisten gefehlt haben, sagt er es ihr. Corey kommt zu Besuch und bleibt zwei Wochen, bevor sie zu ihrer Mutter weiterfährt.

Er spürt, wie sie sich neben ihm verspannt. »Sie war ganz aufgeregt, als sie anrief.« Doug gibt sich Mühe, optimistisch zu klingen. »Ich glaube, sie beruhigt sich allmählich wieder.«

»Und wie kommt das?« Ihre Stimme hat jeden spielerischen Unterton verloren. Corey hat sich geweigert, ihren Vater zu besuchen, seit er vor zwei Jahren wieder geheiratet hat, obwohl sie gleichzeitig darauf besteht, in dem neuen Haus ein eigenes Zimmer zu haben. Sie mag Yo, behauptet sie, aber es fällt ihr einfach schwer, sich damit abzufinden, daß ihr Vater mit jemand anders zusammenlebt. Yo kann es nicht ausstehen, wenn man von ihr als von »jemand anders« spricht. »Ich habe einen Namen«, erklärt sie Doug, sobald sie allein sind, und rattert ihn herunter: »Yolanda María Teresa García de la Torre.« Doch zu Corey sagt sie nur: »Ich verstehe, wie dir zumute ist.«

»Und wie kommt das?« hakt sie nach. »Wie kommt es, daß sie sich beruhigt?«

»Na ja, immerhin hat sie sich entschieden, den ganzen Sommer in Spanien zu verbringen.«

»Was hat das damit zu tun, daß sie sich beruhigt?«

Sie setzt sich neben ihm im Bett auf. Egal, was er jetzt sagt, es ist das Falsche, das weiß er genau.

»Du bist Spanierin, und...«

»Ich bin keine Spanierin! Ich bin aus der Dominikanischen Republik. Die Leute in Spanien würden mich wahrscheinlich für eine... eine Wilde halten.« Jetzt sieht sie tatsächlich wild aus. Dieser übertrieben dramatische Gesichtsausdruck. Manchmal ist sie nicht besonders hübsch.

»Hör auf zu übertreiben, Yo«, sagt er und springt unvermittelt aus dem Bett. Später wird sie sagen, daß sie ihm

verzeiht, eben weil es eine so wunderbar spontane und ungewöhnliche Reaktion war. Er packt die Sonnenaufgangs-Un-
tertasse und kippt ihr den Inhalt über den Kopf.

Auftritt Corey. Gerade sechzehn geworden und darum bemüht, mit Baskenmütze und Weste auszusehen wie eine sou-
veräne Weltreisende. *Oh là là!* »Das ist Französisch, Dad«,
erklärt sie ihm mit hocherhobenem Kopf. Doch sobald sie
sich von den anderen jungen Leuten und deren Eltern entfernen, bemerkt er ihren verängstigten Blick. Daß diese Unsi-
cherheit noch immer da ist, versetzt ihm einen Stich. Er
weiß, daß sie ungeheuer viel Selbstvertrauen aufbringen
mußte, um sich so weit von zu Hause fortzuwagen und jetzt,
bei der Rückkehr, auch noch das Terrain im Haus ihres
Vaters zu sondieren. Er muß an das unruhige kleine Mädchen denken, das mitten in der Nacht aus Alpträumen aufschreckte. Schon bevor es Probleme in der Ehe gab, so daß
man nicht behaupten kann – wie einige Therapeuten das
später taten –, das Kind habe die Spannungen mitbekommen. Doch Yo hat folgende Erklärung parat: Vielleicht verfügt Corey über hellseherische Fähigkeiten und konnte in
die Zukunft blicken, wo sie ihren Vater mit jemand anders
sah.

Auf der langen Fahrt vom Flughafen nach Norden berichten sie einander von den Ereignissen der letzten Monate.
Coreys Sommeraufenthalt hat sie sehr beeindruckt. Ihre spa-
nischen Gasteltern und die Tochter und der Sohn gaben ihr
alle das Gefühl, zur Familie zu gehören. »Es ist ganz anders
als hier bei uns«, erläutert Corey. »Die Menschen dort bleiben im wesentlichen in ihren Ursprungsfamilien.« Vielsa-
gendes Schweigen tritt ein. Sie fahren an einem Waldstück
vorbei, das sich schon herbstlich verfärbt – dabei ist es erst
Ende August. »Das liegt daran, daß Spanien überwiegend
katholisch ist«, folgert Corey, und was vor sechs Monaten
eine bissige Bemerkung gewesen wäre, hört sich jetzt an wie

eine Lektion in Kulturgeschichte. Er ist gerührt von diesem wohlwollenden kleinen Versuch.

Sie sind alle erdenklichen familiären Themen durchgegangen, er hat das Neueste über alle Familienmitglieder von seiner Seite berichtet, und sie hat erzählt, daß ihre Mutter und ihr Stiefvater eigens nach Spanien geflogen sind, um sie zu besuchen, aber nach Yo hat sie sich noch immer nicht erkundigt. »Yo ist selbst gerade aus der Dominikanischen Republik zurückgekommen, weißt du?« Corey nickt. »Ja, stimmt, das habe ich dir am Telefon gesagt. Yo war fast den ganzen Sommer unten und hat geschrieben. Laß mich überlegen, was es sonst noch gibt«, sagt er. »Wir freuen uns wirklich sehr, daß du ein paar Tage bei uns verbringst. Du und Yo, ihr könnt ja spanisch palavern.« Diese Vorstellung ist so weit hergeholt, daß sie ihm fast die Tränen in die Augen treibt, weil sich darin seine schmerzliche Hoffnung offenbart. Yo hat ihm wiederholt gesagt, daß in Spanien und in der Dominikanischen Republik nicht einmal dasselbe Spanisch gesprochen wird.

»Sie behauptet immer, die ersten paar Tage seien die schlimmsten. Da ist man weder hier noch dort.« Er schaut zu Corey hinüber, weil sie gar nichts sagt. Es kann doch nicht angehen, daß er Yo nach zwei Jahren noch immer nicht erwähnen darf, ohne daß sie gleich einschnappt. Sie sieht auf ihrer Seite zum Fenster hinaus, und ihr Gesicht verrät, daß sie mit etwas kämpft. Als sie sich Doug zuwendet, ist dieses Etwas einem zaghaften Lächeln gewichen. »Das würde ich nicht als schlimm bezeichnen«, meint sie. »Immerhin sieht man jetzt Dinge, die einem zuvor entgangen sind.«

Er muß ihr recht geben. Er ist sehr froh, daß Yo nicht mit dabei ist, sonst würde er sich winden wie eine menschliche Brezel und sagen, ja, die ersten paar Tage sind am schlimmsten, aber ach, ist es nicht herrlich, daß man die Welt mit anderen Augen sieht?

Beim dritten gemeinsamen Abendessen hat Doug die Nase voll von Spanien und der Dominikanischen Republik. Reden wir über China, möchte er am liebsten sagen. Stellen wir uns doch mal die sonnigen Laubengänge aus Weinstöcken in Zentralanatolien vor.

»Heute ist was ganz Verrücktes passiert«, beginnt Corey, und sofort sind Doug und Yo ganz Ohr und so dankbar wie immer, wenn Corey sich am Gespräch beteiligt. »Da kam so ein R-Gespräch von einem Mann aus der Dominikanischen Republik. José heißt er, und er ist Farmer oder so was.« Sie schaut hinüber zu Yo, die »José?« sagt.

»Er macht schwere Zeiten durch«, fährt Corey fort. »Er hat seinen Job verloren und wird von seiner Farm verjagt oder was weiß ich. Er hat eine Nummer hinterlassen. Morgen nachmittag ist er da, sagt er, und ihr sollt ihn anrufen.«

»Dein Spanisch muß ziemlich gut sein, wenn du das alles mitbekommen hast!« sagt Doug, weil er nicht weiß, was er sonst sagen soll. Wer ist dieser komische José, und wie kommt er dazu, mit seinen Sorgen auf anderer Leute Kosten hier anzurufen? »Weißt du, wer dieser Kerl ist?« fragt er Yo.

»Er war der Nachtwächter in Mundíns Haus. Oben in den Bergen, wo ich im Sommer geschrieben habe. In dem Dorf, in das dein Dad mit dir gefahren ist«, fügt sie für Corey hinzu.

»Also, und nachdem er fertig war mit allem, was er von sich erzählt hat und was ich euch ausrichten soll und wo ihr ihn anrufen sollt und so weiter«, und nun kommt dieses Augenrollen, das Doug so gut kennt, dieses Zeichen der Ungeduld, das sie von ihrer Mutter übernommen hat, »fragt er mich, wer ich bin, aber mir fällt das Wort für Stieftocher nicht ein – weißt du es?« wendet sie sich unvermittelt an Yo.

Yo überlegt einen Augenblick und schüttelt dann den Kopf. »Weißt du was? Ich glaube, ich habe es nie gehört. Die Leute da unten lassen sich normalerweise nicht scheiden, und das ganze Vokabular, das mit zusammengewürfelten Familien zu tun hat – das bekomme ich eben nie mit.«

»Wie in Spanien«, meint Doug.

»Jedenfalls, ich wußte das Wort für Stieftocher nicht und habe einfach gesagt, ich bin deine Tochter ...« Das sagt sie, ohne zu stocken. Ein sonniger Augenblick für Doug. Er malt sich aus, wie sie sich alle gute Nacht wünschen wie die *Waltons*, bevor sie heute abend ins Bett gehen.

»... und da fängt er an, mir Fragen zu stellen, ob ich verheiratet bin und wie alt ich bin, und er sagt, wie nett er es findet, mit mir zu reden, und daß ich ein gutes Herz habe und daß er mir an der Stimme anhört, daß ich hübsch bin ...«

Yo und Doug schütteln ungläubig die Köpfe.

»... und am Schluß fragt er mich geradeheraus, ob ich ihn heiraten und in die Staaten holen würde!«

»Unglaublich!« meint Doug. »Macht meiner Tochter auf meine Kosten einen Heiratsantrag.«

Auch Yo ist ziemlich erstaunt, aus mehreren Gründen, wie sie Doug später erklärt. Erstens wundert es sie, daß der Bursche es wagt, sich mit einem so ungeheuerlichen Ansinnen an sie zu wenden. Dann, daß dieser selbe José möglicherweise eine kleine Schwäche für sie hatte. Und daß er sich jetzt am Telefon auch noch in ihre Stieftochter verknallt.

»Ich hab ihm gesagt, daß ich zu jung bin, um zu heiraten, und daraufhin fragt er mich noch mal, wie alt ich bin, und ich sage, sechzehn, und er sagt, das ist alt genug.« Corey kichert.

»Der Mann hat kein Schamgefühl«, meint Doug.

»Er hat wirklich richtig nett geklungen!« Corey wirft Doug einen selbstgerechten Blick zu. Sie ist in dem Alter, in dem sie auf Kummer und Bedürftigkeit so reagiert wie auf kleine Kätzchen. Er sollte lieber den Mund halten, sonst drängt sie ihn noch in die Rolle des gemeinen Bauern mit dem Sack in der Hand, der den ganzen Wurf ersäufen will. Er sieht Yo an, weil er sich von ihr Schützenhilfe erhofft und darauf wartet, daß sie diesen José als Halunken bezeichnet, aber da hat er Pech.

»Er ist auch ein netter Mann. Wahrscheinlich völlig verzweifelt. Er ist bitterarm.« Yo denkt an ihren Besuch auf Josés Farm oben in den Bergen. An die mageren, nackten Kinder, die triste Behausung, die barfüßige schwangere Frau, die nicht herauskommen wollte, um sie zu begrüßen. Sie und Corey bekommen vor Mitgefühl feuchte Augen. »Da kann man verstehen, warum die Menschen unbedingt von dort wegwollen.«

»Wie mein kleines Frauchen«, scherzt Doug, um die Stimmung etwas aufzuheitern. Die Blicke, die die beiden Frauen auf ihn abfeuern, könnten einen Waldbrand entfachen.

Yo erklärt Corey, daß Scheinehen in solchen Fällen an der Tagesordnung sind. Man gibt einer Amerikanerin Geld, damit sie einen heiratet, und wenn man dann von ihr »angefordert« wird, bekommt man seine Papiere. Sobald man hier ist, läßt man sich wieder scheiden. »Die Leute zahlen bis zu dreitausend Dollar, nur um auf dem Papier verheiratet zu sein.«

»Wenn sie so arm sind, daß sie von dort wegmüssen, woher nehmen sie dann die dreitausend Dollar?« will Corey wissen.

»Corey, mein Mädchen«, sagt Doug zu ihr, »das ist eine sehr kluge Frage.« Er sieht, wie ihr die Röte ins Gesicht steigt, doch bald wird ihm klar, daß nicht die Freude über sein Lob dafür verantwortlich ist. Er hat sie in Verlegenheit gebracht. Sie glaubt, daß er sich über sie lustig macht. »Es ist wirklich eine intelligente Frage«, betont er, »das meine ich ernst.«

»Er hat dir doch nicht etwa Geld angeboten, oder?« fragt Yo.

»Nein.« Corey schüttelt den Kopf, erst langsam, dann heftig. »Von Geld hat er nichts gesagt. Nur daß er gern ein Mädchen heiraten würde, das so nett ist und so hübsch spanisch spricht.«

Lordy lord, denkt Doug, aber diesmal hält er den Mund.

Am nächsten Tag beim Abendessen bekommt er einen Bericht vom Wattebauch – so hat Doug Yo und Corey inzwischen getauft, weil sie so weichherzig sind. Der Wattebauch hat die Nummer angerufen, die José hinterlassen hatte, die Nummer – Doug erkennt sie wieder – der Codetel-Station in dem Bergdorf, in dem Yo den Sommer verbracht hat. Aber José war nicht da.

»Der Angestellte der Telefongesellschaft hat gesagt, daß José gestern da war«, erklärt Yo ihrem Mann. Unmittelbar hinter ihr sieht man durch das große Panoramafenster die bewaldeten Berge, die sich auch schon herbstlich färben. Doch darüber wölbt sich noch immer jener kräftig blaue abendliche Sommerhimmel, bei dessen Anblick er am liebsten die Arme erheben möchte wie die Christen bei diesen sentimentalen religiösen Erweckungen. »Und stell dir vor, was der Telefonmensch außerdem gesagt hat: José ist heute früh in die Hauptstadt gefahren und will angeblich in die Staaten.«

»Du glaubst also, daß er hier aufkreuzt?!« fragt Corey aufgeregt wie ein kleines Mädchen. Sollte freilich ein dubioser Mann vor dem Haus auftauchen, wüßte Doug schon, wer an die Tür gehen und ihn fortjagen müßte.

Beim nächsten Abendessen berichtet Corey über den Fortgang der Dinge. Heute nachmittag kam ein Anruf aus der Hauptstadt. Es war José. Wieder sprach Corey mit ihm, da sonst niemand zu Hause war. »Er kommt nach New York. Und er will wissen, was er tun soll, nachdem er hier gelandet ist.«

»Wieviel hast du ihm eigentlich in diesem Sommer gezahlt?« fragt Doug Yo. »So ein Ticket kostet immerhin eine schöne Stange Geld.«

»Vielleicht hat er sich von Mundín Geld geborgt?« Yo ist ebenfalls irritiert. »Aber er braucht doch einen Paß und Papiere, und er kann nicht einmal lesen.«

»Wirklich nicht?« sagt Corey, und Doug sieht in ihren Augen Enttäuschung aufblitzen. In ihrer Phantasie hat sie sich ein Bild von einem galanten Spanier zurechtgelegt, der

Lorca-Gedichte zitiert und sich das schwarzglänzende Haar mit Pomade nach hinten gekämmt hat wie diese Dressmen aus ihren Teenagerzeitschriften, die Doug ab und zu ganz gern mal durchblättert.

»Jedenfalls hab ich ihm gesagt, sobald er in New York ist, soll er uns einfach per R-Gespräch anrufen, dann finden wir schon eine Lösung.«

Dougs Kiefer klappt herunter. »*Was* hast du ihm gesagt?!« Und im selben Augenblick weiß er, daß er einen völlig falschen Ton anschlägt. Daß seine Tochter Yo gegenüber um jeden Preis ihre Würde wahren muß und er es fertiggebracht hat, daß sie sich vor ihrer Stiefmutter jetzt wie ein Trottel vorkommt. Weinend rennt sie aus dem Zimmer.

»*Ay*, Doug, warum hast du das getan?« Yo macht ein Gesicht, als hätte er *ihr* weh getan. Dann läuft sie hinter Corey her, und als er wenig später auf Zehenspitzen bis zum Treppenabsatz hinaufgeht, hört er die beiden hinter verschlossener Tür vertraulich tuscheln. Dem Himmel sei Dank, denkt er, während er wieder nach unten geht. Er hätte nicht übel Lust, diesen José anzurufen und ihm zu sagen: »Klar, komm nur her zu uns, provoziere Szenen, und bring damit diese funktionsgestörte Familie zusammen.« Wo hat er diese Sorte Vokabular nur gelernt? fragt er sich. Vermutlich in den vielen Jahren Eheberatung.

Zwei Anrufe an ebenso vielen Tagen, dann untersagt Doug seiner Tochter, weitere R-Gespräche aus der Dominikanischen Republik anzunehmen. Sie bietet ihm an, nicht nur für die verdammten Telefonate bis auf den letzten Cent zu bezahlen, sondern auch für ihre Zahnspange und ihren Sommeraufenthalt und die Tatsache, daß sie überhaupt geboren ist, okay?! Die Stimmen werden lauter, Vater und Tochter schreien sich an. Wie das so ist, ergibt ein Wort das andere, und es dauert nicht lange, da öffnet Corey die Büchse der Pandora und bringt die gescheiterte Ehe aufs Tapet. Nun gibt es täglich Szenen, die Türangeln ächzen vom vielen Zuschlagen. Yo gesteht Doug, daß sie zum erstenmal das Gefühl hat, diejenige zu sein, die aus einer zugeknöpften, unerschütterlich Haltung bewahrenden Familie kommt.

Sie hat auch eine Theorie über das, was sich hier abspielt. Sie alle stehen unter einem Zauber. Und dessen Ursache hat sie auch ausfindig gemacht: die Erde, die José ihr mitgegeben hat! Kein Wunder, daß es ihr widerstrebt hatte, den kleinen Beutel an der üblichen Stelle zu vergraben, so daß Doug ihn am Ende irgendwo anders im Garten ausleerte. Da Doug damit hantiert hat, ist in erster Linie er von dem Zauber betroffen. Und Yo erinnert ihn daran, daß er von ihr verlangt hat, das einzige, was ihn hätte schützen können, das Geisterwasser in Coreys Zimmer, zu entfernen, um Probleme mit Corey zu vermeiden.

Nachdem sie alles so rational und bis in alle Einzelheiten erklärt hat, kann Doug nicht umhin, sie zu fragen: »Also, was soll ich tun?«, als glaubte er tatsächlich, daß sie mit alledem recht hat.

Sie sind an José gefesselt, solange diese Erdkrümel da sind, und deshalb müssen sie vom Grundstück entfernt werden. Danach können sie sich José gegenüber großzügig oder vernünftig verhalten, ganz wie sie wollen, aber ohne von Geistern manipuliert zu werden. »Aber ich habe den kleinen Plastikbeutel längst ausgeschüttet!« erklärt Doug. »Ich kann die Krümel nicht einzeln herauspicken. Ich weiß nicht einmal, welche es sind.«

»Wir schaufeln die Erde ringsum in einen Sack und bringen sie in die Berge hinauf«, sagt Yo.

»Okay, okay«, stimmt er zu. Er wird ihr verschweigen, daß er den Garten bereits umgegraben hat. Die Erdkrümel von der Insel liegen überall verstreut und üben ihre kleinen magischen Kräfte aus; sie machen Corey zeitweise hysterisch, verfolgen Yo und treiben ihn noch zum Wahnsinn.

Als sie überlegen, wie man diese Erde loswerden könnte, fühlt er sich an Bonnie und Clyde erinnert, die eine Flucht planen. Es wäre gar kein Problem, wenn er den Müllsack einfach irgendwo am Straßenrand ausleeren könnte, aber nein, Yo besteht darauf, daß das in sicherer Entfernung vom Haus geschieht. Und nun ist entschieden, daß sie ihn mitnehmen werden, wenn sie Corey am nächsten Sonntag zu ihrer Mutter bringen.

»Du meinst, du willst ihn dort auskippen?« Doug stellt sich vor, wie seine Exfrau aus dem Fenster blickt und ihn dabei erwischt, wie er hinten im Garten etwas ausschüttet, was sie für Abfall hält. Unwillkürlich muß er lächeln.

Und auch Yo kommt sich wie ein ungezogenes Kind vor. »Das sollten wir lieber bleibenlassen.« Sie lacht. Auf der Anhöhe, die sie auf dem Weg zur Autobahn überqueren müssen, gibt es einen kleinen Park mit ein paar Bänken und einer Gedenktafel für Robert Frost. Dort werden sie die Erde ausschütten.

»Bevor wir Corey absetzen oder danach?«

Auf dem Rückweg ist es längst dunkel. Da kann man den Sack nicht so einfach loswerden. »Warten wir's ab«, sagt Yo. Doug merkt, daß sie versucht ist, Corey mit einzubeziehen, da die beiden trotz allem zehn erfreuliche Tage miteinander verbracht haben.

Wir werden sehen, denkt er, wie es in den letzten paar Tagen läuft. Er weiß sehr wohl, daß die Anrufe nicht aufgehört haben, aber jetzt erstattet Corey Yo Bericht und nicht Doug. Von ihm hält sie sich fern, behandelt ihn, als befänden sie sich in einer Fernsehkomödie, in der sie die Rolle seiner Tochter spielt. Sie ist fröhlich und höflich, doch sobald er versucht, den Arm um sie zu legen oder sie an sich zu drücken, weicht sie aus. Er gibt es auf. Yo wirft ihm vor, daß er Trübsal bläst und die kostbare Zeit mit Corey verschwendet.

»Es ist nicht meine Schuld, daß mich dein Freund verzaubert hat«, sagt Doug halb im Scherz.

Yo sieht ihn an, als wäre er kilometerweit entfernt und als wüßte sie nicht genau, ob sie ihn richtig verstanden hat. »Dich hat niemand verzaubert«, sagt sie schließlich. Das mit der Erde hat sie sich anders überlegt. Der arme José würde so etwas nie tun. Corey hat bei den letzten Telefongesprächen die vollständige Geschichte erfahren. José hat seinen Job als Nachtwächter verloren. In seiner Verzweiflung ist er in die Hauptstadt gefahren, weil er hoffte, jemand zu finden, der ihm die Reise in die Staaten zahlt. Yo hat Mitleid mit dem Mann. Vielleicht können sie irgend etwas tun, um ihm zu helfen.

»Du meinst, ihn mit Corey verheiraten!«

»Ach, Doug, warum bist du manchmal absichtlich so begriffsstutzig«, sagt Yo mit Tränen in der Stimme. Diesmal läuft sie nach oben, weil sie Ruhe braucht – von irgendeinem Therapeuten hat sie gelernt, ihm auf diese Weise zu verstehen zu geben, daß sie nicht mit ihm sprechen will. Statt in eine menschliche Brezel hat er sich in einen großen Esel verwandelt, der allen im Weg steht.

Allein im Zimmer, tritt Doug ans Fenster. Ein schwarzes Rechteck, zu dunkel, als daß er in den Garten hinausschauen könnte – was er in solchen Augenblicken gern tut. Irgendwie beruhigen ihn die geraden braunen Furchen da draußen, ähnlich wie die kleinen Gehöfte, die man vom Flugzeug aus sieht. Doch statt ihrer erblickt er sein Spiegelbild, einen sehr viel jüngeren Mann, lauter dramatische Schatten und glatte Flächen. Das ist er, Jahre bevor sich alles verändert hat, auf dem Arm Corey als Baby, daneben seine Frau, die Grimassen schneidet, um sie zum Lachen zu bringen; gerade hat er seinen ersten Garten bepflanzt. Der Augenblick ist vollkommen – es wäre Wahnsinn oder Hexerei zuzulassen, daß irgend etwas dieses Glück bedroht.

Er hört Schritte die Treppe herunterkommen und an der Tür innehalten. Als er sich umdreht, steht, mitten in der Bewegung erstarrt, eine überraschte Corey vor ihm. »Ich dachte, du wärst ins Bett gegangen«, sagt sie vorwurfsvoll.

»Nein, das war Yo«, entgegnet er, obwohl er eigentlich viel mehr sagen möchte. Aber wie soll er sein eigenes Kind um Verzeihung bitten für die unverzeihliche Sünde, ihre Mutter nicht mehr zu lieben? Er bleibt noch einen Augenblick, doch als er merkt, daß sie nur darauf wartet, daß er geht, damit sie sich ein Glas Mineralwasser einschenken kann – schon diesem winzigen Bedürfnis in seiner Gegenwart nachzugeben hieße für sie, in ihrer Wachsamkeit nachzulassen –, verläßt er den Raum. »*Buenas noches*, Corey«, ruft er ihr von der Treppe aus zu. Nach langem Schweigen kommt ein übellauniges »Nacht«. So viel zu den *Waltons*.

Am Samstag, während Yo und Corey unterwegs sind, um die Zutaten zu einer Paella einzukaufen, die, so stellt sich heraus, sowohl in Spanien als auch in der Dominikanischen Republik gegessen wird, klingelt das Telefon. Am anderen Ende ist eine amtliche, ausländisch klingende Stimme. Sie gehört einem *operator*, der Doug fragt, ob er die Gebühren übernimmt.

Zuerst ist Doug versucht zu sagen: Nein! Richten Sie diesem Blödmann aus, er soll aufhören, hier anzurufen und Ärger zu machen. Aber er läßt sich von seiner Neugier verleiten. »Klar«, sagt er, »ich meine, okay, *sí*.«

»Hören Sie«, fängt er an, doch zunächst vernimmt er nur sein eigenes Echo, *hören Sie*. Er hält inne, und in die Stille hinein erkundigt sich ein Mann nach Doña Yolanda oder *la señorita* Corey.

»*No está*«, sagt Doug, und dann möchte er klarstellen, wer er ist, aber das Wort für Ehemann fällt ihm nicht ein. Allerdings erinnert er sich an das Wort für Vater. »*Soy padre de Corey.*«

Der Mann rattert etwas herunter, was sich dankbar anhört, aber Doug versteht es nicht. Es ist Zeit, ein Machtwort zu sprechen. »*Corey no matrimonio.*« Und außerdem, fügt er hinzu, seien diese Anrufe »*muy expensivo. No llamar, correcto?*«

Langes Schweigen. Und dann, als würde man die Luft aus einem Reifen lassen, hört Doug: »*Sí, sí, sí, sí* ...«

»*No puedo salvar mundo*«, setzt Doug hinzu und bekommt, noch während er das sagt, ein schlechtes Gewissen. Seine ganze Kindheit hat er davon geträumt, als Lone Ranger die Welt zu retten. Und jetzt will er nicht einmal die Gebühren für einen telefonischen Hilferuf übernehmen.

»*Por favor*«, sagt er, und weil er den Eindruck hat, daß es sich so anhört, als schwafle er nur so daher, setzt er »*policía*« hinzu, um seinen Worten Nachdruck zu verleihen. Wie erwartet, legt José auf.

Wieder draußen im Garten, wo er Dünger auf die Beete verteilt, Bäume zurückschneidet, Pflanzen umtopft und alles für den ersten Frost vorbereitet, hört er ein schreckliches Geräusch, eine Kreuzung aus menschlichem Schrei und den Trompeten jener Engel, die am Jüngsten Tag herabsteigen werden, um gute und böse Seelen auseinanderzusortieren wie schmutzige Wäsche. Als er aufblickt, sieht er Gänse in einer schlampigen V-Formation zum Überwintern nach Süden ziehen. Und er ertappt sich dabei, daß er sich, da sonst niemand da ist, bei ihnen entschuldigt.

Ein herrlicher, aber zermürbender Frieden hat sich über das Haus gesenkt. Corey ist wieder die Tochter, die früher auf seinen Knien saß und ihn fragte, warum die Sterne nicht wie Regentropfen oder wie Schneeflocken vom Himmel fallen. Yo ist in Hochstimmung. Corey sieht so hübsch aus. In ihrer Gegenwart empfindet Yo es nicht mehr als so schlimm, kein eigenes Kind zu haben. Corey ist wirklich viel erwachsener geworden. Allerdings käme Doug nie auf die Idee anzudeuten, daß Corey noch ein bißchen erwachsener werden muß.

»Sie beruhigt sich allmählich, wie du gesagt hast«, meint Yo und lächelt ihn liebevoll an.

Es kommen keine Anrufe mehr. Der Wattebauch scheint stahlhart geworden zu sein – kein Wort über José. Auch über dieses Baby von der Insel ist kein Wort mehr gefallen. Manchmal hat Doug das Gefühl, daß es sich bei diesen Ideen, für die Yo sich gelegentlich begeistert, um vorübergehende Anwandlungen handelt, die sie dann doch wieder aus dem Rohentwurf ihres Lebens streicht.

»Ich möchte wissen, warum er nicht angerufen hat«, wagt Doug das Thema José beim letzten gemeinsamen Abendessen anzuschneiden. Seine Schuldgefühle lassen ihn so daherreden wie diesen alten Seefahrer mit dem Albatros am Hals. »Vielleicht kann er doch auf seiner Farm bleiben, was meint ihr?«

Corey zuckt die Achseln. Sie hat jetzt andere Sorgen; die Schule beginnt am Montag, einen Tag nach der Rückkehr zu ihrer Mutter. Alle ihre Freunde wissen inzwischen, daß sie wieder da ist, und haben der Reihe nach mit ihr telefoniert. Vielleicht, denkt Doug, hat José versucht anzurufen, konnte aber nicht durchkommen.

»Ich wette, daß Mundín ihm seinen Job wiedergegeben hat.« Yo hatte ihren Cousin angerufen und ihm Josés Notlage geschildert. »Jedenfalls gibt es nichts, was wir aus dieser Entfernung noch für ihn tun können.«

»Was möchtest du mit der Erde machen?« fragt er Yo an diesem Abend. Das Problem negativer Energie im Haus scheint sich von selbst gelöst zu haben. Normalerweise hätte er diese Gelegenheit dazu benutzt, sie darauf hinzuweisen, daß diese Sache mit den Zaubern und Geistern nichts anderes ist als dominikanischer Humbug. Schau her, hätte er gesagt, die Dinge kommen mit der Zeit ganz von selbst ins Lot. Aber er ist nicht mehr so selbstgerecht. Was weiß er schon von der Magie, die Menschen verbindet und auseinanderreißt? Es könnten ebensogut Geister sein.

Yo sagt, von ihr aus könne die Erde ruhig dableiben.

Aber er hat sie bereits in einen Sack geschaufelt, wie sie es wollte. Ist sie sicher, daß sie nicht von ihm verlangt, sie wieder auszugraben, sobald das nächstemal etwas Unangenehmes passiert?

»Hört sich an, als wolltest *du* die Erde loswerden«, neckt sie ihn.

Um ehrlich zu sein, er will diese Erde wirklich loswerden – obwohl er verdammt gut weiß, daß Josés Erde überall im Garten verstreut liegt. Aber inzwischen verkörpert dieser schwarze Plastiksack all die Sorgen der vergangenen zwei Wochen, all den Zorn, der sich in seinem Kind aufgestaut hat, all die Einsamkeit jener zwei Monate, in denen Yo ihm gefehlt hat, all seine Wut auf das Land, das noch immer Anspruch auf sie erhebt und sie ihm wegnimmt, weshalb er – wie ihm inzwischen klargeworden ist, auch ohne die Hilfe eines Therapeuten, vielen Dank – Josés Anrufe als Störung empfunden und so sauer darauf reagiert hat.

Er meint, wenn sie damit einverstanden sei – er habe nichts dagegen, die Erde dazulassen ... Doch am nächsten Morgen verstaut er den Sack im Kofferraum und wirft ihn in den Abfallcontainer hinter dem Krankenhaus. Dort wurde vor ein paar Jahren ein schreiendes Neugeborenes gefunden, eingewickelt in braune Papierhandtücher, wie sie auf öffentlichen Toiletten ausliegen. Die Spur führte zu einem jungen Mädchen, das sich aus lauter Angst, ihre Eltern könnten dahinterkommen, daß sie nicht mehr Jungfrau ist, dafür entschieden hat, zur Mörderin zu werden.

Doch das Baby hat überlebt, denkt Doug, als er neben dem Abfallbehälter steht. Manchmal bringen die Großeltern den kleinen Jungen in Dougs Sprechzimmer, und er ist der reinste Sonnenschein, strahlend und kooperativ. Nicht ein einziger Anhaltspunkt, den Doug mit bloßem Auge oder mit einem seiner Instrumente erkennen könnte – absolut nichts deutet mehr auf seine schreckliche Ankunft auf diesem Planeten hin.

Und das hofft Doug auch für Corey, während er neben dem Müllcontainer steht – denn das Wegwerfen der Erde scheint ihm etwas abzuverlangen, ein Gebet, einen Wunsch, ein Adieu. Vielleicht wird mit Corey trotzdem alles gut. *Por favor*, Corey, *felicidad*.

Auf der Fahrt nach Süden schmieden sie mit Corey Pläne. Sie wird sie in den Herbstferien besuchen. Thanksgiving verbringt sie bei ihrer Mom, weil Doug und Yo über Weihnachten diese phantastische Reise in die Dominikanische Republik mit ihr machen wollen.

»Im Anschluß an Spanien ist das sicher ungeheuer beeindruckend.« Corey ist nach vorn gerutscht und hat die Arme auf die Lehne des Vordersitzes gelegt. So hat Doug sie von den Autofahrten als Kind in Erinnerung. Damals stand sie immer auf der Rückbank und beugte sich weit vor, um ja alles mitzubekommen, was sich da abspielte.

»Dann lernst du meine ganze verrückte Familie kennen«, sagt Yo. »Vielleicht stellt mir Mundín wieder sein Haus in den Bergen zur Verfügung.«

»Und José werde ich auch kennenlernen«, meint Corey. Gemeinsam spinnen sie die Geschichte weiter, die Geschichte von der Weihnachtsreise auf die Insel.

»Ich möchte José auch gern kennenlernen«, sagt Doug, und beide Frauen sehen ihn an, als wüßten sie nicht recht, ob er Spaß macht.

»Wirklich, Dad?« Corey streckt den Kopf noch weiter nach vorn. Würde Doug sich jetzt zur Seite drehen, könnte er ihr einen Kuß auf die Wange geben.

»Aber sicher. Ich habe mir überlegt, daß wir ein Stück Land kaufen könnten. Vielleicht mag José es für uns bestellen. Gegen Bezahlung natürlich«, fügt er hinzu, »gute Bezahlung.«

Der Wattebauch ist glücklich. Den beiden gefällt der Schluß, den er sich für ihre Geschichte ausgedacht hat.

Den ganzen Herbst über zuckt Doug jedesmal leicht zusammen, wenn das Telefon klingelt. Häufig ist es Corey, die anruft, um zu hören, wie es ihm und Yo geht, und berichtet, daß sie im Ausverkauf schon einen zweiteiligen Badeanzug und ein hinreißendes Strandkleid erstanden hat, in dem sie ganz schlank aussieht. Yos Geisterwasser haben sich in Luft aufgelöst, falls man das so nennen kann. Die Untertassen stehen leer auf den Fensterbrettern, und eines Tages stellt Doug fest, daß auch sie verschwunden sind. »Das Haus ist jetzt ziemlich gut geschützt«, erklärt Yo, als er sie danach fragt. Es ist eigenartig, daß sie ihm irgendwie fehlen.

Als der erste Frost kommt, überzieht sich der Garten mit einer silbrigen Haut, die von der Sonne bis zum Mittag weggeschmolzen wird. Ringsum fällt das Laub von den Bäumen, ein herrliches Durcheinander, und hinterläßt kahle, skelettartige und unheimliche Hügelflanken. Der Boden wird hart, das Land rüstet sich für den Winter, kleidet sich in Braun- und Grautöne, wirkt angespannt. Doug fehlt der Garten sehr in diesen Monaten, bis er im Februar wieder darangehen kann, Pläne zu schmieden, seine Pflanzensamen zu sichten, einen Stapel Kataloge durchzublättern. Herbst ist es dann, wenn er anfängt fernzusehen und zu kochen und sich zu fragen, welchen Weg sein Leben nimmt. In diesem Jahr träumt er vor sich hin, geht in Gedanken auf eine Art Reise, als führte er in weiter Ferne gleichzeitig ein anderes Leben.

Er ist auf der Insel, auf einer Farm in den Bergen, hoch oben auf einem Feld neben einem tosenden Fluß. Sie pflanzen Yuccas in langen, gleichmäßigen Reihen. Er hilft einem anderen Mann, dessen Gesicht er nicht sieht, oder vielleicht hilft der andere Mann auch ihm. Als Yo ihm beim Abendessen den Suppenteller reicht, sind sie mit der Südwestecke beinahe fertig. »Wo bist du?« möchte sie wissen.

Er gehört nicht zu den Leuten, die zu blumigen Formulierungen neigen, so daß es ihn selbst überrascht, als er antwortet: »Überall, wo du bist.«

DIE KLETTE

Stimme

Ich brauche nur in deine Schutzumschlagaugen zu blicken und schon sehe ich weit zurück

bis zu diesem Schnellimbiß an der Straße im Westen von Massachusetts wo du in einem erbsengrünen Arbeitskleid und mit Haarnetz Burger und Hot dogs grillst und die Pommes in ihrem Drahtkorb ins Fett tauchst und ich berühre mich weil ich durch den erbsengrünen Stoff hindurch deinen dunklen Schlüpfer erkennen kann

und danach gehe ich nach draußen und als ich aufblicke sehe ich die Sterne zu einem Zahlenverbindungsrätsel deines Namens verrutschen obwohl ich nicht mal weiß daß es dein Name ist – yolanda garcía – der ganze Name bis hin zu dem kleinen Akzent auf dem i

und da sag einer das war kein Zeichen

weshalb es mich nicht gewundert hat als mich heute im Leseraum dein Gesicht aus der SUN TIMES anstarrte und darunter die Ankündigung daß du heute abend um acht in einer Buchhandlung in der Michigan Avenue aus einem neuen Buch vorliest das ich noch nicht gesehen habe obwohl sich alle anderen bereits in meinem Besitz befinden

Ich rufe in der Buchhandlung an ich sage ich möchte heute abend zu der Lesung kommen brauche ich eine Eintrittskarte wann soll ich dasein und wie lang wird die Lesung dauern und kann man in der Nähe parken – all diese geschäftigen Fragen bevor ich die eine dazwischenschiebe auf die ich eine Antwort will

besteht irgendeine Möglichkeit Ms. García zu erreichen
weil ich nämlich ein alter Freund von ihr bin und sie sich
sicher freut von mir zu hören ganz bestimmt
– ich bemerke ein Zögern am anderen Ende
– ein Nach-Luft-Schnappen das mir vertraut ist da ich
anscheinend immer diese Reaktion hervorrufe bei Frauen
in einem gewissen Alter und mit einem bestimmten intel-
lektuellen Niveau und Aussehen was ich in diesem Fall nicht
überprüfen kann weil ich die Buchhändlerin nicht sehe aber
ich vermute mal daß sie eine zierliche Brünette mit Stupsnase
und einem niedlichen Gesicht ist gegen das sie mit Eyeliner
und pechschwarzen Schlabberklamotten ankämpft
so daß es mich nicht wundert als sie die erwartete Antwort
herunterleiert tut mir leid wir dürfen darüber keine Auskunft
geben aber nach der Lesung besteht die Möglichkeit mit der
Autorin zu sprechen
also sage ich klar dürfen Sie darüber keine Auskunft geben
weil sie mich ja nicht von Kingsleys Beinen an kennen und ich
ebensogut ein Ex oder ein Axtmörder oder ein Ex-Axtmörder
sein könnte (hahaha) aber sie lacht nicht sondern hört nur
genau hin als wollte sie versuchen irgendein verräterisches
Hintergrundgeräusch auszumachen um der Polizei später davon berichten zu können damit die feststellen von wo aus ich
angerufen habe

Sollen sie ruhig die Michigan Avenue und dann die lange
Avenue der Jahre herunterkommen vorbei an der Bedrängnis
der Angst der Einsamkeit dem Schmerz dann im Zug hinaus
nach Elgin zu dem zweistöckigen Backsteingebäude –
THE BRIDGE OVER TROUBLED WATERS steht auf dem
Schild – und ihre Dienstabzeichen Mark unter die Nase halten der sie nach oben führt
in mein Zimmer wo sie anklopfen und der der netter aussieht sagt Entschuldigung aber wir versuchen einen gewissen
Walt Whitman ausfindig zu machen sagt es ohne mit der

Wimper zu zucken ohne nachzudenken aber auf diesen Namen erhebt bereits ein berühmter Dichter des neunzehnten Jahrhunderts Anspruch

sagt dann tja Walt Whitman so hat er sich zumindest die letzten fünf Jahre genannt und davor nannte er sich Billy Yeats und noch früher George Herbert Gerry Hopkins Wally Stevens

(als ob du mir zuhören würdest wenn ich einer deiner wiederauferstandenen Helden wäre)

und ich sage kommt herein und sie treten in das Leben des Jungen mit dem Ausgießproblem der mit fünf Jahren nach einer Tracht Prügel mit einem Gummischlauch bewußtlos ins Mass General eingeliefert wird

weil sagt sie dieser Junge sich nicht in der Gewalt hat ich geb ihm die Schachtel mit den Frosted Flakes und die Schüssel und er schüttet das Zeug aus bis die ganze Schachtel leer ist und die Flakes überall am Boden verstreut liegen und dasselbe mit der Milch bis sie an den Tischrändern runterläuft die ganzen zwei Liter verschwendet den Talkumpuder genauso den ganzen Plastikbehälter hat er ausgestreut über sich selber und alles um sich herum

und so dumm ist er nicht aber das tut er um mich zu ärgern und deshalb geb ich ihm eine Ohrfeige denn Sie müssen wissen er ist nicht richtig im Kopf seit dem Tag an dem er auf die Welt gekommen ist seinem Vater wie aus dem Gesicht geschnitten der seinen Sohn nie gesehen hat es sei denn er entdeckt durch einen seltsamen Zufall einen hübschen dunklen Jungen auf der Straße in einem Bus auf einer Rolltreppe und denkt dieser kleine Kerl sieht wahrhaftig aus wie ich

all das sagt sie den Ärzten und sie schreiben es in ihre Berichte und tun mich wohin wo sie ein paar Jahre nicht an mich rankommen kann

bis ich am ersten Besuchswochenende bei meiner Mutter ein Junge ohne ein Ausgießproblem bin der Katze ihre Miniröcke ihre Unterhosen anziehe sie mit ihrer Schminke anmale wie sie es bei mir gemacht hat

welche Sünde ich bereue welche Sünde ich ein ums andere Mal den beim Staat Beschäftigten und Unterbeschäftigten gebeichtet habe den Beratern den Therapeuten den Sozialarbeitern den Beamten den Geistlichen dem Rechtsbeistand den Psychiatern und sogar Mark – lauter bezahlten Ohren aber nicht dem einzigen Menschen der mich anhören soll

und sagen soll es hat ein menschliches Gesicht

ja es hat ein menschliches Gesicht

Ich verlasse das Haus sage zu Mark ich gehe zu meinem Job zum Büchereinsortieren an der Chicago University und jawohl Sir ich bin pünktlich zum Zapfenstreich um neun zurück vielleicht schon eher

die Einkaufstasche vollgepackt mit deinen Büchern die ich zerstückelt und neu zusammengesetzt habe so daß keine Seite mehr so ist wie du sie geschrieben hast Sätze auf verschiedene Geschichten verteilt und die Liste deiner Bedankemichs am Ende mit deinen jambischen Pentametern vermengt und an den weißen Rändern tauchen plötzlich deine Augen auf an jedem Wort habe ich herumgefummelt bis

du dich anhörst wie die Bewohnerin von Babel die du bist wenn du dein dummes Geschwätz hinschreibst und so tust als sei auch nur ein Wort davon wahr

und dazu als kleine Stärkung eine Packung Lorna Doones ach ja Lorna Doones und das staatliche Internat und der Saal mit den Bettgestellen und die Besuche unseres Klassenvorstehers spätabends rauhe Stimme große Hände mit der Packung Lorna Doones

und ein großes Stück Monterey Jack für den einzigen netten Zug an Rosemarie die jedesmal wenn ihr Papa sie ausführte eins mitbrachte

und mein Jagdmesser das sich zusammenklappen läßt hübsch wie ein Jungenspielzeug in der Tasche

Und halte Ausschau wo du abgestiegen sein könntest
gehe auf und ab vor der gläsernen Ladenfront wo die niedliche Brünette in der Buchhandlung (jetzt kann ich sie sehen) mit ihrem Zauberstab den Bücherstapel abtastet den ein Kunde auf die Ladentheke gelegt hat
gehe an drei Cappuccino-Bars zwei Bagel-Läden einem Postkartengeschäft einem kleinen Café das Cachet heißt vorbei und zähle fünf kleine Modeboutiquen zwei Schuhgeschäfte einen Delikatessenladen mit Wurstketten im Fenster die aussehen wie Henkerschlingen und die vier Parkgaragen die mir das kleine Mädchen am Telefon beschrieben hat
scharfer Wind bläst vom See her
eine Schneeflocke und noch eine Schneeflocke keine wie die andere angeblich
gehe weiter und immer weiter
und ich habe Glück als ich das große Westin in dem du vielleicht wohnst ungefähr zwölf Häuserblocks entfernt von dem Punkt entdecke der mit X markiert ist

Es ist einfacher als ich dachte
ich gehe zum Empfang und sage ich bin ein Reporter von der SUN TIMES bin hier um die Autorin Yolanda García zu interviewen
dieser Latintenamerikaner (hahaha) mit seinem kleinen Namensschildchen auf dem steht daß er Mr. Martinez heißt als könnte ich das nicht schon beim Anblick seines braunen Gesichts mit dem bleistiftdünnen Bärtchen über den wulstigen Lippen erkennen
tippt dich ohne mit der Wimper zu zucken in seinen Computer ein und BINGO! hängt er am Telefon und sagt der Reporter von der SUN TIMES ist da
und ich höre deine verwunderte leise Stimme sagen wer? was?
und der Bursche läßt mich dran achselzuckend sie möchte mit Ihnen reden

und ich verstelle meine Stimme sage ach-so-höflich tut mir leid Sie zu stören Ms. García aber meine Sekretärin hat das mit ihrem Verleger vereinbart tut mir wirklich leid hören zu müssen daß man Sie nicht verständigt hat und ich hoffe doch daß Sie mich dazwischenschieben können weil wir für die Sonntagsausgabe ein großes Feature mit Farbfotos geplant haben und überzeugt sind daß sich aufgrund dessen viele viele Ihrer wunderbaren Bücher verkaufen werden

Donnerwetter sagst du beeindruckt aber wissen Sie das hat mir kein Mensch gesagt meine PR-Agentin hat mir den Nachmittag sogar absichtlich frei gelassen damit ich mich mit meiner Schwester unterhalten kann die eigens den weiten Weg von Rockford hierher gemacht hat...

es sei denn – deine Hand liegt auf der Muschel und deine Stimme ist ganz verschwommen – und dann bist du wieder da und sagst es sei denn es macht Ihnen nichts aus mich zu interviewen während sie im Zimmer ist

und jetzt bin ich es der zögert und sich überlegt stehe ich das durch und wahrhaftig ich spüre einen besonderen Kick bei dem Gedanken daß ihr zu zweit seid

kein Problem sage ich und dann nennst du deine Zimmernummer

Und zuerst denke ich du willst mir einen Bären aufbinden nachdem du dahintergekommen bist wer ich bin und nie im Leben wohnst du im Zimmer 911 – das ist die Nummer des Notrufs – die Nummer die du in der Nacht gewählt hast als ich oben auf der Treppe vor deiner Tür saß weil du wußtest daß dir kein anderer Ausweg bleibt denn die Feuerleiter wurde erst später nach dem Feuer angebracht

bei dem es sich um Brandstiftung handelte und das sie mir auch noch anhängen wollen

weinend dahockte und dich anflehte mich reinzulassen

und du hast hinter der Tür geschrien verschwinde von hier laß mich in Ruhe ich will nichts mit dir zu tun haben du jagst mir Todesangst ein mit all deinen verrückten Briefen und damit daß du mir nachschleichst und meinen Abfall durchwühlst und Sachen herausfischst und vor meiner Tür aufkreuzt mit deinem verrückten Gerede daß ich dein zweites Ich bin deine Seelenverwandte dein Doppelgänger bin ich nicht bin ich nicht bin ich nicht hörst du mich ich schwöre Billy oder George oder Gerry oder wie immer du heißt wenn du nicht auf der Stelle von hier verschwindest werde ich so zuwider es mir ist die Schweine auf jemanden zu hetzen 911 wählen und dann steckst du bis zum Hals in Schwulitäten weil ich überzeugt bin daß du schon allerhand auf dem Kerbholz hast

und ich habe dich angefleht und gesagt bitte mach die Tür auf und laß mich nur fünf Minuten rein du kannst auf die Uhr schauen und mich rauswerfen wenn meine Zeit um ist aber ich brauche dich ich brauche dich du mußt dir unbedingt anhören was ich durchgemacht habe

und unten kam so eine fette Frau mit blaugeschlagenem Gesicht heraus und sagte laß sie gefälligst in Ruhe wenn sie nicht mit dir reden will

und ich konnte deine Stimme am Telefon sagen hören da draußen lauert mir ein Mann auf so daß ich nicht aus der Wohnung kann ein Mann der mich seit fünfzehn Jahren immer wieder verfolgt

nein Wachtmeister nein

und ich konnte die Gedanken in deinem Kopf ticken hören *ich weiß daß ihr Kerle denkt wenn man vergewaltigt wird muß man den Typen aufgereizt haben wenn man ausgeraubt wird muß man den Typen provoziert haben wenn einem einer nachschleicht muß man seine hübschen Angelhaken ausgeworfen haben aber nein ich habe nie mit ihm geschlafen nie länger als fünf Minuten mit ihm geredet damals vor fünfzehn Jahren als er in den verdammten Schnellimbiß kam in dem ich gearbeitet habe und sagte er habe Hunger aber kein Geld so daß ich ihm einen* Angel on Horseback *gemacht habe das war ein der Länge nach aufgeschnittener Hot dog mit geschmolzenem Käse drin und mit Speck umwickelt und ich weiß auch nicht wer ihm diesen Namen gegeben hat denn weshalb sollte ein Engel mit Flügeln ein Pferd brauchen aber verstehen Sie sogar diese Einzelheit also was er zu essen bekam auch wenn ich mit dieser Bezeichnung nichts zu tun hatte betrachtete er als ein Zeichen – und soweit ich mich erinnere habe ich außer bei dieser ersten Begegnung nur ein einziges Mal länger als fünf Minuten mit ihm geredet das war in einer Bar wo der Kerl mit dem ich verheiratet war und ich uns stritten und als sich dieser verrückte Typ neben mich setzte habe ich ihn einfach drauflosreden lassen von wegen eine Macht habe ihn hergeschickt zu mir*

und lauter so verrücktes Zeug und ich gebe zu okay ich gebe zu daß ich diesen Verrückten habe reden lassen damit mein Mann sieht daß ein Typ aus Liebe zu mir völlig den Kopf verlieren kann

aber sonst habe ich aus seiner Verrücktheit nie wieder Kapital geschlagen das schwöre ich

und ich konnte deine Stimme am Telefon sagen hören können Sie ihn nicht hören Wachtmeister ja das ist er der da an die Tür hämmert und schreit ich soll ihn reinlassen

also bitte ich bitte Sie schicken Sie jemanden in die High Street 20 ein großes zweistöckiges graues Gebäude mit einer baufälligen Veranda vorn dran Sie waren schon mal da als der Kerl unten durchgedreht hat als sein ganzer Krempel draußen im Garten lag aber ich habe die Wohnung im ersten Stock zu der die schmale Treppe hinaufführt und da hockt er seit einer Stunde so daß ich nicht rauskann aber bitte bleiben Sie oder sonstjemand hier bei mir am Telefon bis jemand da ist weil ich panische Angst habe denn jetzt wirft er sich mit seinem ganzen Gewicht gegen die Tür und was ist wenn sie aufbricht und er mich zu fassen bekommt?

Ich steige im achten Stock aus weil ich vermeiden will daß du am Lift wartest dann schnell den Gang hinunterläufst und dich und deine Schwester im Zimmer einsperrst

ein junges Mädchen vielleicht Vietnamesin vielleicht auch Koreanerin deren Putzwagen im Flur neben einer offenen Tür steht nickt und geht wieder in ein Zimmer zurück in dem aus dem Fernseher ein rührseliger Film dröhnt

von Zimmer zu Zimmer beobachtet sie wie die Welt sich dreht und in Stücke zerfällt

hübsches kleines Mädchen mit den langen Haaren zu einem schwarzen Pferdeschwanz zusammengebunden der in mir den Wunsch weckt alle ihre Puppenfläschchen mit Shampoo zu nehmen und in eine Badewanne zu leeren und den Wasserhahn ganz aufzudrehen und in das dampfende duftende schäumende Wasser zu steigen und mich von ihr schön kräftig abreiben zu lassen und sollte das Jagdmesser aus meiner Tasche fallen und sie erschrocken zurückspringen würde ich sagen hab keine Angst denn zum Bösen gibt es immer eine Alternative und du weißt wie man ihm auflauert und es in die Enge treibt und auch wirklich tötet

rate mal

und vielleicht kann sie nicht viel Englisch weil sie mich so komisch anschaut als sie aus dem Zimmer kommt und mich mit ihren kleinen Seifen und frisch gewaschenen Handtüchern und Telefonnotizblocks und Kugelschreibern hantieren sieht – vielleicht versteht sie mein Englisch nicht

aber trotzdem kennt sie in ihrer eigenen eigenartigen Sprache die Antwort sie weiß was die Dunkelheit bannt die sie von den Schlachtfeldern Vietnams in dieses Land mitgebracht hat oder aus Salvador oder Korea oder wo immer sie ein niedergebranntes Dorf zurückgelassen hat Männer die bitten flehen ach bitte im Namen Gottes im Namen von Allah Jesus Christus Buddha Coca-Cola die Rufe die Schreie die nackten Kinder die herumlaufen und denen Würmer aus dem Hintern kriechen...

sie weiß daß selbst hier Hunderttausende von Meilen entfernt das Böse ihre Tür eintreten und gewaltsam in ihren Kopf eindringen und sich dort häuslich niederlassen wird – es sei denn sie erzählt jemand den sie liebt oder lieben könnte was sie durchgemacht hat ...

doch jetzt lächelt sie mich zaghaft an den Atem angehalten verunsichert so daß ich einen ihrer Stifte nehme ihr die Nummer von BRIDGE OVER TROUBLED WATERS aufschreibe und sage falls du irgendwann mal reden möchtest ...

aber schon weicht sie ins Zimmer zurück schüttelt den Kopf sagt *no English mister* und dieser verängstigte Blick zu dem ich nicht durchdringen kann

also gehe ich auf die Treppenhaustür zu und steige das eine Stockwerk zu dir hinauf

Ich klopfe und du machst auf und bevor ich sagen kann hallo ich bin der Reporter von der SUN TIMES sehe ich in deinen Augen dieselbe Todesangst dasselbe Entsetzen wie bei dem kleinen vietnamesischen Mädchen und du versuchst mir die Tür vor der Nase zuzuschlagen aber ich bin schon drin

schiebe den Riegel vor umklammere deinen Hals und brülle deine Schwester an die ans Telefon gesprungen ist

wenn du das anrührst passiert ihr was

also reißt deine Schwester die Hände hoch und sagt nein nein nein schauen Sie ich rufe nicht unten an aber bitte tun Sie ihr nicht weh nehmen Sie unser Geld und meinetwegen auch meinen Ehering und diesen Anhänger den mir mein Mann zum zwanzigsten Hochzeitstag geschenkt hat er ist bestimmt viel wert weil er ihn noch abbezahlt

ich löse meinen Griff und du streichst dir über den Hals und hustest mit dem Rücken zu mir und ich gebe dir einen kleinen Schubs und sage ganz sanft setz dich doch aufs Bett neben deine Schwester

und du tust was ich sage ihr zwei nebeneinander Hand in Hand auf dem geblümten Bettüberwurf der zu den Vorhängen den zwei Bildern dem lavendelfarbenen Teppich paßt ein Zimmer ähnlich denen die ich aus Anstalten kenne die ich erlebt habe in denen jeder für kurze Zeit wohnen kann ein Geschäftsmann ein Dichter eine Frau die an Krebs operiert werden wird sobald die Untersuchungsergebnisse da sind eine Frau die ihr Kind geschlagen hat eine Frau die auf einen Liebhaber wartet

eine Frau die den Arm um ihre weinende Schwester legt und sagt ist schon gut Fifi mach dir keine Sorgen ich kenn ihn von früher er wird uns nicht weh tun

aber deine Stimme zittert bei den letzten Worten als wärst du nicht ganz sicher

Dein Gesicht älter schmaler vor allem von Linien durchzogen wo zuvor ein weicher Mond war der gezerrt und gezerrt hat an den Gezeiten der Verzweiflung mit der ich dich brauche

und dein Haar kurz jetzt voll ungebärdiger Locken und weiß gesprenkelt statt des langen zu einem dicken Tau geflochtenen Zopfs den ich mit einer Schere abzuschneiden versucht habe nach dem ersten Unterbringungsbeschluß nach dem Feuer nach der Zeit in Brookhaven

und deine Hände knochig und sorgenvoll und deine Schultern dünn und ohne Flügel

so daß ich mich betrogen fühle weil ich dich vor mir habe aber nicht so vor mir habe wie ich dich haben möchte eine verbrauchte Frau eine sterblich gewordene Seelenverwandte

Ich sitze dir gegenüber auf dem zweiten breiten Bett

ich ziehe meinen Mantel aus ich hole deine Bücher aus der Tasche – ihr beobachtet mich beide genau – die Lorna Doones den Monterey Jack und natürlich das Messer

das aufspringt sobald ich auf den weißen Knopf drücke so daß ihr beide zusammenzuckt

und diesmal weint deine Schwester nicht

sondern stößt entsetzte Tierlaute aus leises Winseln und Wimmern

also schneide ich für jede von euch eine Scheibe ab und reiche sie euch auf der Messerspitze hinüber

und du nimmst deine mit zittriger Hand und hältst sie wie ansteckendes Gift wie eine Atombombe

bis ich sage du wirst ihn doch nicht verschwenden wollen oder das ist mein Leib das ist mein Blut (hahaha) und mit winzigen Bissen ißt du meine Gabe langsam auf

Ich habe lange Zeit auf diesen Augenblick gewartet fange ich an lange Zeit – und schreibe die Ziffern mit dem Messer in die Luft – fünfundzwanzig Jahre zehn Jahre seit ich dich das letztemal hinter der Tür gesehen oder nicht gesehen habe dazu die fünfzehn Jahre davor

was zusammen ein Vierteljahrhundert Leiden wegen eines Miststücks ergibt nach einem Vierteljahrhundert Leiden wegen des anderen Miststücks das mich weggesteckt hat weil ich ihre Frosted Flakes ausgeschüttet habe

wozu nicht mehr und nicht weniger gehört als die Bullen zu rufen nur weil ein Kerl mit dir zu reden versucht denn beim Runtergehen haben sie mich erwischt haben mich auf die Wache gebracht mir die Fingerabdrücke abgenommen mich verhört und dann haben sie mich laufenlassen aber weiter beobachtet und als eine Woche später das verdammte Haus in dem du wohntest abbrannte mußt du ihnen gesagt haben du glaubst ich habe es getan sonst hätten sie mich nicht da hineingezogen und nachdem sie inzwischen noch andere Sachen gegen mich in der Hand hatten schafften sie mich nach Brookhaven weil ich versucht habe den Zopf abzuschneiden den du früher mal hattest erinnerst du dich noch

steh auf damit ich deiner Schwester zeigen kann wie lang dieses Scheißding war

und du stehst auf und drehst dich um wendest mir den

Rücken zu und ich drücke das Messer mit der stumpfen Seite
unmittelbar über dem kleinen Arsch hinein
   während deine Schwester nach Luft schnappt
   und ich sage meinst du nicht auch daß er bis hierhin gereicht
hat
   und du sagst weil du das Messer spürst du sagst ja da
ungefähr das stimmt

Dann drehst du dich langsam um und siehst mich an die Hände
ausgestreckt klein sternförmig bittend
   ich möchte eigentlich sagen es tut mir leid ich wollte dir nie
Schmerz zufügen ich möchte nur erklären warum ...
   und ich brülle halt's Maul Miststück halt's Maul komm mir
jetzt bloß nicht mit deinem Tut-mir-leid deinem beschissenen
Ach-wenn-ich-damals-gewußt-hätte-was-ich-heute-weiß
   doch mit sanfter Stimme einer süßen Rosemarie-Stimme
einer Stimme der man schwer widerstehen kann sagst du ach
bitte

Bitte sag jetzt nicht ich soll den Mund halten weil ich ein
furchtbar schlechtes Gewissen habe wirklich furchtbar
   denn wenn ich dich so ansehe – ich weiß daß du denkst ich
lüge dich an ich sage das nur um aus dieser prekären Situation
rauszukommen – aber wenn ich dich so ansehe erkenne ich
daß du recht hattest als du gesagt hast du bist mein Seelenver-
wandter mein zweites Ich mein Doppelgänger oder wie immer
du mich genannt hast
   aber versteh doch du hast es immer so bedrohlich gesagt daß
ich weglaufen mußte wobei ich nicht behaupten will daß das
dein Fehler war versteh mich nicht falsch
   nur daß die Art eines Menschen und seine Stimmlage sehr
viel ausmachen können
   denn angenommen du wärst ohne diesen bedürftigen verzweifelten Blick und ohne diese tiefbetrübte Bruststimme
gekommen

hättest gesagt du bist meine Seelenverwandte mein Leben
dein Name gehört zu den Sternen...

hätte ich vielleicht zugehört hätte ich dir vielleicht geholfen
hätte ich mich vielleicht sogar in dich verliebt und dich geheiratet ja ich bin inzwischen mit einem großen kräftigen Mann
verheiratet der jeden Augenblick vom Art Institute zurückkommen müßte er sagt mir ganz ähnliche Sachen

und es gibt meiner Seele Nahrung es erfüllt mein Herz ihn
sie mit dieser ruhigen sicheren Stimme sagen zu hören

aber glaub mir du bist nicht der erste dessen Art und
Stimmlage sich einfach nicht mit meiner vertragen denn ich
war schon zweimal verheiratet einmal mit einem Hippie und
einmal mit einem Briten der immer alles so knapp und klar
formulierte als wollte er sagen reiß dich zusammen du frißt
dich noch selber auf du benimmst dich wie eine Zweijährige

und obwohl es beide gut mit mir meinten und mich von
ganzem Herzen liebten und ich sie von ganzem Herzen liebte

hat mich ihre Art dennoch wund gescheuert wo es mir am
meisten weh tat

und vielleicht ist das eine schäbige Ausrede obwohl ich dir
nicht die Schuld gebe indem ich behaupte die Art macht den
Mann aus und so weiter da ich überzeugt bin daß du unge-
achtet des Eindrucks den du vermittelst und deiner Stimmlage ein gutes Herz hast was ich bezeugen kann da du nie
Hand an mich gelegt hast nie versucht hast mich zu verletzen
mich nur jenes eine Mal an den Haaren gezerrt hast um sie
abzuschneiden und ich sage auch nicht daß es falsch war denn
wie kann man einen Zopf abschneiden wenn man ihn nicht
vom Kopf wegzieht und meine Schwester und ich wir können
beide sehen daß du hergekommen bist um deine Cracker und
deinen Käse mit uns zu teilen und dir deine Bücher signieren
zu lassen was ich wirklich zu würdigen weiß

denn um ehrlich zu sein einer der Gründe warum ich solche
Angst vor dir hatte war der daß du dich tapfer und aufgeschlossen ja das erkenne ich jetzt tapfer und aufgeschlossen

einem finsteren und furchteinflößenden Teil deiner selbst
gestellt hast dem ich mich aus Angst nicht stellen konnte es sei
denn auf dem Papier

weshalb ich auch Bücher schreibe was meine Art ist dir ja
dir etwas zu geben meine Art zu sagen nimm das denn vielleicht kann es dir einen Augenblick lang helfen das Entsetzen
zurückzudrängen die Wunde zu heilen dich kurze Zeit gegen
die Verwirrung zu behaupten...

halt's Maul! schreie ich ich habe dir verdammt noch mal
gesagt du sollst dein Maul halten springe vom Bett auf

und setze die Klinge an deine Kehle und sage glaubst du ich
meine es nicht ernst Miststück und die Schwester fleht dich an
bitte bitte bitte und endlich hältst du den Mund und ich setze
mich wieder hin und schneide mir ein Stück Monterey ab und
schlinge es hinunter und ich weiß nicht vielleicht liegt es am
Geschmack von diesem Käse den Rosemarie mir immer zu
essen gegeben hat jedenfalls fange ich an mich hin und her zu
wiegen und spüre die Angst und den Schmerz und die alten
alten Tränen

Und muß mich auf meine Stimme besinnen

um zu sagen um endlich nach so vielen Jahren zu sagen
was ich gesagt hätte –

doch wann immer ich mit dir zu reden versuchte überall
wohin ich dir gefolgt bin hast du die Tür zugemacht bist du
weggerannt hast du deinen Freund kommen und mich
drangsalieren lassen hast du die Polizei gerufen deine Ehemänner die Polizei gerufen dir die Finger in die Ohren gesteckt und geschrien hast du gesagt geh weg du bist verrückt
und du machst mir angst

du wolltest mir nicht zuhören obwohl ich dich erst vor
wenigen Monaten in einer verdammten Rundfunksendung
habe sagen hören wie wichtig Geschichten sind daß sie gleich
nach Essen und Kleidung und einem Dach über dem Kopf
kommen

daß Geschichten unsere Art sind uns umeinander zu kümmern und dieser ganze Quatsch

– und ich schleudere eins deiner Bücher ans Fenster aber
die Hotelglasscheiben sind natürlich fest und dick und selbst-
mordresistent und das Buch landet auf dem Teppich und
noch ein Buch und aus dem dritten reiße ich die Seiten heraus
und ein viertes schlage ich auf um dir zu zeigen was ich damit
gemacht habe:

die Seiten alle zerschnitten und verhunzt und anders zu-
sammengeflickt

– und du ringst nach Luft und flüsterst o mein Gott! und da
erst fängst du an zu weinen

schlingst die Arme um dich und schluchzt

und ich möchte am liebsten kotzen heulen auf die Straße
flüchten aus dem Fenster fliegen denn was nutzt es schon
wenn der Junge geschlagen wird die Katze geschlagen das
Dorf niedergebrannt die Bücher zerfetzt der dicke schwarze
Strang Haare in meiner Faust ist und es tut noch immer weh

und so sage ich ich sage

– hör auf hör auf denn ich schwöre zu Gott ich werde dir
nicht weh tun ich gebe dir mein Wort darauf was ich noch nie
getan habe

– und schau her als Zeichen meines guten Willens lege ich
das Messer weg hebe deine Bücher auf lasse dir die Lorna
Doones da schwöre meinem rohen Zauber ab

– doch bevor ich gehe sollst du etwas für mich tun nämlich
dich ruhig hinsetzen ja genau so ja ohne zu weinen einfach
ganz still dir ein einziges Mal wirklich anhören was ich dir
jahrelang zu sagen versucht habe aber du hast es mir nicht
erlaubt

und du wirfst deiner Schwester einen ungläubigen Blick zu
holst tief Luft

siehst mich an mit einem Blick der bis ganz zurück zum
Anfang reicht

okay sagst du okay ich höre zu

DER VATER

Abschluß

Von all meinen Töchtern habe ich mich Yo immer am nächsten gefühlt. Meine Frau meint, das liege daran, daß wir uns so ähnlich seien, und während sie das sagt, klopft sie sich mit den Fingerknöcheln an die Schläfe. Aber nein, das ist nicht der Grund, warum ich mich Yo am nächsten fühle.

Sie sieht mich an, und ich weiß, daß sie bis in meine Kindheit zurückblicken kann, als ich noch in kurzen Hosen herumlief und in unserem Schulhaus aus Palmstämmen den Finger hob. *Welche Haarfarbe hat der liebe Gott? Wenn man eine Summe um ihren Schatten verringert und sie anschließend mit ihrem Spiegelbild multipliziert, was erhält man dann?* Unser Lehrer, der sich selbst Profesor Cristiano Iluminado nannte, bombardierte uns mit seinen aberwitzigen Fragen. Wenige Jahre später wurde der verrückte Professor in die Irrenanstalt verfrachtet, wo er zermanschte Bananen zu essen bekam, auf Stroh schlafen mußte und über die Mathematik der Sterne nachsinnen konnte. Aber, und darum geht es in meiner Anekdote, ich war das einzige Kind, das sich meldete, um diese unmöglichen Fragen zu beantworten.

Und Yo sieht diesen erhobenen Finger, wenn sie mir in die Augen schaut. Ich bin also mit einem Kind gesegnet – und manchmal geschlagen –, das den Kern meines Wesens begreift. Ich sollte nicht mehr von einem Kind sprechen, weil sie inzwischen eine erwachsene Frau ist, die sich selbst bereit macht. Wenn sie mich jetzt anschaut, kann sie das frisch gegrabene Loch auf dem Bergfriedhof nahe meiner Geburtsstadt sehen und den Fluß, der zwischen den Bäumen blinkt.

Sie schreibt mir ein oder zwei Briefe pro Woche. Manchmal legt sie ein altes Schwarzweißfoto mit diesen gebogten Rändern dazu, die aussehen, als verdienten alle Erinnerungen auf kleine Spitzendeckchen gebettet zu werden. Ein gutaussehender junger Mann sitzt mit einer jungen Dame in der überfüllten Nische einer Bar – sechzig Jahre ist das her. Auf einem dieser kleinen Klebezettel, die anscheinend eigens für Yo erfunden worden sind, weil sie immer zu allem ihren Senf dazugeben muß, steht: *Wo ist das aufgenommen worden? Wer ist die junge Frau neben dir? Warst du richtig verliebt?* Sie geht geradewegs auf die verborgensten Herzenswinkel dieses jungen Mannes los!

Das meiste, wonach sie mich fragt, sage ich ihr. In Gedanken schüttle ich die Vergangenheit durch ein kritisches Sieb, und wenn es nichts schaden kann, lasse ich Yo aus dem vollen Becher meines Lebens trinken. Ein paar Kleinigkeiten verfangen sich in den engen Maschen, und die lasse ich weg, oder ich rette mich in eine allgemeine Aussage. Doch dann kommt der nächste Brief, und das Verhör beginnt: *Papi, du sagst, du mußtest von der Insel flüchten, weil du 1939 in eine Revolution verwickelt warst, aber ich kann nirgends etwas darüber finden. Du sagst, daß du in einem aus Blockhütten bestehenden Krankenhaus am Lac Abitibi in der Nähe des Sankt-Lorenz-Stroms warst, und wie ich auf der Karte nachsehe, stellt sich heraus, daß der Lac Abitibi ganz woanders liegt. Sind das nur Gedächtnislücken, oder hast du das Ganze erfunden, und wenn ja, warum?*

Und dann muß ich erklären, muß alles noch einmal durchsieben. Dann kommt der nächste Brief, und ich erkläre noch ein bißchen mehr, und es dauert nicht lange, da entgleitet mir das Ganze. Ehe ich weiß, wie mir geschieht, habe ich ihr die vollständige Geschichte erzählt, die weder sie noch die anderen erfahren sollten.

Stimmt das wirklich? frage ich mich. Möchte ich wirklich nicht, daß man mich kennt, bevor ich abtrete? Vielleicht spürt Yo diese heimliche Sehnsucht, die stärker ist als alle anderen Geheimnisse, die ich im Herzen trage, und bohrt deshalb immer weiter.

Schlagartig hört das mit den Briefen auf. Anfangs denke ich, Yo hat alle Hände voll zu tun mit Schreiben und Unterrichten und dem neuen Ehemann, der ein sehr netter Mensch ist. Zwei oder drei Wochen verstreichen, und noch immer kein Brief mit den unmöglichen Fragen, die ich so liebe. Ich frage meine Frau, die inzwischen wieder mit Yo redet, nachdem sie ihr ihr letztes Buch verziehen hat, ich frage sie, wie es unserer Yo geht. Meine Frau telefoniert regelmäßig mit den Mädchen, und sei es nur, um sich zu erkundigen, ob das klemmende Fenster endlich wieder schließt oder wie lange sie ihren Reispudding rühren. Normalerweise reicht mir meine Frau am Schluß den Hörer, damit ich sagen kann: »Tja, deine Mutter hat dir schon alles erzählt, also sage ich nur noch auf Wiedersehen.« Doch bei Yo schüttle ich jedesmal den Kopf, wenn mir meine Frau den Hörer hinhält, eben weil wir uns so viel schreiben.

»Doug sagt, sie sei etwas niedergeschlagen«, meint meine Frau. »Anscheinend ist sie in eine Vorlesung am College gegangen, und irgendein bekannter Kritiker hat gesagt, daß die in der Zeit des Babybooms geborenen Leute, die selbst nie Kinder bekommen haben, genetischen Selbstmord begehen.«

»Warum geht sie überhaupt in eine solche Vorlesung?« frage ich. Manchmal denke ich, meine Kinder benutzen ihren Verstand nie, um herauszufinden, was ihnen guttut, sondern nur, um geistreiches Zeug von sich zu geben.

»Sie konnte doch vorher nicht wissen, was der Mann sagen würde. Jedenfalls meint Doug, sie sei deprimiert. Ob Sandis neues Baby ihr so zusetzt? Doug hat sie erklärt, in der Bibel würde behauptet, daß Frauen, die keine Kinder haben, verflucht sind.«

»Das ist wohl etwas übertrieben«, sage ich kopfschüttelnd,

eine unverfängliche Antwort, wann immer jemand versucht, etwas mit Hilfe der Bibel zu beweisen. Doch dann fange ich an, darüber nachzudenken, daß ich vielleicht ähnlich empfinden würde, wenn ich eine Frau wäre. Wenn ich alle Voraussetzungen hätte, ohne jemals davon Gebrauch zu machen, wäre ich womöglich auch traurig, weil ich das Gefühl hätte, einen Teil meiner selbst zu vergeuden.

Und deshalb schreibe ich ihr. Ich schreibe: *Meine Tochter, dein Vater ist sehr stolz auf dich. Du hast Bücher für künftige Generationen geschrieben.*

Ich lasse mir nicht anmerken, daß ich weiß, wie ihr zumute ist. Ich versuche, mein Lob so zu formulieren, daß sie erkennt: Ihre Bücher sind ihre Kinder, und ich betrachte sie als meine Enkel.

Mitten am Nachmittag ruft sie mich in der *oficina* an, wo ich noch immer stundenweise arbeite. »Ay, Papi, gerade habe ich deinen Brief bekommen.« Ihre Stimme klingt, als wäre sie den Tränen nahe, weshalb ich zur Tür gehe und sie schließe. Einen Moment lang mache ich mir Sorgen, daß ihr netter Mann womöglich doch nicht so nett ist. Im Laufe der Jahre habe ich gelernt, bei meinen Töchtern auf schlechte Nachrichten dieser Art gefaßt zu sein.

»Deine Zeilen haben mir viel bedeutet«, sagt sie. »Es tut mir leid, daß ich in letzter Zeit nicht oft geschrieben habe. Ich war irgendwie niedergeschlagen.« Und dann weint sie und erzählt mir von der Bibel und dem berühmten Kritiker – alles so verworren, daß ich den Rezensenten für eine bekannte Gestalt aus der Bibel gehalten hätte, wenn meine Frau mir nicht schon alles erzählt hätte. Ich versuche sie damit zu beruhigen, daß ich ihr die altbewährte Lösung anbiete, hinzugehen und dem Mann die Kniescheiben zu zertrümmern. Aber darüber regt sie sich nur noch mehr auf. »Ay, Papi, komm schon. Es ist nicht seine Schuld. Ich frage mich nur allmählich, ob ich den falschen Weg eingeschlagen habe. Ob ich vielleicht einen großen Fehler gemacht habe.«

»Jeder von uns hat seine Bestimmung«, erkläre ich ihr. Und plötzlich wird sie ganz still, weil sie meiner Stimme anhört, daß das, was ich sage, meiner tiefsten Überzeugung entspricht. »Nimm deinen Vater, der 1939 ohne einen Pfennig Geld in der Tasche nach New York flüchten mußte.«

»Ich dachte, du bist nach Kanada geflüchtet. Und ich dachte, du hattest hundertfünfzig Dollar gespart.«

»Entscheidend ist, daß ich es für ausgeschlossen hielt, je wieder als Arzt arbeiten zu können. Daß ich dachte, meine ganze Ausbildung sei vergebens gewesen. Aber nein, denn das war *mi destino*. Und obwohl es in diesen Jahren insgesamt bergab ging, ist das am Ende herausgekommen.

Und du, meine Tochter«, füge ich hinzu, solange sie so aufmerksam zuhört, »dein *destino* war es von jeher, Geschichten zu erzählen. Es ist ein Geschenk, seine Bestimmung erfüllen zu können.«

»Aber viele Frau schreiben und sind außerdem Mütter.«

Ich sage, was wir unseren Kindern immer sagen. »Du bist nicht viele Frauen.«

»Aber woher will ich wissen, daß das mein *destino* ist? Für dich ist das kein Problem, weil du jetzt feststellen kannst, daß du recht hattest, was dich betrifft. Aber weißt du, die Menschen machen sich oft etwas vor.« Die vielen Wenn und Aber der Schwermut, die mit ihren kleinen Hörnern gegen alles anrennen, was wir aufgebaut haben, um besser zurechtzukommen.

Wenn diese Wenn und Aber erst einmal in Gang kommen, bleibt einem nichts anderes übrig – wie mein alter Lehrer sehr wohl gewußt hat –, als eine magische Lösung anzubieten, an der nicht zu rütteln ist. Daher verspreche ich Yo, ihr meinen Segen zu geben, wenn wir uns an Thanksgiving sehen. »Das kommt auch in der Bibel vor«, erinnere ich sie. »Der Vater, der seinen Segen erteilt. Und dieser Segen verscheucht den Fluch des Zweifels.«

»Du willst mir deinen Segen geben?« Es klingt freudig

erregt. Das ist die Tochter, der es ungleich lieber wäre, im Testament mit meinem Segen bedacht zu werden als mit dem Haus in Santiago. Oder den Coca-Cola-Aktien.

Deshalb sage ich: »Ich gebe allen meinen Töchtern meinen Segen. Aber du sollst einen besonderen Segen bekommen.«

»Du meinst, einen, bei dem du mir die Hände auf den Kopf legst?« Die Heiterkeit kehrt in ihre Stimme zurück. »Tun sich dann die Himmel auf, und eine Stimme sagt: ›Das ist meine geliebte Yo, an der ich mein Wohlgefallen habe?‹«

»So ähnlich«, sage ich.

Nachdem ich aufgehängt habe, lege ich mir in Gedanken zurecht, wie der Segen aussehen soll. Er muß die Form einer Geschichte haben, damit Yo daran glaubt. Und deshalb werde ich ihr erzählen, wie mir zum erstenmal bewußt wurde, daß ihr *destino* darin besteht, Geschichten zu erzählen. Damals war sie fünf Jahre alt. Bisher habe ich diese Geschichte für mich behalten, weil sie auch von meiner Schande handelt, die untrennbar damit verbunden ist. Wir lebten damals unter einem Gewaltregime, und ich reagierte mit Gewalt. Ich habe Yo geschlagen. Ich habe ihr eingeschärft, ja nie wieder Geschichten zu erzählen. Und vielleicht ist das der Grund, warum sie nie an ihre Bestimmung geglaubt hat, warum ich in die Vergangenheit zurückkehren, den Gürtel aus der Hand legen und ihr statt dessen die Hände auf den Kopf legen muß. Ich muß ihr sagen, daß ich im Unrecht war. Ich muß dieses alte Verbot aufheben.

Ich lebte schon zehn Jahre in den Staaten im Exil, als ich die Mutter meiner Töchter kennenlernte. Auch das war mein *destino*. Ein Cousin lud mich zu einer Party ein, die einer seiner Freunde im Waldorf Astoria gab. Zunächst wollte ich nicht hingehen. Ich war aus politischen Gründen im Exil, und bei einer solchen Festivität in einem Grandhotel wie dem Waldorf Astoria wimmelte es garantiert von reichen Leuten aus der Dominikanischen Republik, die sich auf Einkaufsreise in New York befanden. Ich ging trotzdem hin. Zehn Jahre fern der Heimat, da sehnte ich mich einfach nach dem Klang unseres kreolischen Spanisch, nach dem Geschmack von Rumpunsch oder To-Die-Dreaming und dem Anblick unserer hübschen Frauen. Gut möglich, daß meine Prinzipien unter dem harten Druck der Einsamkeit auch etwas aufgeweicht waren. Jedenfalls ging ich hin, und da saß eine reizende *señorita*, die, statt zu tanzen, in ein geliehenes Taschentuch nieste – ein Lichtblick, weil ich nicht nur einen, sondern zwei medizinische Doktorgrade besaß. Gebraucht hätte ich freilich keinen, um die Diagnose zu stellen, daß sie Schnupfen hatte. Wir verbrachten den Abend damit, uns über ihre Symptome zu unterhalten, wobei ich mir unter dem Vorwand, ihre Krankengeschichte eruieren zu wollen, die Freiheit nahm, möglichst viel über sie in Erfahrung zu bringen.

An dieser Stelle muß ich abbrechen. Meine Frau mag es nämlich nicht, wenn ich über sie rede. Sie sagt, in dem Augenblick, in dem ich unsere Geschichte an die große Glocke hänge, wird Yo sie niederschreiben. Also werde ich nichts von den vielen Briefchen berichten, die hin und her gingen; nichts davon, daß sich eine Liebesgeschichte entspann; daß ich sie *mon petit chou* nannte, weil die Franzosen ihre Liebsten so nennen; daß die Mutter meiner Frau nicht mit mir einverstanden war, weil ich nicht aus einer vornehmen Familie stammte; daß ihr Vater mit mir einverstanden war, weil ich ein feiner Mensch war, was ihm anstelle einer Ahnentafel genügte; daß meine zukünftige Frau nach ihrer verlängerten Einkaufsreise in die Dominikanische Republik zurückkehrte; daß wir beide tief betrübt über die Trennung waren; daß ihre Mutter endlich nachgab und unserer Verbindung zustimmte; daß wir heirateten und ich auf die Insel zurückkehrte, um unter den Fittichen ihrer einflußreichen Familie zu leben; daß wir vier Töchter bekamen.

Und jetzt, da die Geschichte bis zu dem Punkt nachgeholt ist, da meine Frau die vier Mädchen zur Welt brachte, darf sie sich in die Anonymität davonstehlen. Von Zeit zu Zeit muß ich sie ins Spiel bringen, damit sie ihren Text aufsagt, aber ihre Auftritte werden sich auf ein Minimum beschränken, weil ich ihre Gefühle respektiere. Ich habe versucht, meine Frau zu einer anderen Einstellung zu bewegen, habe ihr gesagt, was Yo mir in ihren Briefen immer wieder klargemacht hat: »Welchen Sinn hat es, sich in Schweigen zu hüllen? Das übernimmt schon das Grab für alle Ewigkeit.«

Aber die Folge ist jedesmal, daß wir uns streiten. Meine Frau wirft mir dann vor, daß ich mich auf Yos Seite schlage. Sie sagt, auf ihrem Grabstein solle nur dreierlei stehen, ihr Name, Geburts- und Sterbedatum und folgende kurze Zusammenfassung ihres Lebens: *Sie hatte vier Töchter. Mehr gibt es dazu nicht zu sagen.* Sie möchte dieses *Mehr gibt es dazu nicht zu sagen* unbedingt auf ihrem Grabstein eingraviert haben, was sich meines Erachtens für eine Tote nicht schickt. Es ist einfach nicht der richtige Ton. Allerdings kapriziert sie sich auch nur dann auf diese Inschrift, wenn wir uns wegen Yo und ihrer Geschichten streiten. Daher glaube ich, daß sie sich, wenn es soweit ist, zu einem anderen Text überreden lassen wird, der für sie und auch für uns etwas schmeichelhafter ist.

Bewunderte Ehefrau, geliebte Mutter, verehrte Großmutter, eine Freundin allen und jedem.

Kurz nach meiner Rückkehr auf die Insel war ich wieder im Untergrund tätig. Obwohl wir jetzt angeblich ein liberaleres Regime hatten, weshalb ich auch unter die Amnestie gefallen war, hatte sich im Grunde genommen nichts geändert. Wenn überhaupt, hatte sich die Situation noch verschlimmert. Inzwischen gab es eine Geheimpolizei, den sogenannten SIM, und ringsum verschwanden aus den banalsten Gründen laufend Menschen. Jemand bekam zufällig mit, wie einer unserer Nachbarn sagte, die *maldito* Preissteigerung bei den Bohnen müsse ein Ende haben. Und als nächstes erfuhren wir, daß man ihn, geknebelt und mit den Füßen an einen Beton-

344

block gefesselt, auf dem Grund des Rio Ozama gefunden hatte.

Manchmal gerate ich ein bißchen durcheinander und weiß nicht mehr genau, was wirklich passiert ist. Ich glaube, das liegt nicht nur daran, daß ich inzwischen ein alter Mann bin, sondern auch daran, daß ich die Geschichte dieser Jahre wieder und wieder gelesen habe, so wie Yo sie aufgeschrieben hat, und ich weiß, daß meine Fakten da und dort von ihrer Fiktion verdrängt worden sind. Oft wird mir das erst bewußt, wenn ich mich mit meinen alten Kameraden aus dem Untergrund treffe. Dann sage ich zum Beispiel zu einem: »Maximo, *hombre*, erinnerst du dich noch an diesen Geheimschrank, den du mir im neuen Haus hast bauen helfen?« Und Maximo sieht mich sonderbar an und sagt: »Du solltest mal deine Cholesterinwerte nachschauen lassen, Carlos.«

Die ungeschminkte Wahrheit ist, daß ich im Untergrund tätig war; daß ich einen Teil der Familie meiner Frau mit hineingezogen habe; daß ich auf meine eigene, bescheidene Art subversiv gehandelt habe. Aber ich war immer äußerst vorsichtig. Ich wußte, daß ich als straffrei ausgegangener Exilant beobachtet wurde. Ich meldete mich nicht freiwillig für größere Aktionen. Doch wenn jemand, der sich nach Westen zur Grenze durchschlagen wollte, eine Nacht lang versteckt werden mußte, stellte ich mein Haus zur Verfügung. Wenn Flugblätter der Exilgruppen verteilt werden mußten, machte ich das von den verschiedenen Krankenhäusern aus, in denen ich arbeitete. Ich traf mich mit meinen Kameraden regelmäßig in einer *barra* auf dem Malecón, wo wir unsere Schachzüge planten und uns überlegten, wann wir zuschlagen wollten. Und ich besaß verbotenerweise ein Gewehr. Doch um die Wahrheit zu sagen, hielt ich es nicht versteckt, um dem Diktator den Kopf wegzupusten, sondern weil ich damals oben in den Bergen bei Jarabacoa gern auf die Jagd nach Perlhühnern ging. Die *campesinos*, die ich in den medizinischen Ambulanzen auf dem Land umsonst behandelte, revanchierten sich in der Regel damit, daß sie mir die besten Stellen zeigten. Aber die Luftgewehre, die offiziell erlaubt waren, verdarben einem wegen ihrer mangelnden Zielgenauigkeit den ganzen Spaß an der Jagd. Also bewahrte ich mein Kleinkalibergewehr, geölt und griffbereit, unter einem losen Bodenbrett versteckt auf meiner Seite des begehbaren Schranks auf.

Ich spreche von meiner Seite, weil dieser Schrank auf der einen Seite eine Tür zu unserem Schlafzimmer hatte, auf der anderen eine zu meinem Arbeitszimmer. Es war ein sicherer Aufbewahrungsort, weil niemand Zutritt zu meinem Arbeitszimmer hatte, nicht einmal die Dienstmädchen. Dieses Zimmer machte meine Frau unter dem Vorwand, daß Don Carlos mit seinen Sachen recht eigen sei, selbst sauber. Und dorthin zogen wir uns auch zurück, um zu reden, wenn es familiäre Probleme gab. Ich konnte nicht ständig das ganze Haus überprüfen, aber dieses Zimmer hatte ich gründlich durchsucht und war überzeugt, daß es hier keine Wanzen gab.

In dieses Zimmer pflegte ich mich mit meiner kleinen Yo zurückzuziehen. Oft entdeckte ich sie mit einem meiner medizinischen Bücher unter dem Schreibtisch. Sie blätterte mit Vorliebe die transparenten Seiten um, entledigte den nackten Mann seiner Haut, dann seiner Blutgefäße und zuletzt seiner Muskeln, und als am Ende nur noch das Skelett übrig war, kehrte sie den Vorgang um und stellte ihn Schicht um Schicht wieder her. Sie war fasziniert von den Fotos mit seltenen Krankheitsbildern, dem Anblick all dessen, was auf dieser Welt schiefgehen konnte, und dem Bewußtsein, daß ihr Papi diese Dinge wieder in Ordnung bringen konnte. »Mein Papi kann alles!« prahlte sie vor ihren Cousinen. »Er kann Augäpfel einsetzen. Er kann Babys aus dem Bauch rausholen.« Sie verehrte mich auf entzückend schlichte Art – ein sehr liebenswerter Zug an unseren Kindern, bevor sie ins jugendliche Alter kommen und uns niedermachen müssen, um selbst zu jungen Männern und Frauen heranwachsen zu können.

Einmal fragte ich sie, warum sie sich für kranke Leute interessierte. »Ein hübsches Mädchen wie du sollte draußen mit ihren Cousinen spielen und ihren Spaß haben.«

Sie sah mich an, und schon damals spürte ich, daß sie bis auf den Grund meiner Seele blicken konnte. »Das macht mir Spaß«, versicherte sie mir mit ernsthaftem Nicken.

»Und was redest du mit ihnen?« Ich hatte bemerkt, daß sie die Lippen bewegte und ununterbrochen vor sich hin murmelte, während sie die Seiten umblätterte.

»Ich erzähle den kranken Leuten Geschichten, damit es ihnen bessergeht.«

Mein Gesicht leuchtete vor Freude auf, weil mir klar wurde, daß eines meiner Kinder jenes Gespür für magische Kräfte geerbt hatte, das mir mein alter Lehrer nahegebracht hatte. »Was mögen das wohl für Geschichten sein, die du Papis Patienten erzählst?«

»Die aus dem Geschichtenbuch.«

Die Schwester meiner Frau hatte unseren Töchtern aus New York ein Buch mitgebracht und las ihnen von Zeit zu Zeit daraus vor. Es handelte von einer jungen Dame mit einem Käppchen auf dem Kopf, einer langen Pumphose und einem paillettenbesetzten Büstenhalter, wie Revuegirls sie tragen, die im Schlafgemach eines Sultans festgehalten wurde und ihm Geschichten erzählte, um am Leben zu bleiben. Ich wußte, was geschehen würde, bevor man ihr den Kopf abschlug, und fand das Buch daher ungeeignet für meine Mädchen. Doch als ich mich bei meiner Frau beschwerte, meinte sie, dieses Buch gehöre zur Weltliteratur und ein bißchen Bildung habe noch niemandem geschadet. Ich hätte zwei oder drei Dutzend Leute aus unserem Bekanntenkreis aufzählen können, die verschwunden waren, weil sie mehr wußten, als gut für sie war, aber meine Frau war damals ohnehin völlig verstört. In den fünf Jahren, die noch vergingen, bis wir in die Staaten auswanderten, konnte sie nachts nur schlafen, wenn sie zwei oder drei Schlaftabletten nahm.

347

Sooft wir die kleine Yo in meinem Arbeitszimmer erwischten, wollte meine Frau sie bestrafen, weil sie sich einem Verbot widersetzte, aber in diesem Fall mischte ich mich ein, was ich sonst selten tat. Ich argumentierte, daß es womöglich Yos *destino* sei, Ärztin zu werden, und daß wir sie dabei unterstützen sollten. Also bekam sie die Erlaubnis, in mein Arbeitszimmer zu gehen und sich jeweils ein Buch anzusehen, nachdem sie es mir gezeigt hatte. Den Band mit den Geschlechtskrankheiten stellte ich ganz oben ins Regal, wo sie ihn nicht einmal erreichen konnte, wenn sie auf Zehenspitzen auf dem Schreibtisch stand.

Doch wie das meistens so ist, wenn man Verbotenes erlaubt, verlor Yo das Interesse an ihren Ausflügen in mein Arbeitszimmer. Einer der Gründe war die neue Attraktion, die es seit kurzem eine Straße weiter im Haus des Generals gab: einen kleinen Schwarzweißfernseher. Ich hatte vor Jahren, noch bevor ich wieder auf die Insel zurückkehrte, auf der Weltausstellung in New York einen Fernseher gesehen. Mittlerweile waren sie im Handel erhältlich. Vielmehr sollte ich sagen, die Einfuhr von rund hundert Geräten war gestattet worden, und wer Beziehungen zu den Machthabern hatte, erhielt die Erlaubnis, eines zu kaufen.

Wir besaßen keinen Fernseher, und nicht einmal die Familie meiner Frau hatte einen, obwohl sie ihn sich hätte leisten können. Es wäre ein törichter Luxusgegenstand gewesen, denn das Programm war äußerst dürftig: Der einzige Fernsehsender gehörte dem Staat und stand unter staatlicher Kontrolle. Jeden Tag wurden eine Stunde lang Nachrichten aus dem Regierungsgebäude gesendet, vorwiegend Ansprachen von El Jefe, was ich so hörte. Ich sah den Kasten nur einmal, als ich die Mädchen im Haus des Generals abholte. Der General und seine Frau waren sehr herzliche, ältere Leute, die selbst kinderlos geblieben waren und deshalb einen Narren an meinen vier Töchtern gefressen hatten. Doch von meinen *compañeros* im Untergrund wußte ich, wozu General Molino fähig war, und als er mich einmal mit einem *abrazo* begrüßte, spürte ich, daß sich meine Nackenhaare aufstellten wie das Rückenfell bei einem Hund.

Am liebsten sahen sich meine Töchter die amerikanischen Cowboyfilme an, die meiner Meinung nach ein tauber Mensch synchronisiert haben mußte. Als ich Jahre später eine halbstündige Episode von Rin Tin Tin auf spanisch sah, mußte ich die meiste Zeit lachen. Lippenbewegungen und Text paßten einfach nicht zusammen. Das Gebell ertönte, mehrere Sekunden nachdem Rin Tin Tin gebellt hatte. Dasselbe galt für die Schüsse, was bedeutete, daß sich der Bösewicht bereits an die blutende Seite griff und in den Staub fiel, bevor man das Peng-Peng des Revolvers hörte. Aber meine Töchter liebten ihre Cowboys und gingen jeden Samstag zum General hinüber, um sich diese albernen Filme anzusehen.

An einem solchen Samstagnachmittag passierte da drüben etwas; die Einzelheiten freilich sind in meinem Gedächtnis durcheinandergepurzelt. Wie schon erwähnt, betrifft diese Erinnerung mein beschämendes Geheimnis, und wenn man eine Geschichte nie erzählt, verquicken sich die Details mit denen aus anderen Geschichten. So bekomme ich manchmal statt einer Tatsache, die ich ans Licht holen will, das rote Organdy-Cocktailkleid meiner Frau zu fassen, das sie an jenem Samstagabend trug, als Milagros, das Kindermädchen, mit den Mädchen aus dem Haus des Generals zurückkehrte. Bei anderen Gelegenheiten wiederum kommen Verhaftungen und Denunziationen zum Vorschein, die in jenem Jahr, als die Regierung dem SIM freie Hand ließ, stetig zunahmen. Und manchmal fällt mir ein, daß ich an einem Samstagmorgen, als ich ins Arbeitszimmer ging, um mein verbotenes Gewehr für die Perlhuhnjagd am Sonntag zu säubern, bemerkte, daß sich jemand an den Bodenbrettern zu schaffen gemacht hatte.

Der Karton mit medizinischen Büchern, der die losen Bretter gehalten hatte, war beiseite geschoben worden. Es handelte sich um besonders große Bücher, die nicht ins Regal paßten, und weil sie viele Abbildungen enthielten, ging ich davon aus, daß Yo darin herumgestöbert hatte. Die Bodenbretter waren herausgenommen und anschließend nicht wieder sorgfältig eingefügt worden, wie ich es getan hätte. Da das eingewickelte Paket jedoch unverändert an seinem Platz steckte, atmete ich tief durch, um mein klopfendes Herz zu beruhigen, und redete mir ein, daß mir keine Gefahr drohte. Mein Versteck war nicht entdeckt worden. Aber ich mußte das Gewehr unbedingt loswerden, eine Vorsichtsmaßnahme für den Fall, daß der SIM kam und das Haus durchsuchte.

Irgendwie bekam meine Frau Wind von dem Gewehr – vielleicht habe ich ihr auch davon erzählt. So oder so, jedenfalls kam sie dahinter, daß ich wieder im Untergrund tätig war, und reagierte vehement. Jeden Nachmittag lag sie mit schrecklichen, von schlimmen Vorahnungen begleiteten Migräneanfällen im Bett. Unsere Vernichtung stand unmittelbar bevor! Der SIM stand vor der Tür! Bis zum Morgengrauen würden wir auf dem Grund des Rio Ozama liegen! Sie war am Rande der Hysterie, und am schlimmsten bekamen es die Kinder zu spüren. Vor allem Yo wurde oft in ihr Zimmer verbannt, wegen irgendwelcher Vergehen, die mir recht belanglos erschienen, wenn meine Frau davon berichtete.

Meistens rührte der Ärger von den Geschichten her, die Yo erzählte. Einmal – jetzt kann ich darüber lachen – fuhren ihre Großeltern nach New York, wobei ihnen, wie häufig, eine Krankheit als Vorwand diente, die angeblich nur amerikanische Ärzte behandeln konnten. Yo verbreitete unter den Dienstmädchen das Märchen, Großvater und Großmutter seien fortgeschickt worden, und man würde ihnen die Köpfe abschneiden. Bis wir die Sache aufklären konnten, war die Köchin davongelaufen, weil sie panische Angst hatte, ebenfalls einen Kopf kürzer gemacht zu werden, weil sie Verrätern das Essen zubereitet hatte.

»Du darfst keine solchen Geschichten erzählen!« Meine

Frau schüttelte Yo heftig am Arm. Inzwischen sah sie ein, welchen Schaden dieses närrische Märchenbuch angerichtet hatte. Offenbar hatte Yo von der Dame in Büstenhalter und Pumphose nicht nur die Geschichten, sondern auch die Gewohnheit des Geschichtenerzählens übernommen.

Kurz nach dieser verrückten Episode geschah es. An jenem Samstagabend machten wir uns für eine große Party bei Mundo im Haus nebenan fertig. Eine große Party bedeutete, daß eine *perico-ripiao*-Band spielte, daß viel gegessen und getanzt wurde und daß mindestens ein Betrunkener bei dem Versuch zu beweisen, daß er übers Wasser gehen konnte, im Swimmingpool landen würde. Die Mädchen waren noch drüben beim General und sahen sich ihren Cowboyfilm an, während wir uns ankleideten. Meine Frau zog das rote Organdykleid an, das sie seit ihren Waldorf-Astoria-Tagen nicht mehr getragen hatte, und plötzlich war sie wieder ganz die niesende *señorita*. Zum erstenmal seit langer Zeit wirkte sie gelöst und verspielt. Tatsächlich hatten wir das leere Haus, in dem Ruhe und Frieden herrschte, sogar dazu genutzt, uns unter der Bettdecke wieder einmal näherzukommen. Gerade wollten wir zu Mundo hinübergehen, als wir Milagros und die Mädchen die Auffahrt heraufkommen hörten.

Sie stürzten ins Zimmer, nicht ohne zuvor kurz anzuklopfen, da wir ihnen beigebracht hatten, daß sich das gehört. Den zweiten Teil der Lektion, nämlich daß man auf Antwort wartet, vergaßen sie freilich jedesmal. Nur Yo hielt sich auffallend im Hintergrund. »Na, wie geht es meiner kleinen *doctora*?« neckte ich sie, weil ich gut gelaunt war und mich über meine fünf hübschen Mädchen freute.

Da platzte Carla heraus: »*Ay*, Papi, du hättest hören sollen, was für eine Geschichte Yo erzählt hat.«

»Ja«, meinte Sandi. »General Molino hat ihr klargemacht, daß sie nie solche Sachen sagen darf!«

Alles Blut wich aus dem Gesicht meiner Frau, so daß das

Rouge unnatürlich von ihren Wangen abstach. So gefaßt wie möglich sagte sie: »Komm, Yo, sag deiner Mami, was du General Molino erzählt hast.«

Inzwischen war auch Milagros an der Tür, funkelte das Mädchen an und meinte kopfschüttelnd: »Also, dieses Kind, Doña Laura. Ich kann Ihnen sagen. Ich weiß nicht, welcher Teufel ihr in den Mund fährt. *Dios santo*, bewahre uns vor Schwierigkeiten, aber dieses Mädchen bringt uns noch alle um.«

In Yos Gesicht stand blankes Entsetzen. Es war, als würde ihr endlich klar, daß man mit einer Geschichte nicht nur heilen, sondern auch töten konnte.

Es bedurfte einiger Beschwichtigung, bis wir die arme, aufgewühlte Frau dazu brachten, die ganze Sache zu erzählen. Offenbar hatten sich der General und seine Frau mit Milagros und den Mädchen einen Cowboyfilm angesehen. Yo saß auf dem Schoß des Generals – was mich wunderte, weil sie weniger für ihn übrig hatte als ihre Schwestern. Wenn sie heimkam, sagte sie jedesmal, der General habe zu viele kratzige Ringe an den Fingern, er würde sie zuviel kitzeln und zu heftig auf seinen Knien hopsen lassen. Jedenfalls hatte der General an diesem Samstag gerade angefangen, sie zu piesakken, als der Cowboy sein Gewehr anlegte, um die Banditen zu erschießen. »*Ay*, schau dir dieses Gewehr an, Yoyo! General Mulino hat auch so ein Gewehr!« Er pikste sie mit dem Zeigefinger hierhin und dorthin. Und Yo reagierte mit kindlicher Angeberei: »Mein Vater auch!«

»So?« sagte der General.

Und Milagros berichtete, sie habe dem Kind mit Blicken bedeutet zurückzunehmen, was es gesagt hatte. Aber nein. Sobald sich Yo in eine Geschichte gestürzt hatte, war sie nicht mehr zu bremsen. »Ja, mein Papi hat ein noch größeres Gewehr. Er hat viele Gewehre wo versteckt, wo sie niemand finden kann.«

»So?« sagte der General.

»Don Carlos, sein Gesicht war so weiß wie das Laken da auf Ihrem Bett.«

»Ja, Milagros, sprich weiter.«

»Darauf sagt sie, sie sagt, mein Papi erschießt alle bösen Leute mit seinen Gewehren. Und der General sagt, welche bösen Leute denn, und sie sagt, den bösen Sultan, der das Land regiert, und alle seine Wächter, die ihn in seinem großen Palast beschützen. Und darauf sagt der General, das meinst du doch nicht ernst, kleine Yo. Und sie, sie macht es, wie sie es immer macht, Sie kennen das ja, setzt eine ganz ernste Unschuldsmiene auf und nickt und sagt zum General: Doch El Jefe, und Sie vielleicht auch, wenn Sie nicht aufhören, mich zu kitzeln.«

Aus dem Mund meiner Frau kam ein Klageschrei, wie ich ihn noch nie gehört hatte. In den Augen meiner Kinder stand blankes Entsetzen. Die drei Unschuldigen begannen zu weinen. Die Schuldige versuchte zur Tür hinauszurennen.

Aber Milagros erwischte sie am Arm und brachte sie zurück. »Milagros«, sagte ich, »würdest du die anderen Kinder bitte in die Badewanne stecken.« Inzwischen klammerten sich die Mädchen an ihre Mutter, die auf der Bettkante saß und sich schluchzend die Hände vors Gesicht hielt. Sie zeterten und kreischten und wollten nicht mit Milagros gehen. Schließlich mußte ich aufstehen, meinen Gürtel herausziehen und ihnen mit einer *pela* drohen, falls sie nicht aufhörten zu heulen und sich ordentlich wuschen. Diese Androhung einer Tracht Prügel war das Äußerste, wozu ich mich je hatte hinreißen lassen.

Sobald sich die Tür geschlossen hatte, nahmen wir beide Yo ins Gebet. Was genau hatte sie zum General gesagt? Nichts, jammerte sie. Sie hatte nichts gesagt. »Gehen wir alles noch einmal durch«, sagte meine Frau mit einer Mischung aus Zorn und Angst in der Stimme. »Möchtest du, daß dir dein Papi eine *pela* verpaßt, die du nie vergessen wirst?« Aber man muß sich vor Augen halten, daß das Kind nur ein Kind war, und sobald sie begriffen hatte, daß sie etwas Fürchterliches angestellt hatte, war sie zu verängstigt, um etwas zu sagen, und wiederholte vorsichtshalber nur, was wir ihr in den Mund legten.

Und wir hatten ebenfalls Angst. Schon konnten wir das leise Husten des Volkswagens hören, das Hämmern eines Revolverlaufs an der Tür, die Schreie, während ein Schlägertrupp das Haus stürmte und die Möbel umwarf. Wir gingen sogar so weit, alles genau zu durchdenken – daß wir weder zu der Party nebenan gehen noch die Familie meiner Frau mit hineinziehen durften. Wir sahen bereits, wie wir in die Schwarze Marie verfrachtet wurden, meine Frau in ihrem roten Organdykleid, das bei diesen Tieren wer weiß welche Niedertracht wecken würde, während die schreienden Kinder zusammengetrommelt und als Geiseln genommen wurden, mit denen man mir Geständnisse abzupressen hoffte.

Und das alles wegen des verdammten Märchens, das dieses Kind erzählt hatte!

Da wurde mir vermutlich klar, daß man dem Kind eine Lektion erteilen mußte.

Wir brachten sie ins Bad und drehten die Dusche an, damit das Wasserrauschen ihre Schreie übertönte. »Ay, Papi, Mami, *no, por favor*«, heulte sie. Während meine Frau sie festhielt, schlug ich mit dem Gürtel wieder und wieder auf sie ein, nicht mit aller Kraft, sonst hätte ich sie umbringen können, aber fest genug, um Striemen auf Po und Beinen zu hinterlassen. Es war, als hätte ich vergessen, daß sie ein Kind ist, mein Kind, und als könnte ich nur noch daran denken, daß ich den Verräter zum Schweigen bringen mußte. »Das soll dir eine Lehre sein«, sagte ich immer wieder. »Du darfst nie mehr Geschichten erzählen!«

Sie vergrub ihren Kopf in den Schoß ihrer Mutter und machte sich auf den nächsten Hieb gefaßt. Sie schluchzte, und ihre kleinen Schultern bebten. Mir war ebenfalls zum Heulen zumute.

Doch meine Angst war größer als meine Beschämung. Ich stürzte aus dem Bad in mein Arbeitszimmer, wo das belastende Gewehr in seinem Versteck lag. Unter dem Vorwand, wegen eines Notfalls ins Krankenhaus fahren zu müssen, brachte ich es zu einem *compañero*. Bis zum heutigen Tag habe ich Stillschweigen darüber bewahrt und seinen Namen für mich behalten. Vermutlich gehörte das zu den bleibenden Angewohnheiten aus der Zeit der Diktatur, in der wir all unsere Geschichten selbst zensiert haben. Und das werde ich auch meiner Yo erklären. Sie muß das mit ihrer Mutter und mir verstehen. Wenn sie ein Buch schreibt, ist ihre größte Sorge, daß es schlecht rezensiert wird. Wir hingegen hören Prügel und Schreie, wir sehen den SIM in einem schwarzen Volkswagen vorfahren und eine Familie zusammentreiben.

Jene Nacht war wahrscheinlich die längste Nacht meines Lebens. Als ich zurückkam, saß meine Frau auf der Bettkante und wiegte sich vor und zurück. Stunde um Stunde warteten wir im dunklen Schlafzimmer, spähten durch die Jalousien, sooft wir unten auf der Straße ein Auto vorbeifahren hörten. Nebenan begann die Band zu spielen, fröhliche Schreie drangen zu uns herauf, ein Platscher im Swimmingpool. Irgendwann gegen elf kam ein Mädchen mit einer Nachricht von Don Mundo, wir sollten doch hinüberkommen. Wir erfanden irgendeine Ausrede: Meine Frau habe Halsweh, behaupteten wir, und ich müsse mich um einen Notfall kümmern. Wir taten kein Auge zu. Als es zu dämmern begann und es so aussah, als würde der SIM doch nicht auftauchen, döste meine Frau endlich ein. Der alte General hatte wohl beschlossen, den Vorfall als alberne Geschichte eines Kindes abzutun.

Doch jetzt, nachdem die Angst nachgelassen hatte, packte mich die Reue. Ich ging durch den Flur ins Schlafzimmer der Mädchen, wo Yo mit dem Daumen im Mund und völlig verzwirbelten Haaren dalag und schlief. Die Laken hatte sie wegen der Hitze weggestrampelt, so daß ich wieder die häßlichen Striemen an ihren Beinen sah. Ich setzte mich auf die

Bettkante und versuchte etwas zu sagen, brachte aber keinen Ton heraus. Es kam mir vor, als wäre das Redeverbot, das ich ihr auferlegt hatte, auch über mich verhängt worden.

Sie muß gespürt haben, daß jemand neben ihr saß, denn sie wachte auf. Sie hob den Kopf ein Stück, sah mich durchdringend an, und auf ihrem Gesicht lag nicht etwa Freude, sondern Entsetzen. Sie wich zurück, als ich die Arme nach ihr ausstreckte, und als ich sie zwang, sich auf meinen Schoß zu setzen, begann sie zu weinen.

Vielleicht sagte ich ihr damals, daß es ihrem Papi leid tut, was er getan hatte. Ich weiß es nicht mehr. Wenn ich an diesen Augenblick zurückdenke, kann ich mich nicht an Worte erinnern. Ich halte sie fest, und sie weint, und dann ziehen in rasendem Tempo vierzig Jahre vorüber, und sie ist am anderen Ende der Leitung und fragt mit tränenerstickter Stimme, wie sie sicher sein könne, daß es ihr *destino* sei, Geschichten zu erzählen.

Ich habe ihr einen Segen versprochen, der ihre Zweifel zerstreut. Eine Geschichte, deren unumstößliche Fakten nicht geändert werden können. Aber ich kann etwas Erfundenes hinzufügen – soviel habe ich von Yo gelernt. Aus dem, was ich jetzt weiß, kann ein neuer Schluß entstehen.

Wir wollen also zu jenem Augenblick zurückkehren. Wir betreten das grüngekachelte kleine Badezimmer, das in künftigen Geschichten einen erfundenen Geheimschrank hinter der Toilette haben wird. Ich drehe die Dusche an. Ihre Mutter setzt sich auf den Toilettendeckel, um Yo festzuhalten. Das hört sich an, als läge Isaak auf dem Felsaltar und sein Vater Abraham ergriffe das Schlachtermesser. Ich hebe den Gürtel, doch dann rasen wie gesagt vierzig Jahre vorüber, und meine Hand legt sich sanft auf den ergrauenden Kopf meines Kindes.

Und ich sage: »Meine Tochter, die Zukunft hat begonnen, und wir hatten es so eilig hinzukommen! Wir haben alles zurückgelassen und so viel vergessen. Unsere Familie ist eine Familie von Waisenkindern. Meine Enkel und Urenkel werden nicht zu ihren Wurzeln zurückfinden, wenn sie nicht eine Geschichte haben. Erzähl ihnen von dem Weg, den wir zurückgelegt haben. Erzähl ihnen, was tief im Herzen deines Vaters vorgegangen ist, und mache das alte Unrecht ungeschehen. Meine Yo, gehorche deinem *destino*. Du hast meinen Segen, gib ihn weiter.«

DANK

Groß ist die Zahl derer, denen mein herzlicher Dank gebührt. Ganz besonders danke ich Shannon Ravenel und Bill Eichner für ihre Hilfe und dafür, daß sie an dieses Buch geglaubt haben; Susan Bergholz, Freundin und literarischem Schutzengel, die ein wachsames Auge auf meine Arbeit hatte; meinen Kollegen am Middlebury College, vor allem den Bibliotheksangestellten, die mir behilflich waren, Antworten auf meine Fragen zu finden; meinen Studenten – ihr wißt schon, wer gemeint ist –, deren Mithilfe bei der Überarbeitung des Manuskripts weit über die übliche Workshop-Kritik hinausging – möge die Muse euch begleiten; weiter danke ich meiner Familie und meinen Freunden, alten wie neuen, deren liebevolle Unterstützung mein Leben und meine Arbeit begleitet; und immer y siempre a la Virgencita de Altagracia, mil gracias.

INHALT